FURIES

MEAGAN JENNETT

FURIES

Traduit de l'anglais (États-Unis) par Yoko Lacour

EQUINOX

LES ARÈNES

Pour Jeffrey et Arada,
qui me manquent énormément

Après

(Avant la fin)

Octobre sera bientôt là.

Si les abeilles autour de moi en ont conscience, elles n'en parlent pas. Plutôt, elles dansent et tournoient dans l'air trouble, ivres de la chaleur d'un été qui s'attarde depuis de trop nombreuses semaines. De fleur en fleur elles flottent, pattes noires qui écopent des mottes de pollen collant. Quelques-unes ont découvert mon panier à pique-nique et s'affairent à piller le pot à demi ouvert de confiture de mûres, leurs longues langues explorant la courbe de son rebord. L'une d'elles rampe à l'intérieur du verre, dangereusement près du sable mouvant gélatineux. Une autre entre en collision avec une fleur voisine, tourbillonne et roule-boule dans le calice ondoyant. Il y a une telle urgence dans son mouvement, si contraire à la nonchalance pataude que l'on prête à ces créatures. Et pourtant les fleurs vivent pour cela, cette violence des abeilles.

La lumière du jour enfle à travers les branches tortueuses d'un pommier au-dessus de moi. Je me suis blottie entre ses racines, et quelques minutes suffisent pour que je m'assoupisse, perdue dans la symphonie bourdonnante des battements d'ailes, sur ma peau le baiser somnolent du soleil de fin de matinée. Mais quelque chose me chiffonne.

Sous les relents mielleux de pomme pourrie se terre un je-ne-sais-quoi de plus riche, une odeur où je pourrais plonger le doigt ; pour l'heure juste un soupçon, mais qui s'étoffe, gagne en épaisseur.

Un nouveau son s'est joint au bourdonnement des abeilles. Son vrombissement est persistant, un geignement plus aigu que le baryton des ailes butineuses ; une flûte, qui déjoue le chœur de violoncelles. Une minute encore et quelque chose se pose, léger et délicat, sur mes lèvres.

La flûte se tait.

De minuscules pieds traversent ma bouche à tâtons. J'ourle les lèvres, renvoie d'un souffle ce voyageur dans les airs. La flûte reprend. Elle est désormais au-dessus de mes yeux ; en louchant juste comme il faut, je peux la voir.

Une mouche à viande.

Je me demandais, aussi, combien de temps il leur faudrait, cette fois, pour venir.

Je la regarde flotter, se poser et avancer pas à pas sur le corps qui bleuit doucement à mes côtés.

DÉCEMBRE

Sophie

Mon histoire commence comme elle l'a si souvent fait : j'ignorais un homme au bar. Je l'ignorais, sincèrement, parce que, après des mois à s'asseoir à un mètre de moi derrière le comptoir en cuivre frappé, il ne s'était toujours pas donné la peine de connaître mon nom. Par vengeance, j'avais oublié le sien au passage ; je l'avais sorti de ma poche et fait tomber au sol, pour qu'à la fin de la soirée il soit balayé avec les restes de nourriture. Il devint, tout bonnement, Bud Light, une épithète choisie en l'honneur des seuls mots qu'il daigna jamais me jeter au visage. Il était apparenté à Whisky Ginger, La Pression Moi J'La Bois et Fais-Moi Un Sourire Bichette.

À l'époque où j'étais encore jeune et ingénue, je pensais que ce genre d'homme n'était rien de plus qu'un résidu, semblable à la moisissure gluante sous l'évier et confiné aux rades de nuit sordides du temps de mes premiers cocktails. Odieux, mais qu'on récure aisément avec le bon type de détergent. Bientôt, j'appris qu'ils existaient dans tous les bars, des cafés pour étudiants aux sols poisseux jusqu'aux clubs sophistiqués pour rendez-vous amoureux – comme les mouches drosophiles, ils font partie du décor. Les croyant inoffensifs, jadis je riais d'eux. Tels des vers, ils sortirent de la moisissure pour voler dans ma bouche. Un millier de langues posèrent leurs voix comme des œufs sur mes parties tendres, une couvée de compliments moites coulant sur mes cuisses, chacune de leurs blagues salaces étranglant ma taille. Un univers entier de mites qui se tortillent et font leur nid sous ma peau.

J'aurais dû me douter. C'est ce qu'ils disent toujours. Elle aurait dû être plus maligne, n'aurait pas dû rentrer chez elle seule la nuit, pas dû porter cette jupe, pas dû ouvrir sa bouche riante à ces voix. (Même si ce rire était son bouclier, ce qu'il était bien souvent.) Si elle avait gardé sa bouche, ses jambes, son cœur fermés, jamais ils ne seraient entrés.

J'aurais dû me douter, car en vérité je savais qui ils étaient, quoique je ne m'en sois d'abord pas souvenue. Enfant, je passais des heures à crapahuter parmi les herbes hautes et les épaisses broussailles dans le bois derrière notre maison. Mes jambes, nues à l'exception d'un short usé, étaient une cible privilégiée pour les aoûtats et les mites du trèfle. Je hurlai la première fois que je vis les insectes ramper sur mes chevilles, mordre ma chair encore pâle et juvénile. Mon père rit lorsque je lui montrai. Les mites, me dit-il, étaient le prix à payer quand on s'aventurait dans la nature sauvage. Si je n'en voulais pas, il me faudrait me couvrir, me protéger de l'air frais. Il m'enseigna comment passer du vernis à ongles transparent sur les trous que les insectes avaient creusés. Les mites étaient vivantes sous ma peau, expliqua-t-il, mais suffoqueraient rapidement sous une couche de vernis sec. Je peignis et patientai, laissai mon corps se transformer en cimetière, et quelques jours plus tard les démangeaisons se turent. Mon père nous quitta avant d'avoir pu m'enseigner à couvrir les trous qu'avaient forés les langues des hommes.

Après tant d'années à acquiescer à Bud Light et ses commensaux, à sourire, à les écouter geindre sur leurs menus tracas, à rire de leurs plaisanteries douteuses tandis que sous ma peau leurs voix enflent, bouillonnent et creusent, je me suis muée en créature rampante dissimulée sous une apparence lisse. *Souris*, me disent-ils, et je laisse les mites cavaler sur la courbure évidée de ma mâchoire, déformer ma bouche en un masque de Halloween. Voici mon crâne, il sourit.

Il fut un temps où elles ne me dérangeaient pas tant, leurs voix, pas quand j'eus compris le pouvoir que j'exerçais depuis l'espace exigu derrière le comptoir d'un bar. Plus souvent qu'ils ne se l'imaginent, voyez-vous, les hommes vous tendent la corde même avec laquelle vous les pendrez.

Cette nuit-là, la dernière de l'année, était un souffle pris dans ma gorge. Notre doux bourg de Bellair, qui abrite quelque sept cents âmes, n'est pas une destination festive ; chez nous, les noceurs du Nouvel An s'exfiltrent hors de la forêt de ronces qui marque la limite de la ville, direction Charlottesville, la clinquante voisine, ou la poussière et les paillettes de Richmond. Certains feront même chauffer la CB pour une escapade à Washington DC. D'autres encore préfèrent organiser leur propre fête, et invitent ceux de leur staff qu'ils aiment bien (« Passe boire un coup quand t'auras fini ! Ça va déchirer ! »). Le reste ne sort pas de chez eux, ils combattent le sommeil devant des télés à plein tube. Plus tard, sur les routes sinueuses, leurs fluorescentes cellules de prison affamées attendant d'être nourries, des flics tels des requins sondent l'obscurité, prêts à fondre sur tout ivrogne en perdition. Congé alcoolisé et petite ville ne font pas bon ménage.

Enfermés dans le bar, le Blue Bell, nous attendions, que le coup de feu vienne ou pas, cette horde que notre intrépide manager, Ty, était certain de voir débarquer d'un moment à l'autre, nous rabâchant pour la millième fois, alors qu'il se tenait au bout du comptoir à ajuster sa cravate, « cette fois, à la Saint-Sylvestre 2015, où on était pas préparés et où on s'est fait dégommer… Tu t'en rappelles, Soph ? ».

Ce que je me rappelais, c'était un plongeur en pleine gueule de bois qui n'en foutait pas une et un commis de salle trop occupé à draguer les serveuses pour faire son boulot, mais je laissai Ty parler. Sa voix est un moucheron qui vrombit autour de ma tête, facile à ignorer. Entre-temps, les caisses avec les flûtes à champagne flambant neuves qu'il avait commandées spécialement pour l'occasion gisaient là où il les avait posées, encore fermées et fébriles sous le bac à glace. Mon commis de bar aurait déjà dû les avoir ouvertes et lavées, mais il était allé chercher du citron vert vingt minutes plus tôt et n'était toujours pas revenu. Vraisemblablement à papoter je ne sais où. Ce n'est certainement pas moi qui allais m'y coller.

Quelqu'un, probablement l'hôtesse à la porte, avait décoré la salle à l'aide de frêles serpentins. Emmêlés les uns dans les autres, ils reflétaient des éclats d'argent et d'or parmi la lumière tamisée du plafond. Des ballons extra-larges, fixés aux dossiers des chaises et aux pieds des tables, tournoyaient au bout de minces ficelles. Les serveurs jouaient à se surprendre les uns les autres d'un ballon dans la figure ou frotté sur des cheveux bien coiffés jusqu'à ce qu'ils pointent en tous sens. Au bout d'un moment, ils ressemblèrent tous à des poussins, leurs tignasses crépues ondulant en une auréole toute douce sur leur crâne. Des cris et des rires fusèrent dans la salle lorsqu'un d'eux aperçut mon commis disparu alors qu'il remontait de la cave, ses bras fluets lestés de bouteilles, des sacs de fruits pesants en oscillation au bout de ses doigts. Il trébucha, se rattrapa de justesse et rosit. J'essayai de ne pas lever les yeux au ciel. Pas facile, dans la mesure où Ty avait insisté pour que je porte un stupide serre-tête festif sur lequel était inscrit en gros *Bonne Année*. J'étais aussi ridicule qu'eux.

Quinze minutes avant l'ouverture, Chef émergea de sa cuisine pour annoncer les plats du jour, m'expédiant un poisson mort dans une assiette qui traversa mon comptoir rutilant sur toute sa longueur. Il s'arrêta près de mon coude, ses globes vitreux fixés sur les serpentins pailletés au plafond. Les serveurs se rassemblèrent, leurs yeux voraces rivés sur le poisson, à l'affût, n'écoutant que d'une oreille le cours qu'on leur dispensait sur la prononciation exacte de la variété de poivre qui cerclait délicatement le bord de l'assiette.

« Ma p'tite femme », chanta Chef en me faisant passer une fourchette.

C'est un jeu qu'affectionnent tous les mecs en cuisine, un lapsus, une promesse à double tranchant. C'est « Ma p'tite chérie » quand ils sont de bonne humeur ; mais bientôt, leur déclaration d'amour se mue en fracas de casseroles et en « Putain de salope ! », alors qu'après trois heures à courir partout on a la sensation d'être englués dans la vase jusqu'aux genoux, pour seulement se réattendrir, dix minutes plus tard, quand ils tueraient pour un verre d'eau glacée. Je suis « Super nana » parce que je contrôle le robinet d'eau le plus proche, et surtout l'alcool. C'est sûrement aussi ce qui me vaut d'être « Grosse salope ».

Le reste des fourchettes fut empilé sans cérémonie à côté de l'assiette, de manière que les serveurs, dans une bruyante mêlée, puissent enfourner des morceaux de poisson gluant. En quelques minutes, l'assiette était vide et Ty l'écarta d'un geste, passant son doigt dans ce qu'il restait de sauce.

On établit des plans de bataille, on se répartit les tâches, on apporta les touches finales. À dix-sept heures, après une courte respiration, en nage et calmés, nous avons ouvert la porte de ce qui ne serait, nous le savions, qu'un lieu mort, une salle d'attente, un bar désert en cette veille du Nouvel An.

Sophie

Ce que je n'avais pas prévu c'est Bud Light, qui entra d'un pas traînant peu après l'ouverture. Il était là pour son verre habituel, annonça-t-il en se laissant tomber sur son tabouret de bar préféré. Les pieds en bois branlants grincèrent sous le choc et je retins mon souffle en prévision de son effondrement, mais le siège tint bon. Déçue de sa chance, je lui tendis sa bouteille de bière, fis apparaître le match de foot à la télé et lui tournai le dos, jusqu'à ce qu'il devienne plus intéressant.

Et puis la nuit ouvrit sa gueule paresseuse et, la bave aux lèvres, nous endormit tous. On passa l'heure de l'apéro à se tourner les pouces, les serveurs massés devant les ordinateurs jusqu'à ce que Ty les en chasse avec cet absurde proverbe qu'affectionnent les managers de par le monde : « Si vous avez le temps de buller, vous avez le temps de ranger, les gars ! Restez pas à rien faire. »

Ils s'égaillèrent, pour un moment : deux à commérer en feignant de balayer la terrasse, deux autres en cuisine à soutirer de la bouffe au sous-chef. Mon commis de bar, qui redoutait visiblement que la remarque s'applique aussi à lui, agita quelques-unes de mes cartes de cocktails avant de se placer au bout du comptoir, les sourcils froncés dans ce qu'il devait croire être une mine concentrée. La caisse de verres, à présent rangée sous l'extrémité du comptoir, attendait, encore fermée. À sa décharge, il y jeta bien un coup d'œil, ses oreilles paraissant fumer sous l'effort de réflexion, mais ramassa au final un chiffon qu'il se mit à triturer. Il fut un temps dans ma vie où je l'aurais juste ouverte moi-même. Une tâche facile, deux minutes au plus – comme de ramasser la chaussette que votre mari a laissée par terre dans la chambre, celle sur laquelle il marche sans lui accorder un regard ; comme de relever la cuvette des chiottes parce qu'il a encore oublié de le faire… Je suis fatiguée d'être responsable pour les hommes. Le commis de bar est supposé m'aider ; hors de question que je fasse à sa place un boulot de femme.

Donc la caisse resta là.

Des clients entraient au goutte-à-goutte, et ressortaient de la même façon. Bud termina une bière, puis une autre, encore une, commanda un steak-frites, encore une bière. Ses yeux ne quittaient jamais le poste de télé. Quand il avait besoin de moi, il grognait ou faisait un signe de la main ou trouvait quelque chose de silencieusement irritant à faire jusqu'à ce que je le remarque. Ç'aurait pu se poursuivre ainsi toute la nuit, ce jeu auquel on jouait pour les deux ou trois dollars qu'il me laisserait en pourboire, si les vents qui nous mouvaient n'avaient pas changé de direction.

Quatre heures avant minuit, Bud se mit à tripoter sa dernière bouteille en date, bientôt vide. Ça aurait pu être le signe qu'il en voulait une autre, ou bien un tic nerveux occasionné par le plaquage qui venait de stopper l'attaquant tout près de la ligne des dix yards tant convoitée. Troisième tentative. Ô rage.

Tandis qu'il observait une bande d'étudiants sapés en Lycra occupés à se jeter les uns contre les autres, je regardais l'ultime gorgée de bière perler sur le goulot lisse de la bouteille et disparaître au fond de sa gorge. Lorsqu'il reposa l'objet désormais inutile sur le comptoir, j'entendis une ombre d'agacement dans le *clac* du verre contre le cuivre : un *toc-toc* frappé à ma porte. Du bout de son doigt calleux, il poussa la bouteille d'un ou deux centimètres dans ma direction. Ses yeux restaient fixés sur l'écran, sur ces gamins qui avaient encore loupé leur coup et s'étaient à présent regroupés pour ourdir une nouvelle combinaison. Bud jura dans sa barbe et tapota le cul de sa bouteille. Je me suis demandé combien de temps il lui faudrait pour la pousser jusqu'à la faire basculer par-dessus le rebord. Maintenant, il était intéressant ; le nœud coulant pendait à son cou.

Mon commis de bar, enchanté d'avoir trouvé comment se rendre utile, s'empressa de se saisir de sa bouteille pour la jeter. Sauf qu'il oublia de demander s'il voulait autre chose à Bud, dont les mains claquèrent dans le vide. Le nœud se resserrait. J'observais.

Alors qu'une coupure publicitaire interrompait la partie et que Bud était sur le point de devoir me parler pour de vrai, deux épaisses mains roses surgirent des lourdes tentures qui drapaient notre porte d'entrée.

Avec une régularité de pendule, Ty suspend ces infernaux rideaux chaque automne, juste après la première gelée. « Pour garder les gens au chaud et le froid au-dehors », à l'en croire. C'est peut-être vrai. Mais ce qu'ils font de mieux, c'est prendre au piège les vieilles dames dans des remous de tissu pesant, pour les incuber dans une mer de velours noir jusqu'à ce que, bourdonnantes, elles parviennent à s'expulser de notre côté, abeilles furieuses prêtes à piquer le premier pauvre serveur qui oubliera de leur apporter de l'eau *avec* rondelle. Et des glaçons. Notre hôtesse d'accueil, adorable créature sortie du lycée local, avait à présent l'habitude de ce genre de folie, si bien qu'au premier signe de mains elle entrait en action, tel un combattant aguerri.

Sa routine était simple : écarter délicatement les rideaux, de sorte à ne pas embarrasser les malheureux inconnus, puis souhaiter la bienvenue d'une voix chantante tout en les invitant à entrer, avant de refermer la nasse derrière eux. Ses bras minces tendus en avant, elle saisissait au vol les doudounes et manteaux en laine dont on se découvrait et qu'on lui jetait dessus, son visage masquant tout effort tandis qu'elle soulevait à bout de bras les affaires pour les suspendre au portant.

Et puis, l'obligatoire ritournelle de questions : « Deux personnes seulement ? Super !... Souhaitez-vous une table en salle ou un coin au bar ? Peut-être une table haute ?... Le meilleur des deux mondes, sans compter que, depuis cette place, la vue sur les montagnes est fantastique !... Parfait ! Je vous apporte la carte du restaurant, ou celle des boissons et des desserts ?... En plat du jour, nous avons du sébaste frais. Le chef m'en a fait goûter un morceau tout à l'heure... un pur dé-li-ce !... Et, bien sûr, une coupe de champagne gratuite pour tous ceux qui célébreront le passage à la nouvelle année avec nous ! »

La clé de la réussite, dans ce métier, c'est d'être un très bon menteur, une qualité que nous partageons, je suis prête à le parier, avec les institutrices de maternelle et les escorts. Sourire, effacer toute pensée de nos yeux, élever la voix. L'astuce, c'est de montrer juste ce qu'il faut de soi sous le masque, de dire juste ce qu'il faut de vérité de manière que le client baisse la garde.

Ne faites confiance à aucun d'entre nous.

Cette paire de mains-là était reliée à un tronc pelucheux et gris perché sur deux jambes vert kaki parfaitement repassées. Des chaussures bateau beiges, des lunettes Oakley et un nœud papillon à rayures m'as-tu-vu complétaient la tenue. Je connaissais cet homme. Je l'avais vu des centaines de fois, à des matchs de football, des soirées de fraternités étudiantes et des dèj' de country-clubs. Le demi-frère de Whisky Ginger, le cousin de La Pression Moi J'La Bois. Lui, c'était Jungle Juice, à l'époque, dans le sous-sol de Pi Kappa, même si, à présent qu'il avait grandi et était un tout frais docteur en droit, il essayait d'être son papa, de sorte qu'il s'affichait désormais comme Old Fashioned, excusez du peu.

Si la souris craintive derrière lui ressemblait autant à sa maman que les perles qu'elle portait à son cou, elle serait Pinot Grigio, mais j'aurais plutôt parié mon chapeau qu'elle était Rosé, la boisson privilégiée des jeunes bourgeoises américaines de la génération milléniale.

Je vis l'hôtesse bondir sur eux et se fendre d'un large sourire tandis qu'on lui abandonnait manteaux et gants, puis se tourner vers la pile de cartes posée sur son pupitre d'accueil. Mais ce garçon-là, qui voulait qu'on le prenne pour un homme, passa sans un regard devant elle, sa main dans le dos de sa compagne, pour se diriger vers mon bar.

Quelque chose s'alluma sous mon omoplate droite, au centre du nœud qui s'y était logé il y avait des années de cela, celui que je ne pouvais jamais soulager, quels que soient mes efforts. Au moment de cette Saint-Sylvestre-là, ces milliers de dents et de langues et les douleurs musculaires causées par trop d'heures supplémentaires avaient resserré le nœud au point qu'il semblait impossible que je m'en défasse un jour.

Les tabourets crissèrent sur le sol dur ; le couple s'assit.

Bud toussa.

« Bonne année. »

Je poussai la carte des boissons dans leur direction. L'hôtesse oubliée les suivait en retrait, la carte des plats serrée fort contre sa poitrine menue. Elle savait quand se rendre invisible. Je n'en vis pas moins sa frustration lorsqu'elle se mordit la lèvre inférieure avant de sourire, le bref sursaut de sa queue-de-cheval tandis qu'elle retournait en sautillant à son pupitre, congédiée par leur mépris. Les mites avaient élu domicile en elle aussi, quoiqu'elle ne le sût pas encore.

« On a passé la journée à déguster des vins », m'annonça Old Fashioned lorsque je l'eus interrogé sur ce qu'ils voulaient.

Comme si cette réponse pouvait m'aider en quoi que ce soit.

Du coin de l'œil je vis d'autres mains s'agiter à travers le rideau, d'autres visages empourprés s'engouffrer dans la salle. Je me suis alors demandé si la nuit n'allait pas être plus animée que ce que j'avais prévu, si l'on n'aurait pas finalement droit au coup de feu tardif tant redouté. C'est pourtant de l'argent, non ? Comme le veut le dicton, des fesses sur des chaises équivalent à des pourboires dans nos poches. La vérité, c'est qu'après des heures à se tourner les pouces par un soir mort, le coup de feu de dernière heure est *la* punition. Par la porte se déverse le chaos, avec chaque nouveau client ; les tempéraments s'embrasent, des erreurs sont commises, et les clients, qu'un dîner tardif a affamés et mis à fleur de peau, grondent et marmonnent à mesure que s'effiloche leur générosité.

Encore des mains, et des manteaux balancés sur un portant qui peu à peu se remplissait. Les serveurs formaient un embouteillage au distributeur à sodas, à charger de pleins plateaux de carafes d'eau. Le poste de télé au-dessus de moi afficha le score ; le match touchait à sa fin. Bientôt, il me faudrait changer de chaîne.

Pivotant de nouveau vers Old Fashioned, je tournai sa remarque en question :

« Vous semblez avoir passé une belle journée... Y a-t-il un vin en particulier qui vous ait plu et que je pourrais vous servir ce soir ? Ou souhaitez-vous passer à une autre boisson ?

– Quelque chose de sympa, je dirais », dit-il paresseusement.

Les dents qui mordaient mon épaule relâchèrent leur pression et un millier de corps chevauchèrent le suintement de sa voix le long des marches d'escalier de ma colonne vertébrale.

« Quelque chose de festif... On vient juste de se fiancer ! couina-t-elle, jetant sa main par-dessus le comptoir, vers moi.

– Techniquement, à Noël », dit-il.

Devant, l'hôtesse sortit son carnet pour la liste d'attente. Derrière moi, le terminal se mit à tousser des commandes.

« Oh, superbe ! » Je ne sais jamais où me mettre quand ils font ça. Mon visage devint rayonnant. « Mes félicitations. C'est merveilleux. »

Tu parles. Qui dit fiançailles dit dessert et coupe de champagne offerte par la maison. Les fiançailles sont mauvaises pour les barmans, qui sont intéressés aux bénéfices et doivent donc vendre un max pour se faire un peu de blé. Mais l'auriez-vous déjà oublié ? Je suis une bonne menteuse.

« Sophie », chuchota soudain l'hôtesse à côté de moi, comme surgie de nulle part, téléphone vissé à l'oreille, bout de papier serré dans la main. Elle fit un geste de la tête en direction du jeune couple. « C'est son père à l'appareil, il dit que l'addition est pour lui. J'ai noté son numéro de carte bancaire... » Son regard s'embruma. « Oui, monsieur, elle est juste devant moi... » Elle se tourna à nouveau vers moi. « Tu as besoin qu'il te fournisse d'autres renseignements ? »

Je jetai un œil sur le papier dans sa main, sur les chiffres inscrits de l'écriture soigneuse et arrondie d'une adolescente.

« Non. On est bons, miss. Merci.

– Ton père paie pour nous ?

– Faut croire. »

Bud leva les yeux vers moi, la bouche ouverte comme s'il allait bel et bien essayer de se rappeler mon nom.

« Je suis à vous dans une seconde ! » chantai-je en passant devant lui.

Qu'il aille se faire pendre.

Nous, les barmans, avons un truc quand nous voulons quelque chose. Nous ne sommes en rien différents de vous – nous voulons ce que nous ne pouvons pas avoir ; comme cette bouteille de vin que le patron refuse de vendre au verre, qu'il boit avec ses potes avec un steak-frites et du pain pita, et dont il n'offre même pas une gorgée à son personnel...

Il faut évaluer correctement le client. Dans un bar de petite ville comme celui-ci, la plupart d'entre eux seront rebutés par le prix de la bouteille que j'avais choisie pour mes clients. Ceux qui l'achètent en serrant les dents la boiront généralement en entier. Mais ces deux-là avaient passé la journée à picoler; c'était évident, à en juger par le voile humide sur leurs yeux, par les fleurs rouges qui s'épanouissaient sur leurs joues. Nul doute que papa voudrait que son fils offre des verres du meilleur vin à sa fiancée pour compléter la pierre à son doigt. S'ils appréciaient suffisamment leur barmaid, peut-être même qu'ils lui en garderaient la dernière gorgée. C'est un genre différent de nœud coulant, plus délicat et difficile à enfiler.

J'installai mon piège, posai la bouteille sur le comptoir juste devant eux, qu'ils s'imaginent qu'elle leur appartenait déjà. Un autre couple se comprima sur des tabourets à l'opposé de Bud. Le terminal émit un son plaintif en crachant davantage de commandes.

« Des bras ! hurla Chef pour que quelqu'un vienne chercher les plats, sa voix explosant à travers les portes battantes de la cuisine. J'ai besoin de bras !

– C'est du rouge, fit Old Fashioned avec une moue. Claire n'est pas une grosse fan de rouge. Vous avez un rosé sympa ? Ou un blanc sec ? Quelque chose de chez Fox Hall ? On y était un peu plus tôt, et leurs vins nous ont plu…

– Excusez-moi, mademoiselle ! » Des dents amères mordirent le fond de ma gorge. Mademoiselle. Je déteste ce mot. Je ne suis pas une enfant. « Excusez-moi ! On pourrait avoir de l'eau ? »

L'homme à la gauche de Bud tapota sèchement le comptoir. Où était mon commis ? C'était à lui de gérer ça.

« Oh oui ! Fox Hall ! acquiesça Rosé, apparemment prénommée Claire.

– *Mademoiselle… !* »

Derrière moi, les fiches des commandes basculèrent du

devant de la machine et se mirent à dégringoler sans précipitation jusqu'à terre, tandis que la clochette au-dessus de la porte d'entrée tintait encore une fois. D'autres mains surgirent. Au bout du comptoir, les verres sales commençaient à s'empiler. Où était mon putain de commis ?

« On pourrait avoir la carte, s'il vous plaît ? »

Le voilà, à débarrasser des tables pour les serveurs. Qu'est-ce qu'il foutait dans la salle ? Où était Ty ?

« Eh, Sophie, ça te dérange que je me verse les bières que j'ai commandées ? La table onze commence à se tendre, fit un des serveurs en me touchant le coude.

– Vas-y, sers-toi. Juste, n'oublie pas d'accrocher le ticket de commande...

– *Des bras !* »

Aux urgences, les médecins ont adopté un système de tri pour déterminer quels patients soigner en priorité. Les restaurants utilisent le même système. D'abord, les mourants : l'homme qui a besoin d'eau et d'une carte avant de faire un scandale public. Ensuite, les blessés : j'ouvris encore une bière pour Bud, la posai devant lui et sortis mes commandes de la machine. Enfin : les petits bobos.

Avant toute action : respirer. Trouver le calme dans l'œil même du cyclone.

N'oublie pas de sourire, Sophie.

« Du blanc ? » demandai-je au couple tout en versant de l'alcool dans un shaker vide.

Deux mesures de vodka. Une de Cointreau. Citron vert. Cranberry. Un cocktail d'une simplicité à crever d'ennui. Suivant...

Je posai le verre au poste de service et retournai chercher la bouteille de vin incriminée, que je tournai entre mes mains. Ils étaient au bord du piège. Je ne pouvais pas perdre cette bataille ; j'avais une arme.

Je croisai le regard de Claire. Je devais lui faire croire que nous étions amies, qu'elle pouvait me faire confiance.

« Vous avez tout à fait raison. La Virginie n'est pas vraiment connue pour ses rouges, donc je comprends que vous ne les aimiez pas. Mais cette cuvée-là ?! Celle-là est franchement spéciale… Elle a été servie au mariage royal. Un cadeau de la Première Colonie à la future reine d'Angleterre. »

Certes, le mariage avait eu lieu il y a déjà quelques années et personne en dehors de notre petit coin du monde n'en avait quoi que ce soit à foutre, mais ce n'était pas le sujet. Ce que cette femme voulait, c'était l'opportunité de se sentir importante ; ce que son fiancé voulait, c'était l'opportunité de lui offrir cette opportunité. Les gens sont si faciles à lire.

Commande suivante.

Rhum. Coca. Suivant. Double shot de vodka, glacée. Quelques gouttes de citron. Sirop de sucre de canne. Givrer le verre au sucre. Maintenant je suis toute collante. Fais chier… Suivant. Bière. Merde.

La bière était à un pas de moi, dans mon dos, des secondes perdues à attendre que le verre se remplisse. À peine le temps d'accomplir quelques gestes.

« Vous voulez dire… *le* mariage royal ? Genre Kate et William ? »

C'est à ce moment-là qu'on le regarde, qu'on l'invite dans la conspiration. La clé, avec les couples, c'est de trouver un équilibre, de sorte que personne ne se sente exclu. Et si je garde mon attention fixée sur eux, il se peut même que j'esquive pour encore une minute les coups d'œil furibonds de Verre d'Eau.

Ils mettaient trop de temps. Des doigts tambourinèrent un roulement impatient sur le comptoir. Mon commis surgit derrière moi, un monceau de verres sales pendant entre ses doigts, d'autres encore serrés sous ses bras. Je m'écartai pour éviter une collision. Son coude racla mon dos.

« Je vais servir cette bière, dis-je en levant un bon de commande, le regard suppliant. Je vous laisse réfléchir, le temps que je revienne. » Prise d'une soudaine folie, je resserrai le nœud. « Je prends deux coupes au passage, au cas où ?

– Hunter, il nous le faut absolument !

– Tout ce que tu voudras, Claire chérie. »

Autour de moi, le bar s'emplit et je sentis le grouillement dément d'un coup de feu imprévu saisir à la gorge la maison. Si je restais calme, que j'ignorais les fourmis qui escaladaient mes jambes, pour sourire comme il convenait, que je laissais les reniflements, les ricanements et les rires ivres glisser dans mon dos, alors dans quelques heures j'aurais peut-être, moi aussi, quelque chose à célébrer. La vache, ce qu'il était joli, ce vin, dans une coupe.

« À votre santé ! »

Les heures, que j'avais prises pour des choses éventées, enflèrent et se firent intumescentes à mesure que davantage de clients se massaient dans le Blue Bell. D'où ils venaient et pourquoi ils étaient là, cette année entre toutes, est une question à laquelle je n'eus pas le temps de réfléchir tandis que je dansais d'un hôte à l'autre et retour à la cuisine pour vérifier un plat (« Eh, P'tite femme, tu m'réserves un baiser de Nouvelle Année ? »), à Bud ensuite, qui paraissait immunisé contre le chaos environnant, à la borne enfin, qui jamais ne cessait de cracher, geindre et mitrailler commande sur commande. Et tout ce temps, le nœud dans mon épaule s'effilochait en faisant jaillir des étincelles, mon omoplate niquée se transformait en pierre à feu, ma bouche arborait son sourire de squelette.

Vingt minutes plus tard, la caisse de flûtes à champagne était éventrée à la hâte, le carton déchiré grognant sous l'assaut soudain. Ty y enfouit ses mains tel un soldat d'infanterie dans un film, pour en sortir chaque verre avec des mouvements rapides et précautionneux et les tendre au commis de bar, qui les rinçait aussi vite qu'il le pouvait. Il était toujours plus efficace quand le patron était dans les parages.

Une fois lavés, séchés et remplis, les verres furent entassés sur les plateaux des serveurs puis dispatchés dans la forêt de poings impatients et vides qu'on projetait sur moi depuis l'autre côté du comptoir. Le compte à rebours commença.

Dix… neuf… les couples se dispersèrent… huit… sept… six… des serveurs empoignèrent précipitamment les coupes laissées à l'abandon pour y verser un doigt de champagne… cinq… quatre… je fis la même chose… trois… Bud leva sa bière… deux… un…

Cul sec, nous avons traversé le fil tremblant de minuit, et soudain le monde est devenu creux, les heures d'anticipation vorace d'un coup dégonflées, dont il ne subsista qu'un « Auld Lang Syne » amorphe et un baiser sur la joue du chef qui, tranquillement, était sorti de sa cuisine au début du décompte pour boire un fond de bouteille de champagne au goulot.

Fin des festivités.

JANVIER

Sophie

Commença alors le rituel de la fermeture.

Sentant l'accueil se refroidir, nos clients de minuit se ruèrent en masse sur l'hôtesse à la porte. Souriante et joyeuse même dans ses adieux, elle s'écartait alors qu'en coup de vent ils passaient devant et autour d'elle, leurs mains avides tendues vers leurs manteaux, écharpes et bonnets.

Dans la salle, des serveurs se penchaient au-dessus des tables, à ramasser des flûtes qu'ils venaient déposer sur mon comptoir pour la plonge, avant de retourner débarrasser les miettes des tables collantes. Quelqu'un sortit un seau et un balai pour déblayer une famille de flûtes brisées qui gisaient au sol dans une mare tiède. On délivra les ballons des dossiers des chaises, et des rires hystériques emplirent une nouvelle fois l'air tandis qu'ils étaient à nouveau lancés contre des visages fatigués ou frottés sur des cheveux aplatis par la sueur. Dans quelques minutes, ces mêmes serveurs rigolards joueraient des coudes pour se faire une place devant l'un des ordinateurs ou encombreraient les allées de la cuisine, leurs bouches ouvertes à n'importe quel reste de nourriture que le chef accepterait de leur jeter une fois qu'il serait lassé d'agiter à grand fracas ses casseroles et de plaisanter avec ses commis de cuisine dans leur dialecte maison de spanglish, le tout épicé de gestes grossiers de la main. Mon commis de bar se tenait dans un coin, l'œil vague tout en essuyant un verre à whisky avec un chiffon en microfibre. Le regard du blessé de guerre. Je le laissai là un moment; le choc d'être utile pendant une heure peut s'avérer rude. Du coin de l'œil, je vis Ty se faufiler dans le couloir jusqu'au calme de son bureau, comme il le faisait toujours en fin de soirée.

Bud, toujours parmi nous, jeta un coup d'œil ou deux à la croissante colonie de verres sales qui se rapprochait dangereusement de son coude, avant de balancer un tas de monnaie sur son addition et de descendre avec difficulté de son tabouret pour s'en aller Dieu sait où. Derrière lui, la clochette au-dessus de la porte tinta. Tout le monde dans la salle se figea, réaction pavlovienne au bruit d'un intrus après une longue nuit.

Fausse alerte. Un silence béni retomba.

Nouveau tintement.

« J'arrive pas trop tard, j'espère ? » Une voix que je ne connaissais que trop bien goutta dans mon oreille, puis le long de ma nuque. Le nœud sous mon omoplate fit des étincelles, brûlant et furieux. « Vous êtes pas encore fermés, nan ?

– Oh non, monsieur Dixon ! pépia l'hôtesse. La cuisine est fermée, mais je crois que Sophie reste encore ouverte un moment, si vous voulez bien vous asseoir au bar… Je vous apporte la carte des cocktails ? »

Je l'aurais volontiers tuée, toute douce créature qu'elle soit. Au lieu de quoi je levai les yeux et souris à l'homme qui se glissait sur le tabouret que Bud avait laissé vacant.

« Comment va ma barmaid préférée ? » me demanda Mark Dixon, avec un éclat de ses dents étincelantes. Sa voix coula dans mon dos ; un millier de langues se tortillèrent sous ma peau. « T'as passé un bon Nouvel An ?

– J'ai bossé, Mark. » Pour me faire bien comprendre, je claquai la porte du lave-vaisselle et l'allumai. De son corps en métal trapu s'élevèrent un grondement fort et un sifflement, coupant court à la discussion. Mon commis, détectant l'acier dans mon aura, se carapata à la cave pour le réapprovisionnement. « Dernier verre, dis-je tandis que le lave-vaisselle trouvait son rythme de croisière. Qu'est-ce que je te sers ?

– Difficile d'appeler ça bosser, Sophie, dit Mark de sa voix traînante en faisant courir un doigt sur le comptoir frais.

– Mark, je suis en train de fermer…

– Allez, quoi ! Détends-toi. C'est le Nouvel An. Tu es toujours si *sérieuse*, Sophie. Écoute, sers-moi un verre, et puis sers-t'en un, toi aussi. Lindsey ne dira rien. » Il balança le prénom de mon patron avec un geste de la main paresseux. « Il doit bien te rester quelque chose, après une nuit comme celle-là. Un demi-verre de bulles dans le frigo ? Des fonds de bouteille à finir ? Je suis pas difficile. »

Le dégoût me rampa sur la clavicule.

Au fil des années, j'étais devenue le jouet favori de Mark. Je me demandais certains jours s'il ne lui arrivait pas de voir dans mon dos le nœud qu'il avait aidé à se former, dans un recoin si profondément caché que même moi je n'y avais pas accès. Du moins prenait-il un malin plaisir à le réveiller et à me faire sortir de mes gonds, ce dont il se tirait toujours sans casse car Mark était un Ami du Patron.

Pas le genre d'ami qui croit connaître Lindsey parce que celui-ci s'est arrêté une fois à sa table pour demander comment se passait le dîner, ce même genre d'ami qui se mettra à hurler sur l'hôtesse d'accueil s'il n'a pas immédiatement une table par un soir d'affluence, parce que « Vous savez pas qu'on connaît le patron ?! ». Non, Mark ne ferait jamais une chose pareille, puisqu'il serait déjà à sa place au bar, à *son* tabouret dès qu'il le souhaiterait, peu importait le monde alentour, à la main un verre pour lequel il n'aurait jamais à payer.

Mark Dixon était le genre d'ami qui avait rencontré Lindsey vingt ans plus tôt dans une fraternité d'une énorme école publique ayant pour mascotte officielle une plante appropriée et caricaturalement féroce, sauf qu'un fût de bière aurait mieux reflété la réalité. C'était le genre d'ami qui jouait dans l'équipe de golf de Lindsey lors des tournois caritatifs, qui partait faire la fête avec lui dans les Caraïbes sitôt qu'il leur venait l'envie de prendre une semaine de congé pour se cuiter à mort tandis que leurs copines du moment leur couraient après et s'échinaient à ramasser les miettes tout en gloussant entre elles « Ah, les hommes ! ».

Mark s'était autoproclamé investisseur en business locaux, ce qui signifiait qu'il avait de l'argent à ne savoir qu'en faire et que son seul but dans la vie était la quête du Prochain Tabouret de Bar Idéal. Partout ailleurs, je suis sûre qu'il était Tequila & Tonic, mais ici, au Blue Bell, c'était La Meilleure Came Où Il Veut Quand Il Veut Putain Sophie Ça T'arracherait La Gueule De Sourire.

Mais ce n'est pas si facile de sourire à quelqu'un qui a pris l'habitude de débarquer au moment où l'on s'apprête à fermer, alors qu'il sait que tout autre client que lui serait éconduit ; qui te demande de déballer des fruits du frigo et de sortir les bouteilles nettoyées des étagères ; qui te salit tes verres tout juste essuyés sans la moindre arrière-pensée. S'il avait eu de la monnaie à me filer en pourboire, nous aurions pu trouver un terrain d'entente. Mais dans l'état actuel des choses il ne me payait que de sa seule présence, sur la valeur de laquelle nous étions en absolu désaccord.

Nous savions pertinemment tous les deux que des fonds de bouteilles ne pourraient jamais suffire, aussi je versai sur mon dernier cube de glace deux doigts du nouveau mezcal que Lindsey avait commandé spécialement pour les fêtes, y ajoutai mon dernier zeste d'orange et poussai le verre en direction de Mark, espérant que ça le ferait tenir le temps qu'il se lasse de m'emmerder. Il y a dans le mezcal cette saveur fumée et ce piquant qui appellent à un silence méditatif. Parfois il faut savoir créer sa propre paix.

Ça le ferait tenir jusqu'à ce que les serveurs viennent s'attrouper en braillant à mon comptoir, leurs ventres comprimés sur le rebord, prêts pour leurs verres de fin de service. Alors il pourrait leur parler. Entre-temps, j'avais ma caisse à clôturer, mes billets à compter et à mettre sous clé, des fruits à emballer, des bouteilles à lustrer et de pleins plateaux de verre à faire briller. Je tournai le dos à Mark. Grossière erreur. Je ne l'avais pas encore acculé à se pendre.

Depuis mes débuts comme barmaid, je range ma caisse d'une certaine façon : les plus gros billets à gauche, les plus petits à droite, entre les deux le reste en ordre décroissant. Ils doivent tous être orientés vers le haut, les mentons présidentiels à gauche. Tout mutin sera diligemment remis à sa place. Ainsi, lorsque je sors tous ces petits gars pour les compter à la fin de la nuit, il n'y a pas de confusion possible. Personne n'est roulé en boule dans un coin ou déchiré en deux. Personne n'est pâteux. Personne ne gît ailleurs qu'à sa place, aucun n'est prêt à causer la moindre embrouille pendant ma comptabilisation soigneuse. Tout est ordonné et pratique, et mes billets, propres et secs, glissent l'un après l'autre entre mes doigts avec un crissement satisfaisant.

J'ouvris le tiroir-caisse.

Un gros pépère de cent... cent cinquante...

Des pieds de tabouret qui raclent le sol, et mille bouches prennent vie pour bavarder dans le creux de ma nuque; dents et pieds qui grattent une à une chacune de mes délicates vertèbres cervicales. Voilà comment des hommes comme Mark se hissent jusqu'à mon cerveau.

... cent soixante-quinze... cent quatre-vingt-dix... deux cents...

Il y eut un bruit de succion, et une bouffée d'air froid heurta mes jambes lorsqu'il ouvrit la cave à vins. Les bouteilles tintèrent en s'entrechoquant les unes contre les autres, agitées par une main inconnue.

« Mark, qu'est-ce que tu fais derrière mon bar ?

– Je regarde juste ce que t'as là-dedans, chérie.

– Je ne suis pas ta chérie. »

Soixante-cinq... soixante-dix... soixante-quinze...

« Poupée. »

Le nœud, plus du tout un nœud mais un éclat de silex, s'aplatit jusqu'à prendre la forme d'une lame. Sa pointe, rouge ardent, passant au crible le muscle et l'os, et je la vis, brillante et aiguë, me transpercer de part en part (infra-épineux, subscapulaire), ma dignité se tortillant à son extrémité. Dans mon dos, Mark se redressa, son souffle s'emmêlant dans une mèche de mes cheveux lorsque, avec une grimace d'effort, il se hissa sur des genoux qui n'étaient plus tout jeunes. J'entendis le *plop* et le *crac* qu'ils émirent en guise de protestation, puis le silence. Et puis : la tension. L'espace entre nous prit corps, une chose solide, raide, tendue comme un orage. Je me pressai contre la caisse enregistreuse, mais impossible d'échapper à son poids. En moi-même, je le défiai de me toucher pendant que je finissais de compter.

... deux cent quatre-vingts... quatre-vingt-cinq... quatre-vingt-dix... un-deux-trois...

Il se pencha au-dessus de moi pour sortir la bouteille de mezcal de l'étagère, incurva son autre bras autour de ma taille pour attraper un verre à whisky sur le comptoir.

... quatre-cinq-six...

La giclure d'alcool dans le verre, pareille à un doigt qui caresse ma hanche. Son haleine balaya de nouveau mes cheveux lorsqu'il remit la bouteille à sa place. L'air picotait ; des éclairs fusèrent des crêtes de ma colonne.

... septhuitneuf...

« Eh, Sophie. » Ses chaussures crissent tandis qu'il regagne son siège. « Ça te dérange de me peler un peu de cette orange avant que tu remballes tes fruits ? Ou bien du citron vert ? C'est meilleur, avec la tequila, pas vrai ? »

Le mezcal n'est pas juste de la tequila, Mark. L'orange adoucit le goût fumé. Le citron vert le combattrait. On aurait cru qu'avec tout ce fric tu aurais développé ton palais...

« Au fait, t'as déjà jeté les glaçons ? »

Trois cents.

Une fois, je me suis plainte de Mark à mon manager ; c'était après notre deuxième ou troisième rencontre, après qu'il eut fait une remarque sur mon corps qui m'avait donné envie de disparaître.

« Qu'est-ce que tu veux que je fasse ? » avait demandé Ty, assis à notre table branlante dans le bar de l'autre côté de la rue.

Ce rade, appelé Le Bar, réveillait les pires inclinations de chacun. Selon la légende locale, le propriétaire, un homme trapu prénommé Joe, avait appris lors d'un voyage en Europe dans sa jeunesse que l'acronyme BAR signifiait Beauf Américain Représentatif. Ainsi donc, un bar était né.

Je crus d'abord que l'inquiétude dans les yeux de Ty s'adressait à moi, jusqu'à ce que je note la régularité avec laquelle ils se levaient en direction du poste de télé fixé au mur du fond. Tiger Woods faisait son grand retour, et il semblait bien que les Américains avaient une chance de remporter la Ryder Cup cette année.

« Tu ne peux pas parler à Lindsey ? Lui dire que son copain est un gros dégueulasse ?

– Écoute, fit Ty avec un soupir. Je suis navré s'il te fait te sentir mal, mais faut que tu comprennes, je suis pieds et poings liés. Je sais qu'il y va un peu fort, des fois. Crois-moi, moi aussi il me saoule, mais il est inoffensif. Il ne t'a pas touchée ni rien de ce genre, non ?

– Non, mais… »

Comment étais-je censée lui dire que Mark m'avait reluquée de bas en haut un après-midi et annoncé que j'avais une jolie petite silhouette, que mes seins avaient la taille parfaite : « Une pleine main. Peu importe ce que diront les mecs, Sophie, ils ne veulent pas d'un truc qu'ils ne peuvent pas attraper avec une seule main. »

« Soph, soupira Ty, je suis désolé. C'est tout ce que je peux dire. Contente-toi de l'ignorer et de faire ton boulot. »

Ses yeux remontèrent au-dessus de mon épaule. Quelque part en Europe, Tiger rentrait sa balle dans le trou.

« Souris, Sophie. »

Le verre vide de Mark fit une embardée vers moi. Sans réfléchir, je tendis la main, le saisis avant qu'il bascule de l'autre côté et le déposai dans le bac à vaisselle. La méditation, avais-je oublié, ne fonctionnait que sur les gens qui n'avalaient pas d'un trait le moindre verre d'alcool qu'on leur mettait sous le nez. La fumaison, le temps et le savoir-faire, tout ça cul sec dans le gosier. Deux zestes d'orange gisaient épars sur le zinc. Je les ramassai. Ils collaient dans mon poing.

« T'as pas autre chose ? Un machin que t'allais jeter de toute façon ? Il doit bien te rester un fond de champagne...

– Je suis fermée, Mark. Pourquoi tu n'irais pas au Bar ? Ils sont ouverts pour encore un moment.

– J'aime autant rester ici et embêter ma barmaid préférée.

– Eh bien, tu devrais peut-être te trouver un nouveau plan. »

Comme mus par un signal, les serveurs chaloupèrent un à un à mon comptoir, à jeter en pile des additions, des pourboires et de la monnaie pour la Maison à une extrémité du bar avant de se percher sur des tabourets telles des mouettes en couvaison. Mark salua chacun d'eux et les invita à boire et à célébrer encore cette nouvelle année, ce qu'ils acceptèrent sans faire de chichis. Est-ce que je m'attendais à autre chose ? Depuis que je travaille derrière un bar, je n'ai jamais vu un serveur refuser une tournée.

Ils le flanquèrent en rang d'oignon, cravates défaites, cols déboutonnés, les yeux brillant de soulagement après une longue nuit. Quelqu'un commanda une ligne de shots, et en quelques secondes mon comptoir propre fut souillé d'alcools bon marché, whisky, vodka et tequila, tandis qu'ils culbutaient leurs verres dans leurs bouches béantes. L'un d'eux tira une bouteille de champagne à moitié entamée de son sac et ils se la firent tourner avec jubilation. Le chef, au bruit de leur cacophonie, sortit de sa cuisine d'un pas nonchalant pour en prendre lui aussi une gorgée. Un coup d'œil sur le côté me révéla mon commis qui traînait près du stand d'accueil, nerveux, à se dandiner sur la pointe des pieds. J'eus un hochement de tête. Qu'il reste exclu.

Ty m'attendait dans son bureau, sa tasse de café habituelle posée à côté d'une flasque de Jameson.

« Tu ne les mélanges pas, ce soir ? fis-je en pointant les boissons du menton.

– Le Nouvel An me donne toujours envie de vraiment goûter à mon whisky, répondit-il simplement. Il te reste encore beaucoup à faire ?

– Ça dépend de la vitesse avec laquelle les serveurs vont se casser. Ils ont à nouveau salopé mon comptoir. Et Mark fait le pilier de bar avec eux.

– Il s'en ira en même temps qu'eux. » Tout en parlant, il comptait l'argent dans ses mains, des tickets de caisse déjà vérifiés et approuvés. « T'es d'accord pour faire la fermeture seule, ou tu veux que je reste ? »

Une question qui n'en était pas une.

« Ça va aller.

– Génial. Merci, Soph. » Il leva les yeux vers moi. « T'es la meilleure. »

Je sais.

Une bête de zoo

« Sophie. »

Une menace, une suffocation, une obligation toquèrent sur la devanture. Je gardai la tête baissée.

« Sophie. »

Lorsque j'étais enfant, ma mère m'emmena au Zoo national de Washington DC. À un moment de cette journée que nous avions passée à déambuler sur les tortueux sentiers gravillonnés, nous étions tombées sur la Maison des primates et sa bruyante cohue. Pendant l'heure suivante, nous avions fixé bêtement les gibbons hurleurs, les orangs-outangs pataudς, les lémuriens et leurs queues annelées plus longues que leurs corps. Au-dessus de nos têtes, des singes capucins en liberté dans la structure piaillaient et gloussaient tout en voltigeant parmi les rangées d'arbres qui bordaient l'allée centrale. Un mois plus tard, ils se retrouveraient encagés après qu'un de leurs pairs se serait enfui par la porte principale et aurait disparu dans l'enchevêtrement des rues de Washington ; mais cet après-midi-là, ils nous regardaient depuis leurs branches, leurs bouches minuscules exhibant par flashs des sourires distendus semblables en tout point à ceux que j'apprendrais un jour à me coller sur la face.

Nous avions trouvé l'attraction principale en suivant les troupeaux d'enfants jusqu'à un large panneau vitré qu'avaient souillé les visages poisseux, les langues et les lèvres baladeuses. Là, dans l'enclos en béton baigné de pénombre, était assis un vieux gorille à dos argenté. Voûté, les bras croisés, le dos tourné, en totale rébellion contre ces hordes de gamins morveux qui lui braillaient tous de regarder dans leur direction, afin qu'il les divertisse comme ses cousins l'avaient fait. La bête ne bougeait pas, elle regardait obstinément ailleurs même parmi les cris les plus aigus. Longtemps, je pouffai à ce souvenir, à cet animal pareil à un enfant qui croit que personne ne peut le voir s'il tire la couverture sur sa tête.

C'était avant que je travaille en restauration ; avant que j'aie à affronter ma propre horde agglutinée contre la devanture, leurs mains qui en souillent la vitre, à attendre que s'ouvre la porte pour se ruer dans le bar. À présent que je suis moi aussi une bête de zoo, je comprends le pouvoir très réel d'un esprit capable de regarder ailleurs, de reléguer ne serait-ce que pour un instant ces horripilants intrus dans un autre coin de la réalité.

Je gardai les yeux baissés sur mon travail, forçai ma respiration à apaiser la pierre à feu qui s'était remise à faire des étincelles et me brûlait à chaque nouveau *toc* sur la vitre.

« *Sophie.* »

Le cognement se fit dur. Jointures pressées contre le verre.

Non. Si je levais la tête, si nos yeux se croisaient, peu importe qui était dehors, il le prendrait comme une invitation. Tout le monde adore l'idée d'être le client autorisé à entrer après la fermeture. Il était deux heures du matin, la porte était verrouillée, les lumières éteintes. Tout ce que je voulais, c'était la paix.

« Sophie ! »

Le bar était presque propre. Un dernier coup de chiffon et il étincellerait, prêt à être bordé dans son lit jusqu'au lendemain. Un dernier coup et je pourrais enfin déguster le verre de vin dans lequel j'avais mis tant d'efforts, il y avait de ça des heures qui désormais semblaient vieilles de plusieurs jours. L'homme dehors ne s'en allait pas. Son corps était flou parmi les ombres, une tache au coin de mon œil. Des pattes minuscules descendirent ma gorge à pas menus, glissèrent le long du toboggan des muscles peaucier, sterno-hyoïdien, sterno-cléido-mastoïdien : ces zones dangereuses qui facilitent autant qu'elles coupent la respiration. Je sentis les pas marquer un arrêt, se recroqueviller dans le doux creux de ma clavicule. Sous mon épaule, la pierre à feu produisit de nouvelles étincelles, et je baissai la tête pour l'en soulager.

Le cognement se fit plus fort, insistant. Il se déplaça le long de la vitre, pour se diriger vers l'extrémité du bar où je me trouvais. Je me mordis la langue ; ma peau fut parcourue d'une vague.

« Sophie, je te vois. Laisse-moi entrer ! »

Quand je levai la tête, le visage de Mark était à quelques centimètres du mien, aplati contre le verre. Ses yeux embués louchaient à moitié, ses joues étaient roses. Voilà donc ce que voyait le gorille : ces ridicules touristes qui requéraient son attention. Il aurait dû en rire. J'aurais dû en rire. Au bout du compte, Mark ressemblait au porc qu'il était.

Content d'avoir attiré mon attention, il cogna une fois de plus contre la devanture, fort, du plat de la main.

« Je suis fermée, Mark. »

Je laissai chaque mot s'écouler du bout de ma langue, tout sourire, tout sucre.

« Faut que je pisse ! » Il frappa encore, un coup sourd, mou qui fit trembler la vitre. « Steuple ! Je peux plus me retenir. Si tu me laisses pas entrer, je vais pisser sur le trottoir... »

Putaindemerde.

Il entra en trébuchant quand j'ouvris la porte, bafouilla un merci rapide tandis qu'il vacillait vers les WC propres, ses mains sur son entrejambe comme un bébé sur le point de se faire dessus. J'entendis le siège des toilettes se relever, tâchai d'ignorer le reste ; son envie était si pressante qu'il en avait oublié de fermer la porte derrière lui.

« Eh, Sophie », dit-il en sortant quelques minutes plus tard, essuyant ses mains mouillées sur les côtés de son pantalon.

Il tira un de mes tabourets de bar, dont les pieds en métal raclèrent le sol, et y grimpa. On y était : la question que je savais qu'il allait poser, la véritable raison de sa présence.

« Oui, Mark ?

– T'as pas un truc que tu t'apprêtais à jeter ? »

Je pris comme excuse un bac de verres oublié dans le lave-vaisselle pour ne pas répondre aussitôt, et ouvris d'un coup de pied la porte métallique afin que les nuages de vapeur tourbillonnants me masquent à sa vue pour un court instant de répit tandis que je cueillais comme des pommes dans un arbre chaque mot que j'allais dire, à la recherche de taches ou d'imperfections dans leur ton. Seuls les mots justes fonctionneraient. Bourré comme il l'était, il y avait de fortes chances pour que Mark oublie complètement cette conversation ; dans le cas contraire, il était plus que probable que Ty m'en reparlerait.

J'optai pour l'honnêteté la plus stricte :

« Je crois que tu as assez bu.

– C'est quoi, ce vin planqué là-bas ? » fit-il avec un signe de tête vers la bouteille de Claire et Hunter, à demi cachée derrière la caisse enregistreuse.

Désormais vide sauf pour un dernier verre, elle brillait d'un vert sombre dans la lumière tamisée, invitation velouteuse à la sérénité. Tandis que nous en inventorions les formes, quelque chose proche de l'épuisement s'éleva de ma poitrine et me mordit l'intérieur de la joue.

« Elle est à moi, Mark.

– Ta mère t'a pas appris à partager ?

– Oui, m'sieur ! » Ma voix, une mélodie pour le dérouter. « Plus que tout, même. Mais aujourd'hui j'ai envie d'être égoïste. J'ai travaillé dur pour cette bouteille, et une dame a le droit de s'arroger certains privilèges, tu ne penses pas ? »

Un sourcil arqué, une moue des lèvres, voilà mes arme et bouclier en de telles situations.

« Oui, ben, ch'te l'fais pas dire, mais... » commença Mark.

Ses inflexions ordinairement traînantes alourdies par la boisson, les mots lui coulaient de la bouche en un goutte-à-goutte paresseux. Il s'était avachi sur son siège, les paupières tombantes, les coudes appuyés sur le comptoir pour s'empêcher de s'écrouler de tout son long.

Je le laissai marmotter dans sa barbe tandis que j'extrayais les verres du bac de rangement. La pulpe de mes doigts rougit à leur contact, sans que je ressente quoi que ce soit ; des années à manipuler assiettes et verres brûlants avaient engourdi mes sensations. Avec le temps, on s'habitue à tout.

Les grands verres furent déposés tête en bas sur leur plateau. Utilisés uniquement pour l'eau, ils n'avaient pas besoin d'être essuyés et pouvaient sécher à l'air libre pendant la nuit. Tandis que les verres à vin, à whisky et à shot devaient être méticuleusement polis avant d'être mis au lit. Je me livrai à un rapide calcul mental. Encore dix minutes. Il fallait d'abord qu'ils sèchent un peu, sans quoi la manipulation laisserait des traces. Si j'avais été seule, c'est le moment que j'aurais choisi pour me verser mon verre de vin. Au lieu de quoi la bouteille resta dans son coin derrière l'ordinateur, hors de portée à moins que je ne décide de partager.

« Sophie.

– Mark. »

Je m'occupais comme je pouvais, essayant de trouver n'importe quoi à faire pour tuer le temps, calmer le petit attroupement qui s'était mis à escalader les cordes musculaires de mon échafaudage supra-spinal. Je sentais les yeux de Mark glisser vers le bas – le poids de son regard comme une paume au creux de mes reins.

« Tu veux bien me ramener chez moi ? »

Les bras m'en tombèrent.

« Tu plaisantes ?! Tu ne peux pas demander à quelqu'un d'autre ? »

Ce n'était pas la peine de savoir s'il avait appelé un taxi. C'était déjà assez galère de les faire venir par un soir normal. Les petites routes sinueuses, à vingt minutes du client suivant le plus proche, décourageaient la plupart des chauffeurs. Quand on arrivait à en choper un, c'était une plombe d'attente pour une course au tarif maximal. Un soir de Nouvel An, alors que Charlottesville leur assurait des trajets courts et des prix revus à la hausse, même pas en rêve ils n'allaient s'approcher de notre doux bourg de Bellair.

Je pouvais difficilement leur jeter la pierre. D'ailleurs, les citadins, je vous entends penser : Et Uber, alors ? Eh bien, le jour où Uber ou la fibre condescendront à faire un détour par chez nous, ils seront assurément accueillis en grande pompe. Mais cette promesse ne semble pas les avoir convaincus, jusqu'à présent.

Non, les gens du coin sont habitués à prendre le volant les yeux plissés, en priant l'Enfant Jésus, Marie, ou Joseph pour ne percuter ni cerf, ni fossé. Cette nuit ne ferait pas exception à la règle.

« Ils sont partis avant que je sois prêt… »

Mark tanguait en parlant ; son haleine m'atteignit de plein fouet, un relent d'alcool de mauvaise qualité exhumé d'un bar crado. Je songeai à le planter là. Qu'il rentre chez lui à pied, s'il en était capable. Peut-être que les flics l'embarqueraient ; une nuit en cellule de dégrisement ne lui ferait pas de mal. Du moins, ce serait une histoire qu'il se ferait une joie de raconter à ses copains du golf, un scandale qu'ils se feraient tourner comme du popcorn. Mais la vérité, c'est que les flics le reconduiraient probablement chez lui. Les types comme Mark s'en sortent toujours. Les gens lui tendaient la main pour l'aider, ils balayaient la route sous ses pieds, pouffaient et hochaient la tête à ses singeries. Les rares fois où il s'était retrouvé dans une situation délicate devinrent des histoires qu'il enroulait à la manière d'une pelote et qu'il déroulait juste au moment voulu. La vie pour Mark Dixon était une folle aventure.

Il s'affala en travers du comptoir, les mains jointes, suppliant.

« S'il te plaît ? Je te revaudrai ça. Le meilleur pourboire de ta vie. »

C'est alors que je le regardai ; le regardai vraiment, de ses joues rouges à ses yeux qui louchaient, ses tempes clairsemées là où la calvitie le gagnait. Il sourit, un rictus en coin qui démentait le souvenir d'un charme canaille et de traits séduisants, que l'impitoyable force de gravité de la vieillesse avait esquintés.

« D'accord. » La vérité, la voilà. J'exécrais cet homme. Cet homme me dégoûtait. Cet homme m'aidait à payer mes factures. « Mais je dois d'abord polir tous ces verres, et avant de faire ça je vais fumer une clope. Tu peux te tenir tranquille pendant ce temps ?

– T'es ma barmaid préférée. Tu le sais ?

– Si c'est ce que tu penses, voilà un torchon. » Je lui jetai un chiffon bleu en microfibre. Occuper un client comme Mark est la meilleure façon de lui éviter des ennuis. « Brique-moi ces verres pendant que je suis dehors.

– Chef, oui, chef ! »

Il y a eu des fois dans ma vie où je me suis dit que mon instinct m'avait trompée, que ce n'était pas la sagesse qui m'avait fait agir, mais le méchant vestige d'une tare décrétée féminine comme la jalousie, ou bien une des propriétés chimiques de l'œstrogène. Les femmes, ai-je ouï dire, sont sujettes aux excès d'imagination, à la surinterprétation, à des angoisses triviales de toutes sortes ; et ce n'étaient pas des signaux d'alarme que nous entendions dans nos têtes mais le chant des sirènes de la Folie. Personne ne veut être la Folle, si bien que nous chaussons nos lunettes aux verres roses et dissimulons tout signe avant-coureur.

Donc, il y eut une fraction de temps, lorsque je rentrai dans le bar et trouvai Mark derrière le comptoir, où je fus prise d'un doute. Peut-être avais-je été trop dure avec lui. Peut-être Ty avait-il raison, et, aussi maladroit et puéril qu'il soit, peut-être au fond de lui Mark n'était-il pas méchant. Alors même que je m'étais montrée grossière avec lui, il avait poli mes verres et était en train de les ranger pour moi. Je pris une inspiration, me rappelai d'être gentille, de sourire, et m'avançai pour l'aider.

« Merci, Mark. Je rigolais, tu n'étais pas obligé de… » Et puis je vis ce qu'il était impossible que je sois en train de voir, ce que la lumière tamisée et mes doutes m'avaient sottement masqué. « Qu'est-ce que tu fous ? »

Il se figea, le verre dans sa main à demi levée. Ses lèvres étaient rouges, brillantes et humides. Un mince filet lui coulait sur le menton. La bouteille, ma bouteille, gisait, vide, sur le comptoir.

Un rugissement monta dans ma poitrine, que je retins en serrant fort les mâchoires. La bile baigna l'intérieur de mes joues et le nœud, qui était une pierre à feu, qui était une lame, se fit si pointu que je faillis pousser un cri. Tout doux, Sophie. Je ne pouvais pas exploser. Pas ici. Pas maintenant.

« Dégage », chuchotai-je plutôt, ma voix comme un poing de glace.

Des nuages rouges fleurirent à la périphérie de ma vision.

« Soph, y a pas de malaise ! Je te paierai un coup ailleurs…

– C'était une bouteille à deux cents dollars, espèce d'imbécile ! Va-t'en ! *S'il te plaît.* »

Des larmes me brûlaient les paupières, mais il était hors de question que je les laisse couler. Que je pleure devant cet homme et lui fournisse les munitions dont il avait besoin pour se gausser de ma colère.

Le silence s'abattit entre nous tel un rideau, si épais et lourd qu'il en était comme incarné. Dessous, j'entendis le rythme binaire de mes battements de cœur. Mark me regardait fixement. Je pouvais voir les calculs qui se télescopaient sous son crâne, sentir la force du choc. Alors quelque chose en lui s'affaissa, et il se tint face à moi pareil à un chien battu, recroquevillé sur lui-même, les yeux baissés sur mes pieds. Il ouvrit la bouche, la referma, l'ouvrit de nouveau, avant de reposer le verre souillé sur le comptoir.

« Tu acceptes quand même de me ramener ? »

Il parlait sérieusement ?! Non ! voulais-je hurler. Non, je n'accepte pas, plus jamais, de te ramener, de te servir un verre, de t'offrir un siège, un sourire… Et voici ce qui sortit de ma bouche traîtresse :

« Oui, je vais te ramener. Mais attends-moi dehors. Maintenant. »

Il était adossé à ma voiture quand je sortis quelques minutes plus tard, son haleine s'élevant en spirale dans l'air glacé.

« Sophie, tu me détestes ou quoi ? demanda-t-il d'une voix ténue.

– Tu es saoul, Mark. » Je déverrouillai les portières, montai à bord. La voiture tangua lorsqu'il se laissa tomber à mes côtés. Je perçus le *clic* de sa ceinture de sécurité. Le goût âcre de quelque chose comme la culpabilité se déversa sur mes lèvres. « Je ne te déteste pas. Je suis fatiguée. La nuit a été longue, et j'avais vraiment très envie de ce verre de vin. »

Il ne dit rien tandis que nous nous glissions hors du parking gravillonné derrière le bar, jusqu'au seul feu de circulation de la ville, qui brillait rouge au-dessus du carrefour de Peach et Ellwood. Mes yeux suivirent le tracé de la route, qui se déroulait de part et d'autre en un long ruban noir. Pas de flics. Personne. Même Le Bar était plongé dans les ténèbres. Nous étions les dernières âmes dans une ville morte ; la nuit enveloppait ma voiture.

Le feu au-dessus de nous s'obstinait à rester rouge. Je démarrai quand même. Qui allait nous voir ?

« Je suis désolé, Soph. Comment je peux me racheter ? »

La vénéneuse culpabilité roula jusque dans mon nœud, incandescente ; j'inclinai la tête pour en soulager la brûlure. Une ombre sautilla devant mes phares, un renard ou un chat, difficile à dire dans le noir ; disparue au moment même où je l'aperçus, sans que je m'en soucie davantage. C'est au cerf qu'il faut prendre garde. Ils restent au milieu de la route obscurcie et attendent qu'on les percute, leurs yeux écarquillés et brillants dans la lumière des phares, à regarder la mort foncer droit sur eux.

« Tu as eu un bisou de Nouvelle Année ?

– Hein ? » J'agrippai le volant. « Non, Mark, et je n'en ai pas besoin.

– Allez ! Je me sens mal. Et puis ça porte chance. »

Sa voix était mouillée et pesante. Elle clapota dans l'espace entre nous.

Je rajoutai un rang de parpaings sur mon mur :

« Je suis en train de conduire. Et minuit est passé. Fini les bisous pour un an.

– Faut que tu te détendes. »

J'entendis le doux bruissement d'un manteau qui se plie sur lui-même, le craquèlement du plastique, la plainte de la boucle de la ceinture de sécurité tandis qu'il se penchait par-dessus l'espace qui nous séparait. Son haleine chaude emplit mon oreille, puis vinrent sa langue, sa voix.

« T'es un sacré numéro, tu le sais, ça ? »

Je pilai la voiture, les freins qui crissent sur l'asphalte luisant.

« Il faut que tu sortes. »

Sous ma peau, tout s'était mis à ramper. Mon cœur battait si fort dans ma poitrine que je crus qu'il allait la transpercer. Le moindre attendrissement que j'avais eu pour Mark, la moindre pitié, quitta mon corps.

« Seigneur, Soph ! C'est qu'un jeu ! » Il se pressa davantage, une main brossant ma cuisse. « Allez, détends-toi. Tu t'es jamais demandé ? Je pensais… parfois j'ai l'impression qu'il y a quelque chose entre nous. »

Nos souffles avaient embué les vitres ; la nuit se referma sur nous, serrant fort la voiture dans son poing.

« C'est parce que tu es un client et que je suis obligée d'être gentille avec toi. »

Je priai pour qu'il ne se rappelle rien de tout ça au matin.

« T'es une marrante, toi. » Sa main se tortilla sous ma blouse, ses doigts froids imprimant ma chair nue, fouillant, atteignant la baleine de mon soutien-gorge. « Allez. C'est juste un jeu. Ça serait rigolo, si on se faisait choper. »

Une fois, à l'époque où j'étais jeune, avant qu'il ne me pousse des ailes pour voler par moi-même, j'avais laissé un garçon m'embrasser juste parce qu'il m'avait supplié de le faire. Avant ça, il avait été un ami. Plus tard, alors qu'on regardait des dessins animés, il s'était mis à pleurer sur sa petite copine, parce qu'au moment où il pressait ses lèvres contre les miennes il s'était rendu compte qu'il l'aimait véritablement et ne pourrait jamais la quitter. Ça avait été un test, genre, un test que dans sa tête il avait passé. Après ça, plus jamais je n'ai pu le regarder avec respect. À mes yeux, son visage serait pour toujours entaché de moisissure, une ombre visqueuse et pourrissante. Ce jour-là, j'ai appris que même pour ceux qui disaient m'aimer je n'étais qu'un jouet, un instrument, quelque chose dont on se sert. J'ai appris que le dégoût et la honte pouvaient te cailler dans le ventre et s'y transformer en colère. J'ai appris que les hommes ne ressentaient jamais une telle chose, quoiqu'ils en soient la cause. Et qu'ils étaient tous les mêmes.

Je regardai Mark, ses yeux brillants, ses lèvres pendantes, béantes comme celles d'un porc.

« Sors. Maintenant. Ou je te tue. »

UNE SPHINGE POSE UNE QUESTION

Pensez-vous qu'il soit sorti ?

Nora

La morte gisait au bout du couloir. Des ombres serpentaient sur son corps baigné de clair de lune, engraissant à mesure qu'elles s'étiraient le long d'une courbe et formaient une flaque dans la pliure cassée d'un bras. Quelques-unes dévièrent pour venir s'entortiller aux mèches de cheveux pâles qui lui pendaient sur le visage, tel le rideau macabre qu'on abaisse en fin de spectacle. Au-dessus d'elle, une toile d'araignée faite de verre brisé zébrait la fenêtre, dont les carreaux avaient volé en éclats sous le poids de sa tête, une fois, deux fois, encore et encore, jusqu'à ce que des fragments d'os lui sortent de l'arrière du crâne. Tandis que Nora Martin, pieds nus, longeait précautionneusement son couloir enténébré, un souffle, une brise, un hoquet, se faufila par la vitre fracassée et s'enroula à ses chevilles.

Lauren Morris, vingt et un ans. Étranglée. Battue.

« Elle n'existe pas, chuchota Nora. Tu sais qu'il n'y a pas de fenêtre à cet endroit. Tu sais que le couloir est vide. Tu es chez toi, pour l'amour de Dieu, et manifestement tu parles toute seule… et tu dois pisser, sinon tu vas te faire dessus. »

La femme dans la salle de bains fut plus difficile à ignorer. Nora garda les genoux serrés fort lorsqu'elle s'assit sur la cuvette des WC afin de ne pas frôler la main qui pendait, molle, par-dessus le rebord de la baignoire. Même avec les paupières closes, elle sentait les yeux du spectre fixés sur le vide, savait que si elle regardait elle verrait les fantômes pourpres des doigts enlacer en un grotesque collier le cou de la femme. Elle alla se laver les mains. Une bulle s'échappa des lèvres bleues de la femme, éclata avec un soupir à la surface plane de l'eau qui, de même que le carreau de fenêtre brisé, n'existait pas.

Patricia Ng, soixante-treize ans. Noyée.

Tenaillée par la soif, Nora descendit l'escalier pour se rendre à la cuisine, passa près des emballages et autres résidus vieux de plusieurs jours de la fête de Nouvel An, et de la femme qui pendait inerte du ventilateur au plafond. Ses pieds enflés enchevêtrés dans les ficelles de quelques ballons dégonflés, comme ils l'avaient été dans le chèvrefeuille grimpant après qu'un homme les eut pendues, elle et sa compagne, à un pin de Virginie qui grinçait dans les montagnes Blue Ridge.

Samantha Wyatt, vingt-quatre ans. Pendue. Rachel Barber, vingt-sept ans. Violée, pendue.

Femme non identifiée, âge estimé : début de la quarantaine, était lovée à l'extrémité du canapé, sous sa tête une flaque de sang noir sur le parquet ancien. Son visage, Nora le savait sans avoir à regarder cette femme qui n'était définitivement pas là, avait été battu jusqu'à l'oubli éternel par un objet contondant, très probablement un démonte-pneu, après qu'elle se fut arrêtée sur le bas-côté pour aider l'homme qui la tuerait. Elle était son premier meurtre. Les deux précédentes femmes, il les avait seulement violées après les avoir arrêtées pour leur demander le chemin de la station-service la plus proche. *Seulement*. Nora détestait ce mot.

Ce qu'elle aurait voulu lui demander, lorsque le Central l'avait dépêchée près du véhicule abandonné sur le côté de l'Interstate 64 (le véhicule, apprirent-ils plus tard, avait été volé, si bien que leur piste était partie en fumée ; la meilleure hypothèse de Nora était qu'il avait pris la fuite à bord du véhicule de l'inconnue, laissant derrière lui la voiture volée et emportant la carte grise et le nom de sa victime), ce qu'elle aurait voulu lui demander, c'était s'il savait que cette femme qu'il avait réduite en charpie était une mère. Quand il l'avait brutalisée et laissée mourir dans un fossé, avait-il senti les vergetures et les cicatrices qui striaient son bassin, la douleur qu'elle était prête à supporter par amour ?

Un Jésus tatoué lui lança un coup d'œil depuis la courbure nue de l'épaule de l'inconnue, Ses mains croisées en une supplication éternelle, que personne n'entendait.

L'horloge fluorescente du micro-ondes indiquait *5:36* du matin. Le soleil ne se lèverait pas avant deux heures. Elle aurait voulu retourner se coucher, auprès de Dan, qui maintenant devait avoir roulé de son côté du lit pour saisir les derniers vestiges de sa chaleur. Il dormait en étoile de mer, colonisant silencieusement le matelas de ses longues jambes câlineuses, ronflant doucement du sommeil du bienheureux. Les fantômes ne hantaient pas ses nuits. Il ne les entendait pas descendre en trébuchant l'escalier par les nuits de lune. Il ne les voyait pas pendre d'invisibles chevrons au-dessus de leur lit. Ses nuits demeuraient paisibles, ses rêves, des pages blanches. Contrairement à Nora, il ne restait pas éveillé dans le noir, la douleur de leurs cœurs brisés battant à l'unisson du sien.

« Et puis merde », chuchota-t-elle en buvant une gorgée de son verre d'eau.

Elle n'irait pas se recoucher.

Se résignant à l'insomnie, elle monta sur le tabouret branlant que Dan promettait toujours de réparer et ouvrit la porte de l'armoire au-dessus du réfrigérateur. Elle gardait là un secret, auquel elle ne cédait que par des nuits comme celle-ci, lorsque ses cauchemars se revêtaient de sang et d'os pour ramper jusque dans le monde concret.

Ce visage-là était le plus difficile, quoique l'enfant ne la regardât jamais en face. Hormis un mince filet sous son nez, il n'y avait pas de sang. La petite fille se tenait en boule à une extrémité de l'armoire, la position même dans laquelle Nora l'avait trouvée en ce terrible après-midi de printemps ; fourrée par son beau-père au fond de l'armoire de cuisine de sa maman, où elle était morte seule tandis qu'il essayait de dissimuler son acte.

Ce souvenir-là, ce cauchemar, ce fantôme, cette enfant, était apathique et bleu ; ses mains minuscules étaient jointes devant elle, comme pour repousser l'homme qui l'avait secouée jusqu'à ce que son cerveau enfle. À moins qu'elle n'ait voulu le prendre dans ses bras, l'amadouer de la seule manière qu'elle connaissait. Étonnant comme les filles apprennent tôt comment calmer la colère des hommes.

Arya, le prénom que sa mère lui a donné. Pour le courage. Arya Ward, dix mois. Secouée.

Nora ferma les yeux et chercha d'une main sa boîte en fer verte et le soulagement qu'elle y tenait caché. Si Dan était au courant pour ses cigarettes, il n'en parlait jamais. Elle lui en était reconnaissante. Comment expliquer à son petit ami qu'elle avait parfois besoin de s'asseoir dehors jusqu'à ce que ses pieds soient gelés et que ses mains tremblent, à aspirer la fumée et la nicotine et attendre que le soleil se lève et balaie les ombres dans le couloir ?

« Les lémures, lui avait dit sa mère un matin de juin, bien longtemps auparavant, sont juste des gens qui sont morts avec des questions dans la bouche. Ils ne pourront pas aller au paradis, ma chérie, tant qu'ils n'auront pas eu leurs réponses. »

Ça avait été un jour pluvieux, frisquet pour la fin du mois de juin. Lasses de rester dans la maison à écouter l'exaspérant *ploc-ploc* du crachin contre les vitres, elles s'étaient réfugiées sous le porche couvert. Nora était au stade dégingandé de la jeunesse, toute en coudes et genoux cagneux, aussi était-elle affalée sur la balancelle vétuste du porche, les jambes écartées, les doigts étendus en direction de l'enchevêtrement de belles-de-jour qui étreignait la balustrade. Par cette journée hors saison, les fleurs s'étaient refermées en poings, hermétiquement closes à l'humidité et au froid. Nora en avait tiré une, déterminée à la dérouler et à voir son visage caché.

« Attention à ces fleurs, t'tite », avait dit sa mère, comme le faisaient toutes les mères que connaissait Nora, en aspirant la première syllabe du mot pour lui coudre plutôt un *t* paresseux pris entre ses dents inférieures et sa langue : *t'tite*. Et, comme toutes les mères que connaissait Nora, elle n'avait pas besoin de regarder sa fille pour savoir ce qu'elle manigançait. Plutôt, les yeux gris d'Emma étaient fixés au plafond, sa bouche ourlée en une moue pensive. Ses cheveux, un fouillis de boucles blondes échevelées, étaient pour l'heure emprisonnés dans un bandana vert, malgré certaines mèches rebelles qui saillaient sur les côtés et auréolaient son front lorsqu'elle se penchait dans les rais de pâle lumière. Nora se demandait souvent duquel de ses parents elle avait hérité ses propres boucles folles. La question ne se posait cependant pas pour ses yeux, ceux de son père, aussi marron qu'un bouillonnant cours d'eau après un orage d'été.

Un pot de peinture en aluminium était posé sur le rebord de la fenêtre. Nora regarda Emma y tremper un rouleau qu'elle ressortit couvert de peinture et pressa au plafond. Le rouleau heurta le bois avec un chuintement visqueux, et elle le fit rouler en avant, imprimant une traînée bleue sur le ciel artificiel.

« Je vais pas lui faire de mal, maman. Je veux juste l'ouvrir. »

Elle glissa un ongle sous le bord délicat d'un pétale.

« Ces fleurs sont dangereuses, mon bébé.

– Hein ? »

Un éclair de trahison frappa la poitrine de Nora. Combien d'années avait-elle passées à jouer avec cet ennemi sur leur porche ? Elle libéra le bouton à moitié ouvert et le regarda s'enrouler de nouveau sur lui-même.

Emma éclata de rire.

« Elles ne vont pas te tuer. Juste te rendre un peu malade si tu manges les graines. Très malade si tu en manges trop. Mais tu peux les toucher. Fais attention quand tu manipules les pétales, c'est tout.

– Pourquoi ? demanda Nora en plissant les yeux, suspicieuse.

– Parce que, si tu fais du mal à mes fleurs, petite, je t'en ferai aussi. »

Emma pouffa à sa plaisanterie, et au « Mamaaan » incrédule de sa fille ; tout ce temps, son bras faisait des va-et-vient en arc sur le plafond, et la traînée de bleu grossissait.

Quelques gouttes de peinture tombèrent sur la bâche en toile qu'elle avait étendue au sol. Nora se mit à les compter : un *ploc*, deux *ploc*, trois, quatre. Elle battit la mesure de son pied nu et tendit de nouveau la main vers la fleur, qu'elle sortit de son arbuste.

« Pourquoi bleu ? Le plafond. »

Fleur en main, Nora leva les yeux au ciel.

« Pour chasser les lémures, répondit sa mère d'un ton aussi neutre que si elle évoquait la météo.

– Ils ont peur du bleu ?

– Les guêpes, oui. »

Son père poussa la porte écran, qui protesta avec un geignement maussade, le bois gonflé par l'excès de chaleur et d'humidité.

« La peinture avance, Emma ? Ça y est, tu as fait fuir tous les lémures ? Je crois que j'en ai repéré un dans le jardin, ce matin.

– Ce n'est pas parce que tu n'y crois pas qu'ils n'existent pas. »

Sa mère poursuivit ses coups de rouleau, se penchant en avant pour atteindre le bord du plafond, ses joues aussi roses que les azalées qui bordaient leur allée gravillonnée, et tout aussi obstinées. Son père saisit d'une main l'échelle pour la stabiliser. Ses mains étaient noires, de la même teinte profonde que la terre mouillée dans les bacs à plantes d'Emma.

« Merci, Ron », dit Emma.

Sur le siège en dessous d'eux, Nora s'acharnait sur sa fleur. En quelques minutes, le petit poing blanc avait éclos en une trompette ouverte dans sa main. Elle la pressa contre son visage.

« Ça ne sent rien de spécial.

– Hmm ? fit Emma en baissant les yeux. Oh. Non. Les belles-de-jour ne sentent pas grand-chose. Elles sont suffisamment jolies pour que les abeilles les trouvent à leur goût même sans parfum.

– Et quand elles les découvriront, nous aurons notre super plafond bleu. » Ron pouffa de rire et déplaça les jambes de Nora afin de s'asseoir à ses côtés sur la balancelle. « Elles n'aiment pas cette grosse nappe de bleu. Elles croient que c'est le ciel ; c'est ce qui les retient de faire leur nid juste sous l'avant-toit. *Voilà* à quoi sert le bleu. »

Il fouilla dans sa poche à la recherche de son paquet de cigarettes ; il était toujours prêt à admettre que fumer était une mauvaise habitude, mais pas encore à y renoncer. Nora, la fleur entre ses doigts oubliée, libérée de son étreinte, le regarda taper plusieurs fois le paquet contre sa paume avant de l'ouvrir et d'en choisir une.

« J'aimerais que tu ne fumes pas à côté d'elle, dit sa mère en descendant de l'échelle, qu'elle déplaça vers une nouvelle zone où elle se remit à peindre.

– Et j'aimerais que tu ne lui bourres pas le crâne avec tes contes de fées, pourtant c'est ce que tu fais, répondit-il avec un clin d'œil à Nora.

– J'espère que je mourrai avant toi, comme ça je pourrai revenir te hanter la nuit.

– Et moi je t'enfermerai dans un bocal et je te suspendrai à ce vieil arbre, là, derrière. »

Il sourit, du même sourire qui avait envoûté Emma Shifflett quinze ans plus tôt, qui la faisait rougir encore aujourd'hui, alors même qu'ils s'asticotaient. C'était ce sourire aussi, Nora avait-elle entendu chuchoter, qui avait apaisé les craintes de son grand-père lorsque sa fille avait épousé un Noir. Non que ça le dérangeait, *lui*, avait-il dit… mais on sait comment sont les gens.

« Je rigole, Emma. Ça rend bien en bleu. Et je crois qu'on peut dire en toute assurance qu'aucun lémure ne viendra hanter notre porche. »

Mais ce qu'Emma Martin ignorait, ce qu'elle n'avait pas appris à sa fille, c'était comment empêcher les lémures de hanter une personne. Certains fantômes refusaient tout bonnement de vous lâcher le cœur, ils vous enserraient le cou de leurs bras puissants et restaient accrochés là, spectres pourrissants et fétides qui vous glaçaient les sangs même par la plus chaude des journées. Ils étaient pourvus de noms et de voix, d'histoires encore jamais racontées, de questions demeurées sans réponse. Tapis dans chaque recoin, ils se dissimulaient dans l'ombre poisseuse, s'écoulaient au goutte-à-goutte dans le sinueux pavillon des oreilles de Nora en un chuchotement rauque qui bourdonnait juste sous le brouhaha persistant de la vie quotidienne.

Dehors sous son porche, un porche nouveau, blanc et propre, qu'elle partageait avec Dan, Nora regarda le ciel s'illuminer et exploser en une aquarelle que chaque nouveau rayon de lumière délavait, encore et encore, jusqu'à ce qu'il ne reste rien des profonds pigments de la nuit ; bientôt il fut seulement gris, la couronne d'un soleil hivernal pointant timidement au-dessus des montagnes ondoyantes, contusionnées de bleu et voilées de brume.

« Chérie. »

Dans son dos, la voix de Dan fit sursauter Nora, qui cacha fébrilement le mégot de cigarette, éteint depuis longtemps, qu'elle tenait entre ses doigts.

« Seigneur. Je ne t'ai pas entendu ! »

Il se tenait sur le seuil, les yeux vitreux, enveloppé d'une couverture.

« Désolé. Tiens. » Il tendit la main et elle vit qu'il tenait son téléphone. « Il sonnait. Ça m'a réveillé. Je l'aurais ignoré, mais je crois que c'est Murph... »

Elle le remercia et il rentra d'un pas traînant, suivi par sa couverture. Avant qu'elle ait pu déverrouiller son portable, celui-ci se remit à sonner.

« Murph. Qu'est-ce qui se passe ?

– T'en as mis du temps, Martin, répondit une voix bourrue. C'est la troisième fois que j'appelle.

– J'étais dehors. Dan vient de me dire que tu avais appelé.

– Mouais... Y en a un au moins qui est un adulte responsable. »

Dans le silence qui suivit elle leva les yeux au ciel.

« T'es de patrouille aujourd'hui, Martin ?

– C'est sur mon planning, ouais. Plus tard.

– Eh ben, appelle Barb et règle ça avec elle et le sergent. Habille-toi. Neutre. Aujourd'hui tu restes avec moi. Charlie vient d'appeler. Il est à la décharge depuis cinq heures du mat'... Ils ont trouvé un corps là-bas ce matin. »

Perséphone se voit

Je ne savais pas vraiment qui j'étais lorsque je me réveillai dans le soleil froid et clair de la nouvelle année. J'étais dans mon corps, de cela j'étais sûre ; j'avais deux bras, deux jambes, des seins, un ventre, un cou ; l'insipide et faible anatomie à laquelle j'avais été reliée toute ma vie. Il y avait des taches de rousseur là où je les attendais, les mêmes marques et cicatrices. Dans le miroir, les mêmes cernes bleuissaient la peau douce et veloutée sous des yeux qui ressemblaient aux miens. Je pris une profonde inspiration et sentis les poumons se dilater comme les miens l'avaient fait, dans une pression élégante de tissus, de muscles et de grêles vaisseaux sanguins. Dedans et dehors, dedans et dehors ; l'air et le sang circulaient dans la chair d'un corps nouveau qui reposait sur le corps que j'avais toujours connu et jusque-là jamais remis en question. Je me sentais comme une serpente doit se sentir quand elle se débarrasse de sa vieille mue, comme une cigale jaillissant de sa cuticule estivale.

Dans le Sud, chaque naissance est invariablement suivie d'un baptême, aussi dans la douche je pressai mon visage sous l'eau, lavai au tout-à-l'égout les déchets de Mon Ancien Moi, aussitôt drainé vers des lieux inconnus.

Plus tard, à la table de la cuisine, je baissai les yeux sur mes nouvelles mains. Une zébrure rose traversait mes paumes, encore à vif, tendre au toucher. Et le souvenir me revint. L'obscurité. Un millier de mites qui hurlent. La morsure de la ceinture de sécurité dans mon poing. Le soulagement me dégoutta le long de la colonne, et je sentis des corps minuscules fouailler les épais coussinets de mes disques intervertébraux, s'enfouir en des recoins cachés ; pour se reposer, dormir, et non rêver. Dans l'air suspendu de ma cuisine, parmi cette effrayante nouveauté, je sentis mon être bouger, tendre des doigts craintifs hors de la terre-moi où j'avais enseveli mon âme. Ressuscitée, je pouvais à nouveau me façonner.

Judith décapite Holopherne

Tuer un homme est plus facile qu'on ne le croit, tant que l'on sait où frapper. Sa gorge, comme la vôtre, comme la mienne, est flanquée de deux artères carotides identiques et somme toute exposées. Ces longues et épaisses cordes de collagène forment le passage animé que traversent dans leur ascension les globules rouges en fleur, pour s'éloigner davantage à chaque puissant battement du cœur.

Tendez vos doigts. Posez-les dans le creux juste sous l'arrondi de la mâchoire. La sentez-vous ? Cette pulsation. Forte et persistante.

Vous êtes en vie.

Mais si quelqu'un venait à refermer ses mains autour de votre cou, ou à l'enserrer avec une ceinture de sécurité, dix-sept secondes suffiraient pour étouffer ces battements de cœur, jusqu'à ce qu'il n'en reste rien qu'un mou silence, rien qu'une mort froide.

Mark ne sortit pas de la voiture. Au lieu de ça, il me regarda. Ses yeux s'écarquillèrent, de cette façon maladroite qu'ont les hommes pris la main dans le sac, comme des petits garçons réprimandés pour avoir apporté la saleté du dehors partout dans la maison. L'air entre nous parut un instant retenir sa respiration, le tenaillement sous ma peau cessa ; le temps d'un souffle, nos deux vies furent suspendues à la creuse tension de l'attente, à nous demander ce que Mark allait faire ensuite.

Ce qu'il fit, c'est transformer sa main en une bouche qui remonta le bord satiné de mon soutien-gorge pour venir mordre le téton niché dessous, alors que son visage se fendait d'un sourire malicieux.

« Détends-toi, Sophie. On s'amuse, c'est tout... Dieu que c'est bon... »

Et puis il n'y eut plus d'espace entre nous et nulle part où aller et son visage était dans le mien et toutes les fibres de mon corps étaient centrées sur mon sein gauche, à présent malmené par un contact auquel il n'avait pas consenti. Dans un moment de panique fébrile je me figeai, bloquai ma respiration face à l'assaut de sa présence, lourde et poisseuse d'alcool bon marché et de vin volé. Il glissa et bascula en avant dans un tressautement, sa main libre atterrissant avec force sur le siège arrière, son visage quelque part sous mon oreille droite.

« Mark, vraiment... »

Les mots sortirent de ma gorge en hoquets saccadés. Il n'y avait nulle part où aller. Mes poumons se vidèrent ; mes cordes vocales comprimées et projetées contre mon palais me coupèrent la voix.

« Donne-moi tes lèvres. »

Je me réfugiai en moi-même, où je découvris une folie rageuse. Le millier de corps qui se tortillaient sous ma peau enflèrent et rugirent de dégoût. Ils se ruèrent sur mes orteils et au bout de mes doigts ; ils rampèrent sur mes yeux de sorte que ma vision vola en éclats et se fractalisa, et soudain je vis toute ma vie passée et à venir, étirée en cuisants fragments de honte.

« Sophie, viens ici, mon bébé. »

Ma mère qui m'appelle, lors de notre première sortie dans la grande surface qui venait d'ouvrir dans la ville voisine. Au cours de mes quatre courtes années de vie, je n'avais encore jamais rien vu de semblable. L'éblouissant labyrinthe de néons fluorescents et de paquets extra-larges de biscuits apéritifs rangés aux côtés de piles de vêtements, juste en face des transats de jardin et des barbecues ; le genre d'endroit où un enfant pourrait se perdre. Ou être volé.

Maman me soulève et m'installe dans le siège enfant de notre chariot de courses. Depuis peu je suis devenue trop grande pour ces trucs de bébé, si bien que je pousse un cri lorsque le métal mord mes cuisses. Elle ne prête aucune attention à mes tortillages.

« Aujourd'hui, tu vas dans le caddie. C'est rigolo, non ? »

Il y a une dureté dans sa voix que je ne comprends pas, et qui me fait voir rouge.

« Je veux marcher. »

M'ignorant, elle pousse le chariot en avant avec un rapide coup d'œil aux deux hommes derrière nous qui se tiennent près d'une pile de sous-vêtements Fruit of the Loom que nous venons d'inspecter. L'homme qui m'a dit qu'il aimait mon choix – un ensemble avec des motifs d'animaux mignons aux couleurs de l'arc-en-ciel – me fait un signe de la main tandis que ma mère éloigne le chariot. Quand je lève la mienne pour lui répondre, elle me la baisse d'une tape.

« Ne parle jamais à un homme que tu ne connais pas,

Sophie. Pas tant que je ne t'ai pas dit que c'était OK. Compris ? »

Mark portait encore sa ceinture de sécurité ; le nylon était doux sous mes doigts. Je fis courir une main tremblante sur sa poitrine jusqu'à la boucle – lui soupirait, satisfait de lui-même, et pressait ses lèvres mouillées sur les coins de ma bouche.

C'est le mois d'août, la première semaine de sixième. Nous sommes assises en tailleur sur le sol crasseux du gymnase, bouillant et humide malgré les fenêtres ouvertes ; un ventilateur aussi haut que moi tourne inutilement dans un coin. De la sueur coule en minces filets sur nos poitrines, entre nos petits seins bourgeonnants, douloureux au toucher et absolument pas de la bonne forme à nos yeux ; pas arrondis comme ceux des femmes dans les magazines, mais de petits triangles raplapla composés de graisse et de vergetures. Ma mère m'a acheté une brassière de sport, que je porte avec un mélange de fierté et de honte qui est nouveau pour moi mais qui deviendra par la suite la peau dans laquelle je me glisserai chaque jour.

La femme devant nous fait les cent pas, impatiente et irritée. Elle a d'autre chats à fouetter, et puis la chaleur la fait fondre, elle aussi. Elle nous fait mettre debout, nos paumes contre nos jambes maigrichonnes. Je prends soudain conscience des poils qui y ont poussé, à peine quelques semaines plus tôt ; noirs, comme ceux de mon père. « Est-ce que la pointe de vos doigts descend plus bas que votre short ? » nous demande-t-on. J'enfouis les miens dans l'épais tissu kaki, baissant l'ourlet autant que je le peux. Le temps a commencé à prendre mon corps de vitesse, j'ignore donc si je suis une pute ou si mes bras ont juste un peu trop grandi pendant l'été. Elle longe notre rangée, à mesurer la longueur entre l'ourlet du short et la rotule. Dix centimètres, c'est la règle. Pas un de plus. Celles qui sont grandes la regardent avec crainte, leurs lèvres forment une prière muette à quiconque voudra bien les écouter. Ce jour-là, nous apprenons que nos corps peuvent nous trahir. Ce jour-là, nous apprenons à nous haïr.

Ensuite, notre professeure nous enseigne comment enrouler délicatement nos mains à la base de notre gorge, afin de vérifier que le col de nos blouses ne descend pas plus bas que notre poignet. C'est donc avec un étranglement que nous entrons dans la féminité. Avec de la sueur, des saignements et des poils, mais silencieuses. Modestes.

Mark avait les yeux fermés. Il pressa son visage contre le mien. Je me rendis compte que j'avais peur de lui, ce qui me mit en rage. Le dégoût que j'avais porté dans mon ventre depuis que j'étais en âge de marcher se remit à clapoter, à cailler et à surir au fond de mon gosier. Pourquoi les hommes insistent-ils ? Jusqu'à ce qu'on n'ait d'autre choix que se soumettre et brûler ensuite de honte d'être traitée comme un jouet. Jusqu'à ce qu'on utilise notre colère telle une arme contre leurs sottes faiblesses, un bec qui vous jaillit de la bouche et que plus tard, lorsqu'ils vous regardent avec leur air de chien battu, vous vous sentez coupable d'avoir utilisé. Pour ça je haïssais Mark, d'une haine dure et froide, enracinée en moi. Les souvenirs nous enserrèrent telle une corde dans le noir.

« Juste un bisou, j'entends mon ami me supplier bien avant que Mark fasse la même chose. Personne n'en saura rien. »

Mon petit ami, lui, frappe le mur à quelques centimètres de mon visage quand je le surprends en train de me tromper. « Tu es folle ! » hurle-t-il, en enfonçant son poing dans le plâtre. « Regarde ce que tu m'as fait faire », grogne-t-il plus tard, son poing ensanglanté en boule contre sa poitrine tandis que je passe un tissu sous l'eau tiède, pour l'aider à laver la plaie, pour nettoyer la culpabilité rampante qui s'est fait un nid quelque part dans mes veines. « Pardon », ma réponse timide.

Fais… quelque chose ! bafouillaient les voix ténues et tâtonnantes au plus profond de la cavité labyrinthique derrière mes yeux. *Fais quelque chose ! Maintenant !*

La bouche de Mark avait fondu sur moi. Sa langue, ses mains, son odeur, le poids de tout cela me recouvrait. Quelqu'un s'était mis à crier. Mes mains, mues par un instinct que je n'avais encore jamais soupçonné, saisirent sa ceinture de sécurité et l'enroulèrent autour de sa gorge, une fois… deux…

« "En un long cordon jaune j'enroulai trois fois autour de sa petite gorge…"

– Sophie ?

– Non, Robert Browning. "L'Amant de Porphyria". »

Avant de pouvoir changer d'avis, je levai les pieds et en projetai un contre la poitrine de Mark, tandis que l'autre s'écrasait sur son bas-ventre.

Je tiens ma colocataire dans mes bras après qu'un homme qu'elle pensait être son ami l'a agressée, après que les flics l'ont accusée de mentir, après que l'école a refusé de changer son emploi du temps jusqu'à ce qu'en fin de compte, après des mois passés dans la même classe que son agresseur, elle décroche. Je pleure au cours d'une nuit d'ivresse avec une autre amie qui est tombée enceinte lors de son premier rapport sexuel, qui s'est rendue seule dans une clinique parce qu'elle avait trop honte pour en parler à quiconque et qu'il a autre chose à foutre que l'accompagner et lui tenir la main tandis qu'elle se vide du contenu sanglant de son utérus. Je reste dans un silence stupéfait le matin où j'ouvre le journal et y découvre une autre amie qui me regarde fixement, tuée par quelqu'un qui, croyait-elle, l'aimait. L'enfer, raconte-t-on, n'a pas de fureur qui égale celle d'une femme dédaignée, il n'empêche que je n'ai encore jamais vu un homme tué simplement pour avoir dit non. Les larmes des femmes, toutefois, rempliraient un océan.

Mark comprit que quelque chose n'allait pas et tendit les bras vers moi. Un geste puéril, comme le ferait un bébé avec sa mère. Je sentis quelque chose se figer en moi, douter et se fissurer. Je me rencognai contre la portière, serrai le nœud plus fort.

« Sophie ! »

Un hoquet, sifflant et crachotant contre le nylon. Chaque inspiration comme un cadeau à mes mains lasses. Plus fort, plus fort, il allait m'aider à ce qu'il se pende.

« Tu y crois, Mark ? Ils nous ont fait lire ce poème au lycée. Il l'a étranglée ! Et maintenant elle n'est qu'une belle Morte de plus. C'est pas baisé de la tête, ça ? »

Après cela, nous toutes, les filles, nous nous étions entraînées ; nous avions noué nos cheveux autour de nos gorges pour voir si nous aussi pouvions nous transformer en notre propre mort. Aucune de nous n'était parvenue à trois tours. Porphyria avait dû avoir les cheveux très longs.

« Soph... »

Quelques jours après mon premier job dans un restaurant, un des chefs de partie me suit dans l'arrière-cuisine. Lorsque je lui demande de me laisse passer, il bloque la porte. C'est un jeu auquel lui et la brigade jouent, à piéger les filles dans les coins, les couloirs, à presser leur entrejambe contre nos ventres alors qu'on tend le bras pour attraper du sucre, du ketchup, des olives pour le bar ; à chuchoter leurs désirs dans nos oreilles. Si on se dérobe à leur contact, ils rient. C'est un jeu ! Juste un jeu. Les femmes sont tellement *sensibles*.

Mark gesticulait, hoquetait, suffoquait. Son visage dans la pénombre de l'habitacle virait au noir. Nos souffles s'exhalaient en nuages, flottaient, étincelants, entre nous.

L'homme assis à mes côtés dans le bar règle ma bière sans me demander mon avis. Lorsque je me rends aux WC, une demi-heure plus tard, il me suit.

« Je croyais que tu avais compris », dit-il lorsqu'en me retournant je le vois adossé contre la porte fermée.

« J'aime ton tatouage », me dit un client, son regard fixé sur ma cuisse, lorsque je l'interroge sur ce qu'il souhaite boire. « Pourquoi vous ne souriez jamais ? » me dit un autre chaque fois que je passe devant son siège habituel, au bout du bar. « C'est une putain de tarée », pleurniche un ami à propos de son ex. « Merde, j'oublie tout le temps que t'es une fille, Sophie », rit-il plus tard alors qu'on boit des bières. « T'es trop cool, Sophie. » « Tu es un peu notre maman à tous. » « T'es ma sœur. » « T'es une salope. » « T'es une pute. » « Regarde ce que tu m'as fait faire. » « Tu as envie de moi. J'ai vu la façon dont tu me matais. » « Tu me le dirais, pas vrai, si je te mettais mal à l'aise ? » « T'as un 06 ? » « Tu es belle. » « Je t'aime tellement que ça me fait peur. » « Je ne suis pas encore prêt. Tu mérites mieux. Donne-moi encore quelques années. » « T'es bonne, poupée. » « Fais pas l'allumeuse. » « Vous m'intriguez beaucoup. » « Eh ! C'est à toi que je parle. » « Tu m'impressionnes. » « Sale chienne ! » « Tu te crois mieux que moi ? » « Salope. » « Regarde ce que tu m'as fait faire. » « Elle est loin d'être aussi innocente qu'elle veut bien le laisser croire. » « Les femmes mentent. » « N'accepte jamais un verre d'un inconnu. » « Ne quitte jamais ton verre des yeux. » « Ne rentre jamais seule la nuit. » « Ne cours jamais avec tes écouteurs dans les oreilles. » « Ne te coiffe pas avec une queue-de-cheval – ça te rend plus facile à attraper. » « Fais semblant de téléphoner à une amie ou à quelqu'un de ta famille, comme ça il ne t'attaquera pas. » « Tu t'attendais à quoi, habillée comme ça ? » « Quand on a une carrosserie comme la tienne, on la montre. » « Si t'étais pas une fille, je te foutrais mon poing dans la gueule. » « Regarde ce que tu m'as fait faire. » « Un jour je t'épouserai. » « Tu es folle. » « Regarde ce que tu m'as fait faire. » « Tu es folle. » « Tu es folle tu es folle tu es folle tu es folle tu es folle tu es folletuesfolletuesfolletuesfolletuesfollefollefollefollefolle. »

Le suis-je ?

« "Nous voici donc assis ensemble maintenant,
Et de toute la nuit nous n'avons bougé,

Et Dieu pourtant, qui n'a dit mot…"

Regarde ce que tu m'as fait faire, Mark… *Regarde* ce que tu m'as fait faire. »

Trois choses se passent, dans un corps qui vient d'être étranglé. D'abord, il y a l'interruption soudaine, violente, du mouvement entre le cœur et le cerveau. Les carotides ont deux sœurs : les veines jugulaires, bleues et muettes, qui s'enfoncent dans la gorge pour transporter les cellules sanguines épuisées jusqu'au souffle et donner vie à un cœur battant. Simples tubes de caoutchouc, deux misérables kilos de pression suffiront à faire taire ces deux frangines. Pour les plus costauds, qui souhaiteraient sentir véritablement la riposte d'un cœur, un poil de force supplémentaire fera l'affaire. Cinq kilos de pression feront craquer la puissance musculaire des artères carotides. Pour remettre les choses en perspective : cinq kilos de pression équivalent à la force d'une gamine de dix ans. La poignée de main d'un adulte se monte en moyenne à cent kilos. Créatures délicates que nous sommes.

Voilà maintenant qu'il se forme un embouteillage à mesure que les cellules sanguines, prises au piège, bouchent les parois des vaisseaux. Si elles ne trouvent pas très rapidement une issue, il y aura urgence. Des milliers d'entre elles se replient dans l'aorte, qui jusqu'alors avait passé sa vie en arche gracieuse au-dessus du cœur battant, sans guère plus de soucis au monde ; voilà que, gênée par cette brusque augmentation de pression, elle lance un SOS paniqué parmi son réseau crépitant de nerfs électriques, hurlant aux vaisseaux dans le cerveau de se dilater (*Maintenant !*) avant que tout n'explose. Elle est un commandant miliaire assiégé, qui ordonne à ses hommes de se regrouper.

Il se peut, ici, que la victime ressente un sursaut d'euphorie à mesure que ses vaisseaux se dilatent au maximum. On a pu décrire cet effet comme une sensation de soulagement subit, voire de vertige. Certains, pour parvenir à cet orgasme, se noueront le cou lors d'un rapport sexuel. On a parfois retrouvé des cadavres masculins étranglés en érection.

Dans une tentative désespérée pour stopper l'afflux sanguin qui poursuit sa déferlante dans des vaisseaux bouchés, le rythme cardiaque s'effondre. Ralentir le mouvement, à défaut de l'endiguer. Mais si notre victime a bu de l'alcool, comme c'était le cas pour Mark, elle n'aura pas cette chance. Les globules rouges sont des éponges à alcool; elles s'en gorgent telles de microscopiques bedaines de buveur de bière. Son cerveau avait signalé des heures plus tôt aux vaisseaux de se dilater, pour faire de la place aux cellules boursouflées et maladroites. Je l'avais vu à la rougeur sur ses joues, à l'éclat de ses yeux: c'était ce qui le rendait plus facile à tuer. Tandis qu'il ingurgitait de l'alcool et que ses vaisseaux sanguins enflaient de manière à ne pas se laisser déborder, son cœur avait été forcé de doubler le rythme afin de le tenir éveillé, en vie. Et voilà que, une nouvelle fois menacé, il battait une folle chamade.

Il y eut un moment dans le noir, dans le toussotement saccadé de son souffle, où je songeai à le laisser partir. Il ne s'en souviendrait peut-être pas, et même si c'était le cas, quel homme allait porter plainte contre une femme qui l'avait étranglé pendant qu'il l'embrassait? La honte l'empêcherait de dire quoi que ce soit; il se pouvait même qu'il me foute une paix royale, à l'avenir. Si je la jouais finement, je pourrais sûrement le convaincre que c'était lui qui avait eu l'idée. Les hommes sont si pleins de leur propre existence qu'ils ne prennent jamais le temps de réfléchir au fait que les femmes qu'ils ont passé des décennies à harceler pourraient un jour riposter.

Je sentis mes bras trembler; mes mains commençaient à fatiguer. Je regardai Mark depuis l'autre côté du pont vibrant de sa ceinture tendue au maximum, et mon moral remonta.

C'était donc ça, le pouvoir… Voilà ce qu'on ressentait, à tenir le monde dans son poing. Voilà ce qu'on ressentait, à être un homme. Je pris ma respiration et serrai la ceinture plus fort.

Est-ce qu'il sentit alors les vaisseaux dans ses yeux exploser l'un après l'autre, me demandai-je, tel un feu d'artifice dans la nuit ? Est-ce qu'il nous sentit transmuter, nous élever ensemble à un nouveau degré d'existence ?

Dix-sept secondes de pression : voilà le temps qu'il faut pour étrangler un homme jusqu'à ce que mort s'ensuive. Le véritable test réside dans les minutes suivantes. Il faut être forte. D'abord, il vous combattra. Même s'il perd connaissance, son corps sera pris de tressautements et de frissons. Vos mains souffriront de crampes et de tremblements. Il aspirera l'air comme un fumeur après un marathon; ses paupières palpiteront; son dos sera parcouru de spasmes. Restez immobile. Restez forte. Vous ne devez pas abandonner, peu importe la douleur dans vos doigts, les frémissements de vos bras sous l'effort. Gardez foi et confiance, ça va le faire.

Et toi, ici dans mon cœur, avec moi dans cette histoire, ne détourne pas les yeux. Combien de fois as-tu regardé des femmes crier ? Pour le fun, pour des films d'horreur, des podcasts, du porno, du HBO en prime time ? Tu te repais de notre souffrance comme un bonbon, toujours avide de la prochaine poignée, de l'histoire suivante, plus c'est salace mieux c'est. Eh bien, maintenant, c'est à son tour.

Ne t'avise pas de détourner les yeux.

Des phares illuminèrent le rétroviseur intérieur.

Merde.

Une voiture se gara à côté de moi, vitre baissée. Dans le noir, je distinguai deux visages enténébrés qui me scrutaient. Des étrangers, Dieu merci.

« Tout va bien ? »

La voix d'une femme. Douce et acidulée. Caroline du Nord.

« Tout va bien, m'dame ! Mon téléphone est tombé par terre et j'ai pensé qu'il valait mieux m'arrêter plutôt que d'essayer de le récupérer en roulant. Mon ami ici présent n'est pas d'une grande aide », fis-je avec un signe de tête à la silhouette avachie de Mark.

La femme pouffa.

« On dirait que quelqu'un s'est un peu trop amusé.

– On peut dire ça comme ça.

– Il a de la chance que vous soyez là pour prendre soin de lui ! Bon, super alors. » J'entendis le véhicule redémarrer. « Soyez prudente. Et bonne année ! »

Nora

Il y avait du bruit dans le Centre de stockage des déchets du comté. Beaucoup plus que ce qu'avait imaginé Nora lorsqu'elle s'était tenue devant le monstre de bâtiment tout en métal et béton, un instant plus tôt. Autour d'elle, les sons de conversations étouffées, d'appareils photo geignant et cliquetant, de stylos crissant parcouraient l'espace caverneux tels des rats en maraude.

« Très chère… »

Murph lui tendit une paire de surchaussures bleues d'une boîte au sol. Elle les prit sans un mot et les enfila par-dessus ses baskets noires défraîchies.

De l'autre côté de la salle, une rangée de box ouverts dans lesquels se trouvaient de hautes piles de sacs-poubelle brillants, blancs, noirs, quelques-uns vert criard. Certains s'étaient déchirés, déversant leurs entrailles pourrissantes qui embaumaient l'atmosphère d'un relent fétide que même l'air froid ne chassait pas. Nora se demanda comment on pouvait travailler dans un tel endroit. Est-ce qu'ils oubliaient l'odeur rance de nourriture et de couches sales, de sang séché, vomi et dépôts de canalisations de douche ? Elle fronça le nez et bénit le Ciel qu'on ne fût pas en été.

« Content de pas bosser ici, marmonna Murph, se faisant

l'écho de ses pensées. Où est Val ? Allons faire ce tour, qu'on puisse regagner l'air frais au plus vite…

– Je crois qu'elle est là-bas. »

Nora pointa la pile d'ordures la plus éloignée à droite, où un groupe de techniciens de la police scientifique étaient accroupis à prendre des photos et griffonner des notes, à ramper sur la scène de crime telles d'énormes mouches dégingandées. Nora les avait toujours trouvés tout aussi irritants, le genre à scruter la mort de trop près. Au moins, sa place à elle était à l'écart, hors du laboratoire, loin de la table d'autopsie. Tandis qu'eux barbotaient en plein dans les mystères et les horreurs que la plupart cherchent à éviter.

Debout au-dessus des hommes se tenait une femme de grande taille, son visage creusé de rides séduisantes, ses bras croisés fermement sur sa poitrine. Lorsqu'il la vit, Murph hocha la tête. Il se tourna vers Nora.

« Du travail d'enquêteur de premier ordre, Martin. Bientôt, tu seras prête à t'asseoir à mon bureau.

– Dès que je me serai débarrassée du barbon qui me bouche le passage. »

Elle sourit.

« Crois-moi, petiote, j'attends avec impatience mon pot de départ. T'organises ça quand tu veux. » Il se dirigea vers la grande femme. « Salut, ma belle ! »

Val leva les yeux des sacs-poubelle.

« Murph, arrête de m'appeler comme ça. Mon mari va finir par être jaloux.

– Ah, mais c'est que Jim n'avait qu'à pas épouser une femme aussi sublime. »

Val lui fit signe de décamper. Se tournant vers Nora, elle lui dit :

« Navrée que vous deviez le supporter. Mais ça me fait plaisir de vous revoir. Vous êtes enquêtrice maintenant, ou encore officier ?

– Encore en uniforme…

– Mais pas pour longtemps, intervint Murph. J'ai fait jouer mes relations, et mon petit doigt me dit que Martin prendra bientôt mon poste. Il faut juste que je continue à embêter Barb. La seule personne sur cette terre dont Wright ait peur est sa secrétaire. Et il n'y a rien qu'une femme déteste plus qu'un changement dans ses plans. Si je continue à lui voler Martin, Wright devra la transférer dans mon service, juste pour empêcher Barb de démissionner en signe de protestation.

– Serpent ! rit Val.

– J'appelle ça être proactif. Ils ont eu des mois pour embaucher quelqu'un pour remplacer Martin quand elle prendra ma place, et ils n'ont toujours rien fait. Donc je vais leur forcer la main. Mais j'arrête de me plaindre. Le boulot d'abord. On fait le tour ? »

Ils se laissèrent guider par Val, décrivant lentement un arc autour de la scène de crime. En tant qu'officier en charge de l'enquête, c'était à elle de faire la liaison entre son équipe et les autres départements, qu'ils soient enquêteurs, officiers de patrouille, ou techniciens de la police scientifique venus ramasser le corps. Un boulot qui requérait un œil observateur, un esprit vif et une certaine capacité à s'affirmer que Nora admirait. Val ne se laissait intimider par aucun des gars. Même Murph mettait ses taquineries en sourdine avec elle.

« Alors, qui l'a trouvé ? » demanda-t-il.

Son haleine s'éleva en panache tandis qu'ils approchaient des doubles portes extérieures.

Val pointa en direction d'un camion-benne gris garé dehors. De grandes lettres rouges peintes sur son flanc révélaient qu'il appartenait à Webb Ramassage, le plus gros collecteur de déchets de la région. Dans le rétroviseur, Nora aperçut le conducteur affalé sur son siège, le visage cendreux.

« On ira lui parler dans une minute, dit Murph, devançant la question de Nora. D'abord on va examiner la scène de crime, comme ça on laissera Val faire son boulot. Je sais qu'elle meurt d'envie de me voir déguerpir.

– Tu l'as dit, sourit Val. Le pauvre gars s'apprêtait à s'en aller quand le personnel du centre l'a arrêté. Il assure qu'il n'avait pas idée qu'il véhiculait un cadavre. D'après ce que j'ai compris, il décharge son camion et les mecs poussent les ordures dans les piles. Ils étaient en train de sortir les sacs quand ils ont trouvé notre ami. » Elle s'arrêta. Ils étaient revenus à leur point de départ. « Je vous présente le corps non identifié. »

Il était du bleu caractéristique des cadavres, comme tiré d'une piscine trop froide. Seules les extrémités noircies de ses doigts trahissaient quelque chose de sinistre. Le col de son caban chiffonné était relevé sur sa nuque, une mode pas inhabituelle dans cette ville. D'où elle se tenait, rien ne semblait anormal. Il n'y avait pas de traces de sang visibles, pas de mutilation. Rien qui montre que cet homme avait fait autre chose que s'endormir dans une poubelle en attendant d'être lentement écrasé à mort sous des amas de restes de nourriture.

Murph s'accroupit à ses côtés, ses yeux alertes balayant le corps, avant de se tourner pour regarder par-dessus son épaule, en direction du camion-benne, et jusqu'aux box à ordures.

« Qu'as-tu besoin qu'on fasse, Val ? demanda-t-il.
– Eh bien, à mon sens, ce n'est pas notre scène de crime.
– Je suis d'accord.
– Donc j'aimerais qu'on le charge dans le camion du légiste aussi rapidement que possible. Il fait froid dehors, ce qui marche en notre faveur, mais les ordures vont compromettre les indices qu'il pourrait y avoir. Moins il passe de temps ici, mieux ce sera. J'ai discuté avec Charlie avant votre arrivée, apparemment le conducteur dit qu'un de ses lieux de ramassage est la grosse benne à ordures pour les restaurants de Peach Street, à Bellair. Dieu sait que les déchets alimentaires attirent tout un tas de sales bébêtes. Je ne serais pas surprise de trouver des larves de mouches qui se tortillent à l'intérieur de lui…
– Charmant, fit Murph avec une moue. Bon, je ne prendrai pas de décision sans demander l'avis de ma protégée… Martin, qu'est-ce que t'en penses ? »
Nora hocha la tête.
« Je suis d'accord avec tout ce qui a été dit. C'est peut-être ici qu'il a échoué, mais je n'ai pas l'impression que ce soit ici qu'il est mort. Murph, tu veux que j'aille parler au conducteur, s'il faut que tu trouves Charlie ? Laissons Val bosser.
– Tu prends des initiatives. Bravo, la mioche. J'aime ça. »
Il se releva dans un craquement de genoux et lui donna une tape dans le dos. « Val, tu voudras bien nous faire signe à l'arrivée du légiste ? J'aimerais examiner le corps de plus près avant qu'on l'embarque.
– Bien sûr. On se voit plus tard. »

Nora alla prendre deux tasses de café fumant dans la tente blanche installée à l'extérieur du ruban de balisage et marcha jusqu'au camion-benne pour parler à l'homme encore avachi dans l'habitacle.

« Monsieur Pugh ! le salua-t-elle à travers la vitre côté passager, les tasses tendues telles des offrandes. Est-ce que je peux monter ? »

Il disparut sans dire un mot, son corps penché sur les sièges avant pour attraper la poignée. La lourde portière poussa une plainte lorsqu'il l'ouvrit. Nora lui tendit une des tasses fumantes, qu'il prit en marmonnant un merci avant de se réinstaller sur son siège. Elle se hissa à bord.

« Bonjour, monsieur Pugh. »

Nora prit soin de conserver un ton chaud et accueillant, ce qui n'était pas si aisé à cause du froid qui lui avait éraillé la gorge et affaibli la voix.

« Comment vous connaissez mon nom ? »

Ses yeux étaient des poings fermés. Il tenait la tasse de café contre sa poitrine mais ne faisait aucun geste pour y boire, comme s'il ne faisait pas tout à fait confiance à Nora.

Ses lèvres formèrent un sourire. Sois douce, sois douce.

« Je suis désolée, j'aurais dû me présenter d'abord… » Elle lui tendit la main. « Je suis l'officier Martin. Je suis ici pour aider à enquêter sur l'homme qui est tombé de votre camion ce matin. C'est mon équipier qui m'a donné votre nom. J'espère que vous n'y voyez pas d'inconvénient. »

Il baissa les yeux sur la tasse dans sa main, avec un silence obstiné. Dissipant son irritation, Nora sourit et retira sa main restée en l'air.

La voix de son père vint flotter, douce, par-dessus son épaule : « Ne le prends pas personnellement, ma chérie. Les hommes comme lui, c'est à cause de quelqu'un qu'ils se sentent tout petits. Peut-être que lui, il a peur… Pense à la matinée qu'il vient de vivre. Il va essayer de passer ses nerfs sur toi, mais ne le laisse pas prendre l'avantage. Qu'apprend-on à l'église ? Tends l'autre joue. – Mais, papa, avait-elle insisté, une fois de plus, pourquoi on ferait une chose pareille ?! – Parce que la meilleure revanche contre un homme petit est de lui montrer que ses gifles n'ont aucun effet sur toi. »

Elle prit une inspiration, se rappela que c'était elle qui portait l'insigne et une arme.

« Monsieur Pugh, j'ai conscience que les événements de ce matin ont dû être un choc, d'ailleurs je m'excuse d'empiéter sur votre temps, mais avant que vous puissiez rentrer chez vous, j'ai besoin de vous poser quelques questions…

– Vous m'accusez de quelque chose ?

– Non, monsieur. »

Le camion tangua, et quelque part derrière elle Nora entendit le flash et le crépitement d'un appareil photo. L'équipe légiste devait être sur le cadavre. Elle les imagina ramper tels des scarabées, à fureter et tâter, à scruter les moindres recoins.

« Ben, j'ai déjà parlé avec un officier, grommela-t-il, les yeux rivés sur le rétroviseur extérieur, d'où il devait pouvoir voir les enquêteurs qui montaient et descendaient de son camion. « Qu'est-ce qu'ils foutent ? Et pourquoi vous demandez pas à l'autre officier de vous répéter ce que j'ai dit ? Je croyais que vous étiez là pour me dire que je pouvais partir… »

Le café de Nora était encore trop chaud pour qu'elle puisse le boire, si bien qu'elle se mit plutôt à jouer avec la tasse, ouvrant le bord du couvercle en plastique pour laisser la vapeur s'échapper.

« Monsieur Pugh, j'aimerais beaucoup entendre l'histoire de votre bouche.

– Vous feriez mieux de demander aux gars, dehors. C'est eux qui ont tout vu, pas moi. »

Il gardait les yeux fixés sur le rétroviseur. Il refusait de la regarder.

Reste douce. C'est un petit homme. Elle sentit qu'elle se tendait.

« Oui, monsieur, nous allons également leur parler, mais j'aimerais entendre votre point de vue. Vous avez peut-être remarqué quelque chose qui leur a échappé…

– Et l'homme qui marchait avec vous ? Plus âgé. Il est où ? À lui, je veux bien parler. »

Bien qu'elle se soit préparée à cette réalité, sa mâchoire ne s'en crispa pas moins. Au fil des années, Nora avait appris, en plus d'occasions qu'elle ne l'aurait souhaité, que la réalité, c'était ce plafond contre lequel elle se cognait la tête plus souvent qu'à son tour. Elle pouvait combattre ce sentiment, se faire assez large pour remplir ce camion, au point que cet homme mesquin serait obligé de la regarder. Elle pouvait le menacer d'obstruction, d'entrave, tous ces mots que les hommes qui portaient son uniforme balançaient pour se donner du pouvoir. Il était même probable que ça fonctionnerait, pour un temps. Mais au final, quel bien ça lui ferait d'entrer dans le jeu de cet homme ? Elle remercia donc M. Pugh de lui avoir accordé de son temps et sortit du camion pour aller voir Murph.

« C'est à toi qu'il veut parler. »

Elle le trouva qui fumait une clope avec Charlie, l'officier en service lorsqu'ils avaient reçu l'appel au sujet du corps, et l'un des rares hommes au commissariat à parler à Nora sans lui faire sentir qu'elle avait quelque chose de coincé entre les dents.

En voyant son visage, Murph comprit aussitôt ; voilà une des raisons pour lesquelles Nora savait qu'il lui manquerait quand il prendrait sa retraite.

« C'est OK, petiote. Je m'en occupe, dit-il en lui tapotant l'épaule et remerciant Charlie pour la cigarette, avant de marcher d'un pas lourd en direction du camion.

– Tout va bien, Martin ? demanda Charlie.

– Ouais. Tout va bien », soupira-t-elle en regardant Murph se glisser dans la cabine du camion. Il dit quelque chose et M. Pugh rit, le masque bourru sur son visage fondant en un émerveillement enfantin face à l'enquêteur assis à ses côtés. « Je peux te piquer une clope, moi aussi ? »

« Je ne savais pas que tu fumais. »

Murph était à nouveau près d'elle, une nouvelle tasse de café dans une main, une nouvelle cigarette dans l'autre.

– Seulement quand j'en ressens le besoin. Comment va mon nouveau meilleur ami ?

– Il ne sait pas grand-chose. Il va sûrement aller au bar pour raconter à ses copains comment la vilaine fliquette a insinué qu'il avait quelque chose à voir dans le meurtre.

– Je n'ai p...

– Je sais, petiote. Allez, finis ta clope. Je crois que j'ai vu l'équipe scientifique arriver et je veux être là quand ils soulèveront le corps... »

« Je m'apprêtais à venir vous chercher », dit Val lorsqu'ils la rejoignirent sur la scène de crime.

Deux hommes se tenaient à l'écart. À côté d'eux il y avait

un brancard à roulettes sur lequel était posée une housse de corps ouverte. Nora n'avait jamais aimé voir ces machins. Ils lui évoquaient d'énormes bouches attendant d'engloutir leur proie.

« Vous avez tout ce qu'il vous faut ? demanda Murph.

– Ouaip. Tant qu'il sera ici, on pourra pas faire grand-chose. Allez les gars, on le soulève ! »

Les deux hommes avancèrent vers le corps tels des charognards, se penchant silencieusement pour ramasser des morceaux d'ordures sur son dos ou ôter un sac plastique de sous son visage.

« Doucement », les avertit Val depuis le côté.

Avec un hochement de tête, ils poursuivirent leur macabre besogne. Nora regarda l'un d'entre eux glisser sa main sous la poitrine du mort tandis que l'autre fouillait parmi un amas de détritus jusqu'à trouver ce qu'elle espéra être ses jambes. Ils travaillaient en silence, avec précision et méthode. Lorsqu'ils soulevèrent le corps, ce fut d'un geste lent et réfléchi. Rien ne tomba. Rien ne se défit. Ils le transportèrent aussi délicatement qu'une mère le ferait avec son nouveau-né.

« Seigneur… il n'a pas de pantalon, fit Murph avec un hoquet. On peut dire adieu à son identité. Pas de pantalon, donc pas de portefeuille. Mais, Nora, regarde comme son corps est flasque. Qu'est-ce que ça nous dit ?

– Rien du tout, intervint Val par-dessus son épaule.

– Ne l'écoute pas, elle n'y connaît rien. » Il fit un clin d'œil à Nora. « Réfléchis, maintenant. Que sais-tu des cadavres ? Que leur arrive-t-il après la mort ? »

Comme Murph, Nora faisait tourner les idées dans sa tête, les battant d'avant en arrière pour en investiguer chaque angle, jusqu'à ce qu'elle soit prête à fournir une hypothèse.

« Ils se figent. La rigidité cadavérique survient au bout de quelques heures… Or ce type a déjà passé plusieurs heures ici.

– Exactement.

– Ce n'est pas assez précis, Murph », dit Val en regardant les hommes déposer le cadavre sur le brancard. Il était lourd, aussi ployaient-ils sous son poids. « Tournez-le sur le dos, s'il vous plaît, avant de refermer la housse. »

Ils acquiescèrent et poursuivirent leur manipulation silencieuse du corps.

« La rigidité cadavérique dure environ trente-six heures, reprit Nora, prenant plaisir au jeu de devinettes. Je dirais qu'il est trop pâle pour être frais, mais il est blanc et c'est l'hiver, donc il se peut qu'il soit juste pâle… sauf qu'on voit du sang… là, le violet au bout de ses doigts. Il a congelé. Donc le sang a eu le temps de s'accumuler.

– Tu brûles, Martin. Allez, rassemble-moi les pièces. Qu'est-ce que ça nous dit ?

– Ça fait quelques jours qu'il est mort.

– Bingo ! Bien sûr… » Il fit une révérence à Val. « … le légiste devra nous le confirmer, mais je dirais que notre ami est mort depuis environ une semaine. Le froid a beau conserver merveilleusement, il ne freine pas la rigidité cadavérique. Je crois qu'il a déjà passé ce stade. »

Val eut une moue, mais ne contesta pas. Penchés au-dessus du brancard, les deux hommes parvinrent à retourner le corps.

« Mon Dieu. »

Nora mit une main sur sa bouche. Elle n'était pas certaine de ce qu'elle pouvait s'attendre à voir, mais sûrement pas ça.

Les yeux grands ouverts, l'homme fixait le plafond. Sa bouche, invisible lorsqu'il avait été étendu face contre les ordures, était un trou béant et ensanglanté. Il était normal que la langue d'un cadavre lui sorte de la bouche – la puissance de la subite tension musculaire, l'excitation des nerfs, la putréfaction. Mais cet homme n'avait pas de langue. Une ecchymose noire et épaisse ceignait son cou, lequel, c'était désormais clairement visible, était tordu et étiré. Nora avait déjà vu ce phénomène, lors des suicides par pendaison, mais les morts ne se jetaient pas dans des bennes à ordures. Il lui manquait aussi l'entrejambe, mis en pièces comme par une bête sauvage, même si aucun animal ne produisait à sa connaissance ce type d'attaque.

Murph avança d'un pas, le visage incliné sur le côté.

« Murph ?

– Je crois que je connais notre victime, petiote. À moins de me planter sur toute la ligne, il s'agit de Mark Dixon. »

Une harpie rend la justice

Il était lourd, mais je suis forte. Dix années à traîner d'énormes fûts de bière dans des chambres froides, à soulever des caisses de vin et d'alcool sur des comptoirs m'ont appris à respirer, à me relever en prenant appui sur mes jambes, à croire en mon petit pouvoir, pour au final balancer cet homme par la porte carrée d'une benne à ordures à chargement frontal. Ça n'a pas été facile. Il m'a fallu presque une heure pour le faire, mon front couvert de sueur glacée, mon souffle brûlant s'amoncelant autour de moi tel un nuage dans la nuit baignée de lune. Lorsque j'entendis le choc étouffé produit par son corps en atterrissant sur les sacs-poubelle, je sentis tout mon poids se rassembler et expirer, un écoulement limpide se déverser le long de mon dos. Dans ma bouche, un goût de sel, de sang ou de larmes, un goût de soulagement.

Dans sa mort, je trouvai une conscience nouvelle. Je ne suis rien de plus qu'un corps, songeai-je. Comme lui, Mark. Nous sommes tous les deux chair, sang et os, les étincelles électriques aiguës d'une poignée de fils d'acier, la poussée d'air dans des poumons de papier. Sans cela, je serais aussi froide que lui. Mes yeux fixeraient tout aussi vaguement les ténèbres, un quelconque endroit que je ne pouvais voir.

Mais il était mort et moi non, et dans ces quelques heures je fus plus vivante que jamais auparavant.

Je lui ôtai son pantalon car j'avais aperçu une empreinte de pied sur son entrejambe, à l'endroit où ma chaussure l'avait placardé contre la portière de la voiture, et parce que je savais qu'il gardait son portefeuille dans sa poche arrière. Je sentis mes épaules se détendre. Dans un moment de célébration frivole, je le castrai, jetai le paquet dans les bois en pâture aux animaux. Je lui coupai la langue parce que j'étais fatiguée de l'écouter ; fatiguée de tous les écouter, leurs petits tracas, leurs fragiles ego. Je le réduisis au silence. La tension dans mes mâchoires s'estompa, et sur la berge du ruisseau je laissai les branches tortueuses des arbres tirer des hurlements de ma gorge, les semer dans le vent noir du matin. La face d'argent de la lune avait plongé sous la crête de la montagne lorsque prit fin le rituel que j'avais créé pour nous deux, le sacrifice, la mutilation, le dégoût dont se départait mon âme. Enfin, je pouvais respirer. Enfin, je pouvais regarder la lune, le ciel de velours noir, et me sentir libre.

L'heure qui précède l'aube dans ces montagnes est un sabbat, épais et sauvage ; nulle âme vivante ne devrait s'y aventurer, sauf si l'on est prêt à rencontrer des créatures aussi féroces que moi.

En fin de compte, je le jetai aux ordures, parce que c'est ce qu'il était.

Quant à ma voiture, la tequila nettoie aussi efficacement qu'un détergent, et personne n'ira demander à une barmaid pourquoi son véhicule sent l'alcool.

Une sphinge

Son corps fut retrouvé. Et puis, ils vinrent.

Je n'avais pas prévu un *ils*.

Lui, je le connaissais. Murph était un golfeur du mardi après-midi, un baptiste du dimanche matin et un buveur de rhum-Coca au Blue Bell n'importe quel jour de la semaine. C'était un ami de Lindsey, au sens où ils se connaissaient et où leurs chemins s'étaient croisés suffisamment de fois pour qu'ils se considèrent un cran au-dessus de la simple familiarité. Malgré leur différence de génération et de classe sociale, ils n'en étaient pas moins frères en vertu de leur appartenance à l'héritage sélect du bon vieux *boys' club*, une fusion hétéroclite de casquettes et chemises polo John Deere taillées à partir de la même étoffe et cousues sur les branches disparates d'un motif de patchwork aussi noueux et imposant qu'un vieux chêne.

Murph entra dans l'établissement à la manière d'une oie dans une basse-cour, son ventre monté en graine comme chez tant d'hommes de son âge, porté en avant telle une annonce. Je le regardai rebondir doucement contre le pupitre d'accueil, où se tenait l'hôtesse, les yeux comme des soucoupes. Elle ne savait jamais trop comment se comporter avec Murph, lequel s'amusa à tirer profit de ce malaise adolescent en dégainant son insigne et en la regardant rougir. Il savait qu'elle était aussi innocente qu'un lapereau ; il voulait juste jouer un peu avec sa nourriture.

Le véritable intérêt se trouvait derrière lui. Je ne l'avais encore jamais vue. Une chose est sûre, elle n'était pas du coin. Ce n'était pas tant son visage (inconnu) que la manière dont elle se tenait, comme recroquevillée intérieurement contre la vigueur de sa colonne, elle-même rectiligne et puissante. La malédiction des gens dans ce bled est d'avoir été dotés d'un ego démesuré, et la voilà qui tempérait sa présence face à la puissance de sa posture, qui se faisait petite. Cette femme savait ce que c'est de porter un masque, de s'escamoter au regard d'autrui. Sentait-elle les mites, elle aussi ? La mordillaient-elles tandis qu'elle suivait Murph comme son ombre, s'écartant de son chemin s'il changeait de direction sans la prévenir ? Ses fanfaronnades la faisaient-elles tiquer, sous le masque dont elle avait couvert son visage ?

Ses yeux étaient la seule partie de son corps qu'elle ne pouvait museler. Ils voyaient plus qu'elle n'en avait conscience, même à ce moment-là je m'en rendis compte. Il me faudrait être vigilante avec elle. Elle savait ce que c'est d'être moi ; et ça, c'était dangereux.

Je vérifiai mon visage, m'assurai qu'il était hermétiquement fermé, qu'il ne dévoilerait rien pendant que nous discutions. La conversation se déroula ainsi :

Oui, je l'ai vu cette nuit…

Il a volé un verre de vin derrière mon bar…

Non, ce n'est pas la première fois qu'il me fait le coup. Les copains de Lindsey aiment me rappeler qu'ils sont « les potes du proprio » et que ça ne le dérange pas s'ils se servent un seul verre. Ce qui... peu importe, ça me va. Sauf que cette fois il s'est servi *mon* verre. Mais bon, c'est Mark, pas vrai ? Le genre de mec qui prend ce qu'il veut et qui s'excusera peut-être plus tard. Je ne serais pas surprise qu'il ait provoqué la mauvaise personne et que le résultat ne soit pas celui qu'il avait escompté...

Après ? Je crois qu'il est allé au Bar...

Ils étaient encore ouverts quand j'ai fermé. En tout cas c'est là qu'allaient nos serveurs, et je sais qu'ils l'ont invité à se joindre à eux. Vous devriez leur poser la question. Je peux vous donner leurs noms...

Ouais. C'est la dernière fois que j'ai vu Mark, en train de passer cette porte...

(Ce n'était pas tout à fait un mensonge. C'était effectivement la dernière fois où je l'avais vu... sortir par la porte d'entrée.)

Hmmm... et je sais qu'il s'est fait conduire en ville par David Flickinger et sa copine, Mattie. Peut-être qu'ils l'ont aussi ramené chez lui ?...

Désolée de ne pas avoir plus d'infos ! Tout bien considéré, c'était une nuit plutôt normale pour nous...

Je vous sers un verre avant que vous partiez ?...

Une sphinge s'interroge

J'en ai peut-être trop dit. J'étais nerveuse.

Heureusement pour moi, Murph était le seul enquêteur sur la scène. La femme – qu'on me présenta comme l'officier Martin – n'était qu'une ombre. Ce n'était pas son enquête ; je n'aurais pas à la duper longtemps. Il me serait facile de berner Murph, s'il était seul. Les hommes ne m'écoutent jamais vraiment.

Une étrangère

Nora n'assista pas à l'enterrement. Ça lui aurait semblé incorrect. Elle n'était pas encore chez elle à Bellair ; les quelques mois qu'elle y avait passés ne pesaient pas grand-chose dans leur mentalité de Sudistes. Son accent pourtant était le leur, un doux roulement champêtre fait de consonnes glissantes ; en grandissant, elle avait circulé à bord des mêmes fourgons rouillés qu'eux, picolé la même eau-de-vie de pêche lors des mêmes soirées autour d'un feu de camp. Son histoire était intimement mêlée à la leur dans le diagramme logique de tous les habitants du centre de la Virginie, un lacis trouble aux vagues odeurs de poudre à fusil, douloureux au toucher. Mais elle n'était pas des leurs. Ses racines s'ancraient dans l'argile rouge à une quinzaine de kilomètres de là, par-delà la crête bleue et floue de la montagne. Ils étaient de la région du Piedmont, et elle de la Vallée, ce qui changeait tout, à l'heure où la ville se repliait sur son chagrin.

Elle eut soudain conscience de la place qu'occupait son corps, une sensation par trop familière. Alors qu'elle traversait la ville à bord de la Ford Sedan qu'elle partageait désormais avec Murph, Nora se demanda si elle trouverait un jour sa place quelque part sans que des questions tels des charognards viennent la becqueter. La pensée s'épaissit, elle la sentit se heurter contre l'esprit de Murph, assis dans un silence inhabituel sur le siège conducteur.

« Et si tu restais dans la voiture, petiote ? » dit-il lorsqu'ils bifurquèrent dans l'allée gravillonnée du parking de l'église. Sa voix était basse, comme pour tâter les contours de ses soucis. Elle le sentit qui retenait chaque mot entre ses paumes, à les tester, hésitant, de sorte qu'elle fut nerveuse pour lui, ce qui la mit mal à l'aise ; elle attendit qu'il remplisse son silence de mots. « Ce n'est pas qu'ils n'apprécieraient pas ta venue, mais… je crois que ta présence pourrait compliquer les choses. Si tu es là, ils vont vouloir trop en faire.

– Murph. » D'instinct, Nora tendit une main, avant de la retirer. « Je ne suis pas blessée. Je sais comment ça marche, dans les petites villes. Moi aussi j'ai grandi dans l'une d'elles.

– Ah oui ? Je croyais que tu avais grandi dans une grotte. C'est pas là que vivent les gens, de l'autre côté de la montagne ? »

Ses soucis envolés, les railleries revenaient.

« Nan, les grottes sont toutes à Luray. Moi j'ai grandi dans une cahute. Rien à voir. Les péquenauds cannibales qui m'ont élevée me laissaient même sortir une fois par mois pour jouer avec les autres enfants sauvages.

– Ce sera dit et répété à ta maman.

– Ça la fera rire, et puis elle te répondra que, très franchement, ça décrit à merveille une moitié de sa famille. Laisse-moi quand même les clés, tu veux ?

– C'est pour voler ma bagnole ?

– Faut bien que je paie mes factures.

– Parfois je me fais du souci pour toi, Martin », fit-il en secouant la tête.

Des phares éclairèrent le rétroviseur, et Nora se retourna pour voir une file de véhicules qui entraient dans le parking ; endeuillés à bord de voitures à hayon respectueuses de la nature, de camionnettes massives, de voitures de sport racées et d'engins agricoles boueux de formes et de tailles variées. Tous venus se rassembler à l'église pour cancaner, zieuter et sangloter tour à tour. Une pelote de femmes s'était enroulée près des marches, à se prendre les unes les autres dans leurs bras maigres. Leurs foulards claquaient au vent, oiseaux aux couleurs de pierres précieuses en marge du champ de robes noires. Quelques-uns portaient des chapeaux, noirs et à large bord, qu'ils retenaient sur leur crâne tandis que le vent jouait à les soulever. Une photo aussi vieille que le temps : des femmes en noir, une ville assiégée. Leurs larmes et leurs souvenirs brusquement exhibés en vitrine, toutes leurs émotions avaient soudain un poids, on pouvait les briquer et les soumettre à l'appréciation du public.

Un homme grimpa les marches, le visage hagard et gonflé de larmes. Lindsey, songea Nora. L'homme qui avait été le meilleur ami de Mark. Les femmes l'engloutirent dans leurs bras fluets et pressèrent leurs joues pâles contre les siennes, leurs lèvres chuchotant des condoléances et des marques de sympathie. Depuis son siège derrière le pare-brise, elles apparurent à Nora comme des poissons qui cherchent l'air dans un aquarium. Lui fourrant des mouchoirs dans les mains et lui serrant les bras, leur groupe pénétra lentement dans l'église.

« Mark était si populaire que ça ? demanda Nora.

– C'était un gars du coin, répondit simplement Murph. Bon, je ferais mieux de me dépêcher avant qu'ils ferment les portes. Je devrais en avoir pour une heure. Tu es sûre que ça va aller ?

– T'inquiète.

– J'ai appris à me méfier des femmes qui disent ça. » Il lui tapota l'épaule. « Voilà les clés, si tu veux monter le chauffage. »

Il s'extirpa de la voiture, qui tangua sous son poids et vibra lorsqu'il referma la portière d'un claquement sec, avant de s'immobiliser. Nora respira profondément, exhalant un nuage dans l'air silencieux.

Elle patienta, à regarder les derniers endeuillés se hâter sur le parking gravillonné, vestes de costume et ourlets de jupe claquant au vent tandis qu'ils entraient discrètement juste avant que les portes se referment. Le monde s'immobilisa ; elle seule respirait parmi le rassemblement de véhicules. Une brume s'éleva du ruisseau juste derrière le parking. Des visages ondulèrent à sa surface ; bras tendus vers les cieux, distordus sous la lumière du soleil. Nora les chassa d'un clignement de paupières.

À ses pieds se trouvait son sac à bandoulière usé. Elle fouilla dedans et en ressortit les photographies d'autopsie. Le cadavre, l'homme, le brave gars du coin qui la fixait, avait l'air surpris, comme s'il avait tourné à un angle sans visibilité et avait accidentellement percuté la mort. Avait-ce été un tel choc pour lui ? Son esprit refusait de croire qu'une agression si brutale, si personnelle, ait pu être à ce point inattendue. Quoique. Peut-être que, pour un homme comme Mark, apparemment du genre à louvoyer dans la vie telle une anguille, ça avait été le cas.

Elle connaissait ces hommes. Ils poussaient dans tous les terreaux, sur toutes les montagnes. Ils existaient dans une puérilité sans fin, à danser entre les pièges et les leurres que posait la vie, sans jamais baisser les yeux au sol – ils n'en avaient pas besoin puisqu'il y aurait toujours un filet de bras prêt à les rattraper en cas de chute, toujours de douces paroles pour dissiper leurs regrets avant qu'ils acquièrent une densité qui les rendrait impossible à ignorer. Nora sentit une brûlure à ses joues, acide et furieuse. Tandis qu'elle examinait la photo, elle fut choquée du poing qui durement avait étreint son cœur. Elle n'aima pas ça ; elle se refusait à ressentir une telle chose pour un mort.

Des doigts soulevèrent les coins de ses souvenirs. Il y avait eu une autre mort, il n'y avait pas si longtemps que ça. Avec encore un de ces hommes-anguilles. Seulement, cette fois, ça n'avait été qu'un garçon, assis à une table en face d'elle et Murph, qui regardait les photos de la fille qu'il avait battue à mort contre le rebord de sa fenêtre.

« Vous avez fait ça. »

La question se mua en accusation lorsqu'elle tomba des lèvres de Nora. Elle sentait déjà la fille hanter les bords de sa pensée.

« Elle me rendait fou. »

C'était tout ce qu'ils en avaient tiré, avant que son avocat intervienne dans la discussion. Quand elle avait revu le garçon, la fois suivante, il était entouré de femmes en sanglots. Des Marie au pied de cette croix indigne, chacune d'elles parée de foulards fleuris aux tons pastel, maquillage parfait, coiffure parfaite. À Nora qui ne serait jamais elles, elles avaient jeté des regards noirs, et pleuré pour ce garçon, cet homme, ce meurtrier, lui assurant que tout se passerait bien, qu'il retrouverait sa vie d'avant. Le père avait posé une main ferme sur la nuque de son fils, et par son silence avait bâti une forteresse autour d'eux.

Nora écarta ses souvenirs, reporta son attention sur l'homme sous ses yeux qui, en dépit de ses péchés, était désormais mort et froid. Qu'importe ce qu'il avait pu être dans la vie, il n'avait pas mérité un tel sort. Son visage sur les clichés était pâle, aussi bleu que sur la scène de crime. Son cou était tordu, déformé. Le médecin légiste avait confirmé la strangulation, non qu'ils en aient douté. Ça avait dû être atroce. Son meurtrier avait serré si fort qu'il lui avait écrasé la trachée, brisé le cou jusqu'à ce qu'il pende vers l'avant, pareil à celui d'un oisillon. Son entrejambe avait été mutilé à l'aide d'un petit objet tranchant. Quelqu'un l'avait lardé de coups, encore et encore. Une rage mortelle. Déchaînée et brûlante. Immédiate. Elle avait déjà vu ça. C'est ainsi que les hommes tuent ce qu'ils haïssent.

Ce qui l'effrayait le plus, c'était la bouche. Avant ça, il avait dû être beau garçon. Sa mâchoire, pour aussi défaite qu'elle fût, était carrée et bien dessinée. Ses yeux avaient été bleus, et Nora devina qu'ils avaient brillé de malice à la perspective d'un bon tour à jouer. Tout ça n'était plus qu'une rumeur à présent, un murmure qui planait au-dessus de la terreur de son dernier visage, écartelé de manière à permettre à son assaillant de rentrer la main dedans pour lui couper la langue. Pas une mince affaire quand on vient d'étrangler quelqu'un. Pas une mince affaire quand le gars est mort, ses dents serrées au point de casser.

Et pourquoi sa langue ? Son entrejambe, elle comprenait ; elle avait rencontré ce type d'émasculation dans des études de cas. C'était un instinct animal dont les humains avaient encore à se débarrasser – effacer une personne en lui ôtant toute chance de se reproduire, d'exister au-delà de soi-même. Mais la langue ? Au moins il n'avait rien senti. Selon le rapport du légiste, il avait été mutilé *post-mortem*.

Elle avait besoin d'air frais. Bien qu'il fasse froid dans la voiture, elle se sentait à l'étroit, comme si regarder trop longtemps son visage mort pouvait lui donner de la fièvre. Il y avait un banc dans l'herbe à quelques mètres, juste en face d'un coude rocheux du ruisseau et du verger de l'autre côté de la rive. Ce serait son refuge, décida Nora, jusqu'au retour de Murph.

La musique qui s'échappait de l'église dériva vers elle tandis qu'elle s'asseyait sur le bois froid ; hymnes qu'on murmure mêlés aux notes ténues d'un piano électrique, que jouait probablement l'ado de quelqu'un. Elle ne distinguait pas tout à fait l'air mais crut reconnaître « Amazing Grace ». Une chanson parfaitement inappropriée et qui ne cadrait en rien avec l'image qu'elle s'était faite de Mark ces derniers jours. Mark n'avait pas été un homme sauvé. Il avait été un homme qui continuait de trop s'amuser, qui causait trop de désordre. Ce pour quoi quelqu'un l'avait puni.

Avec un soupir, Nora s'étira les jambes et ses genoux craquèrent et gémirent, un vestige de sa carrière athlétique au lycée. Devant elle, le ruisseau formait un coude peu profond à l'arrière de l'église. Il avait récemment gelé avec le froid, et seul un mince filet d'eau qui bouillonnait sous la surface lisse, traversée d'une nappe de brume, attestait qu'il bougeait encore. Au printemps, le cours d'eau serait plein d'abeilles et de couleurs en floraison ; riche de mûres et de chèvrefeuille, de torsades de vigne vierge vraie. Pour l'heure, tout n'était que brun desséché, exsangue.

De l'autre côté du chemin, à une cinquantaine de mètres au nord, un saule tortueux s'accrochait à la rive, ses branches squelettiques retombant en voile sur la glace. Elles ondoyaient sous le vent qui soufflait du pied de la montagne toute proche, faisant crisser les brindilles entre elles. Derrière l'arbre il y avait un champ de pommiers. Nus, ils paraissaient morts, le bois d'un gris spectral, les branches fines recroquevillées sur elles-mêmes. Difficile de croire que dans tout juste quelques semaines les premières feuilles tendres apparaîtraient.

« J'ai toujours détesté les vergers en hiver. »

Nora se tourna vers la voix qui avait contourné le banc pour venir s'asseoir à ses côtés.

« Il n'y avait jamais de bonne cachette », poursuivit la femme avec un léger haussement d'épaules, un sourire jouant sur ses lèvres.

Ses yeux étaient sombres et intelligents ; il y avait en eux quelque chose que Nora avait remarqué la première fois qu'elle avait vu Sophie Braam, une forme de reconnaissance, une poignée de main l'invitant à entrer dans la confidence.

« Bonjour, madame Braam. Quel vent vous amène ?

– Je vous en prie, appelez-moi Sophie. Probablement la même chose que vous... Mark Dixon. J'ai pensé que je pourrais assister un moment aux funérailles avant d'aller bosser. Lindsey organise un verre du souvenir. Cocktails et petits fours. »

Sa voix était douce. Elle était habituée à parler aux gens.

« Oui, je sais, répondit Nora. Murph et moi nous y rendrons ensuite.

– Pour voir qui a l'air coupable ? » Sophie haussa élégamment un sourcil, et voilà qu'il réapparut, l'éclat dans ses yeux. Elle éclata d'un rire lumineux, pareil à un ruisseau qui cascade sur des rochers en été, et toucha le bras de Nora. « Je suis assidûment *Esprits criminels*, enquêtrice.

– Officier. Je suis encore officier, la corrigea Nora, sentant la chaleur monter dans sa gorge.

– *Officier*. Mille excuses. Bref, je sais comment ça fonctionne. Les conditions parfaites, non ? La ville entière..., du moins ceux qui appréciaient Mark, réunie dans une même pièce. Ajoutez à ça de l'alcool et quelques larmes, et qui sait ce qui se produira ? C'est vrai que les criminels retournent toujours sur la scène de crime ?

– On ne sait pas où est la scène de crime.

– Oui, bon, vous voyez ce que je veux dire. Tout le monde sera là. Si je devais tuer un homme, je crois que j'aimerais assister à son enterrement, pour voir ce qu'on dit de moi. »

Sophie sourit, et Nora sentit sa poitrine enfler d'une connaissance secrète. Sophie, elle en mettrait sa main à couper, était une créature des repaires cachés. Il y avait quelque chose, là, une sorte de densité de l'espace qu'elle occupait dans le monde, un esprit fureteur, plus éveillé et vivant que chez la plupart des gens. Nora, en manque cruel d'amitié depuis son arrivée en ville, était tentée de saisir cette main qu'on lui tendait.

« D'ailleurs, je crois que j'aurais fait une bonne inspectrice, poursuivit Sophie. Une barmaid se doit d'être tout aussi observatrice et vigilante. Et tout aussi coriace, je suppose. Après tout, on bosse dans un monde d'hommes.

– Je n'imaginais pas que la restauration était un monde d'hommes...

– Passez donc un jour en fin de soirée, au moment où le bar est fermé et qu'en cuisine les mecs parlent du cul de la nouvelle serveuse... Ou que le chef râle à propos de je ne sais pas quoi qui l'a foutu en rogne ce jour-là... Des bébés. Parfois j'aimerais juste qu'ils la ferment, vous voyez ? »

Nora lui concéda le point.

« Alors, pourquoi vous n'êtes pas inspectrice ?

– Pour trois raisons. Un... » Sophie leva un doigt en l'air. « ... je n'aime pas les flics. Ne le prenez pas mal, mais vos collègues du... » Son expression se mua en parodie de ferme autorité. « *Bureau de répression de l'alcoolisme* aiment un peu trop nous harceler... En quoi d'ailleurs un inspecteur pour l'alcool a-t-il besoin d'une arme ?! »

Nora leva les mains au ciel.

« C'est pas à moi qu'il faut poser la question. »

Elle était soulagée que Sophie ne l'ait pas visée dans sa réponse. Le jour où elle avait annoncé à son père qu'elle entrait à l'école de police, il était parti faire une longue promenade. Des inconnus pleins de bonnes intentions évoquaient le sujet plus souvent qu'elle ne l'aurait souhaité, à son grand embarras. Comment est-ce qu'*elle*, demandaient-ils, pouvait vouloir faire partie d'*eux* ?

« Deux, poursuivit Sophie, sans remarquer le froncement de sourcils de Nora, ou trop polie pour s'y attarder, quitte à bosser dans un *boys' club*, j'aime autant être payée avec ce que je me fais en pourboires plutôt qu'avec votre salaire de misère.

– D'accord, dit Nora.

– Et trois, il faut que je pense à l'entreprise familiale. » D'une main elle décrivit un vaste arc de cercle qui englobait les pommiers noueux. « Le verger n'est plus ce qu'il était. À la mort de mon grand-père, nous avons vendu une grande partie de nos arbres à un autre verger à Charlottesville.

La plupart de ceux qui nous restent sont en train de mourir ou malades, mais j'aimerais le reprendre en main. Techniquement il appartient à ma grand-mère, mais elle a parlé à son avocat et j'ai pu m'installer dans sa ferme avant qu'elle perde complètement la tête. Démence sénile. »

Elle fit un bref sourire à Nora pour amortir la pitié qui suivrait inévitablement.

« Je suis désolée de l'apprendre.

– Ça va. Ça fait quelques années maintenant qu'elle ne me reconnaît plus. Passons. Travailler au bar m'a aidée à tisser des liens avec les domaines vinicoles et les brasseries du coin, et je crois qu'on devrait être capables de remettre sur pied notre petit Verger de Bellair. Les fruits tout seuls ne rapportent plus beaucoup d'argent, mais si on peut les mettre en bouteille ou en canette, à nous la richesse ! En tout cas, de quoi vivre confortablement. Et c'est quand même plus intéressant que faire des cocktails. En parlant de ça… » Elle se pencha vers Nora, l'œil pétillant. « Est-ce que vous savez comment on fait pousser les pommes, chaque année ?

– En priant ? »

Sa première pensée à l'ombre de l'église.

« Vous chauffez… » Elle marqua une pause pour plus d'effet. « On *crie*.

– Oh. »

Sophie éclata à nouveau de rire, un rire chaleureux qui invitait au rapprochement.

« On appelle ça “faire ribote”… une pratique ancienne, beaucoup plus que ces conneries. » Elle fit un geste vers l'église, à l'intérieur de laquelle quelqu'un chantait d'une voix de fausset. « À la fin du mois de janvier, quand ça se met à frémir sous la terre, on se met dehors pour hurler.

C'est censé faire fuir les mauvaises fées ou je ne sais quoi, et accueillir les pommes dans un monde renouvelé. Des histoires que nous racontait ma grand-mère, à moi et mes cousins, quand on était petits.

– Ma mère aussi me racontait ce genre d'histoires, sourit Nora. Et ça marche ?

– Mieux que la prière. »

Sophie

Il y eut un pot d'adieu au bar.

Évidemment qu'il y eut un pot.

L'hôtesse se tenait à la porte, les yeux écarquillés, à attendre les endeuillés qui se déversaient de l'église, un fatras de tenues noires, hoquetant et en larmes. Ensemble, nous avons regardé le vent les malmener tandis qu'ils avançaient dans la rue glacée.

Je me composai un sérieux dont je ne me serais jamais crue capable. Ici, dans mon coin, dans ce petit lieu sombre, je sentis mes pieds s'enraciner dans la terre, sous les fondations du bar. Mes bras s'étendirent jusqu'à envelopper la ville entière dans leur étreinte, pour les attirer contre moi, encore, tout contre moi, jusqu'à ce que tous, petits corps que nous étions, nous brûlions dans la même pièce. Leurs visages éplorés, mon propre visage un masque à peindre. Je les rentrai en moi, me muai en soleil, étoile, palpitant trou noir, à les regarder depuis mon coin. Comme eux, j'étais en tenue de deuil. Le noir est la couleur que je porte tous les jours au travail. C'est la couleur dans laquelle j'ai assassiné Mark.

Lindsey se présenta au comptoir en titubant, et je lui tendis la boisson que je croyais ne jamais oser préparer, bien qu'elle ait déjà été prête à son arrivée. Le même mezcal que

Mark avait avalé d'un trait quelques heures avant de mourir, servi sur un gros glaçon, son goût fumé rehaussé par une pincée de citron. Il me remercia et retourna s'enfouir dans le nid d'accolades. Les flics circulaient entre les endeuillés tels des scarabées, aux aguets, à rassembler anecdotes, larmes et culpabilités murmurées, à les ranger dans un coin afin de les examiner plus tard. Tous, je les regardais avec un sourire dissimulé tout au fond de la poche de mon cœur. C'est moi qui avais fait cela. Je suis en train de les hanter, pensai-je. J'ai créé un cauchemar. Je suis un fantôme…

« Tu tiens le coup, Soph ? » Ty venait d'apparaître à l'angle du bar. « C'est complètement fou, non ?

– Complètement », approuvai-je.

Il me tapota le dos. Je sentis quelque chose frissonner sous sa main.

« Prenons un shot. »

Il fit signe aux serveurs d'approcher et aligna cinq verres à shot étincelants sur le comptoir. Sans rien demander, il les remplit de Fernet-Branca, la libation de choix pour tout employé en restauration désireux de commémorer la disparition d'un des siens. J'aurais pu me sentir insultée, peut-être, qu'on inclue Mark dans notre communauté, mais est-ce que ça n'était pas le cas ? Il faisait davantage partie de moi que n'importe lequel de ces verres en train d'être portés aux lèvres.

Ty chassa les serveurs et nous servit encore un shot.

« Privilège du manager… À Mark. »

Et c'est ainsi que je posai la première brique de mon nouveau baptême, avec une communion.

FÉVRIER

Nora

Tout fut passé en revue, des semaines durant. Comment quelqu'un qui avait vécu comme Mark dans un tel étalage, qui connaissait autant de monde dans cette ville, qui disait haut et fort tout et n'importe quoi sur tout, pouvait-il être un tel mystère ? Et pourtant, c'est bien ce qu'il était.

« Il me faut la rumeur, Nora. N'importe quoi que tu entendras pendant tes patrouilles. Qui il se tapait, qui le détestait, qui lui devait de l'argent », lâcha Murph un après-midi, trois semaines après qu'on eut découvert le cadavre puant de Mark. Ils étaient derrière le poste de police, elle frissonnante, une tasse de café fumant à la main, lui aspirant à pleins poumons la fumée d'une cigarette. « Mark était... un célibataire. J'utilise à dessein un euphémisme. J'ai entendu plus d'une histoire sur comment il fricotait avec des femmes mariées. On doit les retrouver. Ma piste numéro un, c'est un mari jaloux. » Il inhala une bouffée. « On va aussi vérifier auprès de la police du département. Je suis certain que tu as mené ton enquête de l'autre côté de la montagne. La Route 29 n'est pas loin. J'aimais bien Mark, mais je ne suis pas naïf quant aux types de divertissement qu'il aimait. »

Nora acquiesça. Elle savait exactement de quoi il parlait. Ils se trouvaient au croisement de deux autoroutes qui formaient le noyau du trafic de drogue de la Floride à Washington DC, puis vers le reste du pays. On avait beau être une petite région assoupie nichée au creux des montagnes, crimes et violences battaient leur plein à Bellair et dans les villes voisines.

Murph se pencha pour écraser son mégot, lequel siffla sur le sol froid, la vapeur s'échappant en spirale.

« Les gars comme Mark ne finissent pas balancés dans une poubelle. Il a vraiment dû foutre quelqu'un en rogne. »

Sophie

Ce que je préfère au boulot, c'est la découpe des fruits. Il y a un calme inhérent au glissement du couteau sur une peau d'agrume; une méditation sur le *crac* et la pénétration, le giclement silencieux du jus qui suit.

Dans ces moments-là, je suis un phare dans un monde qui s'ébroue. Dans la salle, les serveurs bavardent entre eux tandis qu'ils glissent entre les tables, à poser verres à eau et salières, à allumer les bougies, disposer vaisselle et couverts. Ils se balancent des vannes grivoises, racontent leurs plans cul et leurs gueules de bois, se taquinent comme des gosses dans une cour de récréation. Ty les observe depuis un coin du bar, il prend en note qui est arrivé en retard, qui met du cœur à l'ouvrage, si ça vaut la peine d'ouvrir la terrasse avec cette météo. Quand il s'ennuie, il va dans la salle chercher des poux à Amber, qui aime ses tables au cordeau. Un couvert déplacé de quelques millimètres, un verre à eau disposé tête en bas: ce genre de chose la rend folle. Elle se laisse asticoter trop facilement.

Dans la cuisine, le chef fredonne pour lui-même. Il chante toujours trop fort et un poil faux, un échauffement pour plus tard dans la soirée, quand il se mettra à hurler. Le doux chuintement des portes du frigo qui s'ouvrent et se ferment emplit l'espace derrière sa voix. Le sous-chef et le plongeur se saluent à coups d'insultes, les jurons roulent sur le sol gras à leurs pieds.

L'hôtesse, à son pupitre, murmure sa litanie de réservations, elle vérifie heures d'arrivée et numéros de table, démêle chaque conflit potentiel, se prépare à l'assaut à venir. Mon commis de bar, lorsqu'il se rendra compte que je n'ai rien à lui faire faire, ira lui filer un coup de main. La plupart des soirs, je n'ai pas grand-chose pour lui avant le service, si bien qu'il passe son temps à polir laborieusement les couverts de table, une pièce après l'autre, avant de les enrouler dans des serviettes amidonnées. Ses gestes sont douloureusement lents et mesurés. J'aimerais le rassurer en lui disant qu'il n'y aura pas d'interro, mais je doute qu'il comprenne la blague. L'hôtesse, elle, a pouffé de rire, quand je la lui ai chuchotée par un après-midi calme.

Au centre de cette agitation, je médite. Un globe de fruit brillant que ma main fait rouler sur une planche à découper propre me conduit à observer la rencontre entre un ongle, une dent et la chair. Je le laisse respirer, se balancer jusqu'à l'immobilité ; mon citron, mon citron vert, à l'heure du brunch mon orange, repose devant moi en un doux assentiment de son sacrifice. Afin de le retenir, de le maintenir en place, je le transperce. Un soupir s'élève à mesure que zeste et ziste cèdent sous la pointe de métal. Une fois l'entaille faite et la victime immobilisée, la lame pénètre le corps sphérique jusqu'à ce que le fruit se scinde en deux éclatantes moitiés. Elles oscillent sur le dos comme des tortues sur leur carapace.

Le couteau qui tranche le ventre exposé du fruit ouvre une fine bouche, qui viendra mordre le bord d'un verre à cocktail. Mes quartiers ne tombent pas dans la boisson. Une moitié faite, je m'attaque à la deuxième. Propre. Net. Les premières gouttes de jus mouillent mes mains. Parfois je rencontre des pépins, enfouis tels des os. Une brève torsion du poignet suffit à les écarter de ma trajectoire.

Chaque moitié, désormais mutilée, est retournée sur sa face ensanglantée. Elles gisent à plat, en long, loin de mon corps, une mare de jus se répand. Deux entailles rapides le long de l'arc délicat de leur dos donnent naissance à trois quartiers parfaits – un dôme parcellaire fait de pulpe, de zeste et de jus poisseux. Je les soulève à l'aide de mon couteau et les glisse sur une assiette, en réserve. Dessous, un lit de glace garde les quartiers fermes et brillants, sourires charnus prêts à accueillir des clients assoiffés.

Leur arôme flotte dans l'air après la découpe, comme la rosée par une fraîche matinée. Lorsque le travail est terminé, mes mains sont couvertes de jus. Je déteste devoir les laver. C'est peut-être collant, mais c'est si beau, quelque chose de lumineux, propre et calme parmi le désordre d'un service du soir. Je prends soin d'en appliquer quelques gouttes sur les pulsations de mon cou avant de plonger mes mains sous le robinet.

Le deuxième homme fut plus facile.

Son cou, potelé et légèrement blet, tel un citron sur le point de passer, éclata lorsque ma lame le pénétra. Ses yeux aussi éclatèrent, de choc, de trahison et de douleur. Les règles de bienséance n'étaient pas respectées. De son point de vue, ceci n'était pas censé se produire.

Charybde

Il est difficile de comprendre l'assaut de la clientèle à moins d'en avoir fait son gagne-pain. Un été à tendre des cornets de glace sous un soleil de plomb derrière un stand sur une avenue passante, ou un job à temps partiel dans le bar local qui sert accessoirement aussi à boire aux mineurs s'en approchent à peine. Ce sont des boulots idylliques, où le cash coule à flots et où tout le monde vous aime parce que vous êtes décidément *trop chou*. Facile d'être chou quand la lumière est au bout du tunnel.

Il y a une lumière, aussi pouvez-vous ignorer l'homme qui vous a attrapé le poignet quand vous êtes venue débarrasser son assiette. Oui, il n'y a pas touché depuis dix minutes et il lui reste encore deux frites, *mademoiselle*, alors qu'on arrête de le presser, OK ? Ou peut-être est-ce sa femme, qui vous déteste parce que autrefois elle fut vous et qui, à présent qu'elle a perdu sa fraîcheur, note comme le regard de son mari s'attarde sur des corps qui ne sont pas le sien. Avant son départ, elle va appeler le manager et se plaindre du sourire dont vous avez revêtu votre visage, la façon dont vous avez pouffé à propos de quelque chose (ce quelque chose c'était elle, non ?) avec le commis de salle. Ou peut-être qu'elle ne dira rien mais insistera pour régler l'addition sans laisser aucun pourboire en plus des deux dollars et treize *cents* que vous gagnez de l'heure ; ce qui fait zéro dollar, une fois le personnel payé et les taxes déduites.

Il y a une lumière, aussi pouvez-vous rire quand cet homme, qui occupe une table dans votre rangée depuis des heures, qui se l'accapare tel un dragon de conte de fées assis sur son tas d'or, colle sa bouche contre votre oreille et glisse la clé de sa chambre dans votre poche arrière. « Pour quand tu auras fini ton service », dit-il, et ses doigts autour de la boucle de votre ceinture forment un crochet dont vous ne pourrez vous libérer qu'après un sourire.

Maintenant, vous voyez ?

Mais le pouvez-vous vraiment ? Tant que vous n'aurez pas l'équivalent d'une vie entière de crasse sous les ongles, de nœuds dans le dos et de crampes aux pieds, tant que vous n'aurez pas ravalé votre fierté et votre intellect jusqu'à ce que votre estomac soit tout gonflé et aigre de leurs cadavres pourrissants, comment pourrez-vous comprendre ?

C'est un peu comme être une femme.

Voilà pourquoi, sitôt qu'on m'a donné l'opportunité d'être derrière un bar, je l'ai saisie. Je ne peux toujours rien faire contre les œillades, les questions narquoises à propos de mes recettes, les derniers verres qui s'éternisent et les billets qu'on m'agite sous le nez, à moi si je danse, fais le singe, danse… Mais ils ne peuvent plus me toucher. Ils ne peuvent plus m'atteindre. Ce morceau de métal et de bois est un océan et je suis Charybde : ils ne peuvent pas tendre un bras à travers sa surface sans chuter au fond de mon antre. Petit, certes, mais à moi.

Je rentrais de la banque, mon sac à main alourdi par des rouleaux de pièces pour la caisse, en songeant au bar. La rue principale de Bellair, Peach Street, forme un bras replié dont l'extrémité du coude s'enroule à l'arrière des magasins avec pignon sur rue en une route négligée appelée Garland Avenue, qu'utilisent surtout les camions de livraison, les fumeurs et les employés de restaurant qui cherchent un endroit où respirer. C'est aussi le trajet de prédilection du personnel. Comme aiment à le dire les commis de cuisine, c'est plus marrant de pénétrer la chienne par-derrière. Original, non ? J'imagine que c'était donc raccord avec mes pensées, ce jour-là, pendant que je rentrais de la banque : les seins.

L'astuce, quand on bosse pendant les vacances, c'est de faire de cette période un amusement personnel ; tout transformer en jeu. Autrement, les ego démesurés et les pourboires riquiquis vous rendront fous. C'est la raison pour laquelle, alors que je remontais Garland Av. en prenant soin de ne pas glisser sur le verglas, l'idée me vint soudain de demander à Ty de nous commander des coupes pour le champagne rosé de la Saint-Valentin. Les coupes à champagne, voyez-vous, possèdent un délicieux secret.

Commençons par le b.a.-ba : la fermentation du vin, du fromage, de la bière, n'est rien de plus qu'un déchet soigneusement contrôlé, qu'ont perfectionné des milliers d'années d'essais humains et d'erreurs. Certains croient même que la première bière fut brassée par accident quand les Égyptiens de l'Antiquité notèrent qu'un truc bizarre s'écoulait de leur pain en train de cuire, une heureuse découverte qui a pu influencer leur zèle pour l'agriculture et, partant, le monde tel que nous le connaissons. Si ce mythe est exact, alors nous devons une gratitude éternelle à ce microscopique champignon que nous nommons levure. Plus particulièrement, à l'appétit de la levure. L'éthanol qui colore les joues d'une fleur rose et délie les langues est le déchet que produisent naturellement une horde de bouches minuscules se gorgeant de sucre.

Nous pouvons les freiner, retarder le processus de manière que ce délicat déchet ne se mue pas en pourriture abjecte ; les enfermer dans un fût ou une bouteille afin que leur festin dure des années plutôt que quelques semaines. Seule la mort les arrêtera. Les moines qui fabriquaient du champagne le savaient parfaitement.

Le vin, un pinot noir fuligineux pour rester dans la tradition, ou un chardonnay butyreux pour un blanc de blanc, sera mis en bouteille avec une cuillerée de sucre supplémentaire avant d'être posé sur une étagère. Trois ans durant, la bouteille reste seule dans le noir, touchée uniquement pour être ici et là tournée avec délicatesse dans son lit. À l'intérieur, tout se passe bien pour commencer ; la dose supplémentaire de sucre est une aubaine pour la levure, qui s'en repaît sans penser à l'avenir. Entre-temps, l'éthanol qu'elle a évacué se met à empoisonner son logis. Et donc, elle se met à mourir.

C'est ici que ça devient intéressant. La levure, à cause du sucre et de la faim, n'a d'autre choix que manger le cadavre de ses sœurs. L'autolyse, on appelle ça. La destruction de soi. C'est ce cannibalisme qui donne au champagne sa saveur de pain et cette sensation de rassasiement. C'est aussi de là que viennent les bulles.

La levure n'est pas le seul microbe à se manger lui-même. Vous aussi, quoique pour la majeure partie de votre vie cette destruction soit le fait de la plus ordonnée et bienséante autophagie. *S'automordre*, plutôt que s'autodévorer. Dans la mort, la règle s'inverse. Le cadavre de Mark, flétri et bleu au fond de la benne à ordures, grouillait de bouches microscopiques.

Je vous entends d'ici. C'est fascinant, d'accord, mais on va où, là ? Voici ma réponse : l'idée que les vins pétillants devraient être servis dans une flûte est un mythe. La silhouette effilée, certes élégante et aisément manipulable pour les mains fragiles, n'est rien d'autre qu'une vitrine pour les bulles. Le vin dans votre verre est le résultat de siècles de labeur, de chimie et d'innombrables morts, aussi mérite-t-il qu'on le comprenne et qu'on le respecte pour ce qu'il est. Dans une flûte, il est joli mais unidimensionnel. Qu'on le laisse s'épanouir dans le bol évasé d'une coupe, et il éclora en une symphonie multisensorielle alliant goût, son et odeur. La levure qui a survécu à la famine pourra respirer l'air franchement et se mettre à chanter.

N'eût été mon humour raffiné, j'aurais pu m'en foutre, et au contraire me réjouir à l'idée de voir un bar rempli de couples endimanchés porter la traditionnelle flûte phallique à leurs lèvres. Il y a quelque chose de particulièrement délicieux dans l'ironie d'une telle scène. Néanmoins, ma jubilation est plus sophistiquée. La sagesse bistrotière veut que la poitrine de Marie-Antoinette ait été si charmante que son époux, le roi Louis XVI, la prit pour modèle pour ses verres à pied. Le phallus est surfait. Qu'ils sirotent leurs bulles dans des seins ; en voilà, une bonne plaisanterie !

J'en étais donc là, riant sous cape, lorsque l'homme qui serait mon deuxième se fit connaître :

« T'as un joli sourire, fillette. Tu m'en offres un ? »

D'abord je n'ai pas percuté – cette intrusion soudaine dans mon silence sacré. Ça n'allait pas, ça ne cadrait pas. Cet endroit, là, dans les mauvaises herbes et le gravier, avec ses relents d'ordures et de boue ferreuse, cette contre-allée est notre sanctuaire, où nous qui épinglons un sourire sur notre visage, à vif d'avoir été pelé de sa fierté, existons tels que nous sommes. Là, entre des poubelles puantes, des tas de palettes défoncées, des chaises et des cageots de lait éventrés ; c'est là que tous les désaxés de notre galaxie adepte de la fast-fashion et des accessoires bon marché, des motifs cachemire pastel, viennent faire une pause et souffler un coup, se mettre à distance des regards, des sifflements et des mains baladeuses.

Et le voilà, parmi cette paix sacrée – un intrus. Je sentis les poils dans mon dos se hérisser, la lente érection de centaines de muscles horripilateurs piégés entre les orteils de milliers de pieds minuscules.

Garland Avenue est bordée par un ruisseau sur son côté ouest. L'autre côté est troué sur plusieurs pâtés de maisons d'entrées de ruelles, sentiers interstitiels comme des veines qui lacèrent les souriantes façades des boutiques et des bars de Peach Street. Des endroits sombres, étroits, l'extrémité est de chacun d'entre eux se terminant par une haute palissade en bois ou un local de stockage plein à craquer, afin que l'on n'encombre pas la rue principale avec nos poubelles et que le beau monde soit protégé de nos pauses clope et changement de tenue, de nos visages maussades. Le Blue Bell partage sa ruelle avec le salon de coiffure voisin et la librairie juste au-dessus. L'homme se tenait entre moi et la ruelle, celle-ci encore à dix bons pas. Si je réussissais à passer, il me suffirait de monter le petit escalier de service pour entrer dans le restaurant.

Au boulot, donc.

Avant la fin de ma pause.

La pensée fit frémir quelque chose dans la courbure de ma mâchoire ; juste là, niché derrière l'arrondi de ma mandibule. Des pieds rampèrent le long des canaux osseux, se lovèrent avec un frisson dans les moelleux oreillers de mes amygdales. Une morsure amère au fond de ma bouche. Une démangeaison. Je sentis chacune des fibres tendues de mes omoplates se contracter. C'était mon espace, mon moment. Et il s'y était introduit, il recherchait et demandait mon attention. Mes poings se serrèrent. J'avais une option.

La porte était juste là, à quelques pas.

Les fenêtres arrière étaient des visages murés, on avait tiré les rideaux pour se prémunir du froid. De la vapeur s'échappait du conduit de ventilation de la cuisine. L'appareil de chauffage, mis à rude épreuve en cette journée glaciale, grondait et ahanait. Personne ne pouvait nous voir ; personne ne pouvait nous entendre. C'était l'hiver ; la nuit tombait de plus en plus tôt. Déjà, la ruelle suffoquait doucement sous les ombres.

Si l'on m'agressait ici, personne n'en saurait rien. Personne ne viendrait à mon secours.

« Eh ! C'est à toi que je parle ! » Un cri, bref et aigu. Des pas sur le gravier, la glace qui crisse sous une semelle. Puis un grognement, un mollard sur le sol gelé : « Salope. »

L'idée que j'avais essayé de chasser revint à tire-d'aile, pour me battre avec frénésie entre les oreilles : Pourquoi je devrais retourner me faire harceler au travail juste pour ne pas être harcelée pendant ma pause ?!

Je regardai mes mains agir selon leur volonté, glisser dans mon sac pour y pêcher les gants enfouis quelque part, sous les myriades de stylos et de tickets de caisse, et le paquet de cigarettes qui me servait à soudoyer les chefs de partie pendant les coups de feu afin qu'ils n'oublient pas leur Sophie adorée, elle qui les dorlotait si bien. C'était des choses toutes simples, ces gants en coton; pour être franche, ils ne pouvaient pas grand-chose contre le froid, mais ils étaient parfaits pour masquer les empreintes digitales.

Lorsque je me tournai de nouveau vers lui, ce fut avec une mine complice, le paquet de clopes en évidence pour faire bonne mesure. Il me suivit sous la cage d'escalier.

Les hommes n'aiment pas qu'une femme ait la bouche vide. Fermez-la-lui, gavez-la, avant qu'elle ne l'emplisse de sa voix. C'est peut-être la raison pour laquelle je n'ai pas dit un mot tandis que je piétinais le contrat qu'il pensait me faire signer. Non que j'en aie eu besoin. Sans l'ombre d'un doute ou d'une arrière-pensée, il me suivit de son propre chef sous l'escalier. Tout ce que j'eus à faire, c'est ce qu'ils demandent toujours. *Souris, femme. Tu as un si joli sourire.*

Je le poignardai dans la ruelle, encore et encore et encore, tandis qu'à une vingtaine de mètres à peine les gens vivaient leur vie. Une fois le choc passé, alors qu'il songeait à crier, je le poignardai sous le menton – le creux délicat, la coupe qui renfermait sa langue. Mon couteau trembla lorsqu'il heurta la voûte de son palais. Quand je le ressortis, ses hurlements jaillirent en gargouillis de son gosier en même temps qu'un flot de sang bouillonnant et des pleurnicheries pitoyables. Un dernier coup dans la gorge fit taire sa souffrance. Tais-toi tais-toi *tais-toi.*

Je le traînai sous l'escalier, le tournai face contre terre pour que son sang ne m'atteigne pas. J'en avais sur les chaussures, mais c'était sans importance. Tant que ma blouse de travail resterait propre, noire, personne ne remarquerait rien. Il y avait du sang sur les boîtes en carton abandonnées, je les poussai davantage sous lui du bout des orteils. Que le carton s'en imbibe donc; ils seraient faciles à jeter.

Il ne bougeait plus. Je m'accroupis, le poignardai une nouvelle fois, cette fois à la nuque. Quand mon couteau heurta l'os et le tendon, je tournai la lame pour les écarter, simples pépins de citron. Il gisait sur le sol crasseux, et je me laissai tomber sur lui. Le sang forma une mare sous nos corps tandis que j'attendais qu'il se dégonfle. Les hommes, étais-je en train d'apprendre, avaient leur tendreté. Comme vous et moi, ils sont faits de chair et d'os.

Ce fut terminé presque aussitôt que ça avait commencé : la brusque plongée dans la chair ferme, les halètements et les ruades, puis, le relâchement. Immobilité et silence inondèrent notre espace à ciel ouvert. Je ne bougeai pas. Le temps d'une longue respiration, je restai assise sur son dos à le chevaucher tandis que palpitations électriques et tressautements quittaient son corps, ses nerfs court-circuités un à un. Ç'aurait pu être amusant, cette absurde défaillance d'un corps qui se voit brusquement débranché, si je ne m'étais pas sentie aussi exposée. Mais l'abri précaire d'une grotte sous un escalier en bois branlant n'était pas une cachette, ni un endroit sûr où reprendre mon souffle et jouir un instant de ça – mon deuxième homicide.

Les secondes défilèrent, pesantes comme des heures et aussi solides que si elles cognaient l'air avec chaque *tic-tac* de ma montre. Tel un animal, je m'accroupis au-dessus de lui, la bouche grande ouverte pour atténuer les grattements rauques de ma respiration contre mes lèvres gercées. Devant moi, de la vapeur s'élevait du sang qu'il avait craché sur le sol glacé. Et si un employé décidait de fumer une clope maintenant ? Que lui dirais-je ?

Au final, je n'eus pas besoin de réponse. Personne ne vint. La ruelle demeura glacée et silencieuse, à s'embuer gentiment. Seuls étaient audibles au loin les croassements des corbeaux, le doux gargouillis de la rivière, le tambourinement rotatif de mon cœur.

Des inquiétudes comme des doigts fouillaient mes pensées.

Tu ne peux pas le laisser ici ! Tu n'as pas le temps... Où est-ce que tu vas le mettre ? Le sang ! Et si quelqu'un te voit avec ces cartons ? Est-ce qu'il y a d'autres éclaboussures ? Qu'est-ce que tu vas faire ?

Qu'est-ce que tu vas faire ? Tu vas faire quoi, Sophie ? Concentre-toi ! Regarde-le !

Le voilà. Face contre le sol gelé, désarticulé. Il ne saignait plus. Il m'apparut dans sa vérité nue : il était pathétique, cet homme laid qui exigeait quelque chose de moi, qui croyait que je lui devais quoi que ce soit. Mes joues s'emplirent de bile, et je lui balançai un coup de pied, fort. Puis je me retirai à l'endroit qui était toujours là, enfoui juste derrière mes yeux, là où je savais pouvoir trouver la paix quand le monde autour de moi s'épaississait de vacarme, de visages et du crissement de trop de voix contre le tableau noir de mon cerveau. Tout y est silencieux, calme. Je peux respirer et reprendre pied, prendre une décision.

Il n'y avait rien à faire de plus, dans la lumière déclinante du soleil cru d'hiver. Pour l'heure, il faudrait que l'homme reste où il était. Les cartons vides et les palettes cassées devinrent mes meilleurs amis. Je fourrai mon assaillant au plus profond sous l'escalier et construisis un fort autour de son cadavre raidi. Ses jambes rentraient dans une vieille caisse de vin; sa tête se trouva étrangement enchapeautée dans un casier à couverts abandonné. Tous les déchets que le bar avait vomis furent recomposés en articles de mode grotesques, et il fut mon mannequin.

En guise d'allié muet: un buisson de ronces à moitié mort qui poussait sous l'escalier. Très à propos. Mon nom de famille, Braam, signifie « mûre » en hollandais. Ses branches rampantes et épineuses me protégeraient, en attendant que je trouve une solution.

Plus tard, une fois les derniers clients partis et le soleil mort dans le ciel, je tendis à Ty mes reçus et lui dis que j'avais besoin d'une pause dans mon ménage, j'avais des crampes et envie d'air frais. Les hommes ne posent jamais de questions quand il s'agit de règles – tout ce que j'avais à faire c'était fouiller dans mon sac comme si je cherchais un tampon et ils s'enfuyaient sans demander leur reste. Je savais donc que je disposais de quelques minutes de répit. D'abord je me rendis aux WC, pour parfaire le tableau. Puis je sortis déballer mon type.

Je nouai ses bras ensemble, cependant mes mains n'étaient pas assez grandes pour saisir correctement ses poignets; glissants, ils se débattaient. Une ou deux fois, un de ses bras s'échappa, pesant, et je dus me précipiter pour le replacer dans l'étrange bouquet que j'avais réalisé.

Il était lourd, son corps récalcitrant. La fermeture Éclair de son manteau s'emmêla dans des touffes d'herbes mortes et émit un sifflement lorsque je le traînai sur le gravier. Il me fallut m'accroupir et le tirer, un pas ferme, puis un autre, un autre, encore un, aussi vite que possible, pendant que mes yeux et mes oreilles balayaient la ruelle, guettant des signes de vie. Malgré le froid, je sentais mon front se couvrir de sueur. Mon souffle s'échappait de ma bouche en fumée.

Lorsque je me cognai au cageot de lait éventré à l'angle opposé de la ruelle, je faillis le lâcher. Les échardes de plastique pareilles à des doigts dans mon dos. Je me revis enfant en train de jouer à Haut les mains ! dans la cour de récréation. Le monde autour de nous ne bougea pas ; mon cœur redescendit à tâtons de ma gorge.

Les derniers pas furent simples. Sois silencieuse, calme. Je le roulai sur un côté tandis que je dégageais les cageots, soulevais les palettes et déplaçais la chaise cassée dans le coin opposé. Personne ne buterait accidentellement sur mon type en venant fumer une cigarette. Ensuite, le boulot nécessaire. Je fouillai ses poches à la recherche de papiers d'identité, puis son corps pour en effacer toute trace de moi. J'ôtai de mes gants des peluches de coton, essuyai une goutte de sueur, balayai une mèche de cheveux qui était tombée sur son manteau. Pour le reste, il me fallait espérer que les éléments se chargeraient de le dégrader. Il n'avait pas de papiers d'identité, et je me mis à suspecter qu'il était sans abri. Il ne manquerait à personne. Ça me laissait du temps.

Sa langue fut plus facile à prendre que celle de Mark, exposée comme elle l'était à travers la béance dans sa gorge. Je la fourrai dans ma poche avant d'ensevelir son propriétaire sous un tas de vieux cartons, de déchets cassés, d'ordures oubliées.

Le gravier lissé par notre lente reptation, je l'ai éparpillé. Son sang, en gelant, avait rigidifié les cartons. Je les rassemblai dans un sac-poubelle que je jetai dans la benne. Ce qui avait éclaboussé le sol, je le dispersai de quelques vigoureux coups de pied, avant de disséminer dans la ruelle des flocons de glace aussi rouges que des joyaux. Qu'ils fondent et disparaissent.

Il se mit à neiger alors que je terminais, doux baisers qui sombraient dans mes cheveux, mes joues, mon cou. *Respire*, disaient-ils. *Respire*. Je fermai les yeux, et les froides caresses apaisèrent peu à peu la dangereuse rougeur sur ma peau. Un rire enfla dans ma gorge ; un soulagement, une liberté frivole. Je m'en saisis avant qu'elle entre en éruption, mais elle poursuivit son ascension et jaillit dans mes yeux en éclat. J'étais puissante. Je détenais un secret, deux secrets, dont l'un serait bientôt en train de se décomposer lentement dans les tréfonds invisibles d'un recoin oublié.

Lorsque je rentrai dans le bar, quelques minutes plus tard, et que Ty me dit que les flocons de neige contrastaient joliment sur mes cheveux noirs, mon corps entier sourit.

Nora

L'air se solidifia, et quand février arriva il lui était poussé des canines. Quoique abritée des neiges abondantes par l'échancrure vallonnée des monts Blue Ridge, Bellair ne put éviter le froid ; l'hiver dévala le flanc de la montagne, se déversa dans les fossés et les lits des ruisseaux, peignant sur les vitres des fenêtres matinales de délicats motifs en dentelle. L'air glacé s'épaissit en février, un corps se glissa sous la peau de Nora et enveloppa chaque centimètre d'os, secouant les robustes soldats de sa mâchoire jusqu'à les faire claquer. Elle sentit les visages nocturnes se presser de nouveau contre sa chair, le givre sur son porche chatoyant de leurs soupirs dans le noir. Au matin ils la réveillaient d'une chiquenaude, ces horribles morts dont elle était trop souvent le témoin ; leurs corps étaient fragiles, friables dans la faible lumière du jour, évaporés sitôt qu'elle ouvrait les yeux. *Ici.*

Tu es ici. Sois ici.

Ici. Elle sentait son cœur battre, puissant et insistant. Elle était ici, sur son fauteuil à roulettes branlant. Ici, où les sombres jours d'hiver qui s'étaient étirés depuis qu'elle et Murph avaient découvert le corps de Mark s'étaient rassemblés sur le vinyle écaillé de son petit bureau ; ici, sous la lumière tremblotante du néon, dans ce bâtiment froid en briques et parpaings. Il n'y avait rien. Le jeter aux ordures avait permis d'effacer tellement d'indices, de laisser tant de questions enroulées autour de son cadavre. Ils avaient interrogé d'anciens collaborateurs de travail, des petites amies, même sa vieille mère, dans l'éventualité où quelqu'un saurait quelque chose. Tout ce qu'ils avaient obtenu fut le portrait d'un homme qui faisait la fête plus peut-être que ce qu'il aurait dû pour son âge, dont la fébrilité trahissait une certaine solitude pathétique. Leur piste la plus sérieuse survint le jour où Murph fit venir Lindsey pour l'interroger. Mark lui devait de l'argent. Beaucoup. Mais la mort de son ami avait plongé l'homme dans un tel désespoir qu'il leur fut impossible de croire qu'il en était responsable. Sans compter qu'il avait un alibi en béton. Une semaine de ski à Wintergreen. OK, ce n'était qu'à une heure de route en voiture. Mais il y avait suffisamment de photos, de témoins, pour certifier de sa présence.

« Il était censé nous y retrouver, leur avait dit Lindsey, la voix mouillée de larmes. Quand il n'est pas venu, on a pensé qu'il était allé se mettre au vert à Ocracoke. Ça lui arrivait parfois. Il s'enfuyait, sans prévenir personne. »

Aussi le dossier de Mark resta-t-il vide, se muant en puits profond qui avala Nora tout entière, elle qui avait déjà passé trop de jours à en sonder les ténèbres.

« Ne mets jamais tes mains là où tu ne peux pas les voir, ma fille, disait la voix de sa mère chaque fois que Nora regardait dans ce puits. Tu ne sais pas ce qui pourrait t'y attendre, prêt à te mordre. »

Bien sûr, Emma avait parlé de serpents.

Mais peu importe à quelle profondeur Nora allait, combien

de fois elle plongeait les mains dans les questions lovées sur elles-mêmes aux marges des innombrables rapports officiels et comptes rendus d'interrogatoires, elle ne trouvait rien hormis une espèce de démangeaison au bout de ses doigts ; sa réponse encore à l'état de pensée, dénuée de dents pour mordre.

Sa table de bureau se gaussait d'elle. Elle y passait beaucoup trop de temps assise. Comme tous ses collègues. Puisque le froid mordant les empêchait de sortir, les officiers s'étaient dépouillés du dos gainé et de la musculature ferme de leur uniforme estival, en dessous duquel ils révélaient le corps moelleux d'un chat domestique ; ainsi transformés, ils se tassaient sur les bureaux et dans les chaises, leurs mains gluées à des téléphones eux-mêmes glués à des yeux vitreux d'ennui. Bouches pendantes, béantes. C'est ainsi que commençaient les problèmes, Nora le savait. Les hommes qui s'ennuient ne sont bons à rien. Ils s'aigrissent sur leurs sièges, comme un vin resté trop longtemps sur une étagère poussiéreuse, à tourner au vinaigre.

L'hiver était synonyme d'interminables journées, confinée dans sa voiture de patrouille, à geler sur place tout en s'efforçant au mieux d'ignorer le mal de dos qu'occasionnent trop d'heures sédentaires, avec pour seul divertissement la corvée à la longue pénible de regarder des conductrices de breaks déraper sur la glace noire. Une dispute conjugale à la ferme des Sanders fut accueillie avec soulagement, enfin quelque chose de dur et d'excitant pour faire surgir la vie de ce marasme frigide. Un semi-remorque coincé sous un pont ferroviaire libérerait pour une journée un homme enchaîné à son bureau à faire de la paperasse. Les clochards sur Peach Street étaient peut-être un désagrément en été, mais en cette saison gelée tout était prétexte à se lever, sortir, faire à nouveau circuler le sang.

Nora prit l'appel suivant. Elle savait qu'elle était la mieux placée pour demander à une mère pourquoi elle emmenait ses gamins mendier à un coin de rue glacial alors qu'ils auraient dû être au chaud et nourris à l'école. Les garçons auraient tourné ses questions en accusations, mis leur mère vent debout. Nora, qui s'y connaissait en douceur, savait transformer l'inquiétude dans sa voix en couverture, inviter cette femme et ses enfants à venir s'y réchauffer.

Voilà leur vie en hiver: jours longs et baveux ponctués d'accès de rage ou de frustration au goût de réchauffé. Tous les débris fermentés du comportement humain enveloppés dans un froid si vif qu'il vous tirait des larmes et vous picotait le nez.

Vint février, et elle sentit son âme glisser jusqu'aux orteils dans ses chaussures pieds sensibles et sombrer dans le sol sale sous ses semelles.

Et toujours, derrière les contraventions, les rapports pour injures et les demandes de subventions, il y avait Mark Dixon qui la regardait fixement, ses questions à lui qui débordaient de sa bouche bleuie telle la neige mouillée chutant d'un toit. Les indices, s'ils existaient, demeuraient silencieux. Mark était un lémure sans langue; ses questions restèrent à l'état de flaque sur son bureau, jusqu'à ce que les pensées qu'elle lui accordait imbibent toute sa paperasse.

Ça l'agaçait, même si elle ne se le serait jamais avoué. Mark était à Murph; c'était son affaire, sa responsabilité. Il était encore l'inspecteur chargé des homicides de la maison, pas elle. Pas encore. Cela la soulageait et la frustrait, une constante démangeaison sous sa peau, inconfortable, incurable. Sans cesse à la titiller et l'irriter.

Les garçons la sentaient, cette frustration, cette raideur. Ils l'avaient plus ou moins bien acceptée à son arrivée, avec ici et là un mot de mépris, des chuchotements de « discrimination positive » à l'embauche, mais pour la plupart ils l'avaient tolérée tant bien que mal, au cours du mois d'août. Elle avait accepté cela comme un jeu de territoire auquel les petites gens aiment jouer en province. Mais quand on ne put plus douter qu'elle allait rester, qu'elle était la protégée de Murph et qu'il l'avait choisie pour le remplacer, et qu'elle devait donc se croire supérieure à eux, alors les vrais ennuis avaient commencé.

D'abord ce furent des conversations murmurées qui flottaient hors de la salle de pause : « Ça fait des années que Satterwhite attend ce poste, il a bossé vachement dur pour ça, et voilà que le sergent va le lui filer à *elle* ?! – Encore du politiquement correct de gauchiste de mes couilles… – Sûr ! Brosser le contribuable dans le sens du poil, tout ça pour qu'ils arrêtent de nous couper nos fonds… – Comme si on roulait sur l'or, ici. Putain, ça me fout les boules. Ils en savent quoi, d'abord, du métier de policier ? Je dis pas aux politiques comment faire leur boulot, moi. » La voix baissa d'un demi-octave, dans une imitation de condescendance railleuse : « "Pourquoi vous ne lui avez pas juste tiré dans la jambe, officier ? Il suffit d'une brebis galeuse pour contaminer tout le troupeau…" – Gaffe, je suis sûr qu'elle traîne dans le coin, à chercher des emmerdes pour nous enfoncer… – Qu'est-ce qu'elle fera, si y a une embrouille ? – Chialer, je parie. Finalement, c'est peut-être pas si mal de l'enchaîner au bureau d'enquêteur. J'ai pas envie de prendre une bastos parce que mon équipière a ses ragnagnas… – Pourquoi on lui ferait confiance, de toute façon ? Quand ça pétera, de quel côté elle sera ? »

Nora se mordit l'intérieur des joues, et décida qu'elle n'avait pas envie tant que ça d'un café. Mais les chuchotements restaient enroulés à ses chevilles telles des vignes grimpantes, ils la suivaient dans les couloirs, égratignaient sa peau nue. Un matin elle était tombée sur Charlie qui ramassait une boîte de tampons Super Plus et une autre d'Advil que quelqu'un avait laissées devant son casier.

« C'est juste une mauvaise blague, Nora, avait-il tenté de justifier, pour elle ou pour lui-même, elle l'ignorait. Te laisse pas abattre par ces cons. Murph et moi, on te soutient. »

Mais Charlie ne travaillait pas le jour où Davis avait collé un drapeau confédéré sur son casier et déclaré haut et fort que, puisque l'école de son fils semblait ne pas comprendre la différence entre héritage et haine, et avait donc interdit le port de tout symbole sudiste, il allait fièrement l'exhiber ici.

« Y a pas de raison que ces pédés puissent garder leur drapeau », avait-il lancé en positionnant son sticker sur la porte en métal bleue. Le même bleu que celui du drapeau, avait remarqué Nora. Il aurait pu tout aussi bien avoir été dessiné sur le casier. Davis poursuivait sa diatribe : « C'est pas juste, censurer comme ça l'histoire de certains et pas celle des autres, dans une école publique en plus. Z'êtes pas d'accord ? avait-il ajouté tout en lissant les bulles d'air sous l'autocollant. À moins qu'j'me trompe, tous ici, on a prêté serment pour protéger la Constitution. Leur liberté d'expression compte plus que celle de mon fils ?! »

Ce qu'elle avait voulu répondre alors, mais qu'elle choisit de taire, c'était que ce drapeau avait bafoué ses droits constitutionnels quand il avait déclaré la guerre à sa propre nation.

Nora avait passé ce même après-midi aux urgences avec une fille qui avait été violée dans une cage d'escalier. Elle n'avait pu s'empêcher de se demander si le garçon qui avait commis le viol voyait aussi cela comme son héritage, l'héritage de l'affirmation de soi des puissants. Son cœur s'était refermé en un poing. Plus tard, quand elle avait regardé le dossier de Mark Dixon, le poing avait battu contre sa cage thoracique.

Lorsqu'il avait été évident que leurs stratagèmes de guerre ouverte ne fonctionneraient pas, ils s'étaient tout simplement mis à prendre ses appels.

« Non, non, bouge pas, *Nora.* » Son nom dans leurs bouches telle une tache d'huile sur un comptoir, trop mielleux pour être sincère, d'une viscosité difficile à ignorer. « Murph pourrait avoir besoin de toi, tu sais. Ça sera plus facile si Bowles prend l'appel. Comme ça on n'aura pas à vite vite te remplacer si t'es demandée. »

Elle aurait pu se défendre, rapporter leurs agissements et faire entendre sa voix, mais à quoi bon ? Alors elle aurait été ce qu'ils attendaient d'elle : en colère. Et la colère n'était pas ce qu'elle voulait montrer d'elle. La colère était ce qu'elle avait combattu toute sa carrière, dans les ruelles, la salle de pause et tous les espaces entre les deux ; les hommes passaient leur temps à ricaner, à la chercher, à la pousser à des émotions qu'ils pourraient ensuite utiliser contre elle. Elle s'était donc mordu les lèvres et avait serré les dents, se rappelant qu'ils n'étaient rien de plus que des chiens affamés qui essaient de se mordre la queue ; qu'ils tentaient d'assouvir leur jalousie en mordant l'air. Elle ne leur donnerait pas d'os à ronger. Il n'empêche que sa mâchoire commençait à lui faire mal, que les migraines qu'elles croyaient passées depuis la puberté menaçaient de revenir la tenailler, d'explorer, sonder l'obscurité derrière ses paupières de leurs doigts épineux.

« Tout va bien, ma belle ? » avait demandé Barb, suivie plus tard par sa mère. Aux deux, Nora avait répondu par un hochement de tête et un sourire. « Tout va bien. Un peu fatiguée, c'est tout. »

Barb avait dû se satisfaire de cette réponse. Sa mère, non.

Un jour où Nora était assise sous le porche vétuste de ses parents, son père vint la trouver.

« Maman a besoin de moi à la cuisine ? » demanda-t-elle en se redressant.

Elle savait qu'elle aurait dû y être, à l'aider à remuer, couper, ou acquiescer aux cancans qu'Emma aurait récoltés les semaines passées, mais le cœur n'y était pas. À la place, elle s'était réfugiée dehors, dans le crépuscule, face aux vignes vierges montées à l'assaut du bois gris élimé. L'hiver, ici, était calme, avec pour seul bruit le sifflement lointain des voitures sur l'autoroute, à un kilomètre de là donc aisément ignoré. Le reste n'était que glace et silence ; même ses pensées les plus fébriles trouvaient de quoi se tranquilliser dans le soir bleu et froid.

« Nan, fit Ron, prenant place sur la balancelle. Bouge tes fesses. »

Ce qu'elle fit.

« Pourtant elle t'a envoyé dehors.

– Elle s'inquiète pour toi. Moi aussi. »

Nora savait que les mots qui sortirent de sa bouche étaient un mensonge, elle savait que son père le saurait aussi, mais elle les dit quand même :

« Je vais bien, papa. »

Les rires de Dan et d'Emma fusèrent de quelque part dans la maison, légers et chauds comme des biscuits sortis du four, et tout aussi réconfortants pour l'âme. Le cœur de Nora s'illumina, lissant une partie des rides sur son front. Elle se demanda pourquoi ils pouffaient, devina que c'était probablement à cause d'une de leurs émissions de télé. Sa mère adorait ces bêtises autant que Dan. Ces deux-là étaient comme cul et chemise, ils s'étaient pris d'affection l'un pour l'autre depuis le jour où Nora l'avait invité à dîner à la maison, une décennie plus tôt. Elle était heureuse que Dan se sente aussi à l'aise dans leur famille.

La voix de son père roula parmi les ténèbres croissantes, la ramenant sur la balancelle grinçante du porche :

« Nora Jean Martin, je te connais depuis que tu es née, et je sais quand quelque chose te tracasse. »

Nora emmêla ses doigts dans les belles-de-jour de sa mère. La plante était morne en hiver, sèche ; une feuille se détacha sous son pouce.

« Je peux avoir une cigarette ?

– J'ai arrêté. Il y a deux semaines. Le docteur dit que ma tension est trop haute.

– Merde. »

Il éclata de rire.

« Je suis bien d'accord. Mais je préfère être ici que sous terre, surtout quand ma fille doit me dire ce qui la mine. »

Nora poussa un soupir. Inutile de discuter. Et puis son

père était peut-être précisément la personne à qui elle devait parler, songea-t-elle. Elle lui raconta donc tout, les murmures dans la salle de pause et la politique de répartition des missions; Davis et le mépris railleur qu'il lui avait jeté au visage, la façon dont tout le monde avait observé la scène sans intervenir pour le faire taire. Elle lui confia sa solitude. Même avec Charlie et Murph, même avec Dan à la maison. Elle se détesta de vider ainsi son sac, de pleurer sur son sort; elle se sentit puérile et têtue, ce qui la rendit furieuse. Elle en voulut à son équipe de la mettre aussi bas, quand bien même elle savait avoir le droit d'être en colère.

« Je sais ce que tu vas dire, fit-elle en écrasant encore une feuille entre ses doigts et en se mordant les joues de frustration. Que ça ne devrait pas m'atteindre. Que je devrais les ignorer et tracer ma route. Tendre l'autre joue. Mais, papa, j'ai déjà la vie dure au boulot. J'incarne ce qu'il y a de pire dans la journée de la plupart des gens. Tous les jours. Et quand ce n'est pas le cas, c'est moi qui leur tiens la main. À tout instant je risque de me faire insulter et cracher dessus par des connards bourrés... Ces mecs sont censés me soutenir. »

Ron prit le temps de réfléchir avant de répondre. Autour d'eux, le soir bleu s'assombrissait. Nora regarda au loin la lueur de phares remonter une colline, puis disparaître.

« Je suis désolé, Nora », finit-il par dire dans un soupir. Elle leva la tête et le regarda dans les yeux, ses yeux pareils aux siens. « Je suis désolé de t'avoir appris à minimiser tes problèmes. Un père est supposé protéger ses enfants, et ta mère et moi avons pris la décision, quand toi et ton frère étiez petits, que nous allions vous apprendre à garder la tête haute, que rien ne clochait chez toi, que tu pouvais être qui tu voulais et faire ce que tu voulais. Nous ne voulions pas vous enfermer dans une cage avant même que vous fassiez votre propre expérience. Mais en faisant ça, d'une certaine façon, je crois que nous vous avons éduqués à souffrir... Est-ce que tu as déjà parlé à ta mère de sa famille, Nora ? »

Une autre paire de phares monta la colline, puis sombra.

« Je sais qu'elle a eu des problèmes avec son grand-père...

– Il ne lui a plus jamais reparlé à la suite de notre mariage. Tellement furieux qu'il a bâti une clôture entre sa propriété et celle des parents de ta mère. Eux non plus, il ne leur a plus jamais adressé la parole. Il était furieux que son fils laisse Emma épouser quelqu'un comme moi. La cruauté des esprits étriqués est terrible. Quel gâchis. Quelle perte. Parce qu'il a choisi de vivre dans la rancœur, il est passé à côté de toute votre enfance, à toi et ton frère. Je sais comme ta mère en a souffert. Pendant des années, elle a cherché à me dissimuler ses larmes, parce qu'elle refusait que je sache qu'elle pleurait à cause d'un raciste. Mais il était de son sang... évidemment que ça la bouleversait. Et ça m'a rendu fou de rage, pour elle. » Il poussa un soupir et soudain, Nora ressentit le poids de la vie de ses parents comme jamais auparavant. « La vérité, c'est que tu portes sur le visage une couche supplémentaire de complication, tu ne peux pas la cacher, tu ne peux pas la fuir. Et pourquoi le ferais-tu ? Qu'ils aillent se faire foutre !

– Papa ! »

Jamais, de toute sa vie, Nora n'avait entendu son père jurer.

« Je suis sérieux, qu'ils aillent se faire foutre. Cet homme a torturé ta mère pendant des années, tout ça pour quoi ? Et ce type, Davis ? Il ne peut pas croire que ce drapeau soit juste un héritage familial. Cette histoire-là est en train d'être exhumée, des questions douloureuses sont en train d'être soulevées... Fini maintenant de fermer les yeux sur ce que des hommes comme lui ont pu se cacher. Et c'est ça qui le met en colère ? Tant mieux. Qu'il aille gratter là où ça fait mal. Parfois, c'est précisément ce que signifie "tendre l'autre joue"... qu'il comprenne par lui-même que ses crises de furie ne sont que du bruit. Il ne peut pas te faire de mal ; ne lui donne pas ce pouvoir. Ta mère et moi, on est inquiets pour toi, Nora. On s'inquiète aussi pour ton frère, mais contrairement à lui tu es en première ligne. Je ne peux pas m'empêcher de penser qu'un jour il pourrait t'arriver quelque chose en mission. Si quelqu'un te menaçait avec son arme ou t'empoignait... Je sais que tu as reçu un entraînement... » Il leva les mains. « ... mais tu restes beaucoup plus menue que plein de types, là, dehors, des types dont les forces sont décuplées quand ils sont ivres, ou défoncés, ou en colère. Qu'est-ce qui se passera si tu te retrouves dans une situation comme ça et que tes collègues ne te couvrent pas ? Ça me terrifie. Je n'en dors pas la nuit. Donc il faut que tu fasses mieux que Davis. Il faut que tu obtiennes ce poste d'enquêtrice le plus vite possible. Et entre-temps, garde la tête haute et fais ton boulot aussi bien que je sais que tu en es capable, comme ça tout le monde verra que lui et ses copains sont des minables. Si tu fais ça, ça attirera l'attention des bonnes personnes, et c'est tout ce qui compte.

– Qu'ils aillent se faire foutre.

– Voilà. Et maintenant, je ne veux plus jamais t'entendre tenir un tel langage. » Il lui tapota le genou. « Et si on rentrait sauver Dan ? Tu sais dans quel état se met ta mère avec la cuisine. »

Il s'était passé six mois depuis leur déménagement, et peut-être les bonnes personnes avaient-elles remarqué quelque chose, mais est-ce que ça comptait vraiment si les mauvaises personnes continuaient de l'attaquer ?

Sa mutation, quoique soudaine, avait été plus facile que prévue. Dan, fatigué de traverser la montagne tous les jours, avait été le premier à l'y pousser. Ils avaient parlé d'acheter une maison rien qu'à eux – pourquoi pas de l'autre côté de la frontière du comté ?

« Tu te rappelles l'hiver dernier, Nor ? avait dit Dan un soir pendant le dîner, sa fourchette enroulant ses spaghettis préférés à la sauce ketchup, une spécialité gastronomique venue de son enfance qu'il leur faudrait dissimuler à leurs amis s'ils déménageaient dans un coin plus civilisé de l'État. Plus d'une nuit, je suis rentré en voiture de l'hôpital avec la boule au ventre. Là-haut, dans la montagne, la neige est toujours traître, puis le brouillard. Et quand je conduis crevé, ce qui est presque toujours le cas…

– Je ne veux pas entendre ça ! » s'était écriée Nora en se bouchant les oreilles.

Elle avait vu son lot de voitures écrabouillées au fond d'un ravin après que leur conducteur s'était endormi au volant.

Dan avait englouti une bouchée de pâtes, des éclaboussures de ketchup plein le menton.

« Eh bien… l'accident me pend au nez. Je dis ça, je dis rien. Juste, si je pouvais éviter de mourir après douze heures à me faire vomir et saigner dessus par mes patients… Il y a de meilleures façons de passer sa dernière journée. »

Il n'avait pas tort.

« Sauf que je ne sais pas si j'arriverai à trouver du boulot, Dan, avait-elle répondu. Les temps sont durs. On nous coupe les fonds de partout. En plus, je suis sur le point d'obtenir le poste que j'attendais, enquêtrice. Darrow n'a encore rien confirmé, mais je sens que c'est dans l'air. Wood s'en va en Caroline du Nord à l'automne. »

Il avait à peine levé les yeux pour répondre :

« Tu y arriveras encore une fois. Tu es douée dans ce que tu fais, Nor. Même moi je le vois. Écoute, je suis sûr qu'il y a des tas de jobs pour toi de l'autre côté de la montagne. Merde, même l'université a sa propre police. Ils chopent tous les premières années en coma éthylique. Peut-être que tu pourrais commencer avec eux. Du coup, on bosserait quasiment ensemble…

– Bah tiens, je vais sacrifier ma carrière à baby-sitter des gosses de riches bourrés juste pour pouvoir faire coucou à mon mec pendant qu'il est au boulot… ? »

Dan avait tiré la langue et avalé une autre bouchée de spaghettis.

« Penses-y, c'est tout. La meilleure période pour déménager, c'est l'été. Tu veux vraiment rester ici ? »

Ils connaissaient tous les deux la réponse à cette question.

La vallée dans laquelle ils avaient grandi, qui les avait cajolés, aimés, et qui leur avait enseigné le type d'ingéniosité dont seuls sont pourvus ceux qui grandissent dans de tels coins, s'étiolait peu à peu. Ça commençait à sentir l'impasse ; leur large bol encaissé entre les crêtes des montagnes s'essoufflait sous le poids qui s'était abattu sur les verts pâturages du temps de l'enfance de Nora. La terre était encore en vie, la poussière fraîche et odorante, les récoltes continuaient d'abonder tandis que le bétail paissait dans les champs ensoleillés et que la forêt débordait de faune et de flore… ce n'était pas la terre qui se mourait autour d'eux ; c'étaient les gens. Les gens de la vallée étaient en train de pourrir.

Ce n'était pas leur faute. Des générations de rêves brisés vous courbaient l'échine, vous fissuraient l'âme comme du béton. Nora l'avait senti venir, elle s'était vue devenir forte et agile tandis que la peinture s'effritait toujours plus du bois de sa maison toujours plus affaissée. L'humidité, avait insisté sa mère un matin alors qu'elle brossait les cheveux de Nora pendant que celle-ci grimaçait. Malgré toute sa bonne volonté, Emma n'avait jamais compris la nature des cheveux de sa fille.

Et puis le toit de la salle de bowling s'était effondré une nuit à la suite d'un terrible orage. Sa carcasse s'était muée en lieu de passage, une aire de stationnement qui miroitait sous les bouteilles cassées et les longues dents des seringues usagées, dans les vitres des minibus remplis de gosses attendant la garde alternée hebdomadaire. Ensuite ce fut la supérette, condamnée et abandonnée à elle-même. Dans la rue de son enfance, les vieilles maisons se turent une à une, leurs porches vétustes s'offrant aux mauvaises herbes et aux plantes grimpantes, tandis que, cinq kilomètres après l'autoroute, on rasait les arbres et construisait à la hâte des appartements bas de gamme. Ce lieu, qui autrefois avait été un trésor, perdit peu à peu ce qu'il avait de précieux.

Alors que la ville s'enfonçait et croulait, il en alla de même pour les gens. Ils riaient, ils s'aimaient et tentaient comme ils pouvaient de s'arracher au naufrage, mais Nora ne pouvait s'empêcher de noter une sorte d'érosion, une résignation née d'avoir été toujours utilisés comme des balles de ping-pong dans un combat qui les dépassait. Voilà leur vie : *Remercie Dieu de vivre dans un si bel endroit. Essaie d'ignorer l'odeur de fiente de poulet qui s'échappe de l'usine de l'autre côté de l'autoroute.*

Lorsqu'elle fut devenue adulte, il n'était resté que les lieux sans âme. Des centres commerciaux géants avaient surgi, des chaînes de restauration rapide où personne ne vous demandait votre nom. Un Target avait ouvert juste en face du Walmart. Peu après, un Starbucks. Une force plus grande qu'eux avait lancé son rouleau compresseur, et Nora avait regardé le cœur de cette vallée tant aimée tomber en miettes et mourir.

D'abord, elle avait eu le désir de lutter contre cet effondrement. C'était ce pour quoi elle avait sué sang et eau à l'école de police, pour porter cet insigne, qui lui valait plus d'irrespect que de mercis, ce pour quoi elle s'était engagée, devait-elle constamment se rappeler. Le vrai changement n'est jamais facile, et personne ne lui avait demandé son aide. Six ans plus tard, elle doutait de son rêve. On lui avait craché au visage, on l'avait insultée, enjôlée. Elle avait reçu des menaces de bouseux qui en voulaient à tous les représentants de l'État mais étaient eux-mêmes dotés d'un lourd passif. Elle avait recueilli des enfants qui se vendaient dans la rue et d'autres que l'on prostituait dans des caves humides. Elle avait interrogé des hommes aux dents grises, pourris jusqu'à la racine des cheveux, qui reluquaient sans se cacher les courbes de son corps sous son uniforme de police coupe femme, au point que son sergent avait suggéré qu'elle essaie la coupe homme. Nora s'était sentie sale pour quelque chose qu'elle ne pouvait pas changer, en outre le pantalon ne lui allait pas vraiment, mais elle l'avait gardé quand même, se débarrassant sous la douche du gluant de tous ces yeux après chaque service.

Elle avait appris à connaître les ivrognes de la ville ; ceux qui étaient inoffensifs, réellement, et avaient juste besoin qu'on leur rappelle de temps en temps de ne pas pisser dans le parking du Walmart. « Je sais que c'est un dépotoir, Kevin, vraiment, je le sais, mais Mme Brown a encore appelé, et tu comprends, elle ne veut pas que ses enfants te voient... uriner. Ça te semble juste ? » Il avait pouffé de rire et lâché une grossièreté contre Mme Brown que Nora avait feint de ne pas entendre. C'était son vrai don. Elle savait quand fermer les yeux et quand sévir, comment calmer les esprits avant qu'ils s'échauffent, tempérer et adoucir les ego même les plus meurtris – militaires au psychisme détruit par deux services en Iraq, mères qui bercent des flacons de médicaments au lieu de bébés, personnes frappées de malchance jusqu'au désespoir.

Tous les jours, elle avait enfilé son uniforme mal coupé et était restée assise des heures durant dans un véhicule inconfortable, à s'ennuyer au point de vouloir fondre en larmes ; tout ça pour l'opportunité d'avoir un jour son bureau personnel doté d'une fenêtre, la chance de scier la chaîne à sa cheville. C'étaient les enquêteurs qui apportaient la justice en ce monde, voilà ce qu'elle se disait. Elle avait été si près d'y parvenir, et puis elle avait senti l'effritement la gagner. Ça se rabougrissait autour d'elle, si elle s'y raccrochait trop fort elle aussi allait sombrer. Pour s'épanouir, elle devait s'en aller.

« Je vais chercher, avait-elle dit en regardant Dan aspirer la fin de son ketchup, une longue nouille glissant entre ses lèvres ourlées.

– Je t'aime, bébé. »

Il s'était penché par-dessus la petite table en plastique et lui avait embrassé la joue.

Et ce fut tout. Elle avait sorti ses antennes et, presque aussitôt, quelqu'un lui avait tendu la main.

« Alors comme ça, tu pars de l'autre côté de la montagne, avait dit le sergent Darrow quand elle était venue lui annoncer la nouvelle. Je ne suis pas vraiment surpris. Tu es faite pour autre chose que pourchasser des ivrognes et des camés. Mais ne nous oublie pas trop vite. Tu seras toujours la bienvenue ici, si tu découvres que tu en as envie. »

Elle l'avait remercié et lui avait serré la main, la poigne ferme que son père lui avait apprise et qui prenait toujours les hommes au dépourvu. Un mois plus tard, elle chargeait le camion de déménagement avec Dan, pour une destination pas si lointaine mais qui paraissait à des années-lumière.

Ici, ses mots semblaient plus lents, ses manières un peu moins urbaines. Il n'y avait pas de Walmart ou d'Applebee. Ce n'était pas au Target qu'on achetait sa lingerie fine. L'essence coûtait deux fois plus cher. Les pelouses étaient entretenues, pas jonchées du topiaire rouillé des véhicules à l'abandon.

Ici, régnaient l'ordre et le soin à la personne. L'orgueil obstiné de ceux qui se mouraient à petit feu ne se rencontrait que dans les coins oubliés, et encore, bientôt eux aussi seraient balayés plus loin, les angles époussetés derrière eux. Nora détonnait ici, comme elle avait su que ce serait le cas ; cependant elle avait l'habitude de ne pas être à sa place, si bien qu'elle s'était adaptée. Elle trouverait le moyen de s'en sortir. Au fond d'eux, les gens étaient tous les mêmes.

Le deuxième jour, elle avait rencontré Murph, qui lui avait souhaité la bienvenue et l'avait aussitôt entraînée dans son aile du commissariat.

« Tu vas être avec moi, petiote, dit-il en guise d'introduction. Je sais que je vais devoir te partager avec la patrouille pour commencer, mais ton ancien boss, Darrow, est un vieux copain à moi, il t'a chaudement recommandée. Il a dit que tu t'apprêtais à prendre un poste d'enquêtrice, donc j'ai pensé à te choper avant que Boggs le fasse – c'est l'autre enquêteur de la maison. T'as pas envie de travailler avec Boggs, crois-moi. Il s'occupe de tous les trucs chiants. Les affaires minables de cybercriminalité qu'on a ici, raison pour laquelle il est rarement présent. » Il se pencha en avant. « Il bosse avec les gars de Charlottesville. Se prennent pas pour de la merde, ceux-là. Reste avec moi, petiote. Toutes les affaires juteuses atterrissent sur mon bureau… En plus, tu arrives à point. J'ai l'espoir de me tirer d'ici le plus vite possible. Je sais que j'ai l'air fringant vu comme ça, mais j'ai juste de bons gènes. » Il se tut, guettant un rire. Quand il fut clair que ce ne serait pas le cas, il poursuivit : « J'ai pensé que je pourrais te former. La vérité, c'est ce que ça fait un moment que je cherche quelqu'un, et aucun des crétins ici ne mérite le poste. Ils sont gentils, hein, sauf les têtes de nœud habituelles, mais… disons que je place mes billes sur toi.

– Zéro pression, donc…

– Je sens déjà qu'on va bien s'entendre, Martin. »

Le sergent, un homme sévère nommé John Wright, fit savoir qu'il acceptait la situation mais qu'il attendait d'elle sérieux et rigueur.

« Je vais être honnête avec vous, Martin, je me réjouis de

vous avoir à bord. Vous arrivez avec d'excellentes recommandations. Mais pour l'heure on est à court d'effectifs et les caisses sont presque vides. Je sais que Murph vous veut pour lui seul, mais pour l'instant j'ai les mains liées. Suivez-le, qu'il vous forme quand vous le pourrez, mais je vous veux à l'heure au boulot tous les jours, prête à donner votre maximum. Quand il voudra que vous le suiviez, il faudra qu'il m'en parle, à moi ou à ma secrétaire, Barb. »

Barb lui fit un signe de la main depuis son bureau.

« Merci, monsieur. J'apprécie sincèrement ce que vous faites pour moi. Je ne vous décevrai pas. »

À présent, tandis qu'elle fixait les piles de dossiers sur son bureau, Nora avait l'impression qu'elle décevait tout le monde. Il y avait la chemise avec les photos du cadavre de Mark Dixon. Il y avait les dépositions des témoins, le compte rendu du légiste, les fils interminables noués au cadavre de Mark, qui claquaient au vent dans le noir. Il était pareil à une marionnette dont on a coupé les ficelles ; le nœud qui reliait les fils entre eux s'était défait : un trou noir, qui aspirait toute l'attention.

« Écoute le conseil d'un vieil homme, lui avait dit Murph la troisième ou quatrième fois qu'il l'avait vue fourrer les dossiers dans son sac pour les emporter chez elle. Fais une pause. Laisse ton esprit se reposer. C'est comme pour un puzzle – quand tu es coincée, va faire un tour et reviens avec des yeux nouveaux. En plus… c'est pas ton boulot. Pas encore. Laisse-moi mériter ma retraite. Autrement, je risque de me sentir coupable. »

Mais les questions ne le suivaient pas à la trace telles des ombres. Contrairement à elle, Murph ne ressentait pas le besoin de faire ses preuves chaque fois qu'il venait au travail ; elle se demanda si ça avait jamais été le cas pour lui.

Tandis qu'elle rassemblait ses affaires, ce soir-là, Nora remit le dossier de Mark dans son sac.

Le froid embrassa ses joues lorsqu'elle sortit de sa voiture, gelant ses larmes, qui se mirent à luire tels des joyaux sur ses paupières.

La petite nouvelle

Elle n'oublierait jamais le sang; des jours et des jours après leur fouille initiale du minuscule ranch en brique, ils en trouvaient encore des gouttes partout à travers la pièce, éclaboussées dans les coins les plus éloignés, qui coulaient derrière les meubles comme si la pièce elle-même saignait de désespoir. Nora pouvait à peine marcher sans buter contre une pancarte jaune signalant un bout de cervelle ou d'os, des myriades de fragments de la femme qui avait été battue à mort par des mains qu'elle connaissait, dans la sûreté de son domicile.

Cet été-là, le premier que Nora passait à Bellair, les cigales avaient été particulièrement actives. Six semaines déjà depuis le début de sa nouvelle vie, et elle se sentait encore comme l'une d'entre elles, maladroite et balourde, pas à sa place. Mais alors que les insectes se foutaient de ce que l'on pensait d'eux, à plonger sur les véhicules et les gens avec un aplomb admirable, avant d'envoyer des stridulations dans l'air moite, Nora ne pouvait s'empêcher de remarquer chaque sourire forcé et poignée de main trop ferme – éprouvante –, chaque regard qui lui donnait l'impression d'avoir oublié de mettre du déodorant ou de se coiffer correctement.

De tous les hommes rencontrés lors des premières semaines au commissariat, Murph fut le seul à ne pas la traiter comme une intruse. Dès qu'elle eut pris ses marques, connu suffisamment les rues et ses collègues pour se rendre utile, il se mit à l'emmener avec lui. Elle le suivait comme son ombre, comme son animal de compagnie, à toutes les réunions, tous les interrogatoires ; silencieuse, attentive, elle apprenait.

« Il n'y aura pas d'interro, la mioche, avait-il plaisanté un jour en voyant les plis qui barraient son front. Détends-toi. Fais-toi confiance. Wright t'a pas fait venir pour rien. »

Le ranch sanguinolent avait été leur première vraie mission en tandem depuis qu'elle avait commencé à l'accompagner.

Ils restèrent un instant assis dans la voiture, avant d'entrer ; Nora qui prend une inspiration, Murph qui la met en garde contre la réaction d'un estomac face à la violence.

« C'est complètement normal, Martin. Les mecs jouent tous les durs, mais il n'y en a pas un seul que je n'aie pas vu sortir en courant pour dégueuler. Merde, à moi aussi c'est arrivé quelquefois. Donc si tu as besoin tu y vas, pas la peine de me demander.

– Je suis si verte que ça ? fit Nora. Merci quand même. »

Sans regarder, elle savait qu'il y avait des visages, sous la pesante obscurité des arbres juste derrière la maison ; des mains, qui attendaient de lui saisir les chevilles sitôt qu'elle mettrait le pied dehors. Oui, elle avait vu la mort.

« Bien sûr que non. Je ne voulais juste pas que tu te sentes obligée de jouer les dures. »

Pourquoi ? aurait-elle voulu demander, sauf qu'elle ne le connaissait pas encore assez pour franchir cette barrière. Parce que je suis une femme ? Ou parce que je suis noire ?

Une cigale heurta le capot du 4 x 4 dans un claquement violent, avant de rouler au sol en crissant.

« Merde. C'est de la folie, cette année », dit Murph. Les silences le mettaient mal à l'aise, Nora commençait à s'en rendre compte, il lui fallait sans cesse les combler par du bavardage ou la radio. « C'est pareil, de l'autre côté de la montagne ?

– Oh oui.

– P'tits cons. » Il secoua la tête. « Bon, on y va ? Je crois que Charlie est sur le coup. Tu l'as rencontré ?

– Non.

– Je crois que tu vas bien l'aimer. »

Il lui tapota le dos et se hissa hors du véhicule, qui oscilla sous le déplacement de son poids. Nora laissa la voiture se stabiliser, puis, les yeux fixés sur la maison silencieuse, sortit à son tour.

Il y avait un jardin, à la pelouse brûlée par le soleil et aux quelques massifs rabougris. Il y avait deux fauteuils de jardin en bois disposés coude à coude qui faisaient face à un brasero noirci. Deux bouteilles de bière gisaient échouées sur l'herbe. Oubliées lors d'une discussion, se demanda Nora, ou abandonnées après une dispute ?

La maison ressemblait à toutes celles de la rue ; posée à un angle, les yeux clos. Le genre de boîte dans laquelle Dan et elle avaient emménagé pendant qu'il terminait son école d'infirmiers, parfaite pour un jeune couple faisant l'apprentissage de ce que signifie vivre en adultes. Mais là où il aurait dû y avoir de la vie – musique, rires, effluves de petit déjeuner – il n'y avait qu'une chape de silence sur la petite maison. Dans l'air estival qui miroitait et bourdonnait, ce silence lui fit l'effet d'une couche de glace sur la nuque.

« Salut, Charlie ! » dit Murph en levant le bras alors qu'il se dirigeait vers la maison dans un dandinement rapide.

Nora suivit son regard jusqu'à un officier qui se tenait, les bras croisés sur la poitrine, juste derrière la rubalise. L'homme leva la tête et les salua à son tour. Sa bouche était aussi nouée que ses bras. Jamais un bon signe, Nora le savait.

« Murph. »

L'homme, dont Nora devina qu'il s'agissait de Charlie, serra la main de son équipier avant de se tourner vers elle.

« Nora me dit que vous ne vous connaissez pas encore ?

– Pas que je sache », répondit Charlie en serrant la main de la jeune femme.

Sa poigne était ferme sans être violente, une invitation plutôt qu'un défi.

« Elle vient de la Vallée, chuchota Murph d'un ton de sous-entendu en faisant un clin d'œil. Elle s'est installée du bon côté de la montagne il y a environ un mois et demi. J'ai décidé de la prendre sous mon aile. »

La bouche de Charlie se décrispa.

« Bonne chance », dit-il avec un petit rire en soutenant le regard de Nora.

Ses yeux étaient accueillants et bleus, ce qui la prit au dépourvu. Charlie, comprit-elle, serait un ami. La solitude qu'elle avait ressentie depuis son emménagement se dissipa légèrement, suffisamment pour qu'une main puisse s'y glisser et prendre la sienne.

« D'ailleurs, comment ça se fait que vous ne vous soyez pas encore rencontrés ? » demanda Murph.

Charlie se frotta la nuque et lança un coup d'œil à la maison morte.

« Je bosse pas mal avec les gars du comté en ce moment. Une série de cambriolages en cours…

– Tu me trompes avec un autre enquêteur, qui plus est du comté ?! lâcha Murph, feignant le choc en s'agrippant la poitrine.

– Je ne voulais pas te l'annoncer de cette façon… mais oui, sourit Charlie.

– Heureusement pour moi, j'ai ma nouvelle protégée, pas vrai, la mioche ? »

Lorsque Murph lui donna une tape dans le dos, elle essaya de sourire, mais la plaisanterie était un vêtement encore trop grand pour elle. Elle n'avait pas l'habitude d'être à cette place ; elle se demanda si elle s'y sentirait jamais à l'aise. Sa tenue neutre elle-même paraissait détonner, comme le fait qu'elle n'avait aucune idée de comment se comporter en pareille situation, de comment regarder une scène de crime comme une enquêtrice et non comme un officier de patrouille. Un fossé inconfortable grandissait entre son ancienne vie et la nouvelle. Si Murph voyait la fine ligne sur laquelle elle marchait, il n'en laissait rien paraître. Elle était son élève, elle était arrivée avec d'excellentes recommandations – voilà tout ce qui comptait et ce que l'on avait besoin de savoir. Souvent, Nora souhaitait ressembler davantage à Murph.

« OK, Charlie. » La voix de Murph la tira de sa rêverie. « Allons voir ce qui se passe. »

La petite maison rouge ne fit aucun bruit lorsqu'ils se pressèrent dedans, quoique Nora ait eu l'impression en franchissant le seuil de traverser un rideau de gaze, qui se déchira à leur entrée et s'agita autour d'eux dans la chaleur oppressante. Charlie les guida dans le couloir, qui retint son souffle, étouffant le bruit de leurs pas.

« C'est sa mère qui l'a découverte, expliqua-t-il tandis qu'ils avançaient. Elles étaient censées aller faire du shopping à Charlottesville aujourd'hui, mais quand elle est venue chercher Lauren, elle a trouvé… »

Il n'eut pas besoin de poursuivre, ils voyaient tous ce que la mère de Lauren Morris avait trouvé.

Sous la fenêtre du couloir, que Nora crut d'abord avoir été laissée ouverte, mais dont elle réalisa plus tard qu'elle était brisée, gisait la fille, ses cheveux couvrant son visage détruit, qui n'avait plus rien d'un visage. Une odeur de métal flottait dans l'air brumeux. Du sang. Et quelque chose tapi dessous, une émotion plus primale. Pisse et peur.

Plus tard, sous le porche de la maison, Nora, mue par un instinct qu'elle avait cru oublié, leva les yeux au plafond et nota qu'il n'était pas peint en bleu.

La première fois qu'elle vit le visage de la fille, la nuit venue, les cigales jaillirent de sa bouche ouverte sur un hurlement.

Sophie

Une fois, j'essayai de le déplacer, après la fin de mon service, quand je fus certaine que la ville dormait. À ce moment-là, le froid l'avait complètement pétrifié et je ne réussis qu'à le décoller du fond du carton à pizza dans lequel il avait dû tomber lorsque je l'avais fait rouler jusqu'à l'angle. Il était trop raide pour que je le roule dans une autre position, et le sol trop glissant pour que je puisse le déloger de son coin. Aussi, il resta à sa place.

MARS

Datura

Dans l'humidité grinçante d'un printemps en gestation, je sentis une pensée éclore dans l'espace creux derrière mon thorax. Prenant forme et poids, elle grimpa les barreaux de mes os et s'installa pour bavarder derrière mes oreilles, où elle se mit à dérouler une histoire dans les fils soyeux de mes cheveux. À l'entendre, je rêvais d'un avenir lointain, encore trouble mais solide, lorsque je tendais un doigt dans les ténèbres. Deux fois maintenant, j'avais vu mon visage reflété en peur dans les yeux d'un autre. Le couteau était puissant, et avec lui je me débarrassai de ma peau de femme pour une autre, aiguisée, froide et forte. Mais le couteau pouvait être tracé ; le couteau pouvait être abîmé ou perdu dans une bagarre ; le couteau laissait trop de désordre. Il me fallait autre chose. En outre le sang coulait trop vite, la mort survenait trop tôt. Je scrutai en moi et découvris qu'un jour il me faudrait regarder la vie s'échapper en souffles plutôt qu'en flots de sang ahanants. Ça prendrait du temps, mais du temps, j'en avais. Ça demanderait de la patience, du soin et de l'organisation, toutes ces choses dont je disposais déjà. Une sorcière ne naît pas en une nuit dans les bois ; on nous cultive.

J'invitai donc une amie chez moi. L'image sur mon ordinateur me la montra ainsi qu'elle serait un jour, une cloche blanche et pleine jaillissant d'une touffe verte. Sa cosse ronde vêtue d'épines. Son nom est Datura ; elle est la sœur de ma Belle-de-jour, la doyenne des élixirs floraux, le choix des sorcières et des sages-femmes depuis des siècles. J'avais un plan pour elle.

Elle m'arriva endormie, enveloppée de papier et de carton, d'oreillers en plastique moelleux qui s'éparpillèrent sur le comptoir de ma cuisine lorsque je les écartai du dos de la main. Prenant leur envol, ils atterrirent en douceur sur le vieux plancher en bois tandis que j'entaillais son berceau, l'extrayais de son cocon de papier pour la déposer sur ma paume. Elle bâilla parmi les douces sifflantes que produisirent les soupirs de cent minuscules graines ; et puis, le silence. Et puis, mon souffle qui s'épanche ; les battements de mon cœur, ensuite ; les seuls bruits audibles dans l'immobilité de mon logis. Je suis le seul bruit dans mon logis. Je suis un fantôme ; dans ce vide assourdissant, j'ai commencé de me hanter.

Je lui préparai un bain. De l'eau tiède, claire et limpide. C'est là qu'elle rêverait, l'espace liminal où elle commencerait à ressentir la pensée du monde qui l'environnait. Jusque-là, elle n'avait vécu que dans des nuages d'air. Afin de lui planter les pieds dans le sol, je devais d'abord l'enraciner dans une matrice. Nous aussi, nous apprenons à nager avant de respirer un air sec. Lorsque je les y jetai, les minuscules graines s'amassèrent sans bruit à la surface de l'eau, l'une après l'autre sombrant dans une spirale qui les conduisit jusqu'au fond du bol en verre. Elles passeraient la nuit à dormir dans le silence immobile et froid, à frissonner ensemble. Quel effet ça faisait, me demandai-je, de reposer au fond d'une flaque et de sentir son corps rêver d'éclosion ?

Je crois que j'en sais quelque chose, maintenant.

Dans l'aube naissante, je la sortis de l'eau, à présent luisante, encore assoupie mais tremblante. Je pressai son corps, une graine, une graine, une graine, dans le pot que je lui avais préparé. Lorsque j'eus terminé, la terre humide avait noirci le bout de mes doigts. J'aurais voulu me manger les mains, ingérer la terre. Au lieu de quoi je m'en débarrassai sous le robinet.

Je lui avais fait une place devant la baie vitrée orientée plein sud, nichée entre les tomates d'hiver et l'enchevêtrement de mon jasmin sauvage, lequel m'exhala ses effluves lorsque je me penchai à ses côtés. Ça avait été la fenêtre préférée de ma grand-mère. Lumineuse et chaude, elle donnait sur les pommiers et sur la douce courbure du ruisseau qui brillait au loin. C'est là que ma sorcière dormirait encore un peu. Et au cœur du printemps, lorsque dans un bâillement elle étirerait un bras mince en l'air, mon jardin l'accueillerait. Est-ce qu'alors j'en ferais usage ? L'oserais-je ? Je ne savais pas.

Patience, chuchotèrent les bouches à l'intérieur de moi. *Les meilleurs rêves ont besoin de temps pour croître.*

Une anatomiste

Mars déferla. En pluie battante et pesants flocons de neige mouillée, dans un froid qui mordait le bout de mon nez et faisait larmoyer mes yeux. Mars est le pire mois dans ce coin de Virginie. Février est brutal, l'air si froid qu'il paraît solide, ses coutures sur le point de craquer, prêt à tout moment à vous empaler. Mais février au moins est honnête. Mars est cruel. D'une main il vous tend le printemps, chassant les nuages le temps de laisser le soleil briller une heure ou deux, assez longtemps pour qu'on croie que la météo va changer, avant de le reprendre sèchement, sa bouche vomissant une nouvelle fois l'hiver. Dans cette âpre humidité, je me muai en créature qui enfle et grince tandis que l'eau gouttait pour former une mare à la base bulbeuse de mes os. Alourdie et glacée, je me tenais aussi immobile que ma sorcière, à rêver dans l'eau froide.

J'aurais voulu m'arracher la peau, m'avaler, jeter au loin la chape de cette immobilité affreuse avant que la stagnation m'empêche de respirer. Ma grand-mère aurait su quoi faire d'un tel inconfort. Avant de perdre la tête, elle avait été masseuse et avait passé ses journées à démêler délicatement des amas de tissus conjonctifs, à apaiser la tension nerveuse, à ouvrir les corps comme des boutons de fleurs.

Nos grand-mères nous portent en elles, vous savez ; au plus profond des corps fœtaux de nos mères repose une colonie infinitésimale d'œufs, endormis pour encore une décennie. Vous et moi, comme toutes les générations avant nous, avons été encloses à la manière de poupées russes dans nos ancêtres maternelles, à absorber leur douleur, leurs joies, leurs peurs. Ce mois de mars-là, pluvieux et misérable, entravé par l'humide grisaille d'un quasi-printemps, je me replongeai dans mes atomes, à qui l'on avait déjà donné naissance deux fois et qui réémergeaient pour la troisième fois. Tandis que les fleurs bâillaient sous la terre froide et qu'elles étiraient les minuscules feuilles naissantes qui viendraient percer le givre, j'explorais le nouveau monde qui avait germé dans les recoins obscurs de mon cœur.

« Tu pourrais tuer un homme », me dit ma grand-mère un après-midi de septembre, il y a bien longtemps.

Nous étions assises sous son porche, à regarder pousser les pommes. C'étaient encore des globes verts et durs, trop jeunes et trop amers pour être mangés. Dans un mois, avec des nuits plus fraîches, elles s'épanouiraient et se teinteraient d'un carmin profond ou d'un rose crépusculaire, voire d'un jaune d'or pâle. J'avais les épaules nues, autour desquelles ma grand-mère avait passé ses mains tandis qu'elle massait les nœuds déjà présents sous ma peau juvénile.

« Quoi ? »

Une abeille se posa sur un arbre à papillons planté au bas des marches du porche. Lourde et pataude, elle s'accrocha à la fine tige de la fleur, qui ploya sous son poids.

« Écoute attentivement, ma fille. C'est important. » Ses mains se contractèrent, pétrissant mes muscles comme de la pâte à pain. Quelque chose proche du soulagement coula le long de ma nuque. « Tu devrais le savoir. Toutes les jeunes filles devraient le savoir. Avec la façon que vous avez de courir partout. Tourne-toi, Sophie. Regarde. »

Ce que je fis. Elle prit mon bras dans ses mains, le tordit.

« Regarde comme tu te plies en deux, dit-elle en appuyant au creux de mon coude, forçant mon bras à se refermer, chaque moitié pliée sur elle-même. Tu t'es déjà demandé pourquoi on est bâtis ainsi ? »

Non, je ne m'étais jamais posé la question. Au cours de mes années de collège, mon corps était devenu une créature étrangère, toujours trop et jamais assez. Durant ces années-là, j'en étais éminemment consciente, l'espace qu'il occupait dans le monde, l'inconfortable popularité qu'il commençait à acquérir, mais je n'aimais pas y penser. Si je me mettais à voir mon corps comme une créature vivante et qui respire, il me faudrait culpabiliser de le haïr.

Elle pinça l'intérieur de mon coude, fort, me tirant une grimace.

« Voilà pourquoi. Ton corps protège ce qui doit l'être. Les nerfs, les vaisseaux, les organes qui te maintiennent en vie. Maintenant, si tu frappais un homme assez fort ici… » Elle se pencha pour tapoter l'arrière de mon genou. « ou le poignardais là… » Elle leva mon bras pour enfoncer ses doigts sous mon aisselle. « Tu lui ferais extrêmement mal. Tu le tuerais, même, en frappant au bon endroit. Et si tu veux vraiment causer des dégâts, cogne-le juste… ici. » D'un mouvement rapide, elle pressa ses doigts sous ma mâchoire. Je retins un cri, choquée, mais ne m'écartai pas ; plutôt, je restai aussi immobile qu'un lapin pris au piège, à écouter mon cœur battre follement. Ma grand-mère savait comment donner vie à la mort. Elle poursuivit, imperturbable : « Diable, un seul coup bien senti à l'arrière du crâne peut terrasser n'importe qui, si tu vises juste. Sens. » Elle enfonça ses doigts dans mon cou, à l'endroit où il se reliait à mon crâne. « Tu le sens ? Juste là, ton os forme un creux sous lequel passent les vertèbres. C'est ce qui permet à ta tête de bouger. Or Dieu, dans son infinie sagesse, a oublié de couvrir cette entrée minuscule à la base du cerveau. À moins qu'on ne sache où la trouver, elle est difficile à atteindre, mais si un homme est sur toi... tu entres tes doigts là-dedans, ma puce, et tu les enfonces... N'aie jamais peur de ta petite taille, Sophie. C'est ton arme secrète. Les hommes ne prêtent jamais attention à ce qui est petit. Sers-toi de toi-même, de quelque manière que tu pourras. »

Ainsi, alors que le soleil plongeait sous le sol hivernal et que les arbres s'assoupissaient à l'extérieur de sa maison, ma grand-mère m'attira à l'ombre de ses douces ailes et m'enseigna à comprendre mon corps.

Commence par la racine, m'apprit-elle, l'échafaudage qui te constitue, l'architecture délicate des os. Je fermai les yeux et regardai le tracé de ses doigts s'éclairer quelque part dans l'obscurité trouble de mon esprit.

Ici, les os longs – cuisses, bras. Ils sont denses, afin de porter ton poids, que tu puisses tenir un homme ou un enfant. Ses doigts comme des gouttes de pluie lorsqu'elle les passa sur mes os courts – les osselets à tes poignets et tes chevilles, m'expliqua-t-elle. Il leur arrive de se joindre et doivent donc être manipulés séparément, pour faire de la place à tes nerfs et à tes vaisseaux. Si quelqu'un t'empoigne, prends-lui le poignet et serre aussi fort que tu peux, trouve les nerfs, montre-lui ce que c'est qu'avoir mal. Ici se trouvent tes os plats ; elle toucha le sommet de mon crâne. Ils te maintiennent soudée sous la forme d'un puzzle. Enfin, ses doigts longèrent mon dos. Tes os irréguliers. Ils forment la corde dentelée de ta colonne, tiennent en équilibre sur l'os de l'étrier à l'intérieur de ton oreille. C'est ce qui compose ta structure cachée, non pas fragile mais vivante, sans cesse en train de se reconstruire, protéger, soutenir.

Elle me montra mes muscles. Voici comment un corps se bâtit, depuis la famille puissante des muscles fessiers, les quadriceps, abducteurs, pectoraux, abdominaux, puis le ventre rebondi des gastrocnémiens et des biceps. Voici tes muscles érecteurs, des lanières de tissu qui te maintiennent debout, qui se croisent derrière tes côtes, aux épaules, au support cranté de tes vertèbres. Les doigts, les orteils, l'anatomie mouvante de ton visage. Voilà qui tu es, comment tu bouges, comment tu respires.

Ici sont les tendons et les ligaments, ils relient entre elles les pièces du puzzle. Voici comment ils se nouent en câbles solides, comment ils s'étirent parmi le réseau du tissu conjonctif de tes muscles, pour te barder serré d'un blanc miroitant.

Sous sa tutelle j'appris la façon dont un corps s'assemble et comment le disjoindre. Si j'avais été un garçon, peut-être mon grand-père m'aurait-il enseigné la brillante mécanique des voitures. Mais ma grand-mère connaissait un genre d'entrailles différent, auquel elle porta mes mains. Elle m'apprit comment démêler un nœud avec patience et persistance, comment lire les histoires imprimées sous la chair. Rester assise et écouter, sentir le vrombissement de ma force ténue. Et toujours, implicite, l'avertissement, la leçon :

Voilà comment faire du mal à quelqu'un, si tu en as besoin. Un corps est un livre ouvert, ma puce, quand on sait en tourner les pages.

Au cours de ce printemps déplorable et boueux, ma grand-mère n'était plus que l'ombre d'elle-même. Confinée sur une chaise roulante dans une maison de soins, ses mains autrefois fermes ne cessaient de trembler et s'agiter tandis que la démence se creusait peu à peu un chemin jusqu'à son cerveau. Je ne sais pas. Je ne sais pas. Je ne sais pas. Toute la journée murmurant des prières à saint Antoine, le suppliant de l'aider à retrouver son esprit égaré. Je lui tenais les mains, comme je le faisais tous les samedis matin, et songeais à l'homme dans la ruelle.

Il s'y tenait immobile, à fondre sous un tas de cartons, de cageots et de palettes écrabouillés. J'avais pris l'habitude de venir lui tenir compagnie les soirs où je faisais la fermeture seule, pour fumer une cigarette ou boire une bière, versant chaque fois les premières gouttes au sol pour lui. Dans la mort il est devenu une chose mieux que lui-même ; presque un ami, comme si nous étions semblables, moi dans ce corps et lui face contre terre parmi les ordures. Je ne le regarde jamais. À la suite de ma première tentative ratée, j'ai décidé de ne plus déranger les cartons. Même s'il m'arrive d'essayer d'y glisser un œil, dans le cas où je le verrais faire un avec la terre, devenir une part de quelque chose de plus grand. C'était peut-être là sa raison d'être. Et la mienne de le lui offrir.

Les mouches ne l'ont pas encore trouvé. Il fait trop froid. Trop humide. Bien que je soupçonne des prédateurs plus gros de l'avoir déjà reniflé. J'ai découvert un matin qu'un coin des cartons avait été déchiré. Qu'ils viennent, songeai-je, tout en replaçant quand même la bâche en plastique. Qu'ils l'emportent avec eux. Ce sera toujours ça de moins à penser.

Une femme en noir

Il y en eut un troisième. Tellement silencieux que je doute que quiconque l'ait remarqué ; au point que moi-même je l'oublie parfois. Même si, d'un certain côté, il changea tout. Ce fut lui qui m'extirpa le spectre de la bouche.

C'était un jour de début mars comme tous les autres. Des arbres, qu'un mois de février glacial avait revêtus d'un épais manteau de givre, fondaient sous la pluie battante pour se muer en choses noires, tordues et désolées contre le ciel gris perle. Des bourgeons saillaient durs à l'extrémité de leurs branches. Encore quelques semaines, et ils foisonneraient d'une vie nouvelle ; dans l'air cru du printemps naissant, ils dormaient, nus et frissonnants. Le soleil, quand il lui arrivait de percer, était faible ; une trace infime de jaune contre une joue ; guère plus qu'une pensée, oublié sitôt qu'il disparaissait. Dans la ruelle mon harceleur gisait, dégouttant.

Comme lui, j'étais trop moite pour bouger, de sorte que je me laissais devenir aquatique. Détrempée, j'organisais le bar, coupais les fruits, tranchais des olives, versais le sel au piment de Cayenne dans un plat pour en givrer le verre de mes bloody mary. De sous la surface, j'observais les serveurs papillonner à travers la salle, l'hôtesse d'accueil ranger son pupitre. Le chef sortait d'un pas lourd de la cuisine, à marmonner à voix basse. Il remplissait un pichet en plastique de glace, y versait une rasade d'eau pétillante. Tout était en sourdine, dissocié. Ma peau pareille à des fourmis surnageant dans une eau calme.

Sous la surface, pensai-je.

J'avais tué deux hommes. Et je ne ressentais rien hormis un vague sentiment d'autosatisfaction, comme un chat qui trouve la cage à oiseau laissée sans surveillance. Cette satisfaction de soi était nourrissante quoique fugace, si bien que dans la moiteur crasse de ce faux printemps je sentais des questions chatouiller ma peau. Serais-je capable de le refaire ? Combien de fois pourrais-je jouer à ce jeu sans être prise ? La sorcière dans mon logis avait été mise en terre. Si elle poussait, quand elle fleurirait, aurais-je le courage de m'en servir ? Ou resterait-elle là, simple plante d'ornement, mortelle mais domptée, sous mon porche d'été ?

La meilleure moitié de mon cerveau était en alerte constante. J'avais eu raison, m'assurait-il. Mark était une merde gluante ; le harceleur m'avait agressée. J'étais une victime, une martyre.

Je glissai mon couteau dans une orange, regardai le jus se répandre sur la planche à découper. Je m'ennuyais. Je ne voulais pas attendre qu'une fleur fleurisse.

Un fracas de casseroles, quelqu'un jura dans la cuisine. Quand j'ouvris mon réfrigérateur, je vis que mon commis n'avait pas fait le réassort, la veille au soir. Un vent léger rida la surface de la mare en moi. Les hommes étaient tous les mêmes. Des incapables. Les fourmis qui flottaient sur l'eau tressaillirent.

Ce jour-là, le bar resta mort pour le brunch. Quelques clients maussades débarquèrent aux environs de onze heures, trempés et ébouriffés comme des oiseaux tombés dans une fontaine. Ils s'affalèrent sur des canapés nichés dans un coin de la salle et commandèrent des grogs. Une fois les boissons servies, vite je les oubliai jusqu'à ce qu'ils s'en aillent, une heure plus tard, emmitouflés dans d'encombrants manteaux, parapluies encore mouillés qu'ils extrayaient du seau près de la porte. Les serveurs les regardèrent partir, le visage ombré de regret pour les pourboires qui ne viendraient pas aujourd'hui.

À deux heures de l'après-midi, chacun d'entre nous se sentait comme un lion en cage et les serveurs s'égaillèrent dans un mixte frénétique de café, de shots d'alcool bon marché et de frites froides. Une vague de pouffements s'éleva de la cuisine lorsque le chef hurla son « Pour l'amour de Dieu, déguerpissez, bande de charognards ! ». La dernière heure aurait à coup sûr interpellé Sisyphe, à polir les verres un à un, à nettoyer les bouteilles, à lustrer les robinets à la brosse à dents, tout pour ne pas regarder l'horloge désespérément fixe. La pluie cinglait les fenêtres ; une branche d'arbre baladeuse balayait le toit en tôle d'avant en arrière. À moins le quart, les serveurs capitulèrent et s'avachirent sur les canapés dans une mêlée de cravates dénouées et de chemises aux pans sortis. Le chef fulminait, me hurlait de leur hurler dessus, mais qu'en avais-je à foutre ?

Sa voix excita ce qui était tapi sous ma peau. Ça leva la tête, à me chatouiller, me mordre, me pincer.

« Allez, manager. Et si un client entre et voit ça ? »

Son visage était rouge et transpirant, gonflé, marqué par toute une vie passée dans une pièce bondée et mal aérée, à grogner et marmonner qu'on n'était pas au Burger King, que les clients ne pouvaient pas *en faire qu'à leur tête*, peu importait combien ils insistaient. Le dimanche matin, je n'avais de manager que le nom, un titre dont Ty m'avait affublée quand il se fut lassé de jouer à la nounou avec un personnel en pleine gueule de bois de la veille. Les hommes sont tous les mêmes.

« Dans ce cas, Ty pourra leur hurler dessus quand il arrivera, à trois heures. Problèmes de salle. Pas tes affaires. »

Il répondit par un chœur de marmites qu'on entrechoque, quelques « Bordel de merde » disséminés dans l'air fumant des cuisines. Je le laissai écumer. Dans une heure il serait assis au bar, prêt à descendre son shot de whisky quotidien et à pérorer sur les meilleurs vins italiens. Tous les mêmes, putain…

Une flamme surgit au coin de mon œil. Je l'aperçus pardelà la vitrine détrempée, juste derrière les arbres, ma liberté me faisait signe dans un flamboiement – rouge brique, elle flottait le long de la voie ferrée en direction du nord de Peach Street, visible seulement de mon angle du bar. Une idée marcha à tâtons sous ma mâchoire, jusque dans mon oreille. Une autre sortit en rampant de sous mon omoplate endolorie. Je sentis mes doigts fourmiller, se crisper. C'était ce que nous avions attendu.

La flamme avançait lentement, sa promenade en ce milieu d'après-midi nullement gênée par le rideau de pluie. Ty serait là dans dix minutes. Mes mains trouvèrent un ancrage dans le chiffon de polissage; mes pieds s'arrimèrent au tapis en caoutchouc. Je plongeai sous la surface de ma mare, m'accroupis près du bord; je fus une paire d'yeux dans les mauvaises herbes, à l'affût, surveillant la flamme errante qui dérivait à l'est en direction de la montagne.

Puisque la voie ferrée contourne le bord sud de ma propriété, je rentrai chez moi et laissai ma voiture dans l'allée, en réponse à toute question que l'on pourrait éventuellement me poser. (« Sophie ? Elle était chez elle, à cette heure-là. C'était le moment de sa pause déjeuner. À se cacher de la pluie, comme nous tous. ») Mon cœur battait à tout rompre dans ma gorge – coassements d'une grenouille dans ma mare. Je me faufilai parmi les arbres.

On croit à tort être plus à découvert dans les bois en hiver, même si c'est compréhensible. Les branches nues seraient des mains vides, qui ne retiendraient rien hormis l'air et le ciel, laissant le promeneur exposé sous elles. En vérité, c'est dans la verte chaleur de l'été que l'on peut tendre un bras, une jambe ou l'âme dans le cœur enchevêtré d'un bois et se rendre compte qu'on s'est élevé en volutes, étiré en une chose qui nous dépasse. L'été, avec ses canopées, ses jeunes pousses, ses champignons et ses fougères enroulées, est un monde en éruption. Marcher dans les bois en juin, c'est sentir son âme s'ouvrir en grand.

En mars, dans les averses maussades de la fin d'hiver, les arbres semblent proches. Tout tombe vers le sol. Les branches craquent sous le poids des neiges humides ; même les meilleurs sentiers se muent en bourbiers traîtres capables d'entraîner un promeneur sous la terre, trous feuillus transformés en pièges boueux où disparaissent les jambes. Tel un rasoir, le vent tranche parmi les troncs, faisant s'entrechoquer les cimes entre elles avec des crissements et des sifflements – la langue morte d'un temps enfui. Seules les jonquilles poussent dans les bois en hiver. Visages ensoleillés qui éclairent un brun infini ; la nuit ils rêvent à la lune, ces pâles feux follets.

Il n'était pas allé bien loin lorsque je sortis finalement du bois. À peine un kilomètre plus haut sur le chemin, quoiqu'une heure se soit écoulée depuis que je l'avais repéré. Lesté par le vent, la pluie ou ses pensées confuses, il déambulait le long des sinistres rails en métal et bois. Ses cheveux trempés pendaient, épars, aussi rouges que lorsqu'il était passé, furtif, devant la vitrine, et j'eus une vision soudaine du gilet que portent les chasseurs à l'automne. Cet orange flamboyant qui avertit de rester prudent, qui signale qu'ils ne sont pas un cerf, pas un corps à perforer, quand bien même ils se tiennent aussi immobiles que le cerf et sont, je le sais, aussi aisément perforables.

Derrière lui, mon âme plus du tout stagnante mais éveillée et en mouvement, je me frayai un chemin parmi les arbres broussailleux et les fougères gorgées d'eau, les chatons sur les branches des mûriers et les lianes brûlées des sumacs grimpants qui retombaient sur le sol détrempé. À un virage dans le sentier, je sortis du couvert des arbres pour me tenir face à lui sous la pluie torrentielle.

Lorsque j'étais jeune et que la nuit était une bouche avide, ma grand-mère remplissait celle-ci d'histoires qu'elle déroulait à travers ses longs doigts et la fumée de sa cigarette. D'une voix enrouée de flammes, elle me régalait de visions de sorcières des montagnes se faufilant par les fenêtres ouvertes, de femmes spectrales surgissant de ruisseaux et de leurs amants errant à l'aube dans des champs solitaires. Ce fut elle, aussi, qui m'entretint du fantôme de la famille. Une femme à respecter et à craindre, qui s'était jadis accrochée au gréement d'un navire ancien et vivait désormais enroulée dans les branches tortueuses de nos pommiers, qui faisait sentir sa présence dans le souffle glacial du vent sur notre cou, dans un tableau qui tombait soudain d'un mur. Elle était le coyote qui hurle dans la nuit noire. Aux aguets.

Quelqu'un qui observerait de loin, la verrait-il ? Lorsqu'ils me regardaient, voyaient-ils le cauchemar qui avait étendu son corps gigotant sur ma peau, qui marchait avec mes jambes, voyait avec mes yeux ? Lorsqu'ils raconteraient l'histoire du garçon sur la voie ferrée, jureraient-ils avoir vu sa mort marcher dans ses pas sous la forme d'une femme ?

La pluie ruisselait sur mon visage, elle coulait sous le col de ma chemise, faisait courir sa langue sur la chair froide de ma poitrine, mon ventre, mes hanches. Le vent glissait ses doigts effilés sous mes cheveux, les sortait de leur natte jusqu'à ce qu'ils fouettent mon front et me cinglent le visage en cordes noires. Je plongeai sous le calme plat de ma mare. Dessous, ma peau était en ébullition, mais ici, dans l'air qui faisait rage, j'étais immobile.

Le gravier sous mes semelles était épais. À chaque pas il crissait et roulait, si bien que je devais y planter les talons, propulser un pied puis l'autre. Il marchait entre les traverses, son pas léger sous le tumulte de ses pensées. Une fois ou deux il trébucha, quand ses chaussures en toile usées ne trouvaient pas de prise sur le bois mouillé.

Il était jeune, je pouvais le voir, telle une brindille, grand et dégingandé, ma grand-mère l'aurait qualifié de haricot vert. Son corps était fait pour grimper dans des wagons en marche ou s'accrocher telle une araignée à leurs flancs. Où il allait et pourquoi, je n'eus jamais l'occasion de lui demander.

J'étais à un mètre de lui quand il m'entendit et se retourna. Il avait les yeux noisette.

Tout se figea. Le vent, la pluie, le battement de mon cœur se turent pour un instant long, sidéré, tandis que nous nous dévisagions sur la voie ferrée par un dimanche après-midi pluvieux du début mars, dans les jours fœtaux du printemps.

J'ai lu qu'en cas de rencontre avec un prédateur au cours d'une promenade il ne faut jamais courir ; c'est la course, le mouvement rapide, la peur visible qui provoquent l'instinct de chasse. Aurait-il survécu, alors, s'il n'avait pas baissé les yeux et vu le couteau dans ma main ? S'il n'avait pas levé ses paumes ouvertes et reculé avec un rire, ses sourcils froncés en signe d'interrogation ? Si sa voix ne s'était pas éraillée quand il m'a demandé ce que je faisais ? Si si *si*. Si elle n'avait pas porté cette jupe. Si elle n'avait pas été aussi saoule. Si elle ne l'avait pas mis en colère.

Si seulement il ne m'avait pas regardée.

Je portai le premier coup alors qu'il me fixait, l'air entre nous comme une question et un défi, une chose vivante. Je le poignardai avec le même couteau que j'avais utilisé dans la ruelle, celui avec lequel le matin même j'avais coupé des citrons et des oranges, que j'avais prêté au chef de partie quand son économe était tombé derrière le meuble mural. La lame était courte ; elle heurta sa veste en toile avec un bruit étouffé, ne fit qu'érafler la peau en dessous.

« Mais putain qu'est-ce que... »

Il fallait que je lui ôte sa veste. Ses bras étaient longs, il s'en servit comme d'un mur derrière lequel je ne pouvais passer. Impossible désormais de faire marche arrière. Il avait vu mon visage. Il fallait que je lui ôte sa veste.

Les hommes sont tous les mêmes.

Ma peau qui grouille, hurle et se mord. Il tenta de s'enfuir, mais j'empoignai sa capuche et serrai. S'il voulait se libérer, il lui faudrait se débarrasser de sa veste. Avec des contorsions, il se débattit, trébucha sur un rail en métal. Nous avons basculé tous les deux à terre.

Nos têtes se sont entrechoquées ; mon souffle s'échappa en hoquet de ma poitrine. Tout en moi vibrait. Je saisis sa fermeture Éclair ; il attrapa mon poignet. Nous avons roulé entre les rails. Il a peur de toi. Il me tenait les poignets – les hommes sont tous les mêmes – mais je parvins à relever un genou et à l'enfoncer, fort, dans son entrejambe. Avec un hurlement, il me lâcha et je réussis à dézipper sa veste, alors la voix de ma grand-mère résonna dans ma tête : « Si tu peux toucher un homme sous les aisselles... » La fumée s'échappait en volutes de sa bouche. « Il ne se relèvera pas. »

Les zones de flexion. C'est là, dans le creux de chair tendre niché au sommet du tronc, que notre existence ne doit sa sécurité qu'aux pièces de puzzle que sont l'humérus, le biceps, le triceps, les côtes – cette armure qui protège tant de ce qui nous maintient en vie. Mais là, dans ce creux, ce dessous-de-bras, cette faille dans notre bâti, se trouve le ventre fragile du dragon que nous sommes. Artère axillaire, plexus brachial, veine thoracique : la totalité de la vie électrique, battante, enclose dans un espace exigu. Un coup bien porté à cet endroit suffira pour tuer un homme. Frappe plus fort, et tu atteindras le cœur et les poumons. Tu le regarderas se dégonfler.

Il m'empoigna les cheveux, me tira en arrière. Ce faisant, il avait ouvert l'espace qu'il me fallait. *Si*. Si. Si. *Si*. Je frappai. Un hoquet me signala que j'avais touché le poumon. La chaleur de son corps se répandit sur mes mains, douce, pour spiraler dans l'air. Mes doigts étaient rouges.

Il continuait à s'accrocher à mes cheveux, qui le recouvrirent tel un linceul lorsque je le déposai sur les rails, dans un abîme où je ne pouvais le suivre ; une ombre spectrale passa dans ses yeux, plus noisette mais sombres. Il tremblait. Sa respiration était ténue, une brume qui s'élève d'un ruisseau au matin.

Chut.

La terre se mit à trembler. De grosses gouttes de pluie frémirent et bondirent hors des rails. Au loin, à un kilomètre derrière nous, un train hurlait.

Bellair se situe dans une zone particulièrement dangereuse. La montagne sinueuse, qui nous protège de tant de catastrophes naturelles, devient une arme quand le train passe en trombe. Maladroit et poussif, doté d'un moteur trop petit pour le tirer sur le flanc raide de la montagne, il ne peut ralentir à son passage dans notre ville. Cette situation suscite des tensions depuis des décennies, notre sécurité *versus* les dollars des compagnies. Pour nous calmer, ils ont donné une bouche à leur léviathan, de sorte que, quand il approche nos frontières, le train hurle un avertissement : *J'arrive ! Écartez-vous. Aux abris. J'arrive !*

Sous le choc, je me figeai et il parvint dans un geste de terreur ultime à m'entraîner au sol avec lui, sa main enchevêtrée dans mes cheveux, son étreinte se resserrant sous le froid de la mort toute proche. J'essayai de me redresser, mais il était fort, et les rails glissants de pluie et de sang.

Sous nous, la voie ferrée se mit à gronder. Je sentis mes dents s'entrechoquer, mon cerveau rebondir contre mon crâne. Lève-toi ! Lève-toi ! Mon épiderme se carapatait par couches successives. Lève-toi !

Avec un cri, je me dégageai et boulai hors des rails, jusque dans les herbes hautes, les broussailles et les ronces qui formaient une barrière entre la nature sauvage et le train. Il s'était redressé dans le brusque sursaut de mes cheveux, et était à présent allongé en travers de la voie, silencieux et immobile.

Le train hurla de nouveau. J'aperçus son visage qui approchait. Avec un gémissement, il cria sa mise en garde: *Écartez-vous! Aux abris! Écartez-vous!*

Plus tard, lorsqu'on retrouverait son corps disloqué, on en parlerait comme d'un accident tragique. Il y aurait des réunions publiques, des mères folles d'inquiétude, et au bout d'un mois tout reviendrait à la normale. Il n'était personne. Un gamin loin de chez lui, un inconnu dont tout le monde se fichait.

Mais je ne peux m'empêcher de me demander ce que le conducteur a pensé en filant devant moi, silhouette accroupie dans les broussailles à côté des rails, vêtue de noir et couverte de sang, son visage tordu de choc et de terreur face au corps qu'il ne pouvait éviter. S'est-il signé ensuite? A-t-il lancé une prière? Savait-il qu'il regardait la Mort?

Ce garçon fut le seul dont je ne pris pas la langue. Il n'y avait plus de langue à prendre.

Une âme lasse

« Je sais bien qu'on faisait pareil quand on était jeunes, mais pourquoi les gamins continuent-ils à faire des trucs aussi cons que marcher sur des rails ?! »

Dan tenait sa tasse de thé contre sa poitrine, la vapeur s'élevant en spirales devant son visage, pâle après les longues heures passées dans le froid et la pluie à aider l'équipe de bénévoles à réunir les morceaux du garçon. Un sale boulot par un sale après-midi – le corps avait été traîné sur près de quatre cents mètres sous le ventre brûlant de l'engin.

« Parce que ce sont des gamins », soupira Nora.

C'était la stricte vérité, mais quelque chose la tracassait, une ombre qu'elle n'arrivait pas à chasser. Le conducteur, quand il s'était enfin suffisamment calmé pour parler sans faire une nouvelle crise de panique, avait juré avoir vu quelqu'un d'autre sur la voie.

« Quelqu'un qui marchait avec lui ? Un autre jeune ? »

L'homme laissa ses yeux glisser vers un coin de la salle morne où ils étaient assis, que Nora avait tenté de rendre plus hospitalière avec un sourire, mais impossible de nier que le cube en béton avait été construit pour des interrogatoires. Pas le genre d'endroit où quiconque voudrait se retrouver. Il leva son frêle gobelet en polystyrène un peu plus haut contre sa poitrine et prit une profonde inspiration.

« Vous allez me prendre pour un fou...

– Je vous écoute, dit Nora d'une voix réconfortante. Monsieur Decker, je vous assure que plus rien ne peut m'étonner.

– Ce n'était pas humain.

– Vous voulez dire que vous avez vu un animal, c'est ça ? Un ours, peut-être ? »

Il était encore tôt pour les ours, mais Nora avait déjà vu ça. Les animaux, sidérés et affamés après des mois d'hibernation, pouvaient parfois pénétrer dans des territoires qu'ils évitaient habituellement.

« Non, dit-il en levant des yeux écarquillés. C'était... Je ne pourrais pas l'expliquer sans passer pour un taré. »

Nora attendit qu'il poursuive, chacune de ses respirations scandant un lent décompte.

« Ça avait les yeux noirs. Et des cheveux longs, je crois. Noirs, mais c'était peut-être à cause de la pluie. On aurait dit un humain, une femme peut-être, accroupie dans l'herbe à la lisière du bois. Mais ça m'a regardé au moment où je suis passé, et puis je n'ai pas pu bien voir, vu que je venais de heurter ce garçon et... »

Le souffle court, il fut pris de tremblements et d'un début de convulsion. Nora posa sa main sur la sienne, encore agrippée au gobelet de café.

« Vous vous en sortez super bien, monsieur Decker. Je n'imagine pas l'état dans lequel vous devez être. Avez-vous remarqué autre chose ? Vous avez dit que cette chose n'avez pas l'air humaine ?

– Jamais dans ma vie je n'ai vu quelque chose qui l'était moins.

– Pouvez-vous expliquer ce que vous entendez par là ? »

Il prit une autre inspiration et se signa en chuchotant des prières, supplications qui vinrent balayer les joues de Nora. Quelque chose par-dessus son épaule siffla ; dans un coin, une ombre s'enroula sur elle-même et disparut dans le sol. Elle reporta son attention sur l'homme qui tremblait sur la chaise devant elle.

« Son visage… il était couvert de sang. Pâle, blanc comme la mort, mais couvert de sang. Et ses yeux, j'ai dit qu'ils étaient noirs, mais ce n'est pas exact… C'était comme de regarder un crâne humain. Juste au moment où je passais, ça a ouvert la bouche, peut-être pour crier, mais je n'ai pas pu entendre à cause de mon propre cri et du crissement des freins sur la voie. C'était un démon, je vous le jure. »

Il fit un nouveau signe de croix et Nora vit ses pensées ériger un bouclier devant lui : Je ne suis pas fou. Je ne suis pas fou. S'il vous plaît, croyez-moi.

Elle lui pressa la main.

« Je vous crois. »

Vraiment, tout ce dont les gens avaient besoin, c'était d'être entendus.

« C'était un cauchemar…

– Oui. Ça doit être ça. »

Elle prit congé et alla trouver Murph, laissant M. Decker avec son gobelet à la main, les yeux perdus dans le vague, le corps entier pris de tremblements.

Plus tard, dans le fourré, elle dénicha des histoires. Des brindilles cassées. Des branches de fougères aplaties, emmêlées les unes dans les autres. À l'orée de la ligne des arbres, elle découvrit le fantôme d'une empreinte. À moitié remplie d'eau de pluie et sans contour défini, mais bel et bien là – cratère boueux dans l'argile rouge.

« Donc pas un démon », chuchota-t-elle pour elle-même en s'accroupissant pour examiner la trace de pas.

C'était peut-être celle du garçon ; ils pourraient la comparer à ses chaussures, s'ils les retrouvaient. Mais son cœur eut un sursaut lorsqu'elle posa son pied à côté pour prendre une photo. L'empreinte, ce qui en avait survécu sous la pluie, paraissait de la même pointure que la sienne. Très peu d'hommes avaient des pieds aussi petits.

Une petite amie ? Trop choquée ou terrifiée pour se faire connaître ? Les gamins en vadrouille aimaient voyager à deux pour se sentir en sécurité, accompagnés. Qui que ça ait pu être, il ou elle savait quelque chose.

« Jolie prise, Martin, dit Murph quand elle lui montra la photo. Mais je crois que tu peux ranger le dossier. Sa mort était un accident. On ne sait même pas qui il est. Pas la peine de dépenser l'argent du contribuable pour chercher à savoir si quelqu'un, qui est sans doute déjà à mille lieues d'ici, l'accompagnait. Ces gosses-là savent se faire discrets.

– Tu ne vas même pas enquêter ? »

Son cœur se serra.

« Tu apprendras, Martin, que ces choses-là arrivent plus souvent qu'on ne le croit. Des jeunes qui marchent sur la voie ferrée, la tête dans les nuages. Ou pire, un suicide. Laissons-lui le bénéfice du doute et disons juste qu'il a trébuché et qu'il n'a pas pu se relever avant le passage du train.

– Mais le conducteur a vu…

– Le conducteur a vu quelqu'un dans l'herbe, ce que tu as probablement confirmé, même si, à cause de la pluie, on n'a aucune chance de savoir de quand date cette empreinte précisément. De plus, on n'a absolument pas les moyens pour un pistage avec les chiens, à moins que tu ne te portes volontaire pour régler la facture ? » Elle ne répondit pas, si bien qu'il poursuivit : « Ce que le conducteur a vu, c'est une horreur. En aucun cas un meurtre. On ne classe pas l'affaire, mais là, tout de suite, je ne peux pas me permettre de passer plus de temps dessus à moins d'avoir du nouveau. On a assez de boulot comme ça. Range ce dossier. »

« Tout va bien, Nor ? demanda Dan, plus tard. Tu veux que je te prépare un thé ? J'oublie que toi aussi tu y étais. Je suppose que je n'ai pas encore l'habitude de travailler du même côté de la montagne que toi.

– Non, reste ici. Je m'en occupe. »

Elle apporta sa tasse et une couverture sur le canapé et se blottit dans les bras ouverts de Dan, le laissa la serrer sans se plaindre lorsqu'il alluma la télévision pour mettre une des stupides émissions de téléréalité qui lui servaient de baume. Une habitude qui lui venait d'années passées à assister les gens dans les pires moments de leur vie, et que Nora se surprenait à n'avoir jamais prise elle-même, ne les regardant que quand lui le faisait. Ce jour-là, toutefois, elle se laissa happer par l'écran, s'efforçant au mieux d'oublier le frisson qui avait parcouru sa colonne à la vue de l'empreinte, la preuve d'un démon accroupi dans les fourrés.

Sophie

Je n'entendis rien.

Juste des chuchotements au sujet de la présence d'un démon sur les rails. Les mères de famille tinrent leurs enfants près d'elles ; les chasseurs se prévinrent de ne pas se saouler dans les bois, quoique la tentation fût grande durant les longues et froides heures d'attente ; les ados firent courir des rumeurs à propos d'esprits vengeurs de soldats confédérés et d'amants éconduits. Pour la deuxième fois, j'étais sortie de moi-même. Pour la deuxième fois, j'étais devenue un fantôme, un cauchemar qui hantait la ville.

Ils érigèrent un mémorial en hommage au garçon, une croix blanche solitaire plantée dans l'herbe à l'endroit où il était mort. Désormais, je lui rends visite, à elle aussi. Je la regarde briller dans le noir velouté. Je ressens la lune et les étoiles, à vif sur ma peau, ici, à ciel ouvert, en ce lieu où j'ai écarté ma mâchoire et fait jaillir un animal de mon ventre.

Qui es-tu ? demandent les étoiles.

Ce qui rampe sous ma peau répond par un silence obstiné.

Des épines se plantent dans mes jambes lorsque j'avance à travers les arbres, entaillent ma chair. Toute vie nouvelle a soif de sang. Je me sens m'écouler dans le sol.

Nora

On trouva un cheveu. Renfermé dans ce qui avait autrefois été la main gauche du garçon, ils trouvèrent un seul long cheveu noir. Ce n'était probablement rien, Nora le savait. Il pouvait appartenir à n'importe qui. Peut-être le garçon l'avait-il arraché de sa veste juste avant l'impact, peut-être le cheveu était-il sur la voie ferrée lorsqu'il avait été traîné au sol. Peut-être appartenait-il à un démon qui avait regardé passer le train, sa bouche telle une tombe béante.

Ça aurait pu être tout et n'importe quoi. Ils n'avaient pas l'argent pour faire venir des chiens. Le garçon était mort. L'empreinte de pas était saturée d'eau. Le garçon n'était personne.

Elle mit le cheveu dans un sachet et l'envoya au légiste pour analyse, on ne savait jamais.

Une femme

Dans le noir, à l'heure la plus sombre de la nuit, la fille au bout du couloir se leva. Ses jambes étaient faibles, maigres, un amas de brume et de cauchemars. Sa tête dodelina sur son cou disloqué tandis qu'elle trébuchait en direction de la chambre où Nora dormait. Cela faisait plusieurs nuits maintenant que le lémure avait pris cette habitude, en proie à la tourmente, dérangé par une chose aiguë, sauvage et mauvaise dans l'éther.

Si Nora avait ouvert les yeux à cet instant, si elle avait aperçu le vrombissement luisant et anxieux qui se tenait au pied de son lit, elle aurait vu la bouche en soie d'araignée de la fille dégorger ses questions, aurait senti les fils qui pendaient s'emmêler dans sa bouche à elle, de la même façon qu'ils avaient tissé leur chemin à travers des siècles de bouches de femmes. *Pourquoi nous détestez-vous ? Pourquoi nous détruisez-vous ? Pourquoi nous battre, nous faire taire, tout briser dans nos cœurs ? Qu'avons-nous fait ? Qu'avons-nous fait ?*

Se fût-elle réveillée, Nora aurait senti la graine effilée juste sous sa langue, celle qui depuis quelque temps piquait ses chairs, celle qui lui répondait par ses propres questions : *Pourquoi est-ce que je ne vois pas Mark la nuit, chez moi ?*

Pourquoi est-ce que je ne pleure pas sur son sort ? Pourquoi est-ce qu'une partie de moi… se réjouit ?

La fille n'avait pas de réponse.

Dans l'heure gris-noir avant l'aube, Dan s'éveilla. Quelque chose de froid l'avait effleuré au-dessus de la poitrine, l'arrière de ses bras était hérissé de chair de poule. La couverture avait disparu. Il se tourna vers Nora et la trouva comme bien des matins ces temps-ci, en sueur et emmêlée dans les couvertures, les sourcils froncés, la mâchoire crispée.

« Voleuse. »

Il roula sur lui-même et lui embrassa l'épaule, ramenant un coin de la couverture sur lui avant de passer un bras autour de Nora et de la serrer fort.

Dans le coin la fille regardait, frissonnante. Lorsque le matin pressa son visage à la fenêtre, elle poussa un cri sourd et explosa en un millier de grains de poussière ensoleillés.

Une selkie

L'air se leva à la fin du mois de mars, ultime percée de fièvre de l'hiver ; de rares doigts de lumière filtrèrent à travers la canopée mouvante au-dessus de nos têtes. Les bois reprirent vie, l'humidité pesante soufflée par une douce brise venue de la montagne. La terre fourmille de créatures dissimulées ; en elle, je n'ai plus à me tenir parfaitement immobile, je n'ai plus à stagner autant. Je retombai en moi, un spectre, un lémure rampant aux dents acérées, tandis qu'un millier de pattes gigotantes mordillaient la face cachée et tendre de ma chair.

Le Blue Bell était pourvu de fenêtres coulissantes qu'à la fin du mois Ty maintenait ouvertes pendant le service du soir, afin de laisser entrer la douce haleine du vent, fraîche et vivante, de façon qu'elle chasse les dernières engelures d'un hiver humide. Le crépuscule rosé, à présent semé des premiers bourgeons des fleurs printanières, balayait les bougies dont les flammes minuscules dansaient dans la nuit pourpre. Derrière nous, le ruisseau s'éveillait de son sommeil hivernal, se défaisant en quelques secousses des dernières canines de glace qui flanquaient ses berges. Voilà que, dans les douces nuits de printemps, il gargouillait et sautillait, froid et limpide, pas encore emboué par les orages d'été. Les rainettes crucifères chantèrent leur retour à la vie, comme elles le font chaque année à la même période, leurs voix frêles s'étirant dans le noir, à s'appeler mutuellement, heureuses d'être vivantes. Une histoire vieille comme le monde. Tous, nous renaissons avec l'arrivée du printemps.

Tandis que, derrière mon bar, je dressais l'inventaire et me débarrassais des alcools qui s'étaient périmés pendant l'hiver, je me demandais ce que signifiait pour moi cette vie nouvelle et frémissante. Le bourdonnement ne me quittait plus à présent, il s'étendait telle la fumée sous mon masque de peau, séparait la dure-mère du crâne, le fascia du muscle et de l'os. Je m'extrayais de moi-même, muais, pour me changer en créature entièrement neuve.

« Tu te sens bien, Soph ? » me demanda Ty par un calme après-midi.

Le soleil qui filtrait par les fenêtres était chaud, le premier vrai aperçu de ce que promettait la chaleur estivale, si bien que je m'étais étendue sur le comptoir pour me lover dedans. Juste pour un instant, en fait, juste le temps de sentir la créature en moi voir le jour.

La question… un claquement de doigts à mes oreilles, une gifle. D'ordinaire ça m'aurait poussée à me redresser, à revenir sur le qui-vive. Mais ce jour-là j'étais un serpent, en pleine mue et lent, aussi le regardai-je avec un sourire.

« Okaaay », dit-il en reculant les mains levées, une question ou une plaisanterie, difficile à dire avec Ty, tandis que je dardais mon regard sur les pupilles noires de ses yeux.

J'ai lu des histoires à propos de femmes qui se défont de leur chair pour aller vivre dans le monde humain. Je crois que je suis l'une d'elles, cette gêne qui me démange, me mordille au contact d'une peau qui ne fut jamais véritablement la mienne ; ma vraie peau, elle, se trouve quelque part, loin, elle sèche sur un rocher à côté de la mer. Ainsi, j'avais creusé en moi en des profondeurs enténébrées, j'y avais découvert la vérité sur cet espace dans lequel je me mouvais, et voilà que celui-ci me mettait au défi de le faire sortir. Mes dents se sont affûtées, mes griffes acérées. Je sens que je me détache du voile dont je m'étais enveloppée pour me protéger. Le goût de la peur des hommes dans ma bouche était l'antidote à la morsure de cette peau en pleine croissance. J'allais me débarrasser de ma fausse chair, j'allais revêtir mon âme sournoise de ma nouvelle complétude.

AVRIL

Sophie

Pour chasser un homme il faut être rusée, car tôt ou tard, c'est vous que l'on pourchassera. Je songeai à ça tout en préparant mon bar, à passer bière sur bière à Bud, à essuyer, polir et lustrer la miroitante cage de verre et de métal que j'avais érigée autour de moi. Chaque scène, chaque échange était prétexte à apprendre. Qui sont les hommes ? Comment fonctionnent-ils ? Comment voient-ils le monde et comment se voient-ils dedans ? Jusqu'ici j'avais eu de la chance. Mais la chance deviendrait vite ennuyeuse. Je voulais jouer avec le feu. On vous dira que c'est un sentiment que les femmes ayant grandi sans père expriment souvent. Que l'absence d'une influence masculine bien ancrée dans nos vies nous a en quelque sorte fait basculer, que nous sommes sans cesse en équilibre sur la pointe des pieds, un œil au fond du précipice. Pour le fun, pour se sentir vivre, pour voir si quelqu'un se donne la peine de nous tendre la main pour nous arrêter.

Peut-être était-ce ce que je voulais, qu'on m'arrête. Je crois que je voulais qu'on me pousse, qu'on m'embrase, je voulais jouer avec les ténèbres qui avaient fait leur nid derrière les barreaux d'ivoire de ma cage thoracique. Regardez-moi. Intéressez-vous à ce que je fais. Voilà la mélopée que je me chante depuis l'enfance.

Les premières mites s'étaient installées à la suite de son départ. Leurs langues se glissèrent sous ma peau, des pieds leur poussèrent et s'enfouirent là où je ne pouvais les atteindre. Mais ce n'étaient pas les mêmes mites que celles qui viendraient plus tard. Elles cavalèrent jusque dans le tendre péricarde de mon cœur, où elles se firent dures, amères et furieuses. Sauf qu'elles ne me donnaient pas l'impression d'être nue en ce monde, ainsi que le feraient leurs sœurs. Trahie et perturbée comme je me sentais, elles devinrent mon bouclier, mes amies, de sorte que, lorsqu'à vingt-cinq ans je reçus une lettre de lui, je la lus avec un goût de bile dans la bouche.

J'ai trouvé Jésus et je suis thérapeute. J'aimerais te voir, que cette relation aboutisse.

C'est donc ce que je fis. Assise face à lui, à une table en acier brillante, poisseuse de glace. Je le laissai me parler pendant une heure, de sa nouvelle vie, du pardon qu'il avait trouvé auprès de Dieu. Encore une fois, je ressentis ce marasme ancien : la déception. Mais j'étais plus âgée maintenant, immunisée contre les peines de cœur, si bien que les premières mites se mêlèrent aux nouvelles et j'eus une aversion soudaine pour cet homme qui voulait que je l'appelle papa.

Vers la fin de la journée, il ouvrit grand les bras et, le visage tourné vers le plafond froid et industriel, me révéla que son verset préféré de la Bible était Luc 23,34, quand Jésus crucifié, les yeux baissés sur ceux qui l'ont battu, qui lui ont craché dessus et l'ont suspendu là-haut, implore Dieu : « Père, pardonne-leur, car ils ne savent pas ce qu'ils font. »

« Est-ce que ça n'est pas incroyable ? » me demanda-t-il, les yeux brillants.

Me penchant par-dessus la table, je lui répondis que j'avais toujours trouvé plus poignante la ligne « Père, Père, pourquoi m'as-tu abandonné ? ».

Que penserait-il de moi à présent, s'il me voyait ? Je ne sais pas, je m'en fous. Après ce jour, il ne m'a plus jamais donné signe de vie. Les hommes sont tous les mêmes.

Tous les mêmes, donc faciles à étudier. Alors je regardai, et j'appris, tandis que la sorcière dans mon logis faisait saillir de frêles feuilles hors de terre et que le couteau sur mon bar restait à miroiter et que sous ma peau ça rampait. Je me muai en étudiante.

Hisser des cartons sur le comptoir devint un test. Combien de fois sur dix un des garçons insisterait-il pour m'aider ? Combien de secondes cela prendrait-il ? Je comptais. Une… deux… sept… le voilà. Le fût. S'il fallait en changer, combien de fois Ty me chasserait-il de la chambre froide pour installer lui-même un nouveau fût ? Si j'essayais d'attraper quelque chose dans la cuisine, une casserole pour le sirop ou une assiette pour le sel, le chef me laisserait-il me démerder seule, ou l'attraperait-il pour moi ? Je trichais, bien sûr. J'habite dans le Sud. Si j'avais mené cette expérience là où les menues galanteries des hommes sont rares ou perçues comme inacceptables, j'aurais peut-être opté pour une autre stratégie. Un prédateur sait jouer avec les faiblesses de sa proie pour les retourner contre elle.

Je fis de mon corps une amie. L'ossature délicate et les muscles légers, la frêle architecture que j'avais si longtemps méprisée, je les considérai non plus comme une tare, mais comme une bénédiction. Tous les jours des hommes piégeaient des femmes en les prenant au filet de leur gentillesse, à feindre la misère ou l'amour, en sorte de les appâter. Je ne pouvais compter sur un tel mensonge. Je ne pouvais qu'être moi-même ; le seul piège dont j'avais besoin était ma vérité nue, moi la Petite, la Poupée. Un homme a-t-il jamais craint de monter dans une voiture avec une femme ?

Là, dans le bar, en ce lumineux printemps naissant, je sus que j'en avais terminé avec les rencontres fortuites. L'heure était venue de me mettre en chasse.

Sophie

Il y a peu d'événements plus importants pour les habitants de notre coin du Piedmont que le Steeple-Chase de printemps. Le jour de la course, toujours le dernier samedi d'avril, est notre Jour saint consacré, exubérant et plein de vie au milieu du jaillissement printanier, un rite qui atteint dans certains secteurs des degrés de dévotion confinant au zèle. C'est une journée qui se caractérise par l'acceptation gratuite et sans fard des élites pour leur nature charnelle, un jour pour voir et être vu, où se gorger de whisky, de champagne et de ragots parmi les plus juteux. Un jour à ne rater sous aucun prétexte. Aussi, chaque avril, s'attroupent-ils en terre sacré, dans la propriété de l'ancienne ferme de Montleigh.

Les premiers à débarquer sont les étudiants, dans l'espoir, s'ils se faufilent suffisamment tôt, que leurs potes mineurs pourront passer sous le radar des vigiles encore embrumés. L'alcool n'est pas interdit, mais un SUV bondé de gamins comme une caravane de cirque est certain d'attirer l'attention et de se faire contrôler à l'entrée. Une fois dedans, ils s'égaillent et commencent leur pantomime de la classe bourgeoise sudiste. Les garçons revêtent leur plus beau costume faulknérien, veste de sport et nœud pap', chemise boutonnée jusqu'au col et rentrée dans le pantalon. En milieu de matinée, ils auront fait tomber veste et cravate, la chaleur à ce moment-là déjà pesante leur perlera au front. Entre-temps, les filles, qui ne portent jamais de veste même au plus froid de l'hiver, s'ouvrent au soleil comme des bourgeons en floraison – cous et épaules qu'embrasse le soleil, bras nus qui brillent. Tandis que leurs mecs déchargent des glacières pleines de bière pisseuse et des cubis de vin, puis tout ce qu'ils ont réussi à faire entrer en fraude sous le nez de la sécurité, elles enfouissent leurs mains fines dans les poches avant de leurs robes pour en exhumer une armée de flasques. Tous passeront le reste de l'après-midi le nez plongé dans des gobelets en plastique, refaisant surface juste le temps de sourire pour une photo. En milieu d'après-midi, s'ils ne sont pas écroulés au sol ivres morts, c'est que la journée est ratée.

La foule change devant la dernière ligne droite, où les places sont chères et réservées longtemps à l'avance. Ici, près de la tribune, non loin de la ligne d'arrivée, se trouve l'endroit où voir et être vu. L'ambiance est festive. Les femmes se saluent en faisant voler des baisers, tandis que les hommes se toisent à coups de poignées de main. Tous se sont mis sur leur trente et un, un assortiment de tons pastel à motif cachemire et imprimés animaux, de vestes de sport, de chapeaux à large bord et de lunettes aviateur, de bijoux massifs, de nœuds papillons à rayures, de flasques en argent qui étincellent sous le soleil. C'est une fête entre soi, et si vous êtes là, c'est que vous avez été invité.

Personne ne regarde jamais les chevaux.

Ce serait absurde.

Je suivis les conseils des chasseurs. Si l'on veut être oublié dans un lieu conçu pour être vu, il faut construire un mur autour de son visage. Un mirador dans un arbre à l'orée d'un champ, une échelle adossée contre un chêne noueux, des feuilles d'apparence un poil trop parfaite, des branches disposées trop nettement. C'est là qu'attend la mort, parfaitement normale et modeste. Moi aussi, je serais parfaitement normale et modeste, le regard de ma proie me traverse sans me voir pendant que j'observe, guette et vise.

Je me parai de calme, le peignis sur mon souffle, dans ma gorge la pulsation lourde du cœur, si bien que lorsque je passai la grille et souris au vigile il se contenta de hocher la tête et me fit signe d'entrer sans me jeter le moindre regard supplémentaire. Je continuai à rouler parmi le frais décolleté des collines herbeuses, humides de rosée, la fraîcheur de la nuit pas encore brûlée, où quelques bandes de brouillard ondulaient paresseusement sur le champ devant moi. Dans une heure elles seraient parties, dès que le soleil se serait redressé. Alors que je stationnais ma voiture contre la clôture sinueuse qui bordait l'extrémité d'un sentier, je me demandai ce que le soleil verrait quand il me regarderait.

La voiture une fois garée poussa un soupir et s'immobilisa ; assise à la lisière d'un monde nouveau, je rassemblai mes esprits. Tandis que les véhicules m'encerclaient de tous côtés et que les gens déchargeaient de leurs coffres glacières et chaises pliantes tout en se saluant avec entrain, j'érigeai mon mur. Petit à petit, je me bâtis une contenance. Voici le sourire, tout sucre, tout miel ; voici le rire, une clochette ; voici mes pieds en mouvement, toujours en mouvement, afin de ne pas être prise au piège. Le temps d'un court instant d'angoisse, le poids de mon plan pesa sur ma poitrine, mêlant admiration et effroi. L'inquiétude tirailla un coin de mon cœur.

Une question glissa le long de mes bras, contre l'arrondi de mon ventre, où des ailes lui poussèrent, qu'elle battit une fois, deux fois. J'allais réellement faire ça ?! Regardant par la vitre, je suivis des yeux le chemin semé de tissus gaufrés, de vestes de costumes, de jupes à volants, et sentis les ailes s'élever dans ma gorge. Oui. J'allais le faire. Oui. Ils le méritaient. Oui. Ça allait être fun.

Les hommes sont tous les mêmes. Fais-toi confiance.

Je ne suis en aucun cas une hystérique. Ne les laissez jamais dire ça de moi.

L'herbe était haute, froide contre mes pieds. L'argile rouge en dessous était moite, comme morte. Mes pieds glissaient dans mes sandales, je dus planter mes talons au sol et forcer les premiers pas. *Tu es sûre ?* entendais-je à chaque poussée en avant, voix chuchotantes pirouettant sous ma peau, me testant, plongeant, chatouillantes. *C'est ce que tu veux ?* Avec chacun de mes pas déterminés, je répondais. Oui.

Le champ s'était rempli pendant que j'étais assise dans la voiture, à me rappeler que j'avais un cœur qui battait et des poumons qui ventilaient, des nerfs qui grattaient des inquiétudes sur mes os. Le temps que je revête ma cape d'immobilité, la vaste colline en pente était en flammes. Les pare-brise réfléchissaient un code Morse d'éclairs de soleil sur du verre, un SOS que personne ne lisait. Plus loin, des tentes avaient surgi, blanc et bleu, noires, d'autres qui faisaient tache, orange ou rouges. Rassemblés autour, les yeux encore ensommeillés, leurs mouvements lents, des grappes de gens tendaient les bras vers leur premier cocktail mimosa de la journée, un shot brûlant de Fireball, n'importe quoi pour chasser la rosée matinale et les sortir de leur torpeur. Je me frayai un passage parmi eux tous, aux aguets, à l'affût, attentive.

Il fut un temps où le Blue Bell restait ouvert le jour de la course – une étape destinée à accueillir les potes de Lindsey pour un dernier cocktail et une montagne de frites sur le chemin du retour; l'opportunité de respirer et d'échapper aux premières rondes de flics qui ramassaient les conducteurs éméchés sur la route. L'idée étant de les dessaouler juste ce qu'il fallait pour qu'ils restent éventuellement à dîner. De l'argent facile, nous avait-on promis. Qui offre de meilleurs pourboires qu'un type complètement bourré ?

Eh bien, plein de gens, en fait. Après nous y être essayés quelques années, on a finalement accepté que c'était un désastre. Épuisés et cramés par le soleil, les fêtards entraient en titubant et s'endormaient à peine assis, de la bave coulant de leur visage écrasé sur la table en bois verni. Pas bon, ça. Si un flic débarquait et trouvait une salle pleine d'ivrognes assoupis, on nous ferait fermer. Les rares clients réveillés n'étaient bons à rien. Impossible de prendre la commande de quelqu'un qui peut à peine ouvrir la bouche pour parler; et allez donc faire entendre raison à un type qui a oublié combien il crevait de faim vingt minutes plus tôt, quand il a commandé deux bols de frites et un burger, servi lui aussi avec des frites. Nous avons offert plus d'additions, nettoyé plus de vomi et forcé plus de gens à se réveiller que ne le justifiaient nos salaires, pourboires compris.

La goutte d'eau fut – quelle surprise… – mon ami Mark Dixon, qui perdit connaissance dans les WC un après-midi, après un Steeple-Chase particulièrement homérique.

C'est moi qui le découvris, dus lui remonter son pantalon, essuyer l'urine par terre et ses narines gluantes de coke avec des serviettes en papier mouillées, avant de jeter le tout à la poubelle, en même temps que ce qu'il me restait de dignité. Plus tard cette nuit-là, Lindsey m'envoya un SMS de remerciement… « Mark est un brave gars. J'espère que nous pourrons mettre cet incident derrière nous. »

C'est effectivement ce que nous avons fait. Voyant dans ce fiasco commercial une chance de prouver qu'il se souciait de son personnel, Lindsey transforma le Steeple-Chase en jour de congé. Il allait louer un espace et installer un barnum sous lequel il inviterait son staff et ses copains à se mettre minables. Aucune obligation de venir, en théorie. D'ailleurs, nous ne nous faisions pas prier, autant pour l'alcool gratuit que pour se voir sapé autrement qu'en noir. On allait donc attendre de moi que je passe dire bonjour ; si je ne me montrais pas, ça allait jaser. Pour être invisible, il faut agir selon ce qu'on attend de nous. Mieux valait me débarrasser au plus vite de ces mondanités, avant qu'ils soient tous trop ivres pour se rappeler m'avoir vue, dans le cas où quelqu'un poserait la question.

« Mais qui voilà ! » Ty ouvrit grand les bras à ma vue, une bouteille de Maker's Mark oscillant dans son poing. Chaud et d'un brun miel, le whisky miroitait au soleil. « Attends, je vais te chercher un verre. Qu'est-ce que je te sers ? »

Chaque année c'était la même installation. Lindsey stationnait sa Land Rover contre la clôture, avec vue de premier choix, à quelques mètres de la ligne d'arrivée. Le coffre ouvert révélait l'habituel étalage de spiritueux et de liqueurs haut de gamme. À même le sol, juste en dessous, on trouvait des glacières remplies de bières, un assortiment de bouteilles des meilleures brasseries locales, en plus de quelques Coors Light pour la postérité. Une rangée derrière, il y avait le pick-up de Ty, un buffet de fortune installé sur le hayon baissé. Le reste du plateau avait été confisqué par le troupeau de serveurs, qui avaient dû arriver juste avant moi. Perchés sur les ridelles latérales, gobelet en plastique et smartphone en main, ils prenaient des selfies et gloussaient.

« Ils sont arrivés y a une vingtaine de minutes, dit Ty, suivant mon regard.

– Combien de temps à ton avis avant qu'un d'eux bascule en arrière ? » demandai-je.

Il éclata de rire, comme si ma question était une plaisanterie.

Le bal pouvait commencer. Le printemps en Virginie est un fard qui monte aux joues, un coup de sang sous une peau fraîche. Tandis que le soleil s'élevait dans le ciel, la matinée frisquette enfla pour exploser en une parfaite journée ensoleillée. Aux alentours de midi, un clairon retentit, et les cavaliers du club de chasse au renard local passèrent devant nous en trombe dans leurs manteaux rouges éclatants, une meute de chiens hurlante rasant l'herbe en dessous. Il y avait des courses de chiens et des courses d'ânes ; un spectacle de poneys pour les enfants ; entre les deux, des hommes en kilt défilèrent en soufflant dans des cornemuses, le visage cramoisi et déformé par le souffle tonitruant de la musique. Et puis, enfin, les chevaux.

Ils fendirent l'air telles des entailles de soie brillantes, à renâcler et projeter des blocs de terre dans l'air humide, dont l'un vola par-dessus la clôture et atterrit dans le gobelet de Ty, provoquant des rires en cascade chez les serveurs. Amber faillit en dégringoler du pick-up. La démarche incertaine, Lindsey faisait des allers-retours entre son Land Rover et nous, à nous étreindre dans des accolades forcées, à nous fourrer sa flasque dans la bouche. En milieu d'après-midi, Ty avait tombé la veste, un simple tissu bleu marine, et se promenait en bras de chemise, ses lunettes de soleil sur le front. Les serveurs s'accrochaient les uns aux autres, rougis et les yeux vitreux, luttant pour rester droits. La règle du jour était l'excès, et ils la suivaient à la lettre.

J'aurais pu rester là. Comme il aurait été facile pour moi de me laisser porter par la boisson et la musique, de m'asseoir sur le plateau du pick-up et de tourner mon visage vers le soleil jusqu'à ce que mes mains cessent de trembler et que les mites qui s'agitaient sous ma poitrine s'endorment.

Mais les questions auraient continué de me hanter : Qui suis-je ? Est-ce que j'en suis capable ?

Je jetai donc dans l'herbe la bière qu'on m'avait servie et sirotai lentement mon whisky, juste assez pour apaiser mes nerfs fébriles. J'étais en train de me disloquer, tout mon être bougeait et tressautait, au point que j'eus peur que des morceaux de moi me sortent par les oreilles. Une mite se tortilla sous ma langue, essayant de s'enfuir entre mes dents. Je la noyai dans un shot.

Il était temps de s'en aller. J'avais attendu aussi longtemps que je pouvais, suffisamment pour que tout le monde soit imbibé, pour qu'on me voie comme une amie. Si je voulais mettre mon plan à exécution, c'était maintenant ou jamais. Je pris une dernière gorgée dans le verre de Ty et m'éloignai discrètement, dans la bacchanale.

Toute la bienséance empruntée du matin avait volé en éclats ; à la place errait un chaos d'humanité chancelant. Les gestes se firent peu à peu trop frénétiques, trop théâtraux. Les yeux brillaient comme des sous neufs tandis que les joues s'empourpraient et que les rires fusaient, un brin trop aigus. Quelqu'un renversa de la bière chaude sur ma robe ; des mains poisseuses s'abattirent sur mes épaules, ma taille, mon dos. Je devins un portant auquel on se raccrochait pour s'empêcher de tomber. Mon corps, pourtant habitué au contact d'inconnus, se hérissa. La paix de mon mur se fissura et sous mon visage mon moi brûla de battre en retraite. Respirer un coup. Faire taire les bouches qui ricanaient dans mes oreilles. Reste calme, vise soigneusement.

« Sophie ? »

Perdue dans mes pensées, je ne vis la femme que lorsque je faillis lui rentrer dedans.

« Oh, pardon, je… Officier… Martin ? »

Mon pouls s'accéléra. Qu'est-ce qu'elle faisait ici ? Tout ce qui rampait en moi dégringola au sol.

En tenue civile, elle ressemblait à une vraie personne plutôt qu'à un nuage orageux, ses pensées ombrageuses éclaircies le temps d'un après-midi. Un homme en nœud papillon se tenait à distance de bras derrière elle, son visage barré d'un sourire perplexe. Juste derrière eux il y avait un petit barnum sous lequel une foule de gens enfournaient des sandwichs au jambon, se servaient à boire et riaient.

« Je ne vous ai pas reconnue ! »

Je forçai un sourire. Évidemment qu'elle était présente ; tout le monde l'était. Reste calme, tranquille. Tu portes un masque.

Elle haussa les épaules.

« Je suis une autre, sans mon uniforme.

– Je sais ce que vous voulez dire. Personne ne me reconnaît non plus quand je ne suis pas en tenue de travail. D'ailleurs ça me fait toujours bizarre de porter autre chose que du noir. »

C'est alors que je la vis, l'ombre d'une question qui ondulait sur son visage. Je retins mon souffle – avais-je dit quelque chose qu'il ne fallait pas ? Et puis elle sourit.

L'homme derrière elle, qui avait incliné sa tête de côté, fit un pas en avant.

« Salut. Je suis Dan. Vous êtes une amie de Nor ? »

L'officier Martin rougit.

« Dan, Sophie… petit ami, barmaid », dit-elle.

L'homme, le dénommé Dan, tendit la main et serra la mienne.

« Ravi de vous rencontrer, Sophie. Barmaid ? Où est-ce que vous travaillez ? »

Sa poigne était paresseuse. J'eus peur de la briser si je serrais trop fort.

« Au Blue Bell.

– On n'y est pas encore allés. C'est bien ? »

Je revêtis le masque que je portais au travail les soirs d'affluence.

« Je crois. Mais ne faites jamais confiance à une barmaid. Nous sommes toutes des menteuses. »

Il rit.

« Eh bien, on viendra vous rendre visite un de ces jours, histoire de juger par nous-mêmes. La prochaine fois qu'on a le même jour de congé, pas vrai, Nor ?

– Dan est infirmier à l'hôpital, expliqua-t-elle. Entre nos deux emplois du temps, c'est rare que nous ayons une journée de libre ensemble. Celle-ci est la première depuis... combien de semaines ?

– Trop, répondit-il.

– Trop, acquiesça-t-elle. Bref, normalement, pour rien au monde je ne mettrais les pieds à ce genre d'événement, mais ses collègues de boulot achètent des billets chaque année et font des roulements pour les congés. Et comme nous étions tous les deux libres... nous voici.

– Vous voici. » Souris. Je resserrai le masque, en vérifiai les bords pour m'assurer que rien de moi ne dépassait. « Bon... dans ce cas je ne vais pas vous déranger plus longtemps. »

Quelqu'un me rentra dedans et de la bière chaude coula à l'arrière de mes jambes. Sous ma peau, des bouches s'ouvrirent. Le soleil s'était hissé au zénith et commençait sa lente descente vers la ligne des arbres.

« Mais non, voyons, dit-elle. Venez prendre un verre avec nous. Ce n'est pas ce qui manque.

– Allez, Sophie, insista Dan. Un verre de vin ? Quelque chose à grignoter ? »

Je levai une main.

« Oh non. Merci, c'est très généreux, mais je ne veux pas m'imposer, officier...

– Vous êtes la bienvenue, sincèrement. Et je vous en prie, appelez-moi Nora. »

Appelez-moi Nora. Appelez-moi Nora. Voilà. C'était tout ce que j'avais besoin de savoir. Si elle n'avait rien dit, j'aurais songé à rester encore, pour tenter de soutirer n'importe quoi sur Mark, voir ce qu'elle savait. Cette phrase m'en apprenait assez. Elle se posait peut-être des questions, mais en vérité ils n'avaient aucune idée de qui avait tué Mark.

Elle m'estimait assez sûre pour s'adresser à moi comme à une amie. Sophie. Nora.

« Il faut que j'aille retrouver Ty. Je l'ai laissé dans l'enclos à regarder les chevaux, Dieu sait que si je ne me porte pas très vite à son secours il finira avec une fille ou une autre. »

Le mensonge s'échappa avec aisance de ma bouche.

« Pas si mal comme programme, pouffa Dan.

– Vous n'avez pas vu les filles qu'il ramène chez lui quand il a bu... »

Un coup sous la ceinture, c'est vrai, mais qui eut le mérite de faire s'esclaffer Dan. Le piège s'était refermé, à ses yeux nous étions copains désormais.

« Bon, prenez ça au moins. »

Nora me mit un sandwich dans les mains.

Je les remerciai de nouveau.

« Prévenez-moi quand vous voulez passer au bar. Je vous réserverai une table. La meilleure de la maison.

– Marché conclu », dit Dan.

Je pris congé.

Mes mains s'étaient remises à trembler. Alors que je m'éloignais, je fus prise de l'envie de jeter un coup d'œil par-dessus mon épaule, pour voir s'ils me regardaient, mais je me retins. Il faudrait que je prenne garde à elle.

La nouvelle

Eût-on demandé à Nora ce qu'elle fichait là, dans ce champ, vêtue de l'unique robe d'été qu'elle possédait, à siroter le rosé bon marché d'on ne savait qui et s'efforcer de rire à des plaisanteries qu'elle ne trouvait pas particulièrement drôles, elle aurait été bien en peine d'offrir une réponse sincère.

De fait, si elle mettait un doigt sur la vérité qui planait aux limites de sa pensée, c'était le dernier endroit où elle aurait voulu passer la journée ; elle était là parce que c'était ce que Dan voulait, parce que depuis des années il payait son dû à l'hôpital et qu'enfin on lui offrait le ticket d'or pour sortir et passer la journée à s'amuser au lieu d'attendre, la boule au ventre, que des vagues de patients en coma éthylique déferlent par la porte. Il l'avait mérité. Elle était heureuse pour lui et se réjouissait de profiter d'un jour de congé pour souffler, elle aussi. Voilà ce qu'elle s'était dit en le voyant réintégrer le cercle de ses collègues, sa cravate dénouée, sa casquette tournée à l'envers ; voilà ce qu'elle continuait de se dire tout en évitant de regarder de trop près la vieille demeure coloniale qui trônait tout au bout du champ, ses blanches colonnes étincelantes sous le soleil d'après-midi.

C'était à présent un corps mort, une carcasse ; utilisée uniquement pour les mariages et les fêtes de vacances, une toile de fond pour d'innombrables selfies. Elle n'en était pas moins mal à l'aise. Mais pour Dan elle pouvait l'ignorer le temps d'une journée.

Elle regarda Sophie s'éloigner. Elle avait l'air aussi mal à l'aise qu'elle, à s'écarter des soûlards qui titubaient, son pas rapide et heurté. Ni l'une ni l'autre ne paraissait être à sa place dans ce tumulte. Encore une fois, elle se demanda si Sophie Braam pourrait devenir une amie…

« Nor ! Eh, Nora, tu fais quoi, bébé ? » La main de Dan sur la sienne. « Ça va, tu te sens bien ?

– Hein ? Oui oui, je réfléchissais, c'est tout.

– Comme d'habitude. »

Il lui embrassa la joue.

Elle sourit.

« Je sais. »

Sophie

La journée, qui m'avait paru si vivante le matin, se mit à traîner en longueur à mesure que passait l'après-midi. Désormais entièrement exposé au soleil, le champ devint un four dans lequel nous cuisions tous. Je sentis la transpiration perler sur ma poitrine tandis que je me frayais un passage dans l'herbe touffue. Encore de la sueur, le long de mes bras et de mes jambes.

Reste concentrée, entendis-je des voix me susurrer à l'oreille. *Ce n'est pas le moment de flancher.*

Je tournai la tête au son d'un objet métallique qui en heurtait un autre, et c'est alors qu'il m'apparut.

Il était grand, environ un mètre quatre-vingt-cinq. Ses jambes écartées en triangle, il était penché au-dessus d'une tireuse à bière. D'où je me tenais dans l'herbe, je le regardai une minute tandis qu'il actionnait la pompe de bas en haut, sans résultat, avant d'abandonner, laissant le bec retomber contre le fût avec un bruit métallique.

Il leva la tête vers ses amis, rassemblés autour d'un SUV garé non loin, où deux filles en boots de chasse s'entraînaient à une espèce de danse entre deux gorgées d'une bouteille de champagne qu'elles se partageaient. Des bulles écumaient sur leur visage, à la joie criarde des participants.

Vas-y. Maintenant.

« Besoin d'aide ? » demandai-je, m'approchant de lui.

Il sursauta comme pris de peur, se tourna vers moi.

« Tu sais comment faire marcher ce truc ? Il me hait. »

Ses yeux étaient masqués par des lunettes de soleil, mais je ne les en sentis pas moins détailler mon corps. Ses lèvres étaient gercées, brûlées par le soleil. Ses joues arboraient la première couche du rouge ivrogne.

« Je suis barmaid, dis-je simplement, me baissant pour lui prendre la pompe des mains. Je m'y connais en bière.

– Une femme qui sait ce qu'elle fait ! »

L'invitation resta à planer entre nous ; je ne répondis pas. C'était trop facile, minable.

Plutôt, je tendis une main.

« Donne-moi ton gobelet. »

Nos doigts se touchèrent. Les siens étaient collants, de bière ou de sueur, je n'aurais su dire. Je sentis des pieds minuscules parcourir ma nuque et me détournai avant qu'il puisse les voir disparaître dans mon œil.

« Tu as oublié de baisser le coupleur », dis-je.

Une seconde plus tard, la machine fonctionnait de nouveau, et après quelques coups de pompe secs et rapides je relevai son gobelet, moussant.

« Mon héroïne, dit-il.

– Nous, les filles, on aime se sentir utiles de temps en temps », répondis-je avec un clin d'œil en prenant une gorgée méritée.

Je savais qu'il regarderait ma gorge, et quoique je l'aie fait dans ce but, je ne pus empêcher la honte de m'envahir. Je l'écartai d'une main ferme. Respire fort. Il regarda ma poitrine monter et descendre.

Je lui tendis son verre tout en faisant un signe de tête en direction des filles, à présent lancées dans un concours de poirier dans l'herbe, leurs jupes maintenues entre leurs jambes par des amis prévenants qui se protégeaient de coups de pied frénétiques. Les garçons les encerclaient tels des loups, feignant de s'intéresser à la démonstration d'acrobaties même si tout le monde savait ce qu'ils regardaient vraiment.

« C'est quoi, ça ?

– Des pom-pom girls qui se la pètent, sourit-il.

– Ta bière est dégueu », dis-je en lui reprenant le gobelet pour en boire une autre gorgée.

Les hommes adorent qu'on les bouscule avec des petits riens. Ils trouvent ça mignon.

« Eh, elle t'a fait quoi, Stella ? demanda-t-il en pouffant et en reprenant la bière de ma main tendue.

– Justement, rien. »

Il ricana.

Je lui repris la bière une dernière fois et la versai par terre.

« J'ai mieux dans ma voiture. D'ailleurs je m'y rendais pour en chercher. Tu m'accompagnes ? Si tu m'aides à la porter, t'auras une récompense.

– Quel genre de récompense ?

– Faudra être patient. »

L'avantage de ce type d'événement en extérieur, c'est qu'avec le soleil qui brille, le vent frais et l'harmonie parfaite d'une journée d'ébriété tout le monde est votre ami.

À ce propos... votre mère ne vous a pas prévenu ? Ne jamais monter dans la voiture d'un inconnu...

Il était maladroit et ivre, à trébucher derrière moi tandis que nous descendions la pente douce du champ en direction de ma voiture, un pan de ma robe serré dans sa main comme un enfant qui suit sa mère. Lorsque je fus fatiguée de le sentir vaciller, je pris sa paume transpirante dans la mienne. Tous les quelques mètres, je ralentissais le pas ; un battement de cœur, un souffle, l'occasion soi-disant fortuite pour ses jointures d'effleurer ma cuisse. Une ruse que j'ai apprise pour manipuler les hommes est de se rendre douce, charmante. Écarter toute autre pensée de son cerveau. Aussi j'avançais, puis ralentissais, de manière à laisser sa main caresser la peau nue de ma jambe, qu'il sente la nonchalance avec laquelle je l'autorisais à me toucher.

Le monde changea tandis que nous nous éloignions de la mêlée du grand champ. L'herbe se fit plus haute, moins entretenue. Elle s'accrochait à nos chevilles, entravait nos pas. Plus d'une fois je dus m'arrêter pour contourner un obstacle et il me rentrait dedans. Je mordais ma lèvre, ravalais les mites qui rugissaient dans mes joues. Nous toutes, son contact nous dégoûtait, sa paume poisseuse contre mes ischio-jambiers.

Ici il y avait peu de monde, certains agglutinés dans des voitures, d'autres l'esprit ailleurs tandis qu'ils vaquaient à leurs occupations. Personne ne quittait la fête à moins d'avoir une chose précise à faire : drogues, sexe ou mission alcool. Nous avons croisé un groupe d'étudiants apparemment de première année, accroupis derrière la portière ouverte d'une voiture, à se faire tourner quelque chose entre eux. De la fumée s'élevait en même temps que leurs rires, avant de se disperser dans le ciel. Un gémissement fusa, plus loin dans le champ ; je ne cherchai pas à en découvrir la source. Le garçon derrière moi pressa ma main, s'autorisa à se coller contre moi. J'avais l'impression d'avoir de nouveau vingt ans, ce qui excita ma colère. Les mites me mordirent la mâchoire, affluèrent dans ma gorge avec une bouffée acide comme de la bile. Encore un petit effort, dis-je à mes multiples moi en cet interminable après-midi. On y est presque.

Dans ma voiture, je le laissai m'embrasser. Ses lèvres gercées qui éraflent les miennes. Ses mains, encore collantes, parcouraient fébrilement mes bras, mes jambes. Je retins mon souffle et me retirai dans mon crâne aussi loin que possible lorsque je le sentis glisser sa main sous ma robe, écarter ma culotte d'une rotation hardie de deux doigts fouineurs.

« T'es toute mouillée », chuchota-t-il, bouche avide pressée contre mon oreille.

Sa respiration était bruyante.

Vous pensez que je mens, que tout ça est trop rapide. Personne ne se laisse appâter aussi facilement. Une fois, je regardai mon amie se blottir dans les bras d'un mec en boîte de nuit. Moins de deux morceaux plus tard, ils avaient disparu dans un couloir sombre. Au bout de quelques minutes, elle était de retour, sa main enlaçait la mienne, aux joues le teint rayonnant qui suit l'amour. C'est faisable. Les hommes sont tous des animaux.

J'émis un bruit qui pouvait passer pour un gémissement à ses oreilles, fermai les yeux en feignant de prendre plaisir à ses attouchements. Je sais depuis l'adolescence que mon corps est un menteur, qu'il préfère faire le mort plutôt que combattre. Je le laissai donc me toucher, le gobai tout entier dans le piège qu'il avait lui-même conçu.

Lorsque je l'entendis triturer le zip de son pantalon, je l'arrêtai.

« Tu sais quoi ? dis-je en le fixant dans les yeux, écarquillés et bleus sans ses lunettes de soleil. J'ai une meilleure idée. De toute façon la fête est bientôt terminée, et je n'ai pas envie de me taper tous les bouchons en partant. Je connais un endroit. Intime. »

Il se tourna en direction des barnums, et mon cœur se mit à battre tandis que je le regardai soupeser les options qui s'offraient à lui. Il était ivre quand je l'avais trouvé, mais la marche et son excitation l'avaient suffisamment dégrisé, de sorte que je vis le manège où tournaient ses pensées : rester dans la fête, ou partir avec moi ? À aucun moment il ne soupesa sa sécurité. Ce n'était pas une question qu'il avait l'habitude de se poser. Sa seule inquiétude concernait le potentiel de fun.

« J'ai laissé mon portable dans la tente. Faudrait que j'aille le chercher. »

Je serrai sa main.

« Tu peux utiliser le mien si tu as besoin. Sinon, tes copains vont te demander où tu vas et ça va faire des histoires et tu vas m'oublier ou passer à autre chose. De toute façon… » Mettant de côté toute dignité, je posai ma main sur sa cuisse. « … là où je suis, il n'y a pas beaucoup de réseau. Ton téléphone ne te sera d'aucune utilité.

– Tiens, une campagnarde ? »

Il fondait, il était malléable. Piégé.

« Une vraie de vraie.

– Je devrais avoir peur ?

– Si l'un de nous doit avoir peur, statistiquement, c'est moi », fis-je avec un clin d'œil.

À quoi il éclata de rire, et je démarrai la voiture.

Perséphone

Une fois terminé, tout fut paisible.

Après seulement un bref instant, ses yeux devinrent vitreux ; le résultat, ai-je lu, de la chute du potassium dans le système sanguin. Au matin ses yeux bleus seraient voilés, un blanc aussi laiteux que les brumes qui s'étaient élevées du ruisseau voisin pour nous enlacer tous les deux tandis que nous reposions sur le sol humide. Des taches rouges mouchetaient le blanc de ses yeux, d'autres cerclaient les bords délicats de ses cornées. Son nez ne saignait pas ; rien ne lui coulait des lèvres. Il était simplement silencieux, un homme perdu dans la contemplation des nuages défilant devant ses yeux.

Je restai à ses côtés tout au long de cette première longue soirée, tandis que le soleil roulait sous la crête de la montagne derrière nous. La petite ville de Bellair tomba dans la stupeur, repue après une journée passée dans la chaleur, l'alcool et l'excitation de la course.

Pour la première fois, les mouches à viande firent leur apparition. Savez-vous que ce sont des femelles ? Les mâles sont des créatures dociles, que satisfont les pétales des fleurs. Inoffensives. Ce sont les femelles, gravides et affamées, qui nous consomment, enfouissent leurs œufs dans notre chair.

Ramenées à la vie par la tiédeur d'un nouveau printemps, elles se présentèrent à moi ce jour-là comme des amies, des alliées pour le grand jeu auquel je m'adonnais.

Au cours des longues heures dorées de cette soirée, je les étudiai. Les premières d'entre elles arrivèrent en bourdonnant environ une heure après sa mort, soufflées par un vent doux qui montait du ruisseau. Il était encore chaud quand elles glissèrent leur langue dans ses joues. Comme elles étaient pataudes, à filer de bas en haut, à me rentrer dedans, à se cogner les unes dans les autres alors qu'elles goûtaient, tâtaient, exploraient sa mort sous les pommiers… Elles se faufilaient à petits pas dans ses narines et s'insinuaient entre ses lèvres. Qu'apprendraient-elles sur lui, dans ses recoins souterrains ? Quels secrets y trouveraient-elles ? J'étirai mon corps au côté du sien et pressai ma joue contre son épaule, à l'écoute des mini-eurêka face à leurs découvertes. Quelques mouches voletèrent sur ma gorge, afin d'examiner le battement nauséeux de ma carotide. Je les en chassai, les renvoyai à leur festin.

Sa chair se para d'un soupçon de bleu aux coins de sa bouche et de ses yeux, de ses ongles, comme si sa véritable couleur commençait d'apparaître à présent que la vie ne le consumait plus de sa braise. J'ai lu que nos corps sont composés à soixante-dix pour cent d'eau ; j'aime à penser que ce lent glissement vers le bleu signifiait le retour à un état naturel. J'aurais presque pu croire, alors qu'il était encore vivant, qu'à tout moment il allait chasser d'une secousse cette ombre bleue et qu'il se redresserait, clignant des paupières sous la chaude lumière du couchant.

Un peu avant la tombée de la nuit, il s'était rigidifié. Ses yeux, mi-clos face à la lumière changeante, s'ouvrirent avec une soudaineté qui me fit me demander s'il n'était pas réellement ressuscité, aussi j'empoignai sa cravate, prête à la lui repasser autour du cou. Mais il resta immobile, les yeux à présent grands ouverts, à regarder l'éternité fondre sur lui. Ça n'avait été qu'un réflexe musculaire, voilà tout ; le mouvement involontaire d'une décomposition précoce. Pour m'en assurer, je touchai délicatement l'un de ses yeux, un truc que m'avait enseigné un vétérinaire bourré. Le réflexe cornéen est le dernier à disparaître.

Rien. Autour de nous, parmi les ombres qui s'épaississaient, les grenouilles arboricoles se mirent à chanter.

Vous vous demandez pourquoi il ne m'a pas arrêtée. Pourquoi, lorsqu'il a pris conscience de ce qui se passait, il ne m'a pas repoussée, frappée à coups de poing et griffée, pourquoi il ne s'est pas relevé ? Je ne suis qu'une faible femme, après tout, facile à vaincre. La réponse est simple : un homme que l'on chevauche ne pense à rien de toutes ces choses.

Et puis ça avait été son idée.

« Ça serait marrant de s'étrangler. » Il l'avait vu faire dans une vidéo. En outre j'étais une nana du coin. J'étais sûrement plus fun que les filles coincées et effarouchées de son école. Les nanas d'ici savaient où trouver les bonnes drogues, les meilleures fêtes, elles savaient à quels jeux jouer quand toutes les lumières s'étaient éteintes.

« Étrangle-moi », avait-il dit.

Il suffisait de demander.

J'avais gardé mon couteau à portée de main, au cas où.

Je regardai au fil des heures son sang se coaguler dans ses membres, un noir-et-violet congelé s'installer dans les parties de son corps au contact avec le sol. Petit à petit, la teinte bleue s'estompa en un blanc pâle. Sa peau prit un aspect cireux, comme des pommes chez un épicier, celles dont ma grand-mère se gaussait.

« Il y a quelque chose d'étrange là-dedans, disait-elle en passant la main sur une pile de fruits pour en retirer un et le faire tourner entre ses doigts avant de le reposer. Ce brillant, il n'est pas naturel. »

Pas naturel. C'est ce qu'il devint alors, dans le noir, au fil des longues heures de la nuit. Il devint juste un corps. Pâle et cireux. Ce qui avait fait de lui un homme, quoi que ça ait pu être, s'en était allé.

Avant qu'il s'enraidisse, j'entrai dans sa bouche et lui ôtai sa voix. Ses lèvres, gercées, éraflèrent le dos de ma main et je fus parcourue d'une vague de dégoût. Muet, il se figea en un cri ; que ce fût le résultat de ma chirurgie ou celui des minuscules à-coups des dizaines de muscles minuscules qui s'étaient refermés en poings, je l'ignore. La rigidité cadavérique faisait son œuvre. Savez-vous qu'après la mort nous hurlons ? La dernière action d'un crâne confronté au néant, ou peut-être à Dieu, est de sombrer dans une terreur mutique.

J'aurais aimé rester, le regarder se contracter centimètre par centimètre, sentir chaque organe et chaque muscle se resserrer à mesure qu'ils convulsaient. J'aurais voulu voir son dos s'arquer comme pris d'extase tandis que les puissants muscles trapèze, érecteur et glutéal se crispaient et l'ouvraient en deux. Assister à la mortification de sa chair, simple conséquence d'une poignée de protéines piégées dans une chambre anaérobie.

Les mouches étaient dérangées à chaque tressautement de ses muscles, si bien que, contrariées, elles s'envolaient en bourdonnant doucement. Or il en venait toujours plus, et en l'espace de quelques heures je fus incapable de toutes les chasser. Les mouches, désorientées par l'odeur de deux corps, s'étaient mises à me mordre.

La nuit nous tomba dessus. L'air se fit aiguisé et désagréable sur ma peau, humide avec les premières gouttes de rosée. Je savais que si je ne m'en allais pas bientôt, j'attraperais froid. J'étais vivante. Il était temps de partir. De rester vivante et le quitter.

Il était mort sous les pommiers, au bord de la rive effondrée du ruisseau, et lorsqu'il fit assez noir pour bouger sans être vue, c'est là que je le roulai. Ce fut plus facile que je ne l'avais prévu, raidi comme il l'était par la *rigor mortis*. Il n'était pas une poupée de chiffon, qu'on fait rouler cul par-dessus tête, mais une planche de bois. Lourd, mais plus facile à manipuler. Je plantai mes talons dans l'argile et nous poussai en avant. Les mouches bourgeonnaient sur sa peau, elles dansaient une auréole sur ma tête, atterrissaient en dentelle sur mes mains.

Il y avait une cavité au niveau du coude du ruisseau, juste de l'autre côté de l'ancienne église baptiste. Sans doute autrefois la tanière d'un renard ou le trou d'une marmotte d'Amérique. Dotée d'une ouverture profonde, à moitié dissimulée par le tronc tortueux et les racines d'un vieux saule, c'était la cachette idéale pour une enfant précoce désireuse d'échapper aux corvées lors des longues journées d'été. Cette poche souterraine était une bibliothèque, un atelier d'artiste, un endroit tranquille où caresser mes pensées. Quoiqu'elle fût située assez haut pour que le ruisseau vienne rarement l'inonder, je pouvais, de là, aisément tremper un pied dans les frais tourbillons de l'eau. Lors des après-midi les plus chauds, je restais assise avec un pied dans le ruisseau, à regarder les rayons du soleil jouer derrière le rideau de feuilles du saule, sur le mur de terre de mon petit trou. Personne ne m'y surprit jamais, même le dimanche, quand l'église sur l'autre rive dégorgeait ses ouailles. J'ai appris que les gens regardent rarement plus loin qu'ils n'en ont besoin. Ce qu'ils voyaient, quand leurs yeux se portaient au-delà du ruisseau, était un arbre affaissé, une berge noyée dans les ronces, de l'eau qui glissait sur les herbes hautes et dansait sur les rochers, et, plus loin, les pommiers. Jamais une fille dans un trou, jamais un pied s'agitant dans l'eau. C'est donc là qu'il reposerait. Cet endroit, négligé et sauvage, dissimulerait mes secrets ainsi qu'il l'avait toujours fait.

En quelques minutes, pantelante, je l'avais poussé profondément dans le trou. Par prudence, parce que je ne pouvais faire taire l'inquiétude tenace dans mon cerveau, je le couvris de feuilles et de terre, une couverture supplémentaire pour tout œil qui se promènerait là. Les animaux viendraient dans un jour ou deux et s'occuperaient du reste. Dans quelques semaines, il n'y aurait plus rien à trouver.

Je réservai la dernière gorgée de whisky pour mon trajet de retour dans la pommeraie. Les arbres étaient alors en pleine floraison, leurs pétales blancs négligés miroitaient sous le clair de lune. Une chauve-souris voletait au-dessus de ma tête. Au loin, une meute de coyotes, jappant et hurlant dans la nuit argentée. Me dépouillant de ma peau, je les rejoignis.

Une femme lasse

C'étaient toujours les mouches que Nora remarquait en premier. Avant même de traverser la rubalise jaune qui marquait la limite entre le monde civil et le sien, leurs voix balayèrent sa peau comme des doigts sur les cordes d'une harpe, à jouer des notes nerveuses, à produire un chœur de chair de poule tandis que des milliers d'ailes translucides prenaient en bourdonnant possession de l'espace entre ses oreilles, une bouffée de son ténu qui nappait l'air. Impossible de les chasser ou de les ignorer. Tout effort en ce sens était voué à l'échec ; leur chant était incessant, leur faim insatiable, irrésistible. Qu'un pas les dérange, le timbre d'une voix, et les mouches s'élevaient ; une bête étrange, diaphane, qui explosait à hauteur de visage en une gerbe d'ailes, de bourdonnements et de corps infimes, avant de retomber sur la table du festin. Aussi voraces que la mort, leurs langues léchaient sans discrimination toute chair sur laquelle elles se posaient, vivante ou non.

Les mouches la fascinaient, leur irisation et leur éclat, les arabesques délicates de leur vol. Elles la dégoûtaient, leurs chuchotements frénétiques, leurs pas furieux qui cavalaient sur les corps enflés et le sang poisseux. Rien que d'y penser, une vague parcourait sa colonne, sûrement un rêve génétique de contagion enfoui quelque part sous un ciel bleu et vaste.

« Des silphes », dit-elle en chassant une mouche sur son front tandis qu'elle regardait au sol et poussait du pied un insecte trapu.

Il détala sur le côté et tourna autour d'un morceau de gravier.

Murph suivit son regard.

« Qu'est-ce que ça signifie ?

– Quiconque se trouve là est mort depuis un moment. »

Les insectes possédaient leurs secrets, Nora le savait. Travailler dans une ferme, ça voulait dire que son père avait apprivoisé les insectes même les plus répugnants, aussi, quand elle était enfant, lui avait-il appris à écouter l'oracle de leurs ailes battantes et de leurs frémissantes incisives. Chaque espèce avait sa voix, son heure. D'abord c'étaient les mouches à viande, vert bouteille, effrénées. Elles arrivaient aux premières sourdes agonies d'un corps qui n'avait pas encore pris conscience de sa propre décomposition, leur musique ténue et irritante, mais facile à chasser. Puis venaient les *Sarcophagidae*, les mouches grises. Insectes parasites, brutaux, ils se gorgeaient de putrescence, quelle qu'elle soit. Leur arrivée annonçait une vague d'immigrés : asticots, coléoptères, charognards de toutes sortes. Il n'y avait pas de meilleurs amis pour nettoyer les os de leur viande. Aux côtés de Ron, Nora apprit le nom de chacun de ces macabres psychopompes ; elle apprit leur mode de comportement, à les lire, les apprivoiser ainsi qu'il l'avait fait, comment déchiffrer le langage fourmillant des insectes.

Elle s'accroupit pour mieux regarder. Les insectes, d'environ un centimètre et demi de long, arpentaient le sol dans un pas-à-pas rigide qui lui hérissa les poils de la nuque. C'était comme de regarder un fantôme dans un film d'horreur, de traviole et la tête en bas, qui ramperait sur ses jambes brisées. Pas normal. Naturel, peut-être, mais pas normal. Elle réprima un bâillement et se releva.

« Tu vas tenir le coup ?

– Je suis fatiguée, c'est tout.

– Tu es trop jeune pour être fatiguée. »

Ses mots comme une piqûre sous sa peau.

Elle ravala la réponse qu'elle voulait faire, celle qui aurait été impolie, irrespectueuse. Plutôt, elle se concentra sur le coléoptère qui détalait sur le gravier devant elle.

« Eh bien, j'ai passé toute la journée d'hier en plein soleil avec Dan, avant d'être appelée tard pour remplacer Cruz dans l'équipe de nuit. »

Se levant, Nora pressa ses mains contre son visage en une tentative pour chasser le mal de crâne qu'elle sentait enfler derrière ses yeux. Elle avait mal dormi ces dernières nuits. En ébullition, à s'agiter et se tourner au contact de doigts qui s'évanouissaient dès qu'elle était trop réveillée pour se rendormir, sa tête comme renfermée sur elle-même dans un accès de rage épuisé. Il lui faudrait prendre un Excedrin en rentrant, autrement elle allait passer la nuit à combattre la migraine.

Murph pouffa de rire.

« Foutue course de chevaux. Avec l'âge, on a tôt fait d'oublier. On est tous passés par là… Garde tes mains dans tes poches et personne ne les verra trembler ; si tu as besoin de vomir, cours te mettre dans un coin. J'arrive pas à croire qu'ils t'aient appelée alors qu'ils savaient que tu étais en congé…

– Comme tu le sais parfaitement, on manque d'effectifs. » Sa patience vis-à-vis des questions personnelles était à bout ce matin-là, mise à vif par le soleil et une longue nuit sans sommeil. « Et puis je n'ai pas beaucoup bu. J'ai arrêté vers deux ou trois heures de l'après-midi, parce que j'avais l'intuition que ça pourrait arriver. J'ai vu Cruz enlacé à un entonnoir à bière peu après notre arrivée, à Dan et moi.

– Quel sens des responsabilités, Martin.

– Va te faire foutre. »

Elle détestait que ce soit vrai. D'avoir eu la sagesse de réfréner son plaisir le jour où elle aurait dû pouvoir faire ce qui lui plaisait. À l'heure actuelle, elle aurait dû être au lit avec Dan, à décéder d'une gueule de bois et à marmonner à propos de qui allait se lever et préparer un petit déjeuner salvateur pour tous les deux. Au lieu de quoi, elle avait dû s'extraire du lit à une heure impossible et enfiler son uniforme pour rouler le restant de la nuit sur des routes sombres, avec pour seule compagnie le grésillement de la radio et les M&M's qu'elle gardait dans son porte-gobelet.

« Eh, on se détend. Tu sais qu'ils profitent de toi juste parce que tu les y autorises, hein ? fit Murph.

– Qu'est-ce que tu me conseilles de faire, alors ? Je fais un peu tache dans le *boys' club*.

– Eh bien qu'ils aillent se faire foutre. Ça fait un bail que je suis ici, Martin, et crois-moi, ils sont juste jaloux. Regarde-toi ! Une jolie fille qui débarque depuis l'autre côté de la montagne et qui se retrouve à bosser avec moi… Moi aussi, je serais jaloux. Et surtout, ils ne peuvent plus ouvrir la portière et pisser sur le côté de la route quand ils sont en binôme avec toi.

– Quel rapport… ? De toute façon on ne partage quasiment jamais de véhicule.

– Là où je veux en venir, jeune sauterelle, c'est qu'ils ne peuvent pas se comporter en mecs quand tu es dans le vestiaire.

– Oh, je t'assure que ce n'est pas ma présence qui les gêne... »

Nora sentit ses yeux lancer des éclairs.

« Oh là, fit Murph en levant les paumes comme pour calmer un animal. Je suis dans ton camp, Martin. Et je crois en connaître un rayon sur ces jeunes gars, donc écoute le conseil d'un vieux schnock : tu dois leur passer un peu de pommade. Sois douce. Je me déteste de dire une chose pareille, mais essaie peut-être d'être un peu plus féminine. Nous, les hommes, on est des créatures simples... Complimente-les, booste leur ego juste un chouïa. Tu les impressionnes, c'est pour ça qu'ils ne te font pas confiance. Ta maman ne t'a jamais appris qu'on n'attrape pas les mouches avec du vinaigre ? »

Et rebelote. Encore un homme qui lui conseillait de se couvrir, de s'amoindrir. Qui la faisait se sentir sale pour une chose qu'elle ne pouvait pas changer ; seulement, cette fois, ce n'étaient pas des yeux qui détaillaient les formes de son corps, c'était son mentor, qu'elle tenait en estime, qui lui recommandait de se faire petite. *Pour les garçons*. Nora savait que ce n'était pas son intention, mais ses mots la blessaient. Elle avait su, à son entrée à l'académie de police, qu'elle choisissait d'évoluer dans un monde d'hommes, que certains jours elle ne pourrait pas être elle-même, qu'elle connaîtrait des frustrations et des agacements ; que, sans qu'on lui demande son avis, elle deviendrait la maman du commissariat. Elle s'y était préparée. Ce qu'elle n'avait pas anticipé, c'était d'être mise à l'écart. C'était quelque chose que les femmes faisaient. Elles vous excluaient d'un groupe ;

les femmes vous tournaient le dos et médisaient sur vous. Elle s'était toujours sentie mal à l'aise avec les femmes.

Les hommes, pensait-elle, étaient plus simples. Au lieu de quoi elle avait appris qu'eux aussi avaient leurs manières, plus subtiles, moins étudiées, mais tout aussi claires et impitoyables. Elle regarda Murph tirer une bouffée de sa cigarette, la braise rouge dans le matin gris. La même marque que son père avait fumée, le genre qu'on se passait chez le barbier, où lui et ses potes restaient longtemps après la fermeture. Nora se rappelait y être allée le chercher avec sa mère. Il y avait les hommes, affalés partout dans la boutique au décor argenté, bière et clope en main, l'air enfumé saturé de rires et de blagues douteuses. Ils cessaient toujours ce qu'ils étaient en train de faire ou dire quand Emma entrait. Peu importait le nombre de fois où elle-même y était allée boire une bière et chercher son mari pour le dîner, il y avait toujours comme un malaise, quelque chose sous la surface, sans que Nora ait jamais vraiment pu mettre le doigt dessus. Elle se demanda si c'était le prix à payer pour s'aventurer dans le monde des hommes.

Plus tard, elle s'était demandé si eux aussi ne s'étaient pas sentis envahis, s'ils n'avaient pas craint cette femme blonde qui pénétrait chez eux. Les codes et la politique du monde où elle évoluait étaient tellement flous que Nora avait parfois du mal à en démêler les fils. Ils s'emmêlaient, formaient des nœuds inextricables jusqu'à parfois emprunter des directions totalement opposées. Et toujours cette tension, le sentiment d'escalader une barrière ou de marcher en équilibre, à attendre la chute, que quelqu'un la pousse.

Elle aurait voulu demander à Murph pourquoi il ne la défendait pas. Toute plainte qu'elle pourrait émettre était à leurs yeux un signe de faiblesse, quelque chose à quoi l'épingler ; une réprimande venant de lui serait au contraire respectée. Qu'est-ce qui l'empêchait de le faire ? Pourquoi craignait-il tant de causer des remous ? Ça lui était donc égal ? Mon cul, aurait-elle voulu dire. Et va te faire foutre.

Mais ce n'est pas ainsi qu'elle avait été éduquée. Elle mordit donc l'intérieur de ses joues, qui brûlaient des frustrations ravalées depuis tant d'années, et répondit :

« OK, bien sûr. Tranquille. »

Murph éclata de rire et lui tapota l'épaule.

« Ça va aller. Ne laisse pas les garçons te mettre dans cet état ! Et maintenant, au boulot. Fais-moi faire un tour de la scène. Qu'est-ce qu'on a ici, enquêtrice-officier Martin ? »

Elle en revint au discours qu'elle connaissait, simple et direct :

« Un homme d'un certain âge a appelé ce matin vers sept heures. Il était sorti promener son chien. Il a dit qu'il aimait sortir tôt, même le dimanche, parce que les rues sont calmes et qu'il n'a pas à s'inquiéter de croiser d'autres chiens ou joggers…

– Compréhensible, interrompit Murph.

– Quoi ? Ah. Ouais. » Elle était encore fâchée, perturbée par son sermon. En outre, cela faisait des heures qu'elle se trouvait là, à interroger les témoins, appeler Murph et l'équipe scientifique, faire une inspection rapide des alentours. Son cerveau fatigué ne pouvait se concentrer que sur une seule tâche à la fois : patrouille, enquête, ou colère. Elle prit une inspiration, opta pour la retenue : « Il a dit qu'ils ne venaient pas souvent dans le coin, son chien et lui. Les odeurs, les poubelles, le chien part dans tous les sens et il n'aime pas devoir gérer ça.

– Quel genre de chien ?

– Une espèce de bâtard, croisé machin-truc…

– Évidemment. Comme tout le monde ici. Pour ma part, je ne comprends pas l'intérêt. Alors qu'un bon vieux chien de chasse…

– Murph. »

Seigneur, il est obligé de toujours tout commenter ?

« OK. Bon… le chien, peu importe la race, a senti quelque chose et tiré son maître jusqu'ici ? »

Se calmant, Nora se souvint de ce que son père disait. Murph ne se rendait probablement pas compte à quel point il la frustrait.

« Pas tout à fait. Il a vu un cerf au moment où ils quittaient leur jardin et s'est carapaté derrière lui. Ils habitent à Grandview, à environ huit cents mètres d'ici. L'homme lui a couru après mais s'est fait rapidement distancer. Il a pensé que le chien viendrait ici une fois qu'il renoncerait à pourchasser le cerf.

– Les restaurants, d'accord, fit-il en hochant la tête.

– Voilà. Donc il l'a suivi ici, et quand il l'a trouvé, le chien avait dans la gueule ce qui ressemblait à des restes humains. Des doigts, pour être exacte.

– Et une bonne journée à vous ! lâcha Murph avec un sifflement bas. Je parie que ça l'a réveillé pour de bon ?

– On peut dire ça comme ça.

– Tu as regardé ?

– Assez pour boucler la scène. J'ai jeté un coup d'œil sous le tas d'ordures et j'ai vu un morceau de veste et ce qui ressemble à un bonnet en laine. Mais je n'ai touché à rien. J'ai aussi examiné les restes. Ils sont incontestablement humains. En charpie. J'ai l'impression qu'ils ont… euh… nourri…

d'autres animaux depuis un moment. L'état de destruction plus les coléoptères semble indiquer que le corps se trouve ici depuis au moins plusieurs semaines. Il y aurait d'autres insectes s'il avait été frais et dépecé uniquement par le chien.

– Parfois tu me fais peur, la mioche. Bien. On va laisser faire l'équipe scientifique, qu'ils fouillent tout ça. On verra si tu as raison... On y va ? Je crois apercevoir Val, là-bas. »

Nora se frotta les yeux. Normalement, son boulot était terminé. Elle avait pris la déposition des témoins et noté leurs contacts ; elle avait bouclé la scène de crime et appelé les pros. Il était l'heure pour elle de rentrer. Aujourd'hui, c'est exactement ce qu'elle voulait : être chez elle. Elle était crevée et de mauvaise humeur ; tout lui était égal.

« Allez, insista Murph. Si tu veux te débarrasser de cet uniforme, il va falloir que tu te montres comme ma coéquipière. On y va. Tu dormiras quand tu seras morte.

– Je te déteste, tu le sais ?

– Bien sûr que je le sais. Et c'est en te sortant les doigts du cul que tu deviendras une meilleure enquêtrice. Ne me remercie pas. »

Il lui fit un clin d'œil et tourna les talons pour se diriger sur Val, qui se tenait près d'une tente bleue de fortune, analogue à celle sous laquelle Nora avait paressé il y avait moins de vingt-quatre heures. Avec un soupir elle lui emboîta le pas, décontractant son visage renfrogné.

Nora

Les nuages qui toute la matinée avaient retenu leur souffle dans leur ventre se mirent à crachoter sitôt que Nora et Murph sortirent de sous la tente, laissant Val discuter avec son équipe de la suite des opérations.

« Sympa. » Il scruta le ciel, bas et gris, une grosse langue venue lécher les immeubles en contrebas. « Eh, Val ! lança-t-il par-dessus son épaule. Je crois qu'il va falloir déplacer la tente de l'autre côté de la clôture… La pluie arrive. »

Elle leva le nez de ses notes. Nora vit sa bouche articuler quelque chose avec « merde » dedans, probablement « Bordel de merde ! », puis il y eut un branle-bas tandis qu'elle ordonnait à son équipe de soulever la tente et de la porter au bout de la ruelle sans déranger la scène.

Les deux enquêteurs s'écartèrent pour les laisser passer. Murph sortit une cigarette.

« Sérieux ? fit Nora.

– J'en ai juste pour quelques minutes, et puis on est loin du corps. Ne sois pas si rigide, Martin. » Il tira une bouffée. « Bon, parle-moi de ces coléoptères. Comment tu sais tout ça ?

– Mon père travaillait dans une ferme. Les animaux mouraient ; c'est lui qui nettoyait. Parfois il lui arrivait de ne pas retrouver une bête avant des jours, donc il devait décider s'il l'emportait ou s'il la laissait dans le champ. Les mouches, ça va, les asticots aussi, ça dépend de ce qu'on voit d'autre, mais quand les coléoptères étaient là, c'était le signe qu'il fallait laisser la bête sur place plutôt que la bouger. Elle ne ferait que se disloquer en morceaux, mettre plus de bordel qu'autre chose.

– Je vois… T'es un drôle d'animal, tu sais ? Pleine de surprises. Que Val ne t'entende pas, hein, elle essaierait de te voler pour sa propre équipe. Et garde toujours en tête que c'est moi qui t'ai trouvée le premier. »

Nora sourit.

Murph tira une dernière bouffée de sa cigarette avant de l'éteindre et de la remettre dans son paquet pour plus tard.

« Bon, ensuite ma deuxième question, poursuivit-il tandis que la fumée s'échappait en nuages de sa bouche, rendant sa voix pincée et ténue. C'est un test. S'il est ici depuis si longtemps, pourquoi personne ne s'est rendu compte de rien ? Pas d'odeur ? Personne ne l'a vu avant maintenant ?

– Au moins *une* personne l'a vu avant maintenant.

– D'accord, petite maligne. Réponds à ma question. Réfléchis. »

Nora examina la ruelle. Le gravier était épais, criblé de trous et de crevasses à certains endroits et couvert de mauvaises herbes à d'autres. Pas le genre de lieu où passait beaucoup de monde, du moins non motorisé. Elle suivit le chemin défoncé jusqu'à ce que ses yeux s'arrêtent sur la rambarde usée d'un escalier en bois tortueux. L'espace qui se trouvait dessous était envahi de mauvaises herbes desséchées, ainsi que par le tronc obtus d'un buisson de ronces. Le reste était jonché de cartons et palettes éventrés ; des fûts vides alignés tels des soldats blessés contre un mur.

« On est chez qui, d'ailleurs ? demanda Murph. Je ne m'y retrouve jamais, par ici.

– Le Blue Bell, répondit Nora en pointant les fûts. Et de l'autre côté il y a une librairie, en plus d'un salon de coiffure, je crois ? L'Hair du temps...

– Je ne me lasse jamais de leur créativité en matière de noms... OK, qu'est-ce que tu vois ?

– Je vois un endroit avec plein de recoins et de renfoncements où se cacher. Et plein de détritus derrière lesquels dissimuler quelqu'un. C'est proche de la route – cette clôture ne masquerait pas grand-chose à des oreilles indiscrètes, ni même à des yeux, si d'aventure on regardait par une fente, mais en choisissant le bon moment de la journée... » Elle leva la tête, vit des visages pressés contre une fenêtre à l'étage, des commères qui chuchotaient entre elles. En la voyant les regarder, elles lui firent un signe de main. Nora leva automatiquement la sienne et se mordit la lèvre, songeuse. « Ou même de l'*année*. Si je ne me trompe pas et que notre victime est là depuis au moins plusieurs semaines, c'était peut-être l'hiver quand on l'a laissé ici. On a eu du sale temps en février, même en mars. Personne ne se sera trouvé dehors pour entendre quoi que ce soit, tout le monde était calfeutré chez soi. L'odeur aura été facile à masquer. Le froid aura fait le gros du boulot. En plus d'éloigner les insectes. Et si quelqu'un a remarqué quelque chose, il aura probablement pensé que l'odeur venait du container à ordures juste là. Avec une telle météo, ça n'aura senti qu'un jour ou deux. La puanteur aura disparu avant même qu'on se demande si c'était juste les poubelles. »

Elle lança un coup d'œil sur sa gauche, où, une cinquantaine de mètres plus loin, trônait un énorme bac à ordures vert. Une question lui traversa l'esprit : Est-ce le container qui a avalé Mark Dixon ? La pensée la fit frémir. Elle se tourna vers le personnel de la boutique, encore massé derrière la minuscule fenêtre. L'un d'eux avait-il vu quelque chose ?

Murph suivit son regard.

« Des vautours. Bon, allons voir si Val nous laisse pénétrer dans son antre, on aura une meilleure idée de ce à quoi on a affaire. »

C'est alors que débuta le rituel d'investigation. L'équipe scientifique s'égailla à l'entrée des deux enquêteurs, pour aller photographier la ruelle et récupérer instruments, sachets et carnets de notes dans la vieille Chevrolet de Val. Celle-ci les regarda s'éloigner avant de se tourner vers Nora et Murph.

« On n'a pas beaucoup avancé. Juste assez pour le dégager. Oui, je crois qu'il s'agit d'un homme. Difficile à dire vu son état de décomposition. Il va falloir analyser le squelette et des échantillons de cheveux pour s'en assurer, mais il porte des vêtements masculins, et la pointure des bottes concorde. Allez-y, penchez-vous et jetez un œil. Il nous reste encore du temps avant l'arrivée du légiste.

– Avec cette pluie, mes vieux genoux ne tiendront pas », dit Murph.

Ce fut donc Nora qui s'accroupit sur ses genoux fatigués, et qui de ses yeux tout aussi fatigués examina la piteuse mort devant elle. L'homme se tenait replié contre la clôture, le dos arqué, les bras serrés contre la poitrine, les jambes tordues et enchevêtrées l'une dans l'autre. Elle en déduisit que son visage était pressé contre la poussière et le gravier de la ruelle. Ses vêtements, usés par les intempéries, étaient froissés. Des morceaux de veste s'émiettèrent lorsqu'elle les toucha de sa main gantée. Ce qu'il lui restait de cheveux pendait en mornes ficelles ; difficile de deviner la couleur et la texture qu'ils avaient eues de son vivant. Tout chez lui paraissait fondu, flou. Une créature qui fait corps avec la terre.

Nora leva la tête et vit un autre corps, recroquevillé dans le mur, ses cheveux blonds clairsemés dissimulant un visage figé dans la douleur. Alors qu'elle regardait, la fille se redressa, sortit de derrière une caisse de vin détrempée pour traîner aux abords de la ruelle, fouineuse, à l'affût, curieuse. Et autre chose… Satisfaite ? Nora fut parcourue d'un frisson.

Un immense poids s'abattit sur elle – les lémures, le corps, les heures qui s'étirent sans fin… Nora découvrit que son trop-plein d'émotions débordait de l'espace entre ses côtes. Son cœur piqua un plongeon raide, sauvage, elle détourna les yeux, prit une inspiration afin de se ressaisir.

Pour s'aider à redescendre sur terre, elle tira une question de sa poche :

« Personne n'a signalé de disparition ces dernières semaines, n'est-ce pas ?

– Non », répondit Murph.

Nora revint sur le cadavre.

« Qui es-tu ? »

Il demeura silencieux. Qui qu'il ait été, il leur faudrait le découvrir par eux-mêmes.

« C'est sûrement là que le chien l'a bouffé », dit Murph en se baissant à côté d'elle et en pointant la main de l'homme, où deux doigts manquaient.

La peau qui restait pendait en lambeaux déchiquetés autour de la blessure. Elle était grise, exsangue. Il n'y avait aucune odeur ; sa mort avait pris fin il y avait bien longtemps. La vision frappa Nora par sa tristesse. Quel genre de personne disparaissait sans que quiconque s'en inquiète ? Qui méritait de pourrir dehors, sous l'air brutal ?

Un coléoptère remonta l'os de la mâchoire, traversa le visage défait et s'enfouit dans les cheveux. Nora frissonna.

Dans son dos, elle entendait l'équipe scientifique qui furetait dans la ruelle. Pareils à des chiens, ils reniflaient partout, tous leurs sens aiguisés en vue d'indices visibles d'eux seuls. Une tache de sang, un fragment d'os, un minuscule bout de vêtement pris dans une arête tranchante... Ils arpentaient le gravier sur la pointe des pieds, à chuchoter entre eux, pointer du doigt et avancer, ou se baissant pour poser une affichette jaune numérotée. Il n'y avait pas grand-chose à trouver, pas après tant de temps, et bientôt Nora sentit qu'ils se rassemblaient derrière la tente. Leurs murmures l'égratignaient, urgents, impatients de fondre une nouvelle fois sur le cadavre allongé devant elle.

Elle se releva.

« On leur rend leur scène de crime ?

– Allons faire un point », acquiesça Murph, signifiant par là qu'il voulait finir sa cigarette.

La ruelle, adoucie par la pluie et le nuage de brume, les chuchotements étouffés des enquêteurs, s'était muée en univers de poche, fermé à l'intrusion d'éléments extérieurs. L'arrivée de la camionnette du légiste fit l'effet d'un cri.

Ils débarquèrent, stoïques et efficaces, leur brancard crissait sur le gravier. Val se précipita à leur rencontre dans une bourrasque de mains et de sourires mielleux qui fut noyée sous des ordres secs quant à la façon de soulever la misérable créature du sol. Les hommes la rassurèrent d'un hochement de tête et quittèrent la tente.

Leurs gestes étaient lents. Le corps était resté si longtemps dehors que ce qu'il en restait claquait et ondulait sous le vent qui s'engouffrait dans la ruelle. Le moindre faux pas et il s'émietterait entre leurs doigts. Nora les vit ciller et détourner un bref instant le regard du cadavre qu'ils berçaient.

Le corps exhala un faible soupir lorsqu'il fut allongé sur le brancard, l'ultime souvenir d'une vie s'échappait des poches où il avait été piégé depuis des semaines. Ou peut-être le soulagement, pensa Nora, d'avoir enfin été découvert. Elle s'avança plus près tandis qu'ils roulaient le brancard vers la camionnette et ferma soudain les yeux. Derrière elle, elle entendit la fille feuler.

Sa bouche, ultime tentative ou décomposition, était grande ouverte sur un gémissement vaste et caverneux. Tout au fond, là où aurait dû se trouver la langue, il n'y avait qu'un palais vide, nettoyé, la minuscule vertèbre chaloupant en direction du cerveau fondu.

Elle leva la tête vers Murph, soutint son regard.

« Sa langue. »

Il se mordit la lèvre et baissa les yeux sur l'homme qui se tenait tordu et rabougri devant eux.

« Rentre chez toi, Martin.

– Quoi ?!

– Rentre. » Il sortit encore une cigarette, l'alluma. « Je parle sérieusement. Tu as bossé toute la nuit, tu as fait ce qu'il fallait ici. Laisse-moi prendre le relais.

– Murph. C'est peut-être rien du tout… c'est peut-être les animaux ! Ça fait si longtemps qu'il est dehors, il y a des tas de raisons pour lesquelles il pourrait ne plus avoir de langue…

– Martin. » Il souffla un nuage de fumée. « Je sais que tu ne crois pas un instant qu'un animal a pris la langue de cet homme.

– Euh, non, mais… »

Nora se figea. Une vague d'adrénaline la parcourut. Un autre corps, un autre homme sans langue.

« Écoute, si tu veux prendre ma place, j'ai besoin de savoir que tu sais *quand* faire une pause. Tu ne vas pas te tuer à la tâche, pas quand je suis de service. Tu as fait ce que tu pouvais ici, aujourd'hui. Rentre à la maison et repose-toi. Je te tiendrai informée demain.

– Ce soir. »

Il soupira.

« D'accord. Et maintenant, va embêter ton fiancé, ou qui tu veux. »

Elle jeta un dernier regard par-dessus son épaule, une fois ôtées ses surchaussures, juste avant de quitter la scène.

Murph était penché sur le corps, le visage blême et tiré.

Nora

Dan était sur le canapé à son retour chez elle, emmitouflé dans une couverture, l'image même d'un scarabée géant dans sa chrysalide. Nora alla prendre une douche.

« Je suis mort », dit-il quand elle sortit de la salle de bains.

Elle s'assit à côté de lui sur le canapé, posa sa tête sur ses genoux.

« Tu as juste besoin de te réhydrater et d'une bonne nuit de sommeil.

– Pas avant de voir si Kyle et Lisa se chopent.

– Hein ? » Elle regarda l'écran de télévision, où deux femmes étaient attablées l'une en face de l'autre, un vaporeux motif floral rose et du linge de table blanc immaculé dévorant l'espace entre elles ; deux coupes de vin étincelaient sous le soleil californien. « Oh. Probablement que non. Est-ce que ça arrive jamais ?

– Justement, tout est là, bébé. C'est presque une tragédie shakespearienne.

– À tous les coups. »

Elle lui caressa les cheveux jusqu'à ce qu'il s'endorme, ronflant légèrement. Sur l'écran, un groupe de femmes se piaillaient dessus. Quelqu'un jeta un verre. Nora sentit son esprit s'embrumer, tirer le rideau derrière ses paupières mi-closes.

Une amie

« Alors ça, pour une surprise ! Que me vaut ce plaisir ? »

Sophie Braam sourit, faisant glisser un verre d'eau sur le comptoir en direction de Nora, qui se hissa plus gauchement qu'elle ne l'aurait voulu sur l'un des confortables tabourets du bar. À cet instant, un petit bout de femme, silencieuse comme un murmure et tout aussi menue, pressa une carte de boissons contre ses doigts. Nora se tourna pour la remercier, mais la fille était déjà retournée se poster à son pupitre près de la porte.

« Rien de personnel. » Sophie pêcha la question que n'avait pas formulée Nora hors de l'éther. « La pauvre gamine a rompu avec son petit ami ce matin. » Elle se pencha en avant, un coude sur le bar, dans une pose de conspiration amicale. « À l'église, en plus. À ce qu'il paraît, elle l'a trouvé au fond de la chapelle, après la messe, en train d'en embrasser une autre. Gros scandale…

– Ça m'en a tout l'air. »

Nora tourna la tête derrière son épaule pour regarder la fille, qui avait sorti son téléphone et en pianotait furieusement les touches, tout en essuyant ses larmes.

« Premier amour, soupira Sophie. Tout fait plus mal à cet âge.

– Oui, je me rappelle le mien. *Seigneur*. Shawn Joyner. Tellement mignon. Tellement… craignos. » Nora pouffa. « Ce que j'ai pu souffrir quand ça s'est terminé… Et puis j'ai rencontré Dan.

– Où est-il, d'ailleurs ? Au boulot ?

– Si seulement… Tout plutôt que ce qu'il subit en ce moment. Non, Dan souffre juste d'un mauvais cas de frousse dominicale…

– Excuse-moi, il souffre de quoi ? » demanda Sophie, un sourcil haussé en un arc délicat.

Nora se renfonça dans son siège.

« Tu n'as jamais entendu parler de la frousse dominicale ?

– Euh, je dois avouer que non.

– Il a la gueule de bois. Trop fait la fête hier.

– Comme nous tous. On est tous au ralenti, comme tu peux voir », dit Sophie avec un geste ample du bras qui engloba presque toute la salle, les deux serveurs avachis contre des dossiers de chaise comme deux énormes papillons de nuit, les yeux morts d'ennui. Lorsqu'elle revint sur Nora, ses yeux noirs se firent perçants, des fléchettes. « Mais toi, tu as l'air en vie.

– J'ai dû travailler ce matin, répondit Nora.

– Je pensais que tu avais ta journée ?!

– Je l'avais, mais on m'a appelée. Comme je me doutais que ça arriverait, j'ai arrêté de boire tôt hier. À peu près au moment où on s'est croisées.

– Merde, ça craint. Me dis pas que toi aussi tu étais dans la ruelle un peu plus tôt ? C'est pour ça qu'on t'a fait venir ? »

Sophie se baissa sous le bar. Nora entendit du verre tinter, bocaux et bouteilles qui s'entrechoquent.

« Pas précisément pour ça, mais oui, c'est moi qui ai pris l'appel.

– Putain. Ça me fout les jetons. Dire que tout ce temps il était là, et personne n'a rien remarqué. Vous avez une idée de qui c'était ? »

Sophie se releva, et Nora eut la soudaine impression qu'elle l'étudiait. Elle essuya ses yeux fatigués du dos de sa main.

« Eh bien, non. Il n'en restait pas grand-chose, si tu veux tout savoir. Mais Murph pense qu'il s'agissait peut-être d'un certain Trent Gibson. Un SDF. Il traînait parfois dans le coin.

– Oh oui, je connais Trent. »

Sophie, occupée à verser quelque chose dans un bocal, leva la tête pour regarder Nora en face. Ça aurait pu être un effet de la bougie se reflétant sur le shaker, mais Nora crut voir dans les yeux de Sophie une lueur qui lui fit une impression… *mauvaise*. C'est le seul mot qui lui vint à l'esprit. Elle jaillit de quelque recoin obscur à l'intérieur d'elle, comme une lampe qui oscille tout au bout d'un tunnel, rompit d'un bref éclat la surface liquide de son œil et disparut aussi vite qu'elle était apparue. Elle soutint un instant le regard de Nora, avant de baisser la tête et de se remettre à sa tâche : rouler le bord d'un verre dans une assiette remplie de sel, ses mains tenant le pied avec prudence et délicatesse.

« Ah oui ?

– Ouais, je connais Trent depuis longtemps. Tous ceux qui bossent dans le coin le connaissent. Il suivait les filles jusqu'à leur voiture après le boulot, nous demandait s'il pouvait nous serrer dedans…

– Hein ?

– Oui. Mais on s'est toujours dit qu'il était inoffensif. Maintenant que j'y pense, en fait, ça fait plusieurs semaines que je ne l'ai pas vu. J'imagine que j'avais pensé qu'il avait trouvé un endroit chaud où passer l'hiver... Une année, il est allé jusqu'en Californie, Oakland, il m'avait dit. Il était revenu carrément bronzé ! Une vie de bohème, quoi. On ne sait jamais où ils vont atterrir. Je crois que je l'enviais un peu.

– D'avoir froid et faim, de se prendre la pluie en pleine face ? fit Nora.

– OK, je l'enviais en théorie, répondit Sophie en posant un verre devant Nora.

– Qu'est-ce que c'est ?

– Ton lot de consolation, pour être la responsable de la bande... Une recette que je me suis amusée à créer. »

L'attaque était merveilleusement salée, une morsure qui gifla légèrement le visage de Nora, la fit se redresser sur son tabouret. Un bouquet d'agrumes frais, citron ou pamplemousse, pensa Nora, adoucissant le milieu de bouche, illuminant le sel, écartant son poing de sa langue. L'agréable sensation d'être seule au bord d'un océan ensoleillé, à regarder l'écume aller et venir sur ses pieds. En fond, il y avait une note musquée sur laquelle elle ne put mettre le doigt. Pickles ou olives, un goût avec de la matière, une mare résiduelle fraîche que masquait le rivage écrasé de soleil. Elle ferma les yeux, se sentit sombrer dans le tabouret rembourré.

« Alors, je le mets sur ma carte d'été ? »

La voix de Sophie, un rayon de soleil sur son océan de cocktail.

Nora but une autre gorgée avant de répondre.

« Je ne suis pas une experte en la matière, mais je vote oui. Pour une belle et chaude soirée en terrasse... parfait.

– Eh ! Ma promise ! »

Un homme en tablier sortit d'un coin qui devait mener à la cuisine, réalisa Nora. Son visage était cramoisi et un voile de transpiration couvrait son front dégarni.

« Excuse-moi », dit Sophie, le soleil dans sa voix s'assombrissant.

Nora les regarda. Sophie debout les bras croisés, un bouclier contre le torrent furieux de l'homme qui agitait à présent un ticket sous son nez. Il le frappait du doigt, fort, pour se faire bien comprendre. Nora crut voir sa bouche cracher les mots « manager » et « Lindsey ». Il pointa du doigt la jeune fille à son pupitre, qui pleurait encore sur son téléphone, puis deux autres serveurs, qui avaient soudain trouvé quelque chose de très intéressant à faire dans la salle. Sophie, elle, gardait son calme, hochant occasionnellement la tête, mais autrement aussi immobile qu'un chat tapi dans l'herbe. Nora connaissait ce regard ; elle-même avait souvent revêtu ce costume. C'était le regard d'une femme qui sait se retirer loin dans sa tête, qui a laissé durcir le creux cocon de sa peau jusqu'à en faire un punching-ball.

Au bout de quelques minutes, l'homme se tut et retourna dans la cuisine, apparemment satisfait de la réponse qu'on lui avait donnée. Sophie revenait vers le bar quand elle fut interceptée, cette fois par un des deux serveurs dans la salle. La fille l'entraîna devant l'un des ordinateurs, les yeux écarquillés, les mains tordues. À quelques mètres, une famille vibrait de colère à une table. Les mains de Sophie s'envolèrent de ses hanches, deux araignées pianotant furieusement sur l'écran. Elle imprima quelque chose qu'elle tendit à la serveuse confuse et se dirigea vers la table, son masque agrémenté d'un doux sourire à présent, un hochement de tête exprimant la plus sincère sollicitude pour l'homme assis à la table, lequel se mit à l'engueuler pour on ne savait quelle injustice subie au cours de son repas.

Nora but encore une gorgée du cocktail, laissa l'océan l'attirer de nouveau sur son rivage.

« Désolée pour ça », dit Sophie lorsqu'elle revint derrière le bar, quelques minutes plus tard.

Aux yeux de Nora, elle ressemblait à un ballon à moitié dégonflé, étiré, usé et froncé, cependant la lueur dans ses yeux était revenue, d'un éclat plus lumineux et acéré ; le genre d'acier que les femmes trouvaient caché dans leurs os. Nora l'avait déjà vu, qui étincelait dans la lumière de son gyrophare ou qui brillait sous l'écran fluorescent d'une chambre d'hôpital…

« Aucun problème. Tu avais l'air d'avoir pas mal à faire. »

Sophie but une gorgée d'un gobelet en plastique dissimulé sous le comptoir.

« Les aléas d'être la responsable de la bande, hein ? Se faire chier sur la gueule par tout le monde sans être payée pour. J'adore. Merci, Ty.

– Qu'est-ce qui s'est passé ? »

Sophie versa le reste de son gobelet dans l'évier et soupira de frustration.

« C'est juste un soir calme. Les serveurs s'ennuient à crever, et si je suis trop derrière eux pour qu'ils fassent leur boulot je me fais traiter de salope. Et, pour être honnête, il n'y a pas grand-chose à faire un dimanche soir. Le réassort est fait, et on a nettoyé autant que faire se peut en présence des clients. C'est plus facile de les laisser discuter entre eux plutôt que les obliger à avoir l'air occupés. Donc ils font des erreurs stupides parce qu'ils s'ennuient, et moi je me fais hurler dessus par la cuisine parce que je n'ai rien à voir là-dedans. Et mon hôtesse d'accueil, bah, franchement, je suis juste contente qu'elle se soit pointée ce soir, donc je ne vais pas lui gueuler dessus, même si le chef pense que c'est ce que je devrais faire... En plus ce n'est même pas mon job. Mais Ty se met en congé dès que ça lui chante, en l'occurrence quand il est en gueule de bois comme aujourd'hui. Je suis la seule ici à avoir assez d'ancienneté pour qu'on me confie la salle, donc je me retrouve à devoir jouer les manageuses par des soirées comme celle-ci. Ils adorent en faire des caisses, comme si avoir les codes de l'ordinateur ou les clés était une espèce de Graal. Mais est-ce qu'on va me payer pour ça ? Tu parles. » Elle prit le temps d'une respiration. « Désolée. Putain. Je suis la barmaid. C'est *moi* qui devrais t'écouter te plaindre, pas l'inverse.

– Je sais exactement ce que tu ressens, soupira Nora. Je navigue entre deux services au travail, donc ça me tombe dessus de tous les côtés. Les mecs croient que je leur vole leur boulot, et Murph, Dieu le bénisse, est une vraie pipelette qui me casse les oreilles toute la journée. La moitié du temps je suis en patrouille, ensuite je me retrouve à la crim', où je voudrais être à plein temps, et où j'ai initialement été embauchée, de toute façon. Je sais qu'ils n'ont pas les moyens pour ça pour l'instant ; Murph a des décennies d'expérience, et on manque de personnel, sans compter qu'on n'arrête pas de réduire notre budget, donc c'est juste pas le bon moment. Mais je commence sincèrement à en avoir plein le dos. Et voilà qu'aujourd'hui on me fait bosser pendant mon jour de congé, ce dont j'étais sûre, je *savais* qu'il faudrait que j'y aille, parce que j'ai vu Cruz complètement bourré hier... Donc oui, je sais ce que tu ressens. Vas-y, balance ton fiel.

– Tu bosses demain ? demanda Sophie, sa voix ouverte, une invitation.

– Dieu merci, non. Pourquoi ?

– Je termine dans... » Elle jeta un coup d'œil à sa montre. « ... environ une heure. Pas grand-chose à nettoyer ce soir. Tu veux passer à la maison ? J'ai quelques bouteilles ici dont la date de consommation est dépassée, j'allais les ramener chez moi pour les boire, mais je serais très heureuse de partager. Ça fait longtemps que j'ai pas fait une soirée entre filles. À moins que tu ne sois fatiguée. Je sais que ta journée a été longue. D'ailleurs, tu es la bienvenue sur mon canapé. »

Nora réfléchit. La journée avait effectivement été longue, mais est-ce qu'elles ne l'étaient pas toutes ? Puisque Dan était déjà endormi, qu'est-ce qu'elle allait faire, si elle rentrait chez elle ? Regarder des conneries à la télé ? Elle croisa le regard de Sophie et, l'ombre d'un instant, crut voir un remous sous la surface de son visage. Presque un bourdonnement. Sophie sourit, et Nora réalisa qu'elle était probablement juste tout excitée de rencontrer une amie, si désormais elles pouvaient se qualifier ainsi. Elle aussi la ressentait, l'excitation de trouver un esprit avec lequel ça matche. Nora n'avait pas beaucoup d'amies filles, chacune d'elles était donc un cadeau à conserver précieusement.

Elle lui rendit son sourire.

« Non, ça a l'air super. Enfin, je suis fatiguée, c'est vrai, mais j'ai fait une sieste tout à l'heure. On fait comme ça. Mais avant que tu fermes, il faudrait peut-être que je mange un bout, et... désolée d'être chiante, est-ce que je peux avoir encore de l'eau ? C'était délicieux… ajouta-t-elle en tapotant le bord de son verre à cocktail, mais encore un et je roule sous la table. Au fait, comment tu l'as appelé ? »

Sophie se pencha sur le bar, ses yeux une plaisanterie complice, une poignée de main amicale.

« Homme en larmes »…

Une anatomiste

Fruits, jus, glace, sirops, saumure : voilà ce qui forme l'épine dorsale d'un bar. Je la reconstruis tous les jours. D'abord, la base, la glace sacrée, que je verse seau après seau dans l'étincelant gosier de mon puits. Le secret dans un bar est de tout maintenir au frais ; ralentir autant que possible la dégradation des fruits, empêcher les jus de tourner, garder l'alcool glacé et givré dans le verre à shot. Un bar est toujours en état de guerre, contre le pourrissement et la décomposition, contre les nuages boursouflés de moucherons qui s'enfouissent dans tout ce qui est chaud et noir. Nos moyens de conservation doivent être parfaits, quoique cela se fasse au détriment des doigts. Après des années à travailler, je ne rechigne plus à plonger mes mains dans un seau de glace, pour y repêcher une bouteille de bière ou chercher ma cuillère à glace. Au bout d'un temps, la douleur s'efface.

Gravissons ensemble les marches de cette échine, érigeons-la. Voici les jus, fraîchement pressés ou servis d'une brique de Minute Maid ; chacun dans sa propre bouteille, une rasade verte pour le citron vert, rouge pour la canneberge, jaune pour le citron. Le sirop, nous le conservons dans une bouteille en plastique, avec ses sœurs, les liqueurs de fruits rouges ; le pamplemousse et l'ananas restent dans leurs conserves, enfermés dans l'obscurité bourdonnante d'un réfrigérateur. À leur côté sur la clayette, à ne servir qu'aux femmes au foyer d'âge mûr et aux jeunes milléniales désireuses de jouer la provoc', repose la vertèbre cervicale de cette colonne : le bocal de saumure.

Rien de plus simple. D'abord, construire un océan : sel et eau. Le sentez-vous ? Ce sable dans votre bouche quand une vague vous entraîne au fond.

J'utilise un bocal d'un litre, la taille de deux pintes, assez grand pour que je ne vienne pas à en manquer par une soirée de forte affluence, mais pas assez pour que la mixture se gâte avant que j'aie pu la finir. Pourquoi ne pas utiliser la saumure des olives en bocal ? je vous entends demander. Ce serait la solution la plus simple. Sauf que ces bocaux font deux fois la taille de ma tête et prendraient des mois à terminer. Main après main après main qui plongent dans le liquide, à extraire des poignées d'olives, à y déposer peau et crasse, les résidus divers et variés de la vie cellulaire. Porter un gant ? Ça ne vaudrait guère mieux. Le jus tournerait quand même, après des semaines d'exposition à l'air, assailli par des mains, remué, agité, versé. Incontrôlable. Négligent. Pensez-vous vraiment que je sois ce genre de personne ?

Le secret d'une saumure réside dans l'équilibre du sel, de l'eau, et de l'air. De même qu'une lame, elle possède un tranchant, un point de perfection. Trouvez-le. Gardez-le sur le bout de la langue.

Sel, eau, encore du sel, et quand vous pensez en avoir fini, ajoutez-en encore. Suffisamment pour y faire flotter une olive ou un morceau de céleri. Suffisamment pour qu'il s'immisce dans les bactéries qui imagineraient faire de votre terrarium aquatique leur logis ; qu'il y rampe et les ouvre en deux, jusqu'à leur déchirer la bouche. Il n'y a nulle place pour la vie dans la saumure, nul espace où laisser la levure s'empiffrer, à moins que vous ne vouliez un agglomérat visqueux et puant. Un bocal de saumure est silencieux ; un bocal de saumure retient son souffle et, les yeux mi-clos, trempe un doigt dans votre cocktail.

On peut conserver plein de choses dans la saumure. Dans le jargon du métier, nous aimons lui donner les noms Fait Maison ou Artisanal. Joli, non ? Dans ma Saumure Artisanale il y a des olives, bien sûr, pour les martinis secs en diable. Du céleri pour les bloody mary. Ou bien des concombres, des câpres, pour qui aime ça ; nous, dans le Sud, préférons les okras. Plongez-les quelques minutes dans le sel, le temps de servir une tasse de thé ou de couper des quartiers de citron. Cela ôtera l'excédent d'eau, gardera le croquant et la fraîcheur des légumes, les empêchera de polluer la solution. Essuyez la croûte de sel quand vous avez fini.

Enfoncez-les dans le bocal, autant que vous pourrez. Le truc c'est de les submerger entièrement. L'air est votre ennemi. L'air c'est le souffle, et le souffle c'est la levure et les déchets, un caillage au goût aigre à l'intérieur des joues.

Avant de m'en aller pour la nuit, j'y dépose la langue. Celle que j'ai tranchée au pauvre garçon au nœud papillon tandis qu'il gisait sous mes pommiers. Je l'enfonce à l'aide du manche d'une cuillère, où elle ira tenir compagnie à la langue de l'homme dans la ruelle et à celle, à présent loqueteuse et blême, de Mark.

Ce printemps-là, je décidai de créer une nouvelle boisson, une variation d'un classique, la margarita. Je l'ai nommée

« homme en larmes ». Tequila, citron, quelques gouttes de pamplemousse, une rasade de ma saumure spéciale. À servir aussitôt dans un verre glacé. Une larme de citron pour ensoleiller le tout. Le nom à lui seul suffira à le rendre populaire.

Maintenir à l'abri de la chaleur et de la lumière. Se conserve un mois.

Nora

Cela faisait si longtemps que Nora n'avait pas passé une soirée à rigoler sur un canapé avec une amie qu'elle avait presque l'impression de commettre un délit. Comment le temps avait-il filé si vite ? C'est avec cette pensée qu'elle se renfonça dans l'épais accoudoir du canapé extra moelleux de Sophie ; leurs jambes emmêlées sur le coussin central, des verres de vin à moitié bus entre leurs mains. Ce n'était pas qu'elle n'avait pas d'amis. C'était la vie, simplement. Le travail. Les époux et la famille, le passage régulier des jours jusqu'à ce qu'elle lève la tête et se retrouve isolée dans une nouvelle ville, avec des hommes pour seule compagnie. Elle ne s'était pas rendu compte combien les femmes lui avaient manqué jusqu'à ce qu'elle rencontre Sophie.

« Il fait chaud ici, non ? Je vais ouvrir la fenêtre. »

Sophie, qui était en train de rire à propos de ce qu'un client lui avait dit, se leva avec prudence du canapé et se dirigea vers la fenêtre en baie située à quelques mètres, où une poignée de fleurs blanc ivoire saillaient d'un pot en argile. Elle les écarta délicatement et souleva le vieux panneau, qui grinça et émit une plainte, frissonnant sous l'assaut ; la pièce s'emplit du chant des grenouilles.

« J'adore le bruit des rainettes, pas toi ? dit Sophie en se réinstallant à son bout du canapé.

– La maison est si belle, Sophie. Tu en as de la chance, de vivre ici », soupira Nora.

Elle essayait de boire lentement, mais le vin ne lui montait pas moins à la tête.

« Crois-moi, je le sais. Tiens, aide-moi à finir la bouteille. » Sans attendre sa réponse, elle divisa ce qu'il restait de rouge entre leurs deux verres. « Santé, miss. »

Refuser aurait été impoli.

« Santé. »

Sophie reprit le fil de la discussion :

« Je n'arrive pas à croire que ma mère n'ait pas voulu de la maison, mais j'étais ravie de la reprendre. Ça fait des générations que cette petite ferme est dans la famille. Depuis les années 1700, je crois ? Quelque chose comme ça. Des voyous irlando-écossais venus jusqu'au bout du monde pour voir ce qu'il y avait à y faire. Comme tout le monde dans le coin. Classe moyenne.

– Ma famille aussi », renchérit Nora. Devinant la question dans les yeux de Sophie, elle expliqua : « Ma mère. Elle a aussi du sang allemand, je crois. Mais qui sait. Je suis une bâtarde.

– Comme nous tous. Tout le truc est là, non ? Notre sacro-saint "melting-pot". Tous ces immigrés partis en quête du soi-disant rêve américain.

– Tous n'étaient pas des immigrés.

– Non, dit Sophie, ses yeux plus ronds que sa voix. Non, je suppose que tu as raison. »

Les deux femmes restèrent silencieuses un moment, avec pour seul bruit le chant d'amour de mille rainettes printanières dans la nuit. Nora aurait voulu s'écarteler la bouche, y enfoncer son pied. Elle se demanda si un mur allait se dresser entre elles maintenant, comme cela arriverait un jour, lorsque les ossements putréfiés de ce bel endroit sailliraient de leur tombe.

« Je peux te poser une question ? » fit Sophie.

Ses yeux dans la pénombre du salon étaient noirs et impassibles, comme la surface d'un lac profond en été ; peu importe qu'il soit immobile et plat, il y a toujours la promesse, la menace, d'une chose tapie dessous.

« Balance.

– Tu es flic. Pourquoi ? Je regarde les infos. J'écoute. Pardonne-moi si je fais une boulette, mais… OK, c'est une boulette… »

Elle cala son verre dans le canapé, leva les mains dans un geste de défaite.

Nora but une longue gorgée de vin. Ce n'était pas la première fois qu'on lui posait la question, elle n'était donc pas choquée de l'entendre, mais la réponse était toujours délicate. Une telle question n'était jamais anodine ; personne ne la posait sans attentes. Cette amitié naissante était précieuse à Nora ; elle voulait faire attention où elle mettait les pieds.

« Sais-tu que pendant la Reconstruction la Virginie fut un des États sudistes qui connurent le nombre de lynchages le plus bas ?

– Je ne le savais pas.

– Pourtant c'est le cas. » Elle termina son vin, mit le verre de côté. Le chant des rainettes enfla autour d'elles. Nora attendit qu'il atteigne son paroxysme et se dissolve pour rejoindre le chœur de cigales qui s'élevait en arrière-fond, avant de reprendre : « Ce n'était pas par amour altruiste pour le peuple noir. Pas non plus par moralité ou décence. C'est parce qu'elle se servait des tribunaux : les juges, les prisons, les flics, ils arrêtaient des innocents sur des accusations bidon... et les exécutaient *légalement*. Ainsi la Virginie avait-elle l'air propre alors qu'elle faisait le même sale boulot.

– Merde. J'en avais aucune idée, dit Sophie.

– Comme la plupart des gens. Une fois entrée à l'école de police, j'ai appelé mon frère, il habite à Washington DC, et tu sais ce qu'il m'a dit ? » Sophie patienta, les yeux fixés sur Nora. « Il a dit qu'il était heureux que je porte l'uniforme, qu'il y aurait au moins un flic sur la route dont il n'aurait pas à avoir peur quand il viendrait à la maison. Ça m'a brisé le cœur. Et mise en rage. Je veux vivre, j'ai besoin de vivre dans un monde où ce genre de conversation n'existe pas. »

Pour la deuxième fois cette nuit-là, la pression barométrique de la maison sembla chuter. Nora lança un œil pardessus l'étendue de jambes et de coussins qui les séparait et s'aperçut que les yeux de Sophie étaient aussi immobiles et noirs qu'un peu plus tôt, un lac qui s'est retiré en attente de l'orange. Celle-ci pinça les lèvres, pencha la tête de côté.

« Donc tu répares les choses. »

Dans d'autres bouches, ses mots auraient pu être une accusation ou une blague.

Nora haussa les épaules.

« Le monde a besoin d'être réparé. Pas juste les flics, tout. La violence, les morts, la perte d'espoir que je vois chez les gens. »

Sophie resta silencieuse une minute, les yeux fixés sur son vin qu'elle faisait tournoyer dans un sens, puis dans l'autre, ses gestes lents, pensive. Lorsqu'elle releva finalement les yeux, le puits sans fond de ses yeux était revenu à la vie, rayon de soleil qui joue sur les ondulations de l'eau.

« J'admire ça, les gens qui agissent pour résoudre un problème. Trop d'entre nous ne font que se plaindre et se plaindre encore, sauf que personne ne veut se salir les mains. Mais comment changer quoi que ce soit si on n'est pas prêt à se battre ? Non ? J'aime penser que je résous les problèmes, moi aussi. » Elle finit son verre d'un trait. « Un autre ?

– C'était ça, le problème ? Un verre vide ?!

– Si j'en crois mes clients, oui. »

Nora éclata de rire.

« Bien sûr. Mais non, merci. Je prendrais volontiers un thé, si tu en as. Et peut-être un verre d'eau. Il faudrait que je dessaoule un peu avant de reprendre le volant.

– Oh, ça va, tu es à peine éméchée, comparée à la moitié des conducteurs qui rentrent chez eux en ce moment même. »

Elle se leva du canapé et prit le verre vide des mains de Nora.

« C'est précisément ce qui m'inquiète.

– Pas faux. Va pour un thé, donc… » Sa voix résonna alors qu'elle entrait dans la cuisine. Nora entendit du verre tinter contre le fond métallique d'un évier, le jet d'eau qui fusait d'un robinet. « Bon, parlons d'autre chose… Comment as-tu rencontré Dan ? Je ne crois pas que tu m'aies raconté cette histoire.

– Pfff, je ne suis pas sûre que tu veuilles vraiment le savoir, pouffa Nora.

– Mais si, je veux. »

La théière fut remplie et posée sur la gazinière.

« Seulement si tu promets de ne pas rire…

– Promis juré.

– Eh bien, commença Nora, c'est gênant, mais en gros, notre vie c'est une chanson de country. Mon père travaillait, et travaille encore, dans une grosse ferme de l'autre côté de la montagne. Chevaux et bétail. Foin en été. Et Dan s'est pointé un été, juste avant sa troisième année de fac. Nous avions fréquenté le même lycée, mais il était plus âgé que moi et on évoluait dans des cercles complètement différents, donc nos chemins ne s'étaient jamais vraiment croisés…

– Et ?

– Je travaillais à la ferme le matin pendant l'été. Il me disait bonjour, m'aidait à nettoyer le crottin ou à sortir les chevaux, mais en toute honnêteté je crois qu'il avait peur de mon père. Pendant les deux premières années, il m'a à peine parlé.

– Dans le coin, y a pas un mec qui ne flippe pas en pensant au papa d'une fille. »

La théière se mit à bouillir. Le début d'un sifflet jaillit de son bec.

Nora rit.

« Ouais… je sais pas. Un jour, on a juste commencé à parler… et on ne s'est jamais arrêtés.

– Je suis sûre que l'histoire ne s'arrête pas là, elle non plus. » La théière gémissait, à présent. Sophie la retira du feu ; Nora l'entendit sortir une tasse d'un placard. « Ou alors c'est une chanson de country carrément chiante. Thé noir, vert, ou menthe ?

– Menthe, s'il te plaît. » Nora ignorait comment expliquer la manière dont sa curiosité passagère pour le garçon au doux sourire s'était muée en autre chose. « S'il fallait que je choisisse un moment, je dirais que ça a réellement commencé quand il m'a trouvée en train d'essayer de vider un abreuvoir de son eau. Il était lourd, presque plein, mais comme une des vaches avait chié dedans il fallait le nettoyer. Près de quatre cents litres d'eau, et moi qui faisais tout mon possible pour renverser le truc… Tu as déjà essayé ?

– J'ai soulevé des fûts, donc j'ai une petite idée, dit Sophie en revenant dans la pièce, la tasse fumante pour Nora à la main.

– Merci… Et donc, Dan m'a vue batailler et il est venu me donner un coup de main. »

Pour la première fois, ce jour-là, elle avait noté les taches de rousseur sur son nez, essaimées jusque sur ses joues. Ainsi que les marques de bronzage sur ses bras, qui dépassaient de sous ses manches quand il bougeait.

Il l'avait aidée à tout jeter et laver, puis il était resté assis avec elle sur cette clôture noire écaillée à regarder l'abreuvoir se remplir, le tuyau crachant l'eau en jets paresseux. Ils s'étaient embrassés pour la première fois une semaine ou deux plus tard, à ce même abreuvoir, tous les deux trempés jusqu'aux os et souriants après une bataille au tuyau d'arrosage qui avait pris une dimension épique. Et c'était tout, ils n'avaient plus jamais regardé en arrière. Le lien qui les unissait était simple, né dans l'enfance, il n'y avait rien de chaotique, rien de compliqué. Ça fonctionnait.

Sophie haussa un sourcil.

« La plupart diraient que c'est mignon, naturel. Tu étais la demoiselle en détresse, il est arrivé sur son cheval blanc. »

Nora se sentit rougir sous le poids des mots de Sophie, l'accusation qu'elle percevait sur le bout de sa langue.

« On peut dire ça comme ça, je suppose. Mais… enfin, je

savais que j'aurais pu venir à bout seule de cet abreuvoir, mais il voulait se rendre utile. Il est comme ça… gentil.

– J'ai du mal à croire que les hommes soient gentils.

– Tous ? Et ton père ? »

Sophie rit, un aboiement bref et aigu, avant de porter une main à sa gorge.

« Excuse-moi, tu m'as prise au dépourvu. » Elle réprima un toussotement. « Mon père est parti il y a longtemps. J'imagine qu'il s'est lassé de nous. Il a fondé une nouvelle famille ailleurs, je ne sais pas où, je ne les ai jamais rencontrés. Je ne lui ai parlé que rarement depuis, et chaque fois ça me laisse l'impression d'être rien du tout. Rien que penser à lui maintenant me fout les boules. C'est comme un putain de vampire… même quand il n'est pas dans la pièce, il se débrouille pour en sucer tout le sang.

– Je suis désolée d'entendre ça.

– C'est comme ça, hein. Bref, je n'ai pas envie de parler de lui. Et puis je suis un peu bourrée, donc… Écoute, Nora. Je peux être honnête avec toi ?

– Tu ne l'étais pas avant ? » fit Nora en haussant un sourcil et se renfonçant dans le canapé.

Le thé dans ses mains était chaud ; elle se sentait bien ici, nichée dans cette maison.

« T'as compris ce que je voulais dire. »

Les yeux de Sophie brillaient. Juste la lumière de la bougie, qui se réfléchissait contre la vapeur, pensa Nora. Elle ne put cependant ignorer la chair de poule sur sa nuque, et ses poils qui s'étaient soudain hérissés, sur le qui-vive.

« Balance.

– Tu les vois, pas vrai ? Les femmes ?

– Pardon ?

– Les mortes. Je peux les sentir, moi. Partout. Je les entends, qui chuchotent à mes oreilles, qui me parlent. Putain, il y a certains coins dans cette ville où je ne peux pas passer sans qu'un visage ou un souvenir me saute dessus. Mais je crois que tu sais de quoi je parle. Toi aussi, elles te hantent, non ? Je l'ai vu dans tes yeux, à la façon dont tu tiens tes épaules. Parfois, je te jure, j'ai surpris une ombre qui te suivait, grimpait sur ton dos… »

Lorsque le choc fut passé, Nora prit une respiration.

« Ma mère les appelle des lémures. "Des gens qui sont morts avec des questions plein la bouche", à l'en croire. Et, oui, je les vois. Pas tous morts au sens biologique, mais morts quelque part en eux, là où personne n'a accès. Ça fait cliché, hein ? La flic qui voit des fantômes. Mais c'est vrai. Ça fait partie du job. Ils ne sont pas réels, mais ils le sont, c'est ça ?

– Je sais exactement ce que tu veux dire.

– Dieu merci, la plupart des gens non. »

Sophie se tenait parfaitement immobile. Sa voix, lorsqu'elle reprit la parole, était ténue, un serpent qui fend l'eau froide :

« Je crois que toutes les femmes le savent.

– Tu as peut-être raison. »

Un concert de voix emplit le cœur de Nora. Pas les voix grêles et fêlées qu'elle entendait la nuit, mais quelque chose de plus riche. Des avertissements qu'on se passe entre amies, les leçons précoces de sa mère sur la sécurité de son corps, les leçons de l'enfance : Ne laisse pas ton verre sans surveillance, Marche avec tes clés entre tes doigts, Les cheveux lâchés sont plus difficiles à attraper qu'une queue-de-cheval, Envoie-moi un SMS quand tu seras rentrée… Les femmes savaient, n'est-ce pas ? Elles voyaient ces fantômes tous les jours, qu'elles aient su ou non être hantées par le bourdonnement régulier dans leur tête. Car sous chaque avertissement, chaque histoire, il y avait un fantôme.

Nora leva la tête, croisa le regard de Sophie. Celle-ci se tenait sans bouger sur le canapé, à la regarder fixement, jaugeant sa réaction. Puis elle se pencha en avant et demanda :

« Et Mark ? Est-ce que lui aussi te hante ? Trent ? Est-ce qu'ils sont morts avec des questions dans leur bouche ? »

Nora se laissa submerger par la mare obscure qui lui retournait son regard.

« Non. Je ne crois pas. Et je ne peux pas m'empêcher de penser qu'ils ont peut-être mérité ce qui leur est arrivé.

– C'est parce que les hommes sont tous les mêmes, Nora. Mark, Ty, mon père… même ton Dan, je parie, si tu prends la peine d'y réfléchir. Ils brisent les choses. Sans égard pour personne. Ils sont cruels. Puérils. » Sa bouche était figée en une ligne dure, ses yeux brillaient de larmes ou de fureur, peut-être les deux, Nora n'aurait su dire. Sophie paraissait avoir atteint ce stade d'ivresse où tout devient moite et pesant. Elle avala cul sec le reste de son vin, le visage froncé de dégoût, et lâcha : « Tous, il faudrait tous les balancer aux ordures ! »

Nora s'adossa contre son accoudoir. Elle connaissait cette colère. Le genre contre lequel son père l'aurait mise en garde, le genre qui avait une bouche et des dents et vous dévorait entièrement. Elle aussi la ressentait certains jours. Et si elle était honnête, Mark avait effectivement mérité son sort, à mener la vie qu'il avait menée. Mais elle ne pouvait nourrir cette fureur, pas ce soir. Elle but lentement une gorgée, entendit les mots de son père sortir de sa bouche :

« Personne n'est une ordure, Sophie, pas même Mark. S'il est une chose que j'ai apprise dans mon travail, c'est que *tous* les gens sont pareils. Certes, les meurtres sont presque tous commis par des hommes, mais les femmes peuvent être tout aussi cruelles. Manipulatrices, méchantes, violentes de manière différente. Nous avons tous les mêmes besoins, les mêmes envies. Je ne parle peut-être pas à Dieu aussi souvent que je le voudrais, mais je sais que nous sommes tous des pécheurs. Et nous méritons tous d'être sauvés. »

Les yeux de Sophie sombrèrent de nouveau en quelque abîme, puis elle sourit, son sourire éventé et faux des soirs d'affluence.

« Je crois que, sur ce point, il nous faudra accepter d'être en désaccord. »

Elles restèrent un moment sans parler, Nora qui sirotait son thé et Sophie qui faisait tourner son vin entre ses doigts. L'air autour d'elles était à vif après le déballage de sujets délicats, et Nora découvrit qu'elle ignorait ce qu'elle ressentait, mais qu'elle se réjouissait du calme soudain. La colère de Sophie la mettait mal à l'aise ; elle serra contre elle sa tasse de thé, laissa la vapeur se répandre sur son visage.

Elle

À la limite est de ma propriété, il y a un pont qui s'étire au-dessus du ruisseau, à l'endroit où l'eau gargouille et trébuche contre les stéatites et le quartz, entraînant les poissons dans son courant, avant de s'immobiliser en flaques tranquilles de l'autre côté. C'est là qu'elle est morte.

Vous la connaissez. C'est moi, votre mère, la femme que vous croisez dans la rue. Vous avez vu son visage dans les journaux ou sur l'écran de votre téléviseur, vous avez entendu les rumeurs qu'on chuchote. Son mari l'a surprise en plein adultère. Ou peut-être est-ce elle. Il était saoul, ou défoncé, ou en colère, ou effrayé. Il a attendu ici près du ruisseau, ou bien il l'y a traînée par les cheveux. Peut-être les a-t-il trouvés ici, elle et son amant, enlacés sous les racines du saule.

Vous avez deviné la suite. Il l'a tuée. Noyée, poignardée, tabassée à coups de pierre. Il a jeté son corps ici, sous le pont, où dans cette tombe à fleur d'eau elle est devenue pâle, froide et bleue. Peut-être l'a-t-il lestée de pierres afin que, lorsque son ventre s'est finalement empli de gaz, elle ne remonte pas à la surface et ne soit pas portée jusqu'en ville par le courant. Ses cheveux, peu importe leur couleur, auront noirci avec la vase et la crasse, ils se seront emmêlés comme des roseaux autour des rochers glissants qui gisent au fond de l'eau. Les poissons l'auront grignotée jusqu'à ce qu'elle tombe en lambeaux, qu'elle dérive en morceaux épars. Une main prise dans le coude juste au sud de la ville, quelques-unes de ses dents repêchées par des écureuils et des opossums curieux ; peut-être son collier est-il resté derrière, à luire faiblement par les journées ensoleillées, impossible à identifier parmi les miroitements de l'eau dans laquelle il s'est enfoncé.

Sauf qu'une partie d'elle ne disparaîtra jamais, peu importe l'acharnement avec lequel on frottera. Quelque chose d'elle se raccroche sous le ventre rouillé de ce pont, qui cliquette quand vous, moi ou une voiture le traversons, qui étend silencieusement ses doigts et ses orteils par-dessus le bois qui grince pour nous saisir les chevilles. Ses gémissements aussi se faufilent à travers les fissures.

Lors des nuits particulièrement noires et brumeuses, me raconta un jour mon oncle alors que nous traversions le ruisseau à notre retour de la fête foraine, elle se traîne jusqu'à la route, où elle attend qu'une voiture la surprenne dans la lumière de ses phares. Longtemps je me suis caché les yeux quand nous passions ce pont, par crainte de voir le visage dont je savais qu'il me fixerait sous les nappes de brume qui s'étiraient sur l'eau boueuse en contrebas.

Or il n'y a nulle part où se cacher. Elle est sous chaque pont de cette ville, dans chaque ville depuis les marais salants jusqu'aux vallons des Appalaches. Elle est dans les chansons et les histoires qu'on se raconte au coin du feu, dans les rapports de police et les affiches faites à la main qui claquent au vent, fripées, sur les poteaux téléphoniques. Vous la regardez pour le frisson, pour le fun, pour apprendre quelque chose, pour vous sentir vivants.

Je n'ai plus peur d'elle. Désormais, je suis la multitude d'elle. Bouches béantes et affamées.

Si vous me voyez, priez.

MAI ET JUIN

La nouvelle

« J'en ai un nouveau pour toi, dit Murph en jetant un dossier sur son bureau. Brody Samuels. Porté disparu pendant les courses dont tu n'as pas su profiter. »

Nora leva les yeux de son bureau, récemment devenu un fouillis inextricable de dossiers et de documents, de papiers d'emballage de sucreries, en effleurant du regard le cercle indélébile qui en ornait un des coins, là où le café qu'elle buvait tous les jours avait laissé la preuve de son addiction.

« Une semaine que personne ne l'a vu, alors qu'il est censé passer son diplôme le 16 à la fac. »

Nora baissa les yeux sur le visage du jeune homme, qui la fixait à présent depuis l'impression granuleuse d'une photo d'un réseau social. Il ressemblait à tous les gars du Sud qu'elle avait connus : casquette usée portée sur des lunettes de soleil, nœud papillon, pantalon cargo et tongs, le tout nimbé d'une aura de confiance en soi dont seuls les jeunes hommes comme lui jouissaient. Sur le cliché, il avait le bras levé, une bouteille de whisky pincée entre les doigts. Il n'était pas sans lui rappeler Dan. *Les hommes sont tous les mêmes.* La pensée lui fit l'effet d'un coup de poing. Elle la chassa d'une question :

« Tu crois qu'il a paniqué ? Qu'il s'est enfui par crainte d'échouer à son exam ?

– Possible, répondit Murph. Ce ne serait pas la première fois. Un gamin n'a pas d'assez bonnes notes, rate une offre de stage ou un job et se tire de la ville pour ne pas avoir à affronter papa et maman. Mais peut-être aussi qu'il a trop fait la fête et n'est toujours pas redescendu. C'est ce que font les mômes de son âge. Généralement, on les revoit une semaine plus tard, mais j'ai déjà vu plus étrange dans ma carrière, surtout chez ces gosses de riches qui ont les moyens d'aller n'importe où.

– Une petite amie ? Des meilleurs copains ? Quelqu'un avec qui il pourrait être en contact ?

– Il a laissé son téléphone portable dans la voiture de ses amis.

– Ah. Ça, c'est bizarre.

– Exactement ce que je pensais.

– Et la rivière ne passe pas loin de Montleigh, si ? Il a pu s'éloigner pour pisser et tomber dedans ?

– J'ai envoyé deux gars pour y jeter un œil, mais je n'y crois pas. À cette époque de l'année, la rivière est encore peu profonde, en plus elle est en retrait du site, donc ça veut dire qu'il aurait vraiment dû s'éloigner. Un jeune ne ferait pas ça en pleine fête.

– C'est vrai. » Une pensée tapota Nora derrière l'oreille, des doigts froids, un chuchotement rauque. Le cheveu long enfermé dans le poing du garçon décédé. Elle leva le menton. « Tu crois qu'il y a un lien avec les autres ? »

Murph se balança d'avant en arrière.

« Tant qu'on n'a pas de corps, il vaut mieux ne pas s'avancer.

– D'accord, mais…

– J'ai compris, Martin, dit-il en levant une main. Je garde

toutes les options ouvertes, et j'ai besoin que toi aussi tu le fasses. Ce cas est complètement différent. Un gosse a disparu dans un lieu bondé, en pleine journée…

– Franchement, on ignore si deux des trois autres n'ont pas été tués en pleine journée aussi. Ce jeune sur la voie ferrée…

– Ce jeune sur la voie ferrée a selon toute probabilité subi un horrible accident.

– Il avait un cheveu dans la main, pour lequel on attend toujours les résultats d'analyse.

– Et moi je te parie que si tu me passais au peigne fin tu trouverais une demi-douzaine de cheveux de ma femme sur mon corps. Ma parole, vous, les femmes, vous les perdez par poignées. Et maintenant, revenons à notre affaire. » Il abattit son index sur la photo. « Travaillons sur ce que nous avons en face de nous. Nous n'allons nous fermer à rien. Si tu veux le fond de ma pensée, il y a bien quelque chose de louche ici. En trente ans de carrière, je n'ai jamais rien vu de tel.

– Tu veux parler de ces hommes qui meurent.

– D'habitude ce sont les femmes. »

La vérité flotta, épaisse, entre eux.

« Bon, poursuivit-il, tu as des trucs urgents à faire, aujourd'hui ? »

Nora regarda la pile de papiers sous ses yeux. Il y avait des documents à signer pour des travailleurs sociaux, des rapports à rédiger, des notes à réorganiser avant sa comparution mensuelle. Oui, elle avait beaucoup à faire.

« Allez, Martin, debout. Je vais prévenir le sergent que tu m'accompagnes pour ta dernière heure de service. Tu régleras ta paperasse chez toi, hein ?

– OK », répondit Nora, un doigt pressant douloureusement ses paupières.

Murph n'avait même pas attendu sa réponse. Il était déjà dans le couloir, et dans le bureau du sergent.

Dan était déjà parti lorsque Nora se gara dans l'allée. Les horaires de ses gardes de nuit avaient correspondu aux heures de patrouille de Nora, et leurs emplois du temps s'étaient chevauchés de sorte qu'ils avaient pu passer au moins une journée par semaine à larver sur le canapé. Mais ses horaires étaient en train de changer, à présent que Murph insistait pour la prendre sous son aile. Elle s'était mise à rentrer tôt le matin au lieu de tard la nuit ; ses week-ends, autrefois remplis de conducteurs ivres et d'ados turbulents, étaient maintenant, à son désarroi, une étendue solitaire, nue et vide. Ces derniers jours, elle ne croisait Dan que le temps d'un baiser rapide sur le pas de la porte.

Les nuits où il était de service, il lui laissait toujours de quoi dîner, bien rangé dans le frigo avec une note racontant en détail sa journée passionnante à regarder Netflix ou révélant sa dernière blague à la con. Ce soir, la blague en question allait avec le plat qu'il avait préparé : *Hey, Nor, qu'est-ce qu'Arnold Schwarzenegger dit avant de manger des lasagnes ? PASTA la vista, baby !*

Le dîner fut bref et solitaire, pris devant un écran de télé à plein volume. Des femmes ultra-maquillées se prélassaient sur une plage du Costa Rica, à moins que ce ne soit au Mexique, Nora n'était pas sûre. En les regardant s'enrouler telles des étoiles de mer autour d'un bellâtre au torse rasé, elle se demanda si, par un effet ventouse, décoller leurs bras de sa peau bronzée serait douloureux. Au bout d'une heure, le type en choisit une qu'il emmena sur la plage pour un magnifique dîner aux chandelles tandis que les autres faisaient la gueule, leurs seins et leurs lèvres pressés en une moue de désespoir enfantine.

Elle essaya de se concentrer. Dan voudrait savoir qui avait gagné cette semaine, qui avait piqué la crise la plus spectaculaire, versé les larmes de crocodile les plus convaincantes. Il vivait pour ce divertissement abrutissant. Nora ne lui jetait pas la pierre ; sa vie professionnelle était baignée de sang, de pleurs et de vomi, du relent âcre de litrons de désinfectant. Comme elle, son quotidien était mortel et imprévisible. Contrairement à elle, il trouvait une échappatoire dans ces émissions idiotes. Nora n'y voyait aucun intérêt ; elle entendait suffisamment de Blanches piailler au boulot. C'était pour lui qu'elle regardait et essayait de se rappeler. Et puis elle se satisfaisait de petits riens : au moins l'épisode de ce soir ne traitait pas de femmes au foyer.

Néanmoins la journée lui revint en mémoire, juste sous les images télévisées. De ses ongles pointus elle grattait les bords des pensées de Nora, s'efforçant de l'arracher à l'écran.

Ils n'avaient rien trouvé lorsqu'ils étaient allés interroger les amis de Brody, hormis les troubles habituels de la vie étudiante. Il était stressé à cause des examens finaux ; il avait rompu avec sa petite amie de longue date quelques mois plus tôt et, depuis, enchaînait les filles d'un soir. Il faisait probablement un peu trop la fête, mais comme eux tous, non ? Tout était en ordre dans sa chambre, pas de journal intime qui trahirait un esprit perturbé, pas de médocs qu'il aurait décidé de ne plus prendre. À tous égards, Brody Samuels avait été un jeune homme de vingt-deux ans parfaitement équilibré.

Murph avait insisté pour qu'elle parle aux parents : « Un jour, bientôt, ça fera partie de ton job, Martin. Alors autant t'y habituer tout de suite, pendant que je suis encore là si tu as besoin de moi. »

Mais comment expliquer à une mère que son enfant s'est volatilisé, purement et simplement ? Ce n'était pas quelque chose qu'on apprenait à faire à l'école de police. Comment annoncer à cette femme qu'ils avaient cherché, interrogé des gens, et qu'en guise de résultat ils n'avaient rencontré que le vide ? Comment faire entendre à une mère qu'il était un adulte, et que les adultes agissent parfois d'étrange façon, qu'ils ne pouvaient rien faire de plus tant qu'ils n'avaient pas un indice solide sur lequel s'appuyer ? Mme Samuels avait pleuré, là, au téléphone. Elle avait sangloté et gémi. Et Nora de sentir son cœur se fendre d'une douleur qu'elle espérait ne jamais comprendre entièrement.

« Je suis désolée, madame. Nous allons poursuivre nos recherches. Une équipe fouille en ce moment même le champ de courses... nous allons le retrouver. »

Elle n'avait pas eu besoin de se demander si la femme avait perçu dans ses paroles l'inanité de sa promesse. Certains jours son travail la forçait à mentir, et elle détestait ça.

Son appétit coupé, Nora se retira dans le confort de sa chambre, son dîner à moitié mangé sur le canapé. Elle le débarrasserait au matin.

Les pleurs de la femme l'avaient suivie tout le trajet jusque chez elle. Elle l'entendait encore, dans le vent qui mugissait par la fenêtre ouverte. Autre chose, aussi. Elles étaient là, à miroiter aux coins de sa vision, à se redresser sur son lit sur des bras rachitiques, à pianoter de leurs doigts à l'arrière de sa nuque. Il fallait qu'elle essaie de dormir.

Si elle pouvait juste s'endormir, peut-être qu'elles s'en iraient.

Psyché prie
à none

Le garçon sous les racines de l'arbre explosa en un vert luxuriant ; le résultat, ai-je lu, de la chute d'hémoglobine dans son sang. La plupart des gens ne prendraient pas une telle teinte, analogue à celle de la méchante Sorcière de l'Ouest, mais ce n'est pas du jamais-vu. Au cours des semaines suivantes, je le regardai muer, un vert chartreuse qui se dilua en jaune boueux, puis brun et noir, pour finalement suinter dans la terre qui le berçait. Ses yeux sortirent de leurs orbites. Sa langue, en eût-il été pourvu, aurait jailli à ce moment-là. Je regardai ses cheveux et ses ongles pousser et sa peau se rabougrir autour de l'armature de ses os. Un par un, ils saillirent. Il devint une cathédrale, dont des rais de lumière sourde illuminèrent les rangées. Pour congrégation, toute la vie fourmillante des insectes, venus recevoir l'eucharistie dans leurs bouches.

Tel un renard, je me glissai dans ma tanière pour me reposer, laissai la chaleur d'été m'envelopper pour une sieste à l'ombre, ou pour un long après-midi les pieds dans le ruisseau, à faire la lecture à voix haute à l'homme qui pourrissait sous le saule. Les abeilles me tenaient compagnie en dansant. Elles bâtirent une ruche dans son thorax ; une nuit d'été, le miel se mit à couler des orbites vides de ses yeux.

Nora

C'est toujours Nora qu'on appelait dans ces moments-là. Elle était la seule femme dans l'équipe, et ils avaient besoin d'une femme pour ce genre de situation. Les deux policiers se tenaient dans l'allée, penchés en arrière comme les hommes qui portent sur les hanches le poids d'une arme et d'un bide à bière ; les pouces enfoncés dans la ceinture, les doigts écartés en signe de menace. Mon flingue est juste à portée de main, prêt à être dégainé en moins d'une seconde… Tu es sûr de vouloir bouger ? Leurs mines étaient lugubres, leurs bouches formaient des lignes dures. Leurs yeux étaient couverts par des lunettes de soleil noires profilées qui étincelaient sous le soleil cru. Impénétrables. Inhumains. Nora ignorait comment certains flics ne comprenaient pas qu'ils puissent déstabiliser des gens. Comment réagiraient-ils, s'ils se voyaient frapper à leur porte ?

C'était précisément le problème. Ils ne se voyaient pas, ou bien ils refusaient de le faire. Raison pour laquelle on l'avait fait venir.

Les gars levèrent la tête à son approche : deux froncements de sourcils identiques, deux coupes rasées, deux insignes en argent fixés à des poitrines jumelles, aussi immobiles que des statues tandis qu'elle se dirigeait vers eux, attendant qu'elle soit suffisamment près pour fondre sur elle comme des vautours sur la carcasse d'un cerf.

« Voilà la situation... »

Ils la picoraient à becquées acérées, mordaient ses bras de leurs voix pareilles à des doigts griffus, pour l'épingler ici même, sous leur ombre que projetait le soleil trop vif de midi.

Nora écoutait en hochant la tête. Elle se souvint de respirer – une corvée nécessaire sous la récente chaleur estivale. Les jours, qui jusqu'alors avaient été frais en soirée, avaient développé une espèce de peau et s'étaient mis à transpirer, à haleter et à encombrer les bronches de ses poumons ; à faire courir des doigts salés et douloureux sur ses yeux. Chaque mouvement lui pesait. Ainsi que chaque mot, si bien qu'elle réserva les siens.

« ... a appelé il y a environ une heure, après qu'elle a entendu des cris qui venaient de la maison voisine...

– De cette maison. La voisine qui a appelé habite la maison d'à côté.

– Oui. Bien sûr. »

Picoti picota. Picoti picota. Tu écoutes ? Nous avons besoin de toi, maintenant. Écoute.

Est-ce que tu écoutes ? Les lémures entrèrent dans la danse, leurs voix râpeuses à l'arrière de sa nuque. *Est-ce que tu nous entends, la nuit, peindre nos histoires sur ta peau ? Écoute, Nora, écoute. Écoute !*

L'air juste devant son front s'emplit d'ailes noires croassant et battant au vent, de picorements, de souvenirs qui se faufilèrent à travers les murmures qui perçaient de la morsure sèche des yeux des flics derrière leurs lunettes de soleil. Nora sentit la transpiration perler entre ses seins et réprima l'envie de l'essuyer. Elle ne voulait pas qu'ils la voient fondre, qu'ils puissent retourner son corps contre elle plus qu'ils ne l'avaient déjà fait.

Ils poursuivaient :

« Elle refuse de nous parler. Elle s'est enfermée à clé dans la salle de bains. »

Voilà pourquoi je suis ici, pensa Nora.

Sur le flanc de la maison, le store d'une petite fenêtre s'ouvrit. Deux yeux comme de minuscules piécettes s'encadrèrent dans l'entrebâillement, puis le store se referma avec un claquement froid et sec. Un coup de poing, un avertissement. Un animal acculé. Nora sentit une main emprisonner un battement de son cœur. La chaleur, le silence pesant, c'est par un jour comme celui-ci qu'ils avaient retrouvé Lauren Morris. Alors qu'elle était encore nouvelle en ville, crédule et terrifiée à l'idée de commettre une erreur, et que les gars qui se tenaient à présent les bras croisés en la fixant des yeux la traitaient encore avec des gants en daim, ne sachant comment les choses évolueraient. C'est ce jour-là que Murph avait fait savoir qu'il la prenait sous son aile, et c'est ce jour-là qu'ils avaient construit leur mur. Il y avait presque un an de cela, et le mur n'avait fait que grandir depuis. Nora également.

« Où est-il ? » demanda-t-elle en regardant par-dessus son épaule, comme si elle s'attendait à ce qu'un homme marche vers elle, la main levée comme un élève qui répond à une question en classe.

C'est moi, m'dame ! C'est moi qui bats ma femme !

Lunettes de soleil un et deux se tournèrent vers un cèdre racorni penché de guingois au bout de l'allée. Dissimulé sous ses branches tombantes, un homme était assis, l'air sur ses gardes, à les regarder les paupières mi-closes, les bras croisés sur la poitrine.

« Il a dit quelque chose ?

– Juste qu'il n'a rien fait.

– Bien sûr. Il a l'air de quoi ?

– Il a quelques égratignures sur le bras, mais il dit que le chien l'a mordu ce matin. Apparemment il s'est mis entre le clébard et sa gamelle. Des croûtes se sont déjà formées, mais ça pourrait être plus récent qu'il le dit. Maintenant, il faudrait qu'on l'examine, elle. »

Une foule de voisins dépareillés s'était rassemblée à la limite de la propriété. Le bourdonnement étouffé de leurs chuchotements montait dans l'air tel un chant de cigales. Ils avaient reniflé l'odeur du sang. Au-dessus de leurs têtes, une nuée de vautours à tête rouge tournait en cercle dans le ciel couleur os. Il doit y avoir un cadavre, songea Nora, un cadavre d'animal dans le bois derrière la maison.

« Tu veux que je vienne avec toi ? proposa Lunettes de soleil un.

– Non. Comment s'appelle-t-elle ?

– Mme Massey.

– Son prénom. »

Sa voix comme une gifle. Elle espéra que la honte les forcerait à un semblant de respect. La chaleur l'avait mise à fleur de peau, et une migraine pointait derrière ses paupières. Elle était fatiguée d'être la mère de tout le monde.

« Oh. »

Lunettes de soleil un regarda son équipier, qui baissa le nez sur ses notes.

« Tara. Tara Massey.

– Très bien. Je vais lui parler. »

Nora les quitta. Il était temps de faire ce pour quoi on l'avait appelée.

La maison était pesante. Ils se trouvaient à la limite de Bellair, là où la ville périclitait en contrée sauvage et où les habitants les plus pauvres avaient été chassés lorsque l'on avait augmenté la taxe d'habitation. Elle se demanda combien de temps ce chemin criblé de nids-de-poule aurait encore le droit d'exister. Combien d'années avant qu'un promoteur immobilier arrive et mette ces gens plus bas que terre ?

La pensée s'abattit sur les épaules de Nora, s'enroula autour de ses os. Encore des personnes qui s'effondraient, encore des âmes pourrissantes. *Tout ça aurait dû être ton héritage, ne le sais-tu pas ? Qui es-tu, pour en vouloir davantage ? Pour scruter à travers ces fenêtres et réorganiser le mobilier de leurs vies ?*

Des piles de courrier s'étalaient sur un petit guéridon près de la porte d'entrée. Nora les examina. Factures de médecins, de téléphone, impôts locaux, relevés bancaires, lettres de la Commission d'emploi de Virginie… tous ces courriers de rappel imprimés et fourrés dans des boîtes aux lettres, empilés sur des tables, à crier en silence dans un coin. Des tas toujours plus hauts. De culpabilité, de honte et de colère. Vous êtes malade, Voici ce que vous nous devez, Réglez votre dette, Revoyez votre plan d'endettement, Ce calcul dans votre vésicule biliaire ?… Habituez-vous-y, Vous nous appartenez, Battez votre femme… Elle vous appartient.

Tara Massey était dans la salle de bains, comme les gars l'avaient dit. Et comme ils attendaient qu'elle le fasse, Nora tapa doucement à la porte.

« Madame ? Tara ? »

De l'autre côté de la porte, le dur silence de la honte.

Nora attendit. Elle ramassa un des magazines éparpillés sur le sol du salon (numéro d'avril de *Diane Chasseresse*) et s'assit dans le fauteuil relax élimé pour patienter.

Patienter.

Patienter.

Les vautours continuaient à tourner ; elle les sentait qui décrivaient leurs larges cercles au-dessus de la maison. Que voyaient-ils, de là-haut ? Les voisins dansant d'un pied sur l'autre sur le gravier, à murmurer et caqueter… les agents adossés à leur voiture, leurs yeux teintés de noir brillant… et, en dessous, quelque chose de sombre qui frissonnait, des chuchotements dans des flaques d'ombre, des cauchemars dressés sur des jambes maigrichonnes ?

Tout était là, vision limpide dans son esprit, les cercles concentriques des oiseaux noirs et silencieux, et, dessous, la catastrophe, l'attente. Tout le monde attendait.

Et Nora qui trônait au milieu. Récemment elle avait commencé à se sentir étirée, usée comme une vieille botte, piétinée et martelée et écrasée, jusqu'à avoir l'impression qu'elle s'effilochait. Elle jonglait entre deux boulots depuis trop longtemps – si elle continuait à rebondir ainsi, de l'un à l'autre, elle allait s'écrouler. Sauf qu'elle n'y pouvait rien. Un commissariat en sous-effectif l'été, ça craignait. La chaleur signifiait plus de bagarres, plus d'écoliers en vacances et désœuvrés qui foutaient un bordel sans cesse recommencé, plus de conducteurs ivres morts qui se déversaient des bars après la soirée dansante du vendredi… Derrière tout ça, visages enténébrés mais insistants, une cohorte grandissante d'hommes, rugissant dans les replis inquiets de sa conscience. Et ils n'avaient *rien* trouvé.

Non, c'est faux, se corrigea-t-elle. Pas rien. Ils avaient trouvé la morsure d'un couteau sur la mâchoire de M. Gibson. Un objet petit qui tenait facilement dans la paume d'une main. Aiguisé, mais pas fait du meilleur métal. Il ne tranchait pas la peau comme du beurre ; c'était donc qu'il y avait une vraie puissance derrière les coups. Et il était lisse, ce n'était pas un couteau de chasse à lame crantée, pas la bonne vieille arme des bouseux du coin.

Et puis le cheveu. L'unique cheveu, ensaché, leur piste la plus bancale, assurément, mais réelle. Ce n'était pas rien. Si seulement les résultats d'analyse lui parvenaient bientôt, elle aurait quelque chose à quoi se raccrocher…

Elle était certaine que l'étudiant était l'un d'entre eux, mais sans corps que pouvait-elle faire ? C'était un adulte, et les adultes disparaissaient des écrans radars pour des tas de raisons. Peut-être qu'il avait eu peur de passer ses examens, peut-être qu'il s'était disputé avec une fille, peut-être que quelqu'un mentait, peut-être qu'il attendait quelque part avec une bouche sans langue…

L'un des Lunettes de soleil, Bowles, entra. La porte-écran poussa un gémissement et claqua fort derrière lui lorsqu'il pénétra dans la pièce moite et s'assit sur le canapé placé à la diagonale de son fauteuil. Il ne dit rien, mais Nora remarqua qu'il tapait nerveusement du pied. Il avait hâte d'en finir.

Elle-même peu désireuse de parler, Nora se tourna pour regarder par la fenêtre.

L'homme sous le cèdre s'était levé. Il discutait à présent avec l'un des voisins, tous les deux riaient. Le flic resté seul dehors se dirigea vers eux, prit la main de l'homme dans la sienne. Pour gagner sa confiance, Nora le savait. Voilà comment les hommes concluaient des affaires. Il n'empêche, elle ne put chasser la pensée qui lui traversa l'esprit : à quoi ressemblerait-il sans langue ? Combien de jours faudrait-il, avec une telle chaleur, pour qu'il noircisse et éclate, un festin pour les vers ?

Merde.

La porte de la salle de bains s'entrouvrit et une femme sortit à petits pas dans le couloir. Elle était voûtée comme quelqu'un d'habitué à se dissimuler sous un poids trop lourd. Un tee-shirt ample *Titi et Grosminet* couvrait sa poitrine et pendait autour de ses cuisses.

« Vous pouvez partir. On n'a pas besoin de vous.

– Madame. » Bowles se mit debout ; ses épaules emplissaient la pièce. « Si nous découvrons qu'il s'est passé quelque chose entre vous, qu'il vous a frappée, nous devrons l'emmener au poste. L'État ne nous laisse pas d'autre choix.

– J'ai dit que ça allait.

– Votre mari a des égratignures sur la main. Une idée de comment c'est arrivé ?

– C'est le foutu chien qui l'a mordu, ce matin. Cet idiot a mis sa main dans sa gamelle, pour l'embêter.

– Bowles », intervint Nora.

On l'avait fait venir précisément pour ça ; c'était à elle de mener l'opération.

Bowles n'en poursuivit pas moins :

« Vous êtes sûre que c'est ce qui s'est passé ? Les voisins prétendent que vous vous disputez souvent, tous les deux. Ça fait dix ans que je suis marié, madame Massey, je sais comment peuvent finir les disputes. Ce n'était pas votre intention, mais peut-être que vous l'avez griffé pendant que vous vous bagarriez à propos de la télécommande, et alors il vous aura frappée ? »

La femme lui jeta un regard noir.

« Madame. » Nora leva une main vers Bowles, lui signifiant de se taire. « Nous sommes ici pour nous assurer que vous êtes en sécurité. Je sais que vous aimez votre mari, et en aucun cas nous ne voulons vous rendre la vie plus compliquée qu'elle ne l'est déjà. Vous avez l'air d'avoir d'autres soucis. » Elle guetta un hochement de tête, un sourire, une marque de confiance quelle qu'elle soit, mais la femme se contenta de la fixer des yeux, tel un animal pris au piège au fond de sa propre tanière. Elle entendit Bowles se balancer sur ses orteils. Avant qu'il reprenne la parole, elle poursuivit : « Est-ce qu'on vous a déjà parlé des violences domestiques ?

– Je suis pas stupide.

– Je ne crois pas que vous le soyez. Beaucoup de femmes intelligentes se retrouvent dans des situations terribles tous les jours. Nous, les femmes, nous devons prendre soin l'une de l'autre, vous ne pensez pas ? Et je ne peux pas m'en aller sans être certaine que vous êtes en sécurité. Si vous préférez que mon équipier quitte la maison, il peut le faire. Nous pouvons discuter seules, entre filles. »

Bowles se changea en pierre à côté d'elle. Nora espéra qu'il était fou de rage, puis se tança d'être aussi puérile.

« Je vais bien. »

La réponse qu'elle avait redoutée. Tout en parlant, elle avait survolé du regard le visage de Tara Massey, guettant des fissures dans son armure. S'était-elle aspergée d'eau froide pour sécher ses larmes, rafraîchir l'ecchymose qui apparaîtrait le lendemain, malgré tous ses efforts ? Avait-elle appliqué les couleurs que sa mère, sa sœur ou une amie lui avaient appris à mélanger sur sa palette de maquillage ? Jaune pour neutraliser le bleu profond d'une contusion récente, vert si les vaisseaux éclatés en surface avaient viré au rouge vif, et plus tard pêche pour illuminer la crasse d'un bleu s'attardant. Un arc-en-ciel que connaissaient par cœur toutes les petites filles qui grandissaient dans un milieu instable.

Elle la scruta autant qu'elle l'osait, mais seule une ombre légère dans les yeux verts de Tara trahissait son désespoir.

« Vous êtes certaine, Tara ? demanda Nora. Je peux rester ici avec vous, pour un moment. Ou bien nous pouvons vous trouver un endroit où passer la nuit... la maison d'un ami, peut-être ? Un membre de la famille ?

– On s'est juste engueulés, c'est tout. Il parlait pendant mon émission de télé préférée. Jamais il la ferme, celui-là... » Elle soupira. « Mais on s'est pas bagarrés. Ma voisine, elle aime se mêler de tout. Elle se prend pas pour de la merde. »

Plus tard, alors qu'elle remontait en voiture, Nora pria pour ne jamais se réveiller et trouver le visage de la femme qui l'épiait en pleine nuit depuis les ombres de son salon.

Jamais il la ferme.

Parfois j'aimerais juste qu'ils la ferment, vous voyez ?

Les hommes n'avaient plus de langue...

Elle se jeta sur son téléphone, pianota furieusement le numéro de Murph, la main tremblante, le poing dans son cœur lui martelant la poitrine. Au-dessus d'elle, les vautours tournaient en rond dans le ciel limpide.

Une femme amoureuse

Dan la sortit, ce soir-là.

« Ma nana n'avait pas le moral », dit-il à Sophie lorsque celle-ci leur demanda comment s'était passée leur journée, sa main chaude frottant le bas du dos de Nora.

Ils étaient assis à l'extrémité du bar, leurs jambes croisées l'un vers l'autre, leurs genoux qui se touchaient, Dan qui donnait des coups de pied taquins à Nora.

Sophie reporta son attention sur Nora.

« Grosse journée ?

– Grosse semaine.

– Je crois que je peux arranger ça, en tout cas aider un peu. Un homme en larmes ? »

Dan s'étrangla sur son verre d'eau.

« Un homme en… larmes ?! »

Nora éclata de rire et lui pressa la cuisse.

« C'est un cocktail. Une création de Sophie. Recette top secrète.

– Si je te révèle ce qu'il y a dedans, il faudra que je te tue. »

Nora appréciait Sophie, mais son sens de l'humour laissait parfois sérieusement à désirer.

« Ça roule », répondit Dan, choisissant de jouer le jeu. Il lança un regard à Nora, fit un clin d'œil. « Mais bon, comme je n'ai pas envie de mourir ce soir, je vais passer mon tour. Tu as une bonne bière pression ? Quelque chose de rafraîchissant, sans tambour ni trompette. Et toi, Nora ? »

Celle-ci baissa les yeux sur les différentes pressions, la carte des vins, puis revint à Sophie, qui attendait, comme paralysée, sa réponse. Dan lui chatouilla les côtes et elle poussa un petit cri, avant de le repousser, sa décision prise.

« Je crois que je vais prendre du vin, Sophie. Du rouge, n'importe lequel, je ne suis pas difficile. Puisque Monsieur Bêta a l'air parti pour me chatouiller toute la soirée, ce n'est pas le moment de boire un cocktail. Un seul de tes martinis suffirait pour que je me roule par terre, et je vais avoir besoin de tout mon esprit pour me défendre. »

Dan haussa un sourcil, ses lèvres plissées en un sourire narquois.

« Ah ouais ?

– Vous êtes dégoûtants, tous les deux », dit Sophie en se tournant pour préparer leurs boissons.

Ils se regardèrent, pouffèrent de rire.

Pour la première fois depuis longtemps, ils étaient de nouveau des gosses. À raconter des blagues, s'enlacer les doigts, à rougir, flirter et oublier le poids qui s'était abattu sur leurs épaules au cours de l'année passée. Ils avaient tellement pris l'habitude de se servir mutuellement de couverture de survie qu'ils avaient oublié ce que c'était, de juste rire ensemble, de ne pas devoir faire de mondanités, de jouer au couple au lieu d'être en couple.

Cette nuit-là, assise à ses côtés au Blue Bell à partager des verres, des assiettes et même des bisous, Nora retomba amoureuse de Dan. Il était son mec, gentil et souriant, leurs mains pressées l'une dans l'autre. Eux contre le monde.

« Je peux vous servir autre chose ? » demanda Sophie quelques heures plus tard, une fois que la lumière se fut rallumée et le petit restaurant vidé.

Dan regarda Nora.

« Tu veux quelque chose, chérie ?

– Nan, répondit-elle. Allez, on va laisser Sophie tranquille. »

L'addition arriva, que Dan régla.

« Ton père me tuerait s'il apprenait que j'ai sorti sa fille sans payer la note.

– Dan. On vit ensemble. Je doute qu'il en ait quelque chose à faire.

– Eh bien, ce soir j'ai décidé de chouchouter ma nana. »

L'affaire était réglée. Il l'aida à descendre du tabouret et, après deux au revoir lancés de concert à Sophie, ils poussèrent la porte.

« Laisse-moi te donner un coup de main avec ta fermeture Éclair, Nor », dit-il plus tard, dans la pénombre de leur chambre.

Nora, qui se débattait avec le zip, se tourna pour qu'il puisse l'atteindre, forcer les têtues dents de métal à s'ouvrir. Ses mains sur ses épaules étaient douces. Sa robe tomba au sol. Un battement de cœur plus tard, sa chemise à lui la rejoignait.

Pour la première fois depuis longtemps, ils firent l'amour sensuellement, réveillés. Ce n'était pas un câlin à moitié endormi, deux corps las qui s'unissent pour un bref instant avant de sombrer dans le sommeil. Nora prit Dan de tout son cœur et il l'attira contre lui, et lorsqu'il l'embrassa elle pleura, parce qu'elle l'aimait et que ses baisers lui avaient manqué. De son pouce il essuya ses larmes et couvrit son corps avec le sien, et au bout d'un temps ils s'endormirent, d'un sommeil sans rêves.

Les lémures qui rôdaient dans la chambre se figèrent, sentinelles silencieuses, leur cœur brisé saignant face à tant de tendresse.

JUILLET

Un fantôme se ressaisit

Juillet en Virginie est lent et moite ; ses jours s'étirent comme le bonbon au caramel que nous achetions sur le front de mer, et sont tout aussi sucrés-salés. C'est un mois cannelle, rond en bouche et lourd d'épices, avec, tout au fond, un léger soupir, silencieux, pris dans la langueur d'une fin d'après-midi. En juillet, le forsythia et le chèvrefeuille enflamment de jaune et de blanc les berges limoneuses des ruisseaux ; les premières mûres gouttent des massifs épineux, se dévêtant de leurs délicats pétales à mesure que leur ventre se renfle. C'est ainsi que je les préfère, encore acides et âpres, pleines d'un jus qui mord l'intérieur des joues.

En juillet se développent les cumulonimbus ; nuages gris acier, gravides de pluie et d'électricité frissonnante. L'air d'après-midi bourdonne et se dilate ; le monde entier retient son souffle, attendant la déchirure.

« Il n'y a rien de plus puissant au monde qu'une femme, disait ma grand-mère par ces longues journées d'été, alors que nous étions assises sous son porche à regarder les orages glisser par-delà la montagne. Mère Nature. Moi. Toi. Ne laisse jamais personne te dire le contraire. Nous, les femmes, nous créons. Nous enfantons. Et nous pouvons détruire. »

Je me demande si elle a continué de sentir ce pouvoir entre ses mains, alitée dans sa maison de retraite, loin de tout. Je l'espère.

Le ventre des montagnes s'ouvrit à moi lors de cet été naissant, et je m'y faufilai en rampant. J'avais attendu durant tous les clairs mois de mai et juin, enracinée dans la terre, renfermée profondément en moi, à jeter centimètre par centimètre et souffle après souffle mon ancienne peau, salie, jusqu'à me muer en créature nouvelle, lisse et luisante. En juillet, les mites avaient quitté ma peau. Je m'étais construit une armure.

J'avalais les orages ; ma bouche offerte aux éclairs, je dansais sous la pluie torrentielle. Et lorsque l'été atteignit sa pleine intensité, je sentis ce qui rampait en moi sortir ses longues pattes et fouler le monde avec mes pieds. Au travail je me tenais coite, je nouais un sourire sur mon visage, lançais mon rire au vent frais qui balayait le bar par les fenêtres ouvertes.

Les drosophiles qui flottaient dans la brume ne me dérangeaient plus. Je pris l'habitude de laisser des restes de nourriture à l'arrière du bac à glace. Un havre sûr pour festoyer, cacher leurs œufs. Le reste du bar je le récurai, polissant le cuivre jusqu'à ce qu'il étincelle dans le crépuscule.

L'humidité engrossa les chuchotements, lesquels roulèrent d'une oreille à l'autre, le long du bar, autour de la petite salle puis dans les rues loqueteuses de la ville. Six mois depuis qu'on avait retrouvé Mark. Six mois et deux hommes de plus. Trois, en vérité, mais qui se souvenait encore du garçon que le train avait dévoré ? Ça avait été sa faute, après tout.

Les chuchotements enflèrent, il leur poussa des jambes qui se mirent à déambuler dans Bellair, un cauchemar en guise de visage. J'entendis leurs noms qu'on chantait en prière : Mark, Trent, Brody. Mark, Trent, Brody. MarkTrentBrody. Durant quelques douces semaines, je vis des hommes regarder par-dessus leur épaule avant de sortir dans le noir.

Le plein été mit fin à cela. La soie d'une nuit chaude suffit à effacer toute peur de leur esprit. La dernière attaque avait eu lieu en avril, et avril était désormais loin derrière. Les hommes, peu habitués à se figurer leur vie comme fragile, oublièrent rapidement le prédateur qui les guettait depuis les herbes hautes.

C'était ma faute. J'étais restée trop longtemps inerte, m'étais consolée avec l'histoire de fantôme que j'avais créée. J'avais oublié le frisson de la chasse. Je me sentis tomber en miettes, m'écailler, fondre dans la terre. Il fallait que je m'active. L'homme sous le saule avait disparu à moitié, sa peau pendait en lambeaux de ses os dégarnis. Des champignons avaient poussé entre ses doigts et ses orteils, transpercé l'épais cartilage du nez. Il était temps de se remettre en branle. Je sondai ma poitrine et y trouvai une lionne ; je sondai ma poitrine et lui rendis sa liberté. J'allais porter un costume ; je serais la terreur qui rampe sous la peau des hommes.

Circé

Ma sorcière grandissait. Elle poussa jusqu'à ce que ses bras débordent du pot en plastique dans lequel je l'avais plantée, une vie plus tôt ; elle grossit et s'endurcit, ses feuilles vertes se déployèrent sous le soleil, ses fleurs en trompette jaillirent des bourgeons serrés. Au plus fort du printemps, alors que le soleil baignait nos journées d'une chaleur délicieuse et que la gueule béante de la nuit s'édentait, je pris ma sorcière dans mes bras et la portai sous le porche où en compagnie de ma grand-mère j'avais passé tant de temps.

J'y étais de nouveau, avec ma grand-mère, dont le poing avait serré le même remède qui, à la fin de l'été, serait serti de cosses rigides. Je la sortis délicatement de son pot de bébé pour la déposer dans le chaudron de sa nouvelle résidence d'été. Impossible de la mettre en terre ; l'argile rouge, dure comme la brique, en étoufferait les racines. Peu de choses survivent dans cet environnement brutal. Je l'installai donc sous mon porche, au coin de l'escalier, enroulai ses bras maigrichons au treillis et glissai ses jambes à travers le garde-corps écaillé de la terrasse. Un travail de tissage délicat qui me demanda du temps. Tiges, fleurs, feuilles, chaque élément cousu, un à un, aux nervures de la vieille maison. Des abeilles tourbillonnaient ; des papillons embrassaient la sueur sur mes épaules. Lorsque j'eus terminé et que j'ôtai mes mains du bois esquillé, je vis qu'elles étaient couvertes de mites du trèfle. Rouges comme le sang. Je les écrasai d'un doigt, puis maculai mes paumes de la salissure sortie de leur corps.

Drapées de l'autre côté du porche se trouvent des fleurs qui par leur apparence auraient pu être ses sœurs, bien qu'en vérité elles aient peu en commun. Leur forme et leur couleur sont les mêmes : d'élégantes trompettes qui cascadent lourdement sur les feuilles. Quelques-unes offrent leur visage au soleil jusqu'à ce que la chaleur les en détourne, alors elles s'endorment, roulées sur elles-mêmes. Elles sont blanches, même si certaines possèdent dans leur calice un rebord violacé pouvant aller jusqu'au bleu nuit. Cette fausse sœur aussi a un surnom : Fleur de lune. Donné en raison de sa floraison nocturne ; ainsi, radieuse, elle salue l'aube à visage découvert, avant de sombrer dans son rêve diurne. Vous lui connaissez peut-être un autre sobriquet : Gloire du matin. Ma sorcière, elle, est appelée Fleur de lune pour la couleur froide et blême de sa corolle. Cet été-là, chaque fois que je rentrais chez moi dans le noir, des dizaines d'yeux inquiétants m'accueillaient, guettant ma venue dans le silence pesant d'une maison vide.

Ces fleurs de lune partagent encore un point commun. Comme toutes les belles femmes, elles sont vénéneuses.

Magnanime, Gloire du matin se contentera de vous expédier pour quelques heures sur une autre planète. Datura, ma sorcière, est dotée d'une nature autrement dangereuse. Au plus profond de ses poings serrés se trouvent des graines qui, prises individuellement, m'enverraient hilare m'allonger dans le verger à regarder défiler les nuages, ou qui, ingérées trop avidement, me tueraient sur place, avant même que je comprenne ce qui m'avait frappée. Comme la lune, elle possède une face obscure. Sous la cloche gracile de sa jupe se dissimule la totalité du pouvoir féminin.

Ce qui rend Datura si dangereuse, ce sont les alcaloïdes dans ses graines. L'atropine : un agent innervant qui ralentira votre rythme cardiaque ; vous serez Blanche-Neige qui dort dans la forêt. L'hyoscyamine : soulagement de la douleur, sécheresse buccale, bouffées de chaleur, vertiges, troubles de la vision ; vos fondations ébranlées jusqu'à ce que vous lâchiez prise. La scopolamine : pupilles dilatées au point de faire basculer le monde.

Elle est la sœur de Belladone, dont les femmes se mettaient jadis des gouttes dans les yeux ou sur la langue. Incarnates et félines, ces vibrantes ménades hantaient les fêtes qu'éclairait la lueur des bougies, elles avançaient en équilibre sur le fil aiguisé de la mort. Sentaient-ils le tonnerre qui se formait dans leur poitrine, l'éclair dans leurs os ?

C'est au travail que je fis pour la première fois sa découverte. Un client, une allergie, « pas de poivrons, s'il vous plaît ». Ils sont cousins éloignés, voyez-vous. Poivron, tomate, aubergine, piment. Ils portent en eux un poison consommable, mortel uniquement à ceux ayant le malheur d'y être trop sensibles. La plupart d'entre nous passons à côté toute notre vie. À cet égard, je suppose que même moi, je suis comme un homme. Ignorante.

Les hommes ont oublié la terre dont ils sont un élément, si bien qu'ils ont oublié leur grand-mère. Ils nous violent, nous frappent, nous entravent et nous font taire, mais plus pour longtemps. Les orages d'été m'ont tirée du sommeil pour mûrir au côté des bourgeons de pommes. Les fleurs printanières sont belles, mais trop délicates pour un dur labeur. J'ai donc choisi de devenir le fruit, renflé et pansu, qui explose en couleurs de feu. L'été a été long, il a été chaud, j'ai donc pleinement développé mes arômes dans mon petit verger. Qu'ils me mordent, goûtent ma chair.

Au bout d'un temps les papillons s'en allèrent, mais les abeilles voletèrent à mes côtés tout le reste du brûlant après-midi. Assise sur une marche, je les regardai se faufiler dans les larges trompettes de mes fleurs, Gloire du matin ou Datura ; ma présence leur était égale. Le poison est sans effet sur elles ; elles aussi sont sœurs.

Je les regardai jusqu'à ce que le soleil se noie derrière la crête boursouflée de la montagne et que le monde s'assombrisse. Puis les fleurs de lune s'ouvrirent sur un chœur de cigales et de grenouilles, à la lumière de cent lucioles cabriolantes.

Une araignée

Voici comment on attrape un homme dans un bar.

D'abord, choisir votre tenue. Vous voulez qu'on vous voie, mais pas qu'on se souvienne de vous. Chaque visage est différent. Un corps est plus facile à cacher, à oublier. Servez-vous du vôtre. Un jean, un débardeur noir près du corps ; pour quelque chose de plus féminin, une simple robe unie. C'est par là que tout commence.

Optez pour un maquillage léger. Vous connaissez l'adage, les yeux ou la bouche. Choisissez, et faites-en votre appât. J'ai toujours aimé mes yeux, mais certaines femmes voient dans des lèvres rouges une puissance de séduction plus forte. Laissez vos cheveux libres ; c'est ainsi que l'on se cache. Les femmes le savent. Combien de fois ma mère m'a-t-elle crié de m'attacher les cheveux, enfant ? « Je ne vois pas ton joli visage ! Ça ne te rend pas dingue, de les voir pendre comme ça sur ton front ?! » Non, mère, pas le moins du monde. Plus jeune, je détestais mon visage et le dissimulais sous une tignasse ébouriffée. À présent que je m'y suis faite, je le cache de nouveau, quoique mes cheveux ne soient plus un linceul graisseux pour des traits à la croissance désynchronisée, mais plutôt une invitation parfumée aux lèvres, aux soupirs, au mystère.

Vous devenez donc toutes les femmes et aucune, un fantasme qu'on oublie, à l'image des fils d'une toile d'araignée, à découvert mais hors de vue.

Ensuite, trouver un lieu sombre. Pas le genre d'obscurité que l'on pourrait qualifier de romantique, avec lueur tamisée des bougies et banquettes d'angle, où le barman est payé pour distinguer une maîtresse d'une épouse. Les hommes qui écrivent pour ce qu'on dit être de bons téléfilms croient que les femmes comme moi hantent ce type d'endroit. Ils s'imaginent qu'une femme comme moi est futile, ou fêlée, voire borderline, que mon pouvoir sur les hommes se nourrit de la haine que j'ai pour eux parce que j'aurais été violée quand j'étais étudiante. Chahutée, pointée du doigt, couverte d'injures, harcelée, tripotée, ignorée, oui. J'ai été tout cela. Violée, non. Cette histoire qu'ils se racontent, voyez-vous, leur permet d'imaginer qu'ils sont la force motrice dans la vie d'une femme. Le phallus d'abord comme un agent de souffrance, et, en fin de compte, de renaissance. La femme-papillon, dans ce fantasme, est ressuscitée via le pouvoir transformationnel du membre masculin. Tellement ils se croient importants…

Je rejette cette façon de voir. Je veux punir les hommes parce qu'ils m'ennuient, parce qu'ils croient que je leur appartiens, parce qu'ils m'accablent d'injures, me tripotent, me harcèlent, m'ignorent, me montrent du doigt, m'irritent. Leurs voix, quand elles s'immiscent en rampant dans les recoins cachés de ma chair, me hérissent.

Donc je ne me rendis pas là où ils attendaient que je sois, là où ils se tenaient sur leurs gardes, ces hommes convaincus que ma vie tourne autour d'eux. Je me détournai des clubs de jazz ; des bars lounge romantiques éclairés aux chandelles et ornés de banquettes ; tous ces lieux où les tabourets de bar sont espacés les uns des autres et où les prix sur la carte maintiennent le tout-venant à la porte. Là-bas, je ne suis encore qu'un objet en vitrine.

Je choisis une scène différente. Mon lieu sombre serait éclairé par des rangées de néons. Il empesterait la bière et l'alcool bon marché et collerait à mes semelles lorsque j'en traverserais le sol bétonné. Le genre de bar où tout noctambule s'est fait les dents. Où l'on sait ce que notre collègue veut dire quand il annonce pour la troisième fois en une heure qu'il doit s'absenter un instant, où on ne se demande pas pourquoi il sort des WC en s'essuyant le nez ; le genre d'endroit où les habitués savent que le box le plus éloigné de la porte est celui des affaires, et d'ailleurs tout le monde s'en fout hormis les commis de cuisine, qui piaillent à propos de telle fille en particulier dont ils reconnaîtraient les genoux entre mille, à leur façon d'embrasser le sol au carrelage dégueulasse.

« Pourquoi elle nous a pas proposé, à nous ? dira l'un d'eux.

– Parce qu'elle sait que t'es qu'un pédé ! » sera la réponse évidente, assortie d'un claquement de torchon sur les jambes, les bras, ou l'entrejambe.

Je connaissais un bar comme celui-là ; un endroit décati qui se tenait affalé en retrait d'un coude isolé de l'autoroute, à bonne distance de chez moi.

Voilà la seule règle qui vaille : pour faire de la chasse à l'homme un sport, ajustez votre tir.

C'était vraiment crade. Le genre d'endroit en déshérence que les locaux adorent et que les touristes se sentent privilégiés de découvrir, comme s'ils débarquaient dans un documentaire de National Geographic. C'est le jeu, non ? Est-ce que je me fonds dans le lieu ? Est-ce que les habitués vont m'accueillir à bras ouverts, me raconter des anecdotes, me traiter en ami ? Est-ce que le barman va payer sa tournée de shots ?

Il y avait un groupe. Ces gamins crasseux que l'on trouve dans les garages et les caves, qui portent des jeans plus slims que le mien, le col en *V* de leur tee-shirt déchiré jusqu'au nombril de leur maigre poitrine. À mon entrée, ils commençaient tout juste leur set de reprises de grunge des années 1990, avec ici et là leurs propres morceaux. Au cours de la soirée, une fois la foule remontée à bloc, ils joueraient « Peaches » ou « War Pigs », peut-être « Brown Eyed Girl », pour les gentilles filles en robe légère qui se trémoussaient devant la scène, qui souriaient et tournaient sur elles-mêmes comme des fées dans une prairie boisée en quelque contrée imaginaire.

J'ai toujours détesté ces filles. Néanmoins elles ont leur raison d'être. Tout le monde les regarde.

C'est le genre d'endroit où la pluralité de moi peut agir sans être vue.

Je trouvai ce dont j'avais besoin aux WC. Une fille, peut-être *cette* fille, recroquevillée contre le mur du fond, du mascara qui coule en rivière baveuse sur ses joues, un fouillis de cheveux qui lui tombe sur le visage. Collé dans ses mains il y avait un téléphone, qui bipait et flashait tel un tatouage stroboscopique. Encore des larmes, puis le cri d'un animal aux abois jaillit de sa douce gorge. Un rugissement résonna dans ma poitrine, un frétillement ondula sur l'arête de mon nez.

« Il en vaut pas la peine », dis-je, penchée au-dessus du lavabo, un eye-liner pressé contre ma paupière.

Il était mou, mal taillé, si bien que le trait noir sortit épais, une chenille se traînant sur l'éventail des cils. Je l'étirai en forme d'aile, l'estompai en un effet fumé.

Le mur derrière elle était couvert de gribouillis, les sédiments épars de nuits oubliées, peines de cœur et coups d'un soir ; un rituel de passage aussi vieux que notre espèce : laisser son empreinte, son nom, son dessin sur un mur. *J'étais ici. J'ai vécu. J'ai baisé le barman. Souris !* Juste au-dessus de sa tête, joyau sur la couronne, il y avait le dessin d'un baiser rouge vif. Elle leva le menton, le joyau brossait à présent le sommet de ses cheveux, et je vis qu'elle avait les yeux bleus ; de ces yeux écarquillés et innocents que j'ai toujours rêvé d'avoir. Les miens sont marron, la couleur de la boue et de ce qui s'y tient caché.

Le téléphone vibra dans sa main, ses yeux s'emplirent à nouveau de larmes.

« Donne-moi ça. »

Elle ne m'opposa aucune résistance lorsque je me penchai pour le lui prendre des mains. Elle était une enfant, tremblante, déchirée. Je connaissais ce visage. Je l'avais vu des milliers de fois, dans le reflet de mon miroir ou assise de l'autre côté du comptoir un vendredi soir. La colère raidit ma colonne, s'enfouit dans le nœud sous mon omoplate. Les pieds qui marchaient sur mon nez se figèrent, firent demi-tour et coururent se réfugier dans mon œil. Je me suis réjouie qu'elle soit saoule, qu'elle soit trop fixée sur ses larmes pour sentir la pulsation de voix qui me submergea alors. Ça aurait été trop, elle n'était pas prête, empalée comme elle était par le cri surgi de son téléphone.

Je savais ce que j'y trouverais lorsque je baissai les yeux dessus. Les insultes habituelles. *Salope. Pute. Tarée.* J'effaçai tout. Bloquai son numéro avant qu'il puisse sortir son arme fatale, *Je suis désolé. Je t'aime.*

Mon cul.

Ainsi commence la routine que toute femme connaît, qui consiste à consoler une inconnue dans les toilettes. Relever sa sœur du sol et sécher ses larmes. Lui frotter le dos, autant pour la calmer que pour lui rappeler de se tenir droite. Aucun homme ne te fera courber l'échine. Tu es une déesse. Allez, on va te remaquiller. Tiens, essaie mon rouge à lèvres ; il va t'aller à merveille. Je t'assure, le rouge va à tout le monde, le truc, c'est de trouver la bonne teinte. On va s'amuser comme des folles ce soir, on emmerde ce connard. Eh ! Pas de larmes. Regarde-toi, meuf, t'es carrément *bonne.* Ouais, y a des jours aussi où j'aurais aimé être lesbienne (rires), malheureusement pour moi, j'aime la bite. C'est clair (encore des rires), faudrait tous les castrer. T'as déjà entendu parler des Amazones ? Laisse-moi te raconter...

Quand j'étais jeune et que je commençais tout juste à m'aventurer dans le vaste monde sur des talons hauts bon marché, je croyais à ces mots lorsqu'ils sortaient de ma bouche. Ce soir-là, je savais que c'était une enfilade de mensonges, de l'huile de serpent que les femmes se refourguent pour apaiser la douleur dans leurs cœurs. Ce que j'aurais voulu faire c'était lui hurler qu'il y avait une alternative, qu'on détenait le pouvoir entre nos mains, que les hommes, quand on les défiait, s'écrasaient comme des punaises. J'aurais voulu peler la peau de ses bras, qu'elle voie les mites qui rampaient dessous. *Est-ce que tu les sens ?* je lui demanderais. *Je vais te montrer comment on s'en débarrasse.*

J'aurais voulu faire tout ça, car je suis fatiguée de relever des femmes de sols de WC crasseux pour leur essuyer le visage et les recoiffer et leur dire qu'elles valent mieux que l'ordure qui les injurie dans le téléphone. Je suis fatiguée des larmes, et des cœurs brisés dont j'ai passé ma vie à recoller laborieusement les morceaux du mieux que je pouvais. Je suis fatiguée de la certitude que, à la lumière du jour, elle lui ouvrira une nouvelle fois sa porte. *Juste une dernière chance, bébé, je t'aime.*

Mais elle est à moitié ivre et je suis trop furieuse, et puis j'ai d'autres desseins pour elle.

Je pris sa main dans la mienne. Elle était chaude ; les miennes sont toujours froides.

« Allez, viens. La musique est trop bonne pour qu'on perde notre temps ici… On va trouver quelqu'un pour nous offrir une tournée de shots, ensuite on ira danser jusqu'à tomber d'épuisement. En plus… » Voici comment on scelle l'accord, écoutez bien : « Ton haut te fait une poitrine de dingue. Ça serait dommage de gâcher ça en restant à chialer sur ce sol dégueulasse. »

Nous étions sœurs lorsque nous sommes sorties des WC bras dessus bras dessous en un nœud gordien qu'elle était déterminée à ne laisser aucun homme rompre. Ventre collé au bar, nous avons attendu. Ce n'est jamais très long. Deux femmes, seules, sont des fleurs mûres pour les abeilles. Je me changeai en statue. Le corps élancé et voluptueux, le visage éclairé d'une joie que je ne ressentais pas. Je fis courir mes doigts dans mes cheveux, les laissai retomber sur mon épaule, me tournai pour la regarder en face de manière qu'on me voie de profil. *Me voilà tout entier*, disait mon corps. *Venez me rencontrer.*

« Pas mal, le groupe, hein ? »

Une bouche se pressa contre mon oreille, des doigts frustes effleurèrent mon coude.

Quand je me tournai pour le regarder, j'eus une vision claire de la nuit qui m'attendait ; tous mes plans s'emboîtaient si facilement que ça en était suspect. Ce ne devrait pas être aussi facile d'être la bonnasse de service.

Il poursuivit, ses yeux louchant sur les miens et sur la moue aguicheuse dont j'avais pris soin d'habiller mes lèvres :

« Vous buvez quoi ? »

Ses doigts n'avaient pas quitté mon coude. J'en sentais la morsure, rouge comme le fer et tout aussi pesante. Il jouait avec, un doigt rugueux qui glisse sur l'arrondi de l'os, deux doigts, un, deux. Je sentis des corps escalader ma gorge puis la cavité derrière ma mâchoire. Reste immobile. Tu es une lionne dans les fourrés.

Je me tournai vers ma compagne, dont le bras était encore passé autour du mien. Dans ses yeux écarquillés, je lus la crainte du rejet. J'allais la délaisser pour cet homme, notre sororité brisée par la seule épée capable de trancher notre lien.

« On a pas encore décidé. Tu conseilles quoi ? lui dis-je tout en serrant plus fort le bras de la fille.

– Je dirais... whisky ou tequila. »

Sa voix héla le barman, qui se figea dans sa course comme un chien dont on appelle le nom, et vint se tenir devant nous. Il n'allait pas attendre longtemps. La salle était comble, le bar plein à craquer. Je sentais tous les appels, les coups de coude et les bips de l'ordinateur hérisser ses nerfs. Il fallait qu'on se décide vite avant que cette étape devienne une corvée, avant que nous perdions notre place dans la file.

Ils me dévisageaient tous les deux, donc je choisis :

« Trois tequilas.

– Vodka ! piailla ma copine alors que le barman s'apprêtait à remplir le dernier shot. Pardon, poursuivit-elle d'un ton d'excuse, recroquevillée contre le dossier de son tabouret, les yeux comme des soucoupes. J'aime pas la tequila. »

N'importe quel alcool bas de gamme, c'est déjà l'enfer, mais il n'y a rien de pire que la vodka premier prix, et les filles qui en boivent sont très rapidement hors-jeu. Bien qu'elle soit une cause perdue, je pouvais quand même me servir d'elle.

Les trois verres glissèrent vers nous. Apparurent ensuite une salière et deux quartiers de citron vert. C'était à moi de jouer. Je savais quoi faire. Je pris la main de la fille et versai un peu de sel sur le coussinet entre son pouce et son index. Sur mon coude, la main du type se raidit. Lorsque je léchai le sel sur la main de la fille, je pris soin de le regarder dans les yeux.

« Tchin. »

Trois shots qu'on porte aux lèvres, trois doigts qui pressent ma hanche et s'accrochent à la boucle de ma ceinture, deux citrons verts sucés à blanc et jetés dans des verres vides.

Ce fut moi qui proposai une deuxième tournée, pour fêter la liberté retrouvée de ma copine. Une fois son shot vidé, elle m'embrassa la joue puis, son bras autour du mien et les doigts du mec dans la ceinture de mon jean, nous nous sommes dandinés tel un insecte bizarroïde jusqu'à la sordide piste de danse.

Choper un mec dans un bar est un jeu d'enfant. J'ignore encore pourquoi, en dépit du temps que j'ai passé à les étudier. Ces créatures, qui tirent un tel plaisir de leur capacité à manier leur attention comme une arme, à nous la retirer quand ils sont en colère ou à nous étouffer dedans quand ils sont contents, perdent toute confiance en eux dès lors qu'ils se retrouvent dans ce genre de lieu poisseux, où toutes les mains se ressemblent et où les baisers s'offrent au rabais. Est-ce que ça n'est pathétique, presque sale, quand on y pense ? Il y a une espèce de désespoir animal dans le soudain besoin de s'accrocher, comme un chien qui vous suit à la trace dans la maison. Ici, dans ce chaos déroutant, ils ont trouvé une femelle qui les laisse toucher sa hanche, presser leur bouche contre ses cheveux. Peut-être qu'il s'agit d'un instinct, un signal qui les avertit que c'est peut-être leur dernière chance, fonce. Vous pouvez les rejeter, vous moquer, embrasser un autre homme devant eux, ils seront encore sur le trottoir en face du bar à la fin de la soirée, à vous attendre parce que vous leur avez laissé entrevoir une ouverture. Tout ça pour l'opportunité à portée de bras d'un coït de quelques minutes.

De la nourriture, du sexe et un toit sur la tête. Du sexe. Voilà ce que veulent les hommes. Une fois qu'on l'a compris, il est facile de s'en servir. On gagne. Il ne faut pas être intelligente pour harponner un homme, mais il faut être maligne.

La fille resta avec nous jusqu'à trouver quelqu'un de plus intéressant, de plus apte que moi à satisfaire les besoins de son cœur brisé. À ceux d'entre vous qui se demanderaient pourquoi je n'ai pas rempli ce rôle moi-même, je répondrais seulement que mon corps n'est un baume pour personne. Fini le temps où j'étais un pansement, peu importe qui en avait besoin. Et puis j'avais d'autres chats à fouetter. Les voix mordantes, qui s'étaient tues au cours de la première heure à suer sur la piste de danse, s'étaient remises à me harceler. La chose dans ma poitrine faisait les cent pas. Je laissai donc la fille me prendre le visage à deux mains et me rouler une pelle avant de retourner au bar en compagnie du mec avec qui je savais qu'elle repartirait lorsque les lumières se rallumeraient. Elle avait un goût de cigarettes et de rouge à lèvres défraîchi.

Et puis nous avons été seuls, lui et moi, et je n'avais pas vraiment envie de l'embrasser mais le laissai faire quand même, comme je l'avais fait tant de fois avant. Je sentis la flamme de mon ancien moi brûler dans mon thorax, crépiter et cracher, des langues ardentes s'enrouler autour de mes os. Ses doigts descendirent sous la ceinture de mon jean. Je dansai aussi longtemps que possible pour oublier leur contact, jusqu'à ce que je sois en lutte contre moi-même. L'intrusion était trop forte.

Il était encore tôt pour partir. Il n'était pas assez ivre. Je ne l'avais pas encore tout à fait ferré. La sueur dans ses cheveux me dégoulinait sur le visage; je fermai les yeux pour m'en protéger, me recroquevillai intérieurement sur la boucle d'un riff de guitare. De plus en plus profond, je plongeai en moi, jusqu'à ce que le noyau dur de mon moi soit une boule pesante dans mon torse, aux aguets derrière les poumons, à haleter de rage, derrière un cœur qui battait à tout rompre dans le péricarde, derrière un diaphragme, des reins bien cachés et un foie qui pompait l'alcool pour s'en débarrasser. Toute la mécanique musculaire, humide, qui me composait m'enlaça dans son étreinte, me servit de refuge tandis que mes hanches dansaient, que les mites protestaient, qu'il me touchait.

Ma peau se fit cireuse, mes yeux vitreux. Comme avec mon garçon dans le verger, je tombai dans un espace contre nature. Pas une mort, juste une mise au rancart ; posée sur une étagère afin de pouvoir travailler. Je savais comment faire, je pratiquais depuis des années. Je le laissai m'embrasser encore, et lorsque ses lèvres raclèrent les miennes, je posai mes doigts gourds sur sa hanche.

Nous sommes retournés au bar, et retour sur la piste de danse. Les heures se traînaient, interminables. Les dents de lionne et les griffes qui étaient enfouies dans ma poitrine se jetèrent contre les barreaux de ma cage thoracique, grognant, les yeux brillants. Lui aussi le sentit, le prit pour du désir. Au fil de la nuit il s'était enhardi, d'abord sa main sous mon haut, puis à glisser ses doigts sournois sous mon soutien-gorge, à sonder mon intimité. La bile me monta à la gorge. Une fois, m'oubliant, je mis ma main sur la sienne, tentai de le repousser ; en réponse, il plia nos corps en deux et ses dents vinrent râper ma nuque tandis que son autre main rampait le long de ma cuisse. De mon dos jaillit en hurlant une nuée d'oiseaux. Dans une autre vie, ça aurait pu être érotique. Nul doute que dans sa vie, ça l'était.

Et puis nous étions en train d'avancer, et je sentais le contrôle m'échapper. Ma peur et mon dégoût allaient-ils me trahir, me rendre petite, aiguisée et furieuse ? Il nous conduisit à un box d'angle assombri.

« Non. »

Ma main sur son torse, une barricade.

« Allez. »

Je le sentis tout entier peser sur moi, et la bête dans ma poitrine hurla. Des pieds minuscules se faufilèrent pardessus les montagnes zygomatiques de mes pommettes, gouttèrent de mes lèvres, le long de mon gosier sous tension. M'efforçant de garder mon calme, je me mordis la lèvre afin de rassembler les fragments épars de mon corps, dont je touchai chaque partie de la pointe inquisitrice de mon esprit. Tu contrôles la situation, Sophie. Rends-toi invisible. Reste tapie dans la boue.

Quand on regarde un homme comme si c'était une conquête, tout en lui change. Il y a ses yeux, qui vous regardent. Il y a sa mâchoire, carrée et rugueuse ; sa gorge qui bat. Vivante. Reculez et vous verrez le reste : les bras, les jambes, la poitrine, gaulé ou pas ; l'ensemble forme une créature capable d'avoir le dessus si vous la laissez faire. Et ils veulent avoir le dessus. Déchirer vos vêtements et vous plaquer contre un mur, vous tirer les cheveux, vous gifler, vous étrangler, enterrer au plus profond de vous la vie qu'ils vous gâchent avec une telle facilité.

Or je sais maintenant ce que c'est de les faire se sentir mortels. Tout en moi, ma colère, ma honte, le dégoût que je ressens après des heures à laisser sa sueur me couler dessus, compressé dans un regard parfait, d'agonie.

Je serrai mon corps contre le sien, pressai mes lèvres contre la coquille duveteuse de son oreille.

« Pas ici. Je connais un meilleur endroit. »

Nous avons réglé l'addition et laissé un pourboire au bar ; toujours trente pour cent. Je ne suis pas un monstre. Et puis nous sommes partis. Dans le noir, personne ne nous vit monter dans ma voiture.

Il y a au Texas un tronçon d'autoroute isolé qu'on appelle Killing Fields. Des dizaines de corps, principalement de femmes et de jeunes filles, ont été retrouvés dans cette parcelle désertique depuis les années 1970. Je me demande parfois, lorsque je roule sur une portion de route particulièrement isolée, combien encore n'ont jamais été découvertes. Combien gisent brisées et rabougries dans des tombes superficielles, leur visage pressé contre le sable, leur bouche pleine de terre et de bouts de bois, de pierres, de dents cassées ; leurs cris ravalés par le vent qui souffle sur la plaine.

Il n'y a pas de tels terrains, par ici. L'Interstate 64 coupe une sentinelle de pins rigides et silencieux, la tête haute contre les bras étouffants de la vigne vierge de Virginie, le kudzu et le chèvrefeuille aux arômes sucrés. La terre dans cette partie de l'État est meuble, épaisse d'aiguilles de pin tombées au sol. L'air sent l'ancien, quelque chose que l'on aurait laissé derrière soi il y a longtemps, rêve ou cauchemar.

La nuit, il fait très noir sur cette portion de route. Peu de gens vivent dans les marais, entre la vasque humide de Richmond et mes montagnes bleues. Trop chaud. Les orages s'amassent sur la plaine inondable et pèsent de tout leur poids sur l'air. Un havre pour les moustiques. La terre ici est trop sablonneuse pour que quoi que ce soit y pousse, le sol est un poison pour tout végétal, à part le tabac et l'arachide. Les grosses fermes sont en Virginie du Nord, ou bien dans mon coin, les Blue Ridge – vastes champs herbeux pour le bétail et les chevaux.

C'est là, dans cette terre glaiseuse, que je l'ai enterré, sous un épais buisson de ronces. Autour de nous, trois racines saillaient en monticules étranges, comme venus d'ailleurs. Les grillons jouaient leur concert. Les pins ondulaient et grinçaient.

Là, dans une tombe superficielle, dans cette terre qui rêve, personne ne le retrouvera jamais, hormis les renards et les oiseaux, la vie fourmillante de la forêt.

Un fantôme se repose

À mon retour je m'étendis dans ma douche, à savourer le baiser froid du carrelage sur mon corps rougi. Le monde paraît si différent depuis le sol. Est-ce qu'ils pouvaient le sentir ? Là où ils étaient enfouis, sentaient-ils la gravité qui les tirait vers le bas ? La terre vibrer sous eux tandis qu'ils pourrissaient ?

Est-ce qu'ils se sentaient tout petits ?

Nora

Le signalement tomba pendant que Nora était en patrouille, une voix hachurée qui s'éleva parmi les grésillements de la radio. Joseph Aguilar, vingt-sept ans, de Richmond, porté disparu au cours du week-end. Il avait été vu pour la dernière fois dans un bar de nuit à l'extérieur de la ville, un rade miteux connu pour ses concerts trash et ses cocktails forts ; le genre d'endroit pour gamins sans le sou et adultes sans boussole.

Elle n'aurait pas dû entendre l'appel, sauf qu'elle s'ennuyait et jouait avec le bouton de la radio. Une mauvaise habitude, elle le savait, mais c'était bientôt la fin de son service et la journée avait été morose ; elle voulait savoir s'il y avait de la vie dans les autres parties de l'État. Seule dans son véhicule à écouter la voix crachoter dans la radio, Nora sentit une corde glacée s'enrouler autour de son cœur, et serrer.

Encore un, évaporé.

Elle appela Murph sur son portable.

« Tu peux contacter la police de Richmond ? Ils viennent de signaler la disparition d'un homme. Jeune, fin de la vingtaine. Vu pour la dernière fois dans un bar à la limite ouest de la ville.

– Et pourquoi je ferais ça ? »

Sa voix, rauque et traînante. Nora le voyait, avachi sur son bureau au travail. Comme chaque année, la chaleur estivale apportait son lot d'infractions mineures. Étant l'un des deux enquêteurs de Bellair, Murph avait la charge non seulement des homicides mais aussi des cambriolages, des vols et des agressions sexuelles. Dernièrement, il avait été plongé jusqu'au cou dans des histoires d'adolescents pénétrant par effraction dans des maisons abandonnées pendant que leurs propriétaires étaient en vacances, ou volant des bières dans des stations-service. Délits estivaux de villes de province, inintéressants à souhait et parfaitement casse-couilles.

« Parce que ça correspond, Murph. Un homme. Disparu.

– Des hommes disparaissent tous les jours. Puisque tu t'ennuies, tu n'as qu'à vérifier le Registre national des personnes disparues…

– Oui, je sais ! »

Elle aussi était de mauvais poil. Fatiguée à cause de la chaleur et de son emploi du temps. Elle savait que l'entêtement de Murph était simplement dû à sa mauvaise humeur, mais elle aurait aimé qu'il se contente de l'écouter, pour une fois, au lieu de la contredire ou de répondre par une boutade.

« On n'a pas affaire à un tueur, Martin. On a deux classements sans suite qui vont me hanter longtemps, un accident terrible, et un gamin qui s'est enfui, sûrement dans une communauté hippie dans le Colorado.

– Mais, Murph, tu ne crois quand même pas…

– Je vais les appeler, Martin ! rétorqua-t-il sèchement. Je vais les appeler. Juste… lâche-moi un peu la grappe, tu veux ? Je suis d'accord avec toi, il se passe un truc louche. J'ignore encore quoi exactement, et je ne veux pas faire de déductions hâtives qui mèneraient à des erreurs stupides. Les meurtres et les disparitions s'expliquent généralement de la manière la plus simple. Tu le sais.

– Mais tu vas appeler ?

– Je vais le faire. Mais ne compte pas trop là-dessus, et arrête de me mettre la pression. Ce type, Aguilar, ce n'est pas notre affaire. On peut leur dire ce qu'on sait, mais ce n'est pas nous qui enquêtons. Tu aimerais qu'un autre département vienne fourrer son nez chez toi et te donne des ordres ?

– Non...

– Bon. Cela dit, tu n'as pas les oreilles dans ta poche, c'est bien. Même si parfois tu me rends complètement zinzin, je préfère bosser avec une fine mouche plutôt qu'avec des ânes bâtés. Simplement, ne t'échauffe pas trop l'esprit.

– Je rêve ou tu viens de demander à une femme de se calmer ?

– Seulement parce que plusieurs kilomètres nous séparent. Je peux encore courir vite, si nécessaire.

– Alors je te suggère de commencer. »

Elle laissa la conversation finir sur une note enjouée, mais ne put empêcher son cœur de battre follement, ni chasser l'impression que quelqu'un l'épiait à la périphérie de ses pensées tumultueuses.

Sophie

Quand je pris les mains de ma grand-mère, elles tremblaient, comme elles le faisaient toujours, et je me suis demandé si elle sentait les miennes trembler aussi. Nous sommes restées ainsi, dans sa maison de retraite-mouroir, à regarder la fenêtre sale couverte de découpages en papier de soie, un vitrail pour cette sépulture vivante où nous confinons nos anciens.

Elle a roulé dans sa chaise et s'est balancée d'avant en arrière; ses pieds ont doucement tapé la cadence avant de se recroqueviller sur eux-mêmes. Elle est en train de rétrécir. La démence, me dit-on. Les gens deviennent des poings fermés une fois que leur cerveau commence à s'autodévorer. Avant de le savoir, j'essayais de la rouvrir, de l'étirer comme elle-même avait aidé tant d'autres à s'ouvrir. Elle avait crié, pleuré, et comme un nourrisson s'était raccrochée de toutes ses forces à mes mains.

Le moindre geste lui fait mal et l'effraie. Donc je garde ses mains dans les miennes maintenant, je les pose immobiles sur mes genoux et l'écoute murmurer au vent tout ce qu'elle a perdu. Sa voix, autrefois si forte et assurée, n'est plus qu'un souffle.

Je voudrais lui parler des hommes que j'ai tués, de la poussée de sang, d'os et d'air qui ricoche contre mes mains nues. Je voudrais lui raconter que j'ai deux corps maintenant, la coquille qui abrite mon sang et mes os, et l'autre corps, puissant, qui gigote, rampe et ondule sous la surface. Si seulement j'avais pu lui faire voir. Je crois que ça lui aurait plu. Malgré toute sa rage, elle n'est jamais sortie de la boîte dans laquelle les hommes l'avaient enfermée. Je crois qu'elle aurait pleuré, et ri, de voir que ça pouvait être fait. Car elle avait raison, un corps est un livre ouvert, et j'ai appris à le lire.

AOÛT

Une amie

Elle n'avait pas compté que ça devienne une habitude, mais au cours du long bâillement des jours d'été Nora se retrouva à venir presque régulièrement au Blue Bell. Elle insistait sur le *presque*, car elle refusait d'être ce genre de flic qui vacille sur son tabouret comme une décoration de Noël, à noyer ses nerfs dans une flaque tournante de pintes. Mais une ou deux fois par semaine, quelquefois avec Dan et quelquefois seule, elle se retrouvait sur un tabouret, parfois à boire, parfois juste à s'épancher. Ça fait partie de la vie de province, se disait-elle, l'habit qu'on revêt pour s'intégrer à la population locale. Après quelques semaines, le bruit de la clochette au-dessus de la porte d'entrée fut le signe qu'elle pouvait relâcher ses épaules, se détendre. Ici, pas besoin d'armure. Ici, elle avait une amie.

Il y avait quelque chose à propos de Sophie Braam sur quoi Nora n'arrivait pas encore à mettre le doigt. Elle paraissait être constamment en mouvement, presque floue, comme une silhouette dans une photographie ancienne, immobile mais vibrante. Ça mettait Nora mal à l'aise, tout au fond de ses tripes, mais elle chassait le sentiment. Sophie était juste intense ; il n'y avait rien de mal à ça. Est-ce qu'on ne disait pas la même chose d'elle ?

« Murph m'a conseillé d'être plus relax, confessa-t-elle un soir de touffeur à la fin août.

– Pourquoi ? Attends, je t'en remets une lichette, de toute façon il ne reste plus grand-chose dans la bouteille », dit Sophie en se penchant sur le bar pour servir à Nora la dernière gorgée du nouveau rosé du producteur local.

Nora poussa un soupir.

« Merci. J'ai l'impression d'être ma mère quand je bois ça, mais Dieu que c'est bon.

– Pas de chance, fit Sophie avec un clin d'œil. Bon, je t'ai coupée. Tu parlais de Murph, je crois ?

– Oh, il croit que je suis folle. Et pour être honnête, il a sûrement raison… Une de mes théories sur tous les morts qu'on a eus récemment.

– Tu veux dire Mark et Trent ?

– Eux, plus le gamin qui a disparu il y a quelques mois, presque au moment où on a trouvé M. Gibson. Un jeune. Et… En fait, je devrais garder ça pour moi. »

De nouveau, ce mouvement derrière l'immobilité sur la peau de Sophie, comme une pensée qui ondoie sous sa joue. Nora se força à rire, chassant l'inquiétude qui lui traversa l'esprit.

Avec un sourire, Sophie sortit une cagette de fruits à découper et dit :

« Oui, bien sûr. »

Elle perça la peau ferme d'un citron vert.

Une question tira l'oreille de Nora alors qu'elle regardait la barmaid s'affairer. Son cœur fit un bond dans sa gorge, mais elle le rattrapa à temps pour calmer sa voix et demander :

« Eh, je peux voir ce couteau une seconde ?

– Ça ? fit Sophie en levant la tête.
– Si ça ne te dérange pas.
– Pas du tout. Il n'a rien de spécial, c'est juste un truc pas cher que j'ai acheté au Walmart il y a longtemps. »

Nora tendit le bras au-dessus du bar. Il y eut une respiration, une pause tandis que Sophie baissait les yeux sur la main figée en l'air. Puis, avec un sourire, elle pressa le manche en caoutchouc dans la paume de Nora. Il était encore chaud de son contact.

« Sophie, est-ce que d'autres personnes se servent de ton couteau ? dit-elle en le lui rendant.
– Tout le monde. C'est un bar. J'essaie de garder mes affaires en ordre, mais si la cuisine perd un couteau et qu'il leur faut un dépannage rapide, ou si un des serveurs en a besoin pour je ne sais quoi... bref les gens se servent », conclut-elle en haussant les épaules.

Nora cherchait ses mots quand, presque comme si on lui avait donné le signal, l'homme assis au bout du comptoir se leva de son siège.

« Excuse-moi, *mademoiselle* ? Ça fait une heure que j'essaie d'attirer ton attention, mais faut croire que tu es trop occupée à blablater avec ta copine...
– *Merde*, murmura Sophie, Nora voyant se refermer son visage tandis qu'elle se tournait vers l'homme, désormais à moitié penché sur le comptoir à claquer des doigts. Oui, Mack ? »

Nora sentit la lame du couteau percer dans la voix de Sophie.

L'homme mit la main à sa poche arrière, et Nora, d'instinct, posa sa main sur sa hanche, à l'endroit où dans une autre vie, à un autre moment, se serait trouvée une arme.

« Nerveuse ? gloussa le dénommé Mack. Du calme, officier. C'est juste du liquide. » Avec un ricanement, il sortit de sa poche un billet chiffonné de cent dollars. Nora se recala sur son tabouret, les nerfs à vif. Elle croisa le regard de Sophie, lut dans son visage la même contrition impuissante qu'elle ressentait. Elles s'étaient fait avoir par ce type. « Je serais pas contre une bière », poursuivit-il en agitant le billet sous le nez de Sophie.

Celle-ci prit une inspiration.

« Mack, je te l'ai dit il y a une demi-heure, si tu veux une autre bière, il faut d'abord boire un verre d'eau.

– Allez. Et je te filerais tout ça… (*clac clac*) si tu me sers un dernier verre. Je sais que tu me crois pas, mais regarde. C'est un vrai. » Il lui fourra de nouveau le billet sous les yeux, et Nora vit la moue dégoûtée de Sophie, sentit sa colère monter derrière le mur qu'elle avait érigé devant ses yeux. « Je sais que tu as ton petit stylo, là-bas, et t'as un flic juste là, hein ? » Il pointa Nora du doigt. « Elle a le droit de m'arrêter si je tiens pas parole.

– Monsieur, je… » commença Nora, mais Sophie leva une main qui l'interrompit aussi sûrement qu'une gifle.

Sa main, raide comme une lance.

« Merci, Nora, je vais m'en occuper. Tu n'es pas en service… Mack, je t'ai donné le choix. Et je ferme bientôt, donc décide-toi rapidement.

– Tu vas fermer avant que j'aie eu le temps de finir mon eau ! Allez, file-moi une bière. »

Il claqua le billet sur le comptoir.

Dans le monde de Nora, une tension comme celle-là vous raidissait la mâchoire, elle augmentait votre pouls et poussait votre main sur la crosse de votre arme. Dans son monde, il fallait prendre des décisions, trop souvent précipitées. Elle avait appris il y avait longtemps que les gens étaient des animaux, et que le vainqueur d'une confrontation n'était pas toujours celui qui se battait le plus fort la poitrine, ni celui qui bougeait le plus vite. Parfois, quand un animal se retrouvait dos au mur, il ne faisait rien de tout ça. Plutôt, il se figeait. Certains feignaient la mort, comme les serpents et les opossums. Mais d'autres, les plus dangereux, devenaient subitement froids comme la glace, amers, enfermés derrière une porte dont on ne trouvait pas la poignée. Ces animaux-là n'avaient plus rien à perdre, ils s'étaient recroquevillés au fond d'eux-mêmes.

Une seule fois, elle l'avait vu de ses yeux : une moufette enragée s'était réfugiée dans leur abri de jardin. La malheureuse créature s'était raidie à sa vue, ses yeux durs comme l'acier et tout aussi brillants. Le râle qui était sorti de sa gorge, si bas que Nora avait presque dû se pencher pour l'entendre, fut le seul son qu'elle produisit alors qu'elle se tenait tapie dans le noir derrière la tondeuse à gazon de son père et la binette de sa mère.

« Nora ! Éloigne-toi ! » avait crié Ron en la voyant face à face avec la bête furieuse. Ce fut la seule fois où elle l'entendit avoir vraiment peur, sa voix se fêlant tandis qu'il la soulevait dans ses bras et l'emportait ailleurs. « Ne t'approche jamais d'un animal comme celui-là, mon bébé. Un animal sauvage qui ne s'enfuit pas à la vue d'un humain ? C'est qu'il n'est plus lui-même. Il est fou. Malade. Et il te rendra malade aussi. Tu viens me chercher, d'accord ? Et jamais, tu m'entends, jamais tu ne le touches !

– Tu vas en faire quoi, papa ?

– Je vais abréger ses souffrances, ma puce. »

Puis il avait ramassé le fusil qu'il n'utilisait qu'au travail et était retourné dans l'abri. Elle avait sursauté en entendant le coup de feu, pleuré dans les bras de sa mère.

Nora n'avait jamais oublié ce jour, la brûlure froide dans les yeux de la moufette quand elle l'avait regardée, non pas apeurée mais furieuse. *Fou. Malade. Souffrance.* Elle le voyait aussi parfois chez les gens. Pas souvent, mais suffisamment. C'étaient ceux-là qu'elle avait appris à craindre le plus.

L'homme, Mack, ignorait manifestement tout de ces choses. Il se balançait sur son siège, le billet posé sur le comptoir tel un sarcasme.

« Et si je te chante un poème ? Allez, demande à ta copine, là, elle saura que je suis sobre si je chante un poème. C'est pas ce que vous faites, vous autres, quand vous arrêtez quelqu'un pour conduite en état d'ébriété ? »

Ses mots, à moitié mangés, firent l'effet d'un pinceau mouillé sur la nuque de Nora. À cet instant son respect pour Sophie s'accrut. C'était une chose de se retrouver face à un tel homme lorsqu'on était armé et qu'un appel suffisait à faire venir des renforts. C'en était une autre d'être complètement seule face à lui. Elle chercha de l'aide auprès du reste du personnel, en vain ; ils étaient partis depuis longtemps. Eux exceptés, le seul signe de vie dans le bar était un chœur atroce qui se déversait par la porte de la cuisine, le chef et le plongeur qui rinçaient les derniers plats. Ty, ainsi qu'elle en était venue à le découvrir à cette heure de la soirée, restait planqué.

Elle aurait voulu agir, mais à moins que le type n'enfreigne la loi, elle était pieds et poings liés. Elle regarda Sophie. Une pierre.

Mack commença son récital, une coulée de mots visqueux qui goutta sur les seins et le ventre de Sophie et lui lécha les cuisses. Ses mots enroulaient des langues autour de sa gorge, laquelle demeura, à la surprise de Nora, pâle ; rien ne vint empourprer sa peau alors même qu'il chantait d'y faire courir ses mains. Elle se tenait là, froide et dure, un océan de calme, attendant qu'il finisse, et lorsque ce fut fait elle le remercia et se remit à couper ses fruits.

« Je t'ai offert un poème… Où est mon verre ? demanda Mack.

– Un mauvais poème. »

Sophie trancha un nouveau citron vert en deux, le pressa dans la centrifugeuse. Du vert gicla avec un bruit de succion, dans la gueule ouverte d'une bouteille en plastique vide.

« *Oh*. J'ignorais qu'on était dans le bar d'une foutue critique littéraire…

– Bonne nuit, les connards ! »

Sortant d'un pas nonchalant de la cuisine, le chef leva une main en l'air tout en jetant son sac à dos sur son épaule. Le plongeur lui emboîta le pas, grognant un au revoir tandis qu'il fouillait ses poches à la recherche de ses cigarettes.

Ty, qui avait fini par émerger de son bureau, leva le poing en réponse.

« Bientôt fini, Soph ? » demanda-t-il en grimpant sur un tabouret et en sortant son téléphone.

Il était clair que sa réponse, en eût-elle donné une, n'avait aucune espèce d'importance. Des sujets vitaux attendaient d'être scrollés. Le poing dans la poitrine de Nora, qui s'était ramolli au cours des dernières semaines, se serra une nouvelle fois. Comment pouvait-on être aussi désinvolte ?

Un autre poème commença.

« Monsieur. » Incapable de rester à regarder la scène depuis le banc de touche, Nora reprit la parole : « Je pense sincèrement que vous devriez l'écouter et boire un verre d'eau. »

Sophie leva les yeux de l'agrume qu'elle s'appliquait à mettre en charpie et lança un bref sourire à Nora. Mais ses yeux restèrent aussi froids et morts qu'un instant auparavant. L'armure, une fois revêtue, était difficile à ôter tant que durait l'assaut.

L'homme se tourna vers elle.

« Elle se croit où, celle-ci ? Tu vas me foutre en taule si j'obéis pas ? »

Le poing frappa son sternum.

« Vous êtes sûr de vouloir continuer sur ce ton ?

– Tu peux retourner te faire foutre là d'où t'es venue, poulette. C'est le bon animal ? Ou bien tu préfères gue...

– Oh là ! Eh, toi ! s'exclama Ty en sautant de son tabouret, sa poitrine brandie en avant comme un drapeau. Ça suffit, mec.

– T'es qui, toi ?

– Je suis le manager, et je vais te demander de partir.

– J'essaie de lui filer cent dollars ! » dit Mack en agitant de nouveau son billet, son étendard, la preuve qu'il était Un Bon Client.

Derrière le bar, Nora vit que Sophie bouillonnait de rage.

« Il faut qu'il s'en aille, Ty. Maintenant. »

Ty, qui gardait les yeux fixés sur Mack, leva une main pour calmer Sophie.

« Et elle n'en veut pas, mon pote.

– Je suis sérieuse, Ty. »

La lame brilla dans la main de Sophie, et l'espace d'une seconde Nora se demanda ce qu'elle ressentirait à la voir s'enfoncer dans cet homme.

« Sophie, je le sais. Mec, il est temps de partir, fit-il en posant sa main sur l'épaule de Mack pour le pousser en direction de la porte.

– Je peux marcher seul ! dit celui-ci en repoussant la main de Ty. Seigneur. V'là que ça se prend pour la septième merveille du monde… Les flics vont m'arrêter, maintenant ?!

– Personne ne va arrêter personne. Pas vrai, Nora ? » demanda Ty en se tournant vers elle, comme s'il cherchait une confirmation.

Elle maintint ses yeux rivés sur l'homme, qui parut sur le point de tendre la main vers le bar. Les alcools étaient à portée de bras.

Le dégoût dans sa bouche tourna au caillé, et elle se sentit pousser des griffes.

« J'y songe. »

Ty bloqua Mack d'une main sur son épaule.

« Cette fois je suis sérieux. Tu t'en vas.

– Très bien, répondit l'homme en reculant. Bande de *fiottes* ! cracha-t-il, avant de sortir en trombe par la porte, dont la clochette tinta joyeusement.

– Putain. » Ty se passa une main dans les cheveux, s'effondra sur le tabouret à côté de Nora. « Ça va, les filles ? Nora, je suis désolé pour ça. C'était du grand n'importe quoi. Il est banni. Pour toujours. Je t'en donne ma parole. Je ne sais pas ce que tu as bu, mais c'est la maison qui offre, ce soir. »

Il se redressa sur son siège, le choc encore visible sur son visage.

« Évidemment que ça ne va pas, Ty », dit Sophie d'une voix empoisonnée.

Nora le remercia et lui assura que, vraiment, elle allait bien, quoique ce ne fût pas le cas. Plus tard, elle se demanda ce qui était pire : mentir à ses amis, ou à elle-même.

« Bon, mais quand même. Ce soir, c'est moi qui offre, d'accord ? Personne ne fait de mal à mes copines. » Se levant, Ty tapota le dos de Sophie et alla prendre trois verres à shot. « Je vous sers quoi ? »

Plus tard, après la tournée de shots, une fois le bar fermé et qu'ils se furent dit au revoir, Nora se tint à côté de sa voiture dans le noir, à regarder Sophie descendre Peach Avenue. Elle repensa à la moufette dans l'abri, brisée, en souffrance, vibrant d'une noirceur qu'on ne pouvait ressentir qu'au fond de ses tripes, là où vivait l'instinct. Elle eut l'impression que des ombres la suivaient, disparues avant que se forme la pensée. Nora songea à un lémure, empoisonné et tapi. Hanté.

Non, elle est juste intense, se morigéna-t-elle. Qui ne le serait pas, après des années de nuits comme celle-là ?

Sophie

Un bar est un corps. Chaque année il entame une nouvelle vie. Cela commence en janvier, avec les célébrations tapageuses, une entrée dans le monde fracassante. Au cœur de l'hiver, nous y allumons un feu, trouvons du réconfort dans l'alcool qui réchauffe les gosiers ; dans l'anis, la cannelle et les blancs d'œuf mousseux qui prémunissent contre le froid glacial. Au printemps et en été, il est à pleine maturité, des grappes de clients vont et viennent par la porte et sur la terrasse, ils savourent les yeux fermés les tout nouveaux cocktails, goûtent le plaisir singulier d'une boisson parfaitement orchestrée sur le bout de leur langue, de la même façon qu'un épéiste admirerait l'éclat d'une lame en équilibre sur son doigt.

En août, lorsque l'année s'est ouverte en deux et commence à désenfler, mon bar se mue en créature entièrement différente. La chaleur impitoyable berce le client dans un sommeil d'où seuls les apéritifs les plus glacés peuvent le sortir. Avec la fournaise, le bar glisse dans un songe de décomposition.

C'est alors qu'elles prennent la relève.

Les premiers murmures surviennent au printemps, doux et rêveurs ils flottent, papillotants, hors de vision. En été, elles ont colonisé les canalisations des éviers et les poubelles, les becs verseurs laissés sans protection, à la recherche de tout ce qui est collant et sucré. Autrefois je détestais les drosophiles. Tous les ans je leur donnais la chasse, les combattais, les tuais, construisais de nouveaux pièges avec du savon, et tous les ans elles en ressortaient vainqueures.

Cette année, je les laisse venir. Je les regarde danser sur des bouffées d'air, avancer à tâtons sur les cerises, je les laisse bourdonner dans ma bouche lorsque j'en attrape une dans une parole ou un souffle. Je dis à mes clients que c'est une mauvaise année.

« Impossible de les arrêter. Réchauffement climatique. Chaque année, c'est pire. »

J'ai jeté aux ordures les pièges que Ty m'a donnés, je laisse des petites mares au fond de la poubelle afin qu'elles s'y nourrissent, jette des morceaux de fruits sous le distributeur de bière, là où l'air est chaud et humide. J'ai même cessé de nettoyer les flaques de jus aux angles du comptoir. Qui suis-je pour priver mes sœurs d'une gâterie ? N'avons-nous pas souffert de la même chaleur cet été ?

Comme elles, je suis une créature qui rampe. Nous avançons ensemble, les mouches et moi. Je les sens qui s'écoulent de ma bouche ; comme Midas, je laisse des gouttes sur tout ce que je touche. Je m'enfonce ; je me transforme.

Sous ma peau je suis effervescence.

Nora

En août, les nuages s'étaient rassemblés en masses pesantes, basses, égratignant leurs panses ventrues contre la cime des arbres ; lorsqu'à la fin de l'été ils éclatèrent, le ciel se fit océan. Les orages et les aveuglants éclairs de juillet prirent une forme nouvelle, plus aiguë, plus violente. Ces orages précoces étaient des crises passagères, des moments de répit tonitruant dans le marasme des jours gras, boursouflés.

Survint alors une créature plus féroce encore, née dans un remous en pleine mer et rejetée sur le rivage, crachant et hurlant, qui envoya les gens se carapater chez eux pour regarder, incrédules, le monde s'effondrer. Ceux ayant eu la malchance d'être surpris dehors se retrouvèrent à la merci d'un ciel sans pitié pour rien ni personne. Les rues furent inondées en quelques minutes ; les arbres aux racines peu profondes, incapables de s'arrimer à l'argile dure, se fendirent et chutèrent sur les poteaux électriques et les autoroutes ; les ruisseaux débordèrent, leur lit bouillonna d'une eau boueuse. Il n'y avait pas d'autre choix que s'arrêter ; arrêter son véhicule, arrêter de marcher ; arrêter de respirer tandis que la pluie vous dégoulinait sur le visage ; s'arrêter, net, et se rappeler qu'on était décidément peu de chose, un cœur faible qui bat au sein d'un monde sublime. S'arrêter. Et prier.

Et puis ce fut fini, le tonnerre alla gronder au nord, se brisant avec fracas contre l'échine de la montagne. L'orage passa et le monde se figea, détrempé et pantelant, heureux d'être en vie. À la fin du mois ces orages se seraient entièrement vidés, et le monde serait de nouveau à sec, les cours d'eau craquelés, le sol dur comme la rocaille sous les pieds ; le flux et le reflux de la respiration, en attendant la deuxième tournée en septembre et les ouragans qui tourbillonneraient en haute mer.

Une personne pouvait-elle être un ouragan ? Se former au-delà d'un lointain horizon, jusqu'à être turgide de vent, crépiter comme l'éclair ? Dans un souffle Nora prononçait leurs noms : Mark Dixon, Personne inconnue, Trent Gibson, Brody Samuels, Joseph Aguilar. Des noms ténus, une présence intangible. Ils ne se vautraient pas dans son canapé la nuit ni ne s'allongeaient à ses côtés dans le lit pour lui gémir leurs cauchemars, mais ils ne la hantaient pas moins. Un doigt titillait le fond de son esprit, pointait quelque chose qu'elle ne distinguait pas tout à fait. Les filles, les femmes, la tiraient par le coude, elles émergeaient de la transparente pénombre matinale pour enrouler leurs doigts frêles autour de ses poignets, tiraient son oreille vers les ombres qui gouttaient de leurs lèvres pâles. Sans relâche, leur cœur battait en rythme avec le sien.

Écoute. Écoute !

« J'écoute », soufflait Nora à l'air électrique, sans entendre autre chose que sa propre vie qui pulsait dans sa poitrine. Un *boum-boum* régulier, preuve qu'elle était ici, les pieds sur la terre, de l'air dans ses poumons, les mains toujours vides, ses questions tombant de ses doigts comme la pluie.

Lorsque son téléphone sonna, elle eut un sursaut.

La nouvelle se rebiffe

« Tu veux une tétine pour ta bière ?

– Hein ?

– Ton verre. » Assis à côté d'elle, Murph fit un signe de tête vers sa pinte de bière désormais chaude, qui transpirait sur le comptoir du bar. L'orage nocturne s'était dissipé en milieu de matinée, laissant derrière lui une moiteur épaisse au point de pouvoir y enfoncer le doigt. « Ta bière, tu la tètes. Tu veux une tétine pour aller avec ?

– Va te faire foutre, Murph, répondit Nora en le fusillant des yeux. Qu'est-ce qu'on fait ici, de toute façon ? Il est à peine midi. Je croyais que les flics ne faisaient ça que dans les livres. »

Elle lança un coup d'œil par-dessus son épaule, comme si elle s'attendait à ce que le sergent débarque à tout moment, mais ne vit qu'une foule précoce d'hommes grisonnants penchés au-dessus de leurs bières sur des tables branlantes et des grappes de dames aux lèvres maquillées qui sirotaient du pinot et picoraient des salades César. Le monde paraissait en sourdine, comme dégonflé après le déluge de la veille, inerte le temps de récupérer ses forces. Chacun se traînait. Au-dessus de leurs têtes, un ventilateur paresseux soufflait de l'air chaud d'un coin à l'autre de la salle.

« Tu avais l'air d'avoir besoin d'un verre, dit-il en haussant les épaules et en avalant le reste de sa pinte.

– Besoin d'un verre ?! C'est *toi* qui m'as appelée...

– Ben, je l'ai entendu dans ta voix. » Il leva un sourcil. « Et puis je ne peux pas partir sans te révéler toutes les ficelles du métier, notamment la bière du lundi. Pas vrai, Mike ? »

Le barman hocha la tête.

« Le lundi c'est Murphy.

– Mon cerveau est à son max quand je bois, dit Murph avec le sourire du chat qui a attrapé un canari.

– Mon Dieu », marmonna Nora.

Le lundi c'est Murphy...

« Tu prends du galon, jeune sauterelle. Tu es prête à mettre tes pieds dans mes souliers.

– Beurk.

– T'inquiète, je les aérerai avant. » Il lui assena une tape sur la nuque et dans un grognement se hissa hors de son siège, qui grinça tout en raclant le sol en béton. « Pas de bêtises. Je vais fumer une clope. » Il tapota le comptoir de deux doigts rugueux. « Profites-en pour terminer ta bière. »

Elle le regarda passer la porte en vacillant légèrement, le ventre en avant, à rebondir contre les dossiers des chaises et les coins de tables dans l'espace exigu du bar, et à sa surprise sentit malgré elle une vague de ressentiment la submerger.

C'était la chaleur, bien sûr, le silence des questions restées sans réponse, les longues heures à enchaîner les missions, à palabrer avec des ivrognes et servir de bouclier entre ses collègues et les civils. C'étaient les regards mauvais et les chuchotements sournois qu'elle percevait encore depuis certains recoins de l'antenne de police ; c'était l'optimisme désespéré de Dan parce que tout dans sa vie avait un sens. Elle était crevée. Cela faisait plus d'un an qu'elle avait changé de vie, qu'elle bossait comme une cinglée, et la voilà qui passait son seul jour de congé à boire des verres avec l'homme qu'elle aurait dû avoir remplacé des mois auparavant.

Ce n'était pas la faute de Murph ; elle le savait, en toute logique le comprenait. Il était aussi prêt à s'en aller qu'elle à reprendre son poste ; cela se voyait dans l'irascibilité croissante de Murph, sa démarche de plus en plus traînante. Mais la police de Bellair était aussi contrainte que dans toute ville de province, et leur manque d'effectifs signifiait qu'ils ne pouvaient pas la changer de service ni payer les heures supplémentaires des gars qui devraient prendre ses missions le temps d'embaucher quelqu'un à sa place.

Ça lui était convenu les premiers mois, c'était même compréhensible étant donné le cauchemar de morts et de disparitions qu'ils avaient subi. Nora avait été soulagée que Murph soit dans les parages. À présent elle avait chaud, elle était fatiguée et elle se demandait pourquoi elle se trouvait avec lui dans un rade miteux pendant son jour de congé. Et pourquoi lui se trouvait ici, comme tous les lundis apparemment, alors qu'il était en service ? Elle aurait voulu crier, tant la situation était un reflet de leur relation. Elle n'aimait pas cette sensation. Rien n'était plus poisseux et inconfortable que la frustration. « Quand on voit le monde en noir, ma puce, disait toujours son père, c'est tout son poids qu'on porte sur les épaules. »

Elle but une gorgée de bière, reposa le verre sur le comptoir avec plus de force qu'elle ne l'avait voulu. Eh bien, peut-être que pour une fois elle voulait de cette charge. Peut-être qu'elle l'aiderait à garder les pieds sur terre et à avancer par elle-même. Peut-être que ça lui ferait du bien de s'apitoyer sur son sort, de geindre et de prendre le temps de panser ses blessures, des blessures qui étaient réelles, qui l'élançaient, la brûlaient et laissaient des cicatrices indélébiles. Qu'est-ce que son père ou Murph, ou n'importe quel homme d'ailleurs, savait ou comprenait de la position qu'elle occupait dans leur monde ? Que pouvaient-ils lui dire qui aurait du sens ? Ils ne l'écoutaient jamais ; ils comptaient sur elle parce qu'ils savaient qu'elle serait présente, à l'heure et sans se plaindre. Et la voilà, à leur donner raison…

Murph se tenait à présent devant la vitrine, à tapoter un paquet de cigarettes contre la paume de sa main. C'était si simple pour lui… la confiance en soi, les sourires, le boulot. Elle savait que lui aussi travaillait dur, que chaque sourire, chaque poignée de main était une question ; que les après-midi à tendre l'oreille dans les bars pouvaient se révéler aussi utiles que ceux passés dans une salle d'audition. Murph était un malin, à l'image de ces petits chiens qu'on envoyait dans les terriers des renards. Il laissait la meute écumante s'épuiser à renifler la piste, puis il se précipitait pour saisir la proie. C'était ce qui faisait de lui un bon enquêteur, l'attente, l'observation, l'attaque intrépide à la toute fin. Elle avait beaucoup appris à ses côtés, mais elle était prête à travailler seule, désormais.

Elle avait passé tant de temps au cours de sa vie à attendre, à observer, à contenir ses pensées dans sa poitrine. Les gens lui disaient d'être une chose, puis une autre, encore une, et ainsi de suite, jusqu'à ce que la tête lui tourne de devoir garder le rythme, si bien qu'elle avait appris à se tenir immobile et à les laisser projeter sur elle ce qu'ils voulaient qu'elle soit. Entre-temps, elle observait et apprenait. Ainsi, elle gardait le cap ; elle savait qui elle était et où elle allait. Jusqu'à maintenant, du moins.

Mais voilà, elle s'était lassée d'attendre. L'attente, comme tout le reste, était un fardeau sous lequel reposaient la tension, le sentiment de marcher sur une corde raide, la peur de chuter. Peut-être avait-elle juste besoin de sauter. Elle saurait alors si elle avait des ailes.

« Allô, Martin, ici la Terre. Vous me recevez, Martin ? »

Nora grimaça au crissement que fit le tabouret de Murph en raclant le sol. Il se hissa sur son siège et s'y laissa tomber avec un soupir. Un relent de cigarette froide lui balaya le visage, le souvenir éventé de son séjour dehors.

« Quoi ? Oh, pardon. Je réfléchissais à quelque chose.

– On voyait la fumée te sortir par les oreilles. Tu as presque fini ta bière, dit-il en examinant le fond de son verre avec un hochement de tête approbateur. Bien. Eh, Mike ! La même chose. Ça te va si on se met à cette table d'angle, là-bas ? »

Mike, qui polissait le même verre depuis que Murph était sorti fumer, acquiesça.

« Je vais juste transférer votre addition à Katie, OK ? C'est sa rangée.

– Pas de problème. Pendant que j'y suis, on peut également commander des sticks de mozzarella ?

– Ça marche, elle vous les apportera quand ils seront prêts.

– Brave gars », dit Murph tandis que le barman se tournait pour taper quelque chose sur son ordinateur. Il sortit de son porte-monnaie une poignée de pièces qu'il laissa sur le comptoir. « C'est la moindre des choses, fit-il avec un haussement d'épaules.

– Brave gars, sourit Nora.

– Qui t'a appris à jouer la maligne comme ça ? » la taquina Murph en lui faisant signe de le précéder jusqu'à leur table.

Nora ne jugea pas utile de répondre.

« Bon », reprit Murph en se laissant tomber dans sa nouvelle chaise. Le coin au fond de la salle était plus calme que ce à quoi elle s'était attendue, les bruits de la salle noyés par le ronflement de la télévision au-dessus de leur tête, où des joueurs de poker avec des lunettes de soleil se regardaient fixement autour d'une table bleue. « Qu'est-ce qui ne va pas, Martin ? Et ne réponds pas "rien", parce que je le sens... J'ai un sixième sens. »

Nora prit une inspiration, pointa un orteil hors de l'axe rectiligne de sa corde d'équilibriste.

« Murph, si je dois bientôt reprendre ton poste...

– Pas "si". Quand. J'ai parlé avec le sergent, hier, je lui ai dit ma façon de voir. Je pars à la retraite à Halloween. Ça m'a semblé une bonne date pour une vieille goule comme moi. »

Elle croisa les bras, refusant de sourire à sa blague.

« D'accord. Eh bien, merci. Mais puisque tu es si certain que je suis prête... pourquoi tu ne me fais pas confiance ? »

Ses mots pesèrent entre eux, question lestée de plomb. Une fille, vraisemblablement Katie, s'approcha d'eux et posa deux nouvelles pintes sur la table. La mousse ondula en une parodie de raz-de-marée, avant de déborder du verre.

« J'arrive de suite avec vos sticks de mozzarella ! » claironna-t-elle en s'éloignant d'un pas sautillant.

Murph croisa les bras sur sa poitrine.

« Je ne te suis pas, petiote. »

Nora cercla d'un doigt la base de son verre. La corde

d'équilibriste tremblait sous son pied et le vent soufflait fort, mais elle tint bon. Elle devait s'assurer qu'elle avait des ailes.

« Murph, tout dans mes tripes me dit qu'une femme est mêlée à cette affaire, et tu refuses d'envisager cette idée.

– Martin, commença Murph en inspirant profondément. On a déjà discuté de tout ça. À part un cheveu dans l'accident du...

– Le conducteur dit qu'il a aperçu une femme. »

Nora sentit un poing se refermer sur son estomac, qu'elle écarta en se mordant l'intérieur des joues. Je suis peut-être juste fatiguée, songea-t-elle, puis, reconnaissant un de ses schémas de pensée, elle le balaya. Elle était fatiguée. Mais elle était également certaine d'avoir raison.

« Un cheveu ne résout pas une affaire. Au mieux, ça signifie qu'une femme était peut-être présente sur les lieux. Dois-je te rappeler qu'on attend toujours les résultats du labo ?

– Encore ?! Ça fait cinq mois !

– Val dit qu'il a été salement endommagé par la chaleur. Un boulot aussi délicat, ça prend du temps. Et comme nous, ils sont cruellement en manque d'effectifs. » Il haussa les épaules. « L'affaire n'est pas prioritaire. Donc, à moins que tu ne veuilles interroger chaque personne aux cheveux longs et noirs dans le périmètre de ton choix, on ne peut rien faire d'autre qu'attendre.

– Et le couteau ? Je t'ai parlé du couteau de bar de Sophie. Je pourrais acheter un couteau d'office n'importe où. Merde, n'importe qui dans le bar a pu le lui prendre pour la nuit. Combien il y a de bars sur Peach ? Dans Bellair ? C'est la bonne taille, le bon type de lame. Une femme peut s'en servir facilement.

– S'en servir, d'accord, mais as-tu déjà poignardé mortellement quelqu'un ? Ce n'est pas si simple, Martin. Il faut beaucoup de force. Et un couteau bon marché se casserait, tu as pensé à ça ? Je ne te pose même pas la question la plus évidente… Mark ? Une femme peut-elle étrangler un homme ? Je ne dis pas que c'est impossible, fit-il en levant une main quand elle tenta de l'interrompre. Je dis juste qu'en l'absence de preuves concrètes on n'a rien. Dois-je également te rappeler qu'on n'a pas encore retrouvé le corps de Brody Samuels, ni aucune preuve d'un acte criminel à son encontre ?

– Et Joseph Aguilar ?

– Pas notre affaire. Et de ce que j'ai entendu, ils n'ont aucune piste non plus. Reste avec moi, Martin. Pas de corps…

– Pas de crime, marmonna-t-elle. C'est juste une question de temps, Murph. Et leur langue ?

– Quoi, leur langue ?

– Toutes les femmes que je connais ont voulu faire taire les hommes, à un moment ou un autre.

– D'accord, tu m'as coincé… Mais je ne sais pas, Nora. Les gens font des choses tellement bizarres, parfois. Je ne crois pas que ce soit suffisamment fort. D'ailleurs, en parlant de force…

– Je sais, tu ne crois pas qu'une femme ait pu soulever ces hommes. Mais, Murph, j'ai soulevé des montagnes quand il l'a fallu. Imagine qu'on soit déterminée, dans un état de stress et d'adrénaline tel qu'on trouverait les forces nécessaires, qui peut affirmer que ce ne serait pas possible ?

– Écoute… commença-t-il au moment où étaient posés sur la table un panier rempli de sticks de mozzarella, deux assiettes en carton et une pile de serviettes en papier. Merci, Katie. (Il attendit qu'elle s'éloigne de son pas sautillant.) Bon, *Nora*, je sais que tu te sens frustrée, et je le comprends parfaitement. Ça fait un an que tu es prête, et crois-moi, mes vieux os le sont aussi. Personne ne veut me voir déguerpir plus que moi. Et si ce psychopathe n'avait pas déboulé l'hiver dernier, ce serait déjà chose faite…

« Mais si tu veux ma place, il va falloir jouer le jeu. Et le jeu ne consiste pas en de folles théories du complot à propos de tueuses en série qui ne rentrent dans aucun schéma connu. Les femmes tuent pour deux raisons : l'amour ou l'argent. Point. » Il accentua ses paroles en tapant de deux doigts épais sur la table. « L'amour ou l'argent. Je sais que le féminisme vous a bourré le mou avec tout un tas de conneries sur l'égalité des sexes, et merde, puisqu'on est vraiment tous égaux, pourquoi ne pas l'étendre aux tueurs en série ? Sauf que le monde réel ne fonctionne pas comme ça. Tu *dois* garder la tête froide, si tu veux que le sergent nous donne à tous les deux ce que nous voulons…

« D'ailleurs je vais te faire une confidence, Martin : en fait, je suis d'accord avec toi. » Il éclata de rire, puis son visage fit une chose qu'elle n'avait encore jamais vue : ses traits tombèrent. « Une femme est probablement mêlée à cette affaire. Moi aussi, je le sens dans mes tripes. Pour être sincère, je suis même surpris que les femmes ne se soient pas encore retournées contre nous. Après tout, vous avez l'avantage. Je sais que tu ne me crois pas, mais c'est vrai. Les hommes sont *terrifiés* par les femmes. C'est peut-être pour ça que nous les tuons…

« Écoute, poursuivit-il, je sais que tu penses que je n'ai pas confiance en ton jugement, que je doute de toi, mais j'avais besoin de savoir que tu pouvais justifier ton instinct. Je m'y suis peut-être mal pris, mais il fallait que je te mette suffisamment en colère pour que tu cherches à me donner tort. C'est très bien d'avoir de l'intuition, la mioche, mais elle ne te servira à rien si tu n'en fais pas quelque chose qu'on pourra présenter devant un juge. Donc, y a-t-il quelqu'un que tu souhaiterais interroger ? »

Il l'avait coincée.

« Non. »

Elle croisa les bras sur sa poitrine, plia les jambes. À contrecœur, un sentiment de respect lui monta au cœur. Murph était parfois un vrai con, mais il lui faisait confiance.

« Bon.

– Pas encore. »

Elle mordit dans son stick de mozzarella, et de la vapeur lui sauta au visage.

Il rejeta la tête en arrière et s'esclaffa.

« On aurait dû te recruter plus tôt, Martin. T'as plus de couilles que la moitié des cow-boys de la maison.

– Alors est-ce que je peux prendre ces dossiers chez moi ? Comme ça je pourrai les consulter au calme. Te faire une liste. »

Avec un soupir, Murph but une gorgée de sa bière.

« Je te dirais bien de prendre une journée de repos, mais je sais que tu n'écouteras pas les conseils d'un vieillard.

– Je...

– Te fatigue pas, va. Puisque nous savons tous les deux que ton gros cerveau ne va pas arrêter de mouliner, qu'on soit au poste ou non, que dirais-tu de m'accompagner à mon bureau et de travailler sur le dossier ensemble ? Ça te paraît bien ? »

Nora acquiesça, incapable de croire à sa chance et s'exhortant à ne pas trop pousser le bouchon.

Au bout d'un moment, il reprit, sa voix soudainement sérieuse :

« En revanche, je ne crois pas qu'on pourra élucider cette affaire sans un autre corps. Le pire dans ce boulot, ce n'est pas de ne pas savoir, c'est l'attente. Qui que soit la personne à qui on a affaire, elle est très forte à son jeu. »

Un vent froid parut alors traverser le bar, tranchant dans la chaleur d'une journée étouffante. Nora y pressa l'oreille, tenta en vain d'y poser un doigt. Qui que ce puisse être, elle les sentait qui se mouvaient, tapis dans l'ombre. Comme elle, à attendre, observer. Combien de temps leur faudrait-il avant qu'ils s'ennuient ? Avant qu'ils commettent une erreur ?

SEPTEMBRE

Sophie Braam

Ce qui rend les femmes si difficiles à attraper, ai-je lu, c'est que nous sommes plus prudentes que les hommes. J'ai beaucoup lu à notre sujet. Nous nous tenons en arrière-plan, tirons les ficelles plutôt que dans le tas, supprimons la vie avec du poison ou un oreiller. Vous connaissez nos noms ; les voyez-vous, dans votre tête ? Voilà la Veuve Noire, adossée au comptoir d'un bar à cocktails, une cigarette entre ses lèvres boudeuses. Et là, penchée sur son patient dans sa blouse stérile, se trouve l'Ange de la Mort. Ou peut-être est-elle dehors à discuter avec votre fille, cette créature des plus honnies, la Femme Fatale, qui exécute un dangereux pas de deux avec son amant, appâtant de jeunes victimes qu'elle lui offre ensuite pour son amusement personnel. Des cauchemars.

Les scientifiques vous diront que nous n'existons pas. Que nous sommes trop émotives, trop prévenantes, trop faibles. Que nous ne tuons que par nécessité, par compassion, pour l'argent ou pour nous défendre contre les hommes.

Il faut croire, alors, que je suis une rareté. Je suis une femme qui a découvert qu'elle aime ça, tuer.

Et à cause de cela, j'ai commis une erreur.

Ça a commencé ainsi : j'ignorais un homme au bar.

Ty affala son corps sur le comptoir comme une espèce de veau de mer échoué, fouillant de ses doigts bronzés à la recherche de la bouteille d'alcool qu'il savait être cachée juste hors de sa portée ; il frôla le bec verseur en métal frais une fois, deux fois ; d'un cheveu… mais raté.

« Tu viens boire un verre avec nous, Soph ? »

Je l'ignorais, car la dernière chose dont j'avais envie c'était de faire ami-ami avec les serveurs qui faisaient à présent la roue sur la terrasse tout juste passée à la serpillière et dégagée après qu'on eut rangé les tables et qu'on les eut enchaînées pour la nuit. Des rires fusèrent lorsque Amber, déjà éméchée à cause des shots qu'elle s'était enfilés pendant le service du soir, s'étala par terre au beau milieu de sa routine acrobatique.

Un coup de feu précoce suivi d'une fin de soirée qui traîne en longueur signifiait que mon bar était quasiment propre, la vaisselle lavée et polie, les fruits soigneusement enveloppés et rangés. J'étais en congé les deux jours suivants ; ils s'étiraient devant moi, offerts et vides, un puits où tomber, un lieu où se perdre. La partie de moi qui s'était évidée, qui se répercutait en écho et carillonnait et brûlait d'être remplie, me tira par le bras, *Rentre chez toi. Ils vont te voir.* Je vidai le lave-vaisselle, l'eau s'évacuant bruyamment par le fond.

« Tu ne peux pas m'ignorer pour toujours.

– Pourquoi pas ? Je suis une pro.

– T'inquiète, je sais. » Ty saisit l'extrémité du bec verseur entre deux doigts, leva la bouteille de manière à glisser sa main autour du goulot et la ramener vers lui. « Tu me files deux verres à shot ? »

Les ordures. J'oubliais toujours de les sortir lors des soirées tranquilles. J'attrapai le sac noir et brillant, l'entortillai sur lui-même, le plastique venant envelopper mes poings, et le nouai serré. L'air s'échappa de ses poumons ; mon visage fut balayé par un relent âcre de fruits gâtés, de restes de nourriture, de bière éventée et de vin. Un nuage de drosophiles s'éleva du fond de la poubelle.

« La vache, elles sont coriaces, cette année, nan ? »

Ty était derrière moi, son visage empreint de dégoût pour mes sœurs, qui flottaient entre nous.

« J'avais pas remarqué.

– Ah ouais ? » Du coin de l'œil, je vis sa tête s'incliner latéralement, comme un chien qui écoute. Lorsque j'étais enfant, nous avions un corgi qui faisait la même chose, il penchait la tête d'un côté à l'autre à chaque mot que nous disions. Je l'appelais Contrôleur aérien. Ty tendit le bras autour de mon épaule et prit deux verres à shot sur l'étagère. « Bois un coup. Rejoins-nous.

– Pourquoi ?

– Parce que... » Il me fourra un verre dans la main. « ... j'en ai marre d'être le seul adulte dans la salle après la fermeture. Et puis j'ai envie de retrouver ma pote, découvrir pourquoi elle passe ses journées à sourire toute seule. »

Les mots sortirent de ma bouche, par-dessus l'alcool, avant que j'aie le temps de les rattraper :

« Parce que j'ai tué un homme. »

Il s'étouffa sur son shot, puis sa tête se renversa en arrière et il partit d'un grand éclat de rire.

« T'es une petite maligne, toi, tu le sais ? Change jamais. »

Il avait oublié. Tous ces mois sans que rien vienne secouer cette ville, et il avait oublié combien sa vie était minuscule.

Incapable de voir la vérité parce qu'il n'y croyait pas, n'y croirait jamais ; jamais une telle chose ne lui traverserait l'esprit. J'aurais pu rire de l'absurdité de la situation. J'aurais pu tout avouer aux personnes dans le bar et on aurait cru à une blague. Je tins l'idée entre mes mains, un globe dur et brillant, songeai à la lancer dans l'allée. Au lieu de quoi je lui adressai un clin d'œil et répondis :

« Tant que les flics me chopent pas. »

Et Ty de s'esclaffer à nouveau.

La nuit, velours de fin d'été aux odeurs de foin fraîchement coupé et boulet à notre cou, ouvrit sa gueule pour nous avaler tout rond. Je glissai paresseusement mon bras sous celui de Ty tandis que nous nous dirigions vers le Bar, les serveurs batifolant comme des enfants devant nous, l'air vibrant des ultimes chants de grillons de la saison.

Ce fut peut-être l'air moite, ou la ferveur de derviche de mes collègues, ou bien la corde nostalgique qu'avait touchée Ty, qui me poussa à sortir et traverser la rue cette nuit-là. C'était peut-être l'ennui, après des semaines de silence radio de la police ; ça me démangeait d'empoigner un arbre et de le secouer, juste pour voir ce qui en tomberait. Peu importe la raison, je me retrouvai, en cette soirée de mi-septembre, à faire une chose que je ne faisais jamais : suivre mes collègues dans l'air noir et battant.

Chaque ville possède son évier, ce bar où tout le monde échoue à la fin de la nuit, son tout-à-l'égout. Il est souvent trop éclairé ou trop poisseux, trop bruyant ; le whisky est toujours tiède et le vin a tourné, mais les nachos sont une tuerie et le barman est le seul homme à qui vous faites confiance pour vous confectionner un verre. À Bellair, c'est

Le Bar. Et ce mardi-là, il était aussi bondé que n'importe quel autre soir de la semaine, à piéger les habitués en fin de parcours et les noctambules à leur sortie du boulot.

Nous avons pénétré dans l'égout.

La soirée se dévida comme elles le font habituellement. Un shot, une bière, une clope dehors quand la salle se faisait trop oppressante. Les clients et les collègues, surpris que je sois de sortie, se cognaient au dossier de ma chaise pour venir me saluer. Je les laissai se rassembler autour de moi, l'œil vitreux et titubants, presser leurs mains sur mes épaules et me raconter combien ils étaient heureux de me voir *pour une fois*.

« Alors, Soph, dit Ty, tard ce soir-là.

– Alors quoi ?

– Ben, ça fait une heure qu'on est ici, je dirais qu'il reste une demi-heure avant la dernière tournée, et tu m'as toujours pas craché le morceau sur ton amant secret.

– Je te l'ai dit, je l'ai tué. »

Son rire un peu plus faible, l'éclat dans ses yeux terni.

« Tu es sûre que ça va ? Tu sais, je me sens vraiment mal à cause de l'histoire de Mack, l'autre soir… »

Je cessai de lui prêter attention à ce moment-là, quoique sa voix continuât de me prendre à la gorge comme une langue ou une mouche par une journée de canicule. Je la sentis descendre sournoisement les vaguelettes lisses du trapèze, des deltoïdes, se nicher sous le muscle infra-épineux, derrière le foramen bien caché, pour finalement échouer sur le nœud qui s'était remis à faire des étincelles. C'était trop pour moi, le bar, tous ces rires, ces visages railleurs, ces tables poisseuses, ces néons crus. Je rampais et ils allaient s'en rendre compte. Je repoussai le comptoir pour m'en aller.

« Je sais que Mark aussi était parfois comme ça, infect. Écoute, je vais être honnête avec toi, je sais qu'il te rendait folle, mais je me suis toujours demandé s'il n'y avait pas un truc entre vous... Oh merde. »

D'une main, Ty se couvrit la bouche.

On prétend que, dans un moment comme celui-là, le cœur s'arrête de battre. C'est faux. Ce qu'il se passe réellement, c'est qu'il se met à battre plus vite, inondé d'adrénaline après un choc soudain. Les tremblements, la vision floue, le brusque manque d'air sont les symptômes d'un cerveau inondé d'oxygène et qui lutte pour ne pas se laisser déborder. Mon cœur ne s'est pas arrêté quand Ty a touché du doigt mon secret ; il m'a préparée à prendre la fuite. Je suppose qu'il me faut remercier des années de pratique en émotions embarrassantes. Je façonnai mon visage en un masque de tristesse, forçai mes yeux à s'embuer.

Tel un cerf pris dans les phares, Ty se figea, avant de reposer lentement son verre sur le comptoir.

« Merde. J'oublie que tu étais avec lui cette nuit-là. Excuse-moi. Quel *con*, putain. Oublie ça, on passe à autre chose. Allez, je t'offre un verre... à la mémoire de Mark. Eh, Mike ! Sophie et moi, on a besoin de toi... »

Il se tourna de l'autre côté du bar, les joues rouges d'alcool et de honte. Je le regardai se triturer les doigts, encercler la base de sa pinte.

S'il savait...

Néanmoins je ne pus m'empêcher de me demander si, comme ces cerfs, il savait, s'il sentait le poids de la mort assise à ses côtés. Me percevait-il ondulant sous ma peau, sentait-il l'odeur des tombes que j'avais creusées de mes doigts ? Voyait-il leurs visages se refléter dans le mien ?

Ma victime suivante passa la porte en chancelant juste avant la dernière tournée. Je ne l'avais encore jamais vu, même si son accent et les sacs de bouffe chinoise à emporter qui pendaient à ses doigts rougeauds indiquaient une personne qui connaissait le coin, sinon du coin lui-même.

Il entra comme un coup de poing. Alors même que j'étais éméchée, je sentis l'air s'opacifier à son approche balourde, ma colonne vertébrale frémir lorsqu'il écrasa son gros bide contre le comptoir du bar.

« Eh, qui boit un coup avec moi ?! » cria-t-il à quiconque dans la salle serait suffisamment malchanceux pour croiser son regard.

Dénuée de toute peur, je levai la tête sur son visage et trouvai deux petits yeux saillant d'une mâchoire bouffie qui tremblait à chacun de ses pas téméraires. Ses doigts serrèrent plus fort les sacs dans ses mains, mais il n'y prêta guère attention, tout entier concentré à balancer son hospitalité sur des proies qui s'ignoraient encore comme telles.

« Eh, je te paie un coup. »

Son haleine brossa le dessus de mon crâne, en direction de Ty.

« Merci, mais non merci, mec. Je suis bien.

– Et toi ? » Sa main, lourde sur le dossier de mon tabouret. « Je t'offre un verre. »

C'était l'assaut que je recherchais, quoique je n'en aie rien su jusque-là et que cela se fît à mon corps défendant. Dans la lumière crue, entourée de gens qui connaissaient mon visage, je ne pouvais pas être une vipère ; il fallait que je reste immobile. La tombe qui s'était creusée au centre de mon être bâilla. Ma frémissante armure, désormais à fleur de peau, darda ses langues sur ses doigts, pour goûter, tester. Oui, celui-là ferait peut-être l'affaire. Respire, Sophie. Ne les laisse pas voir les abysses dans tes yeux.

« Elle est bien, elle aussi. Merci quand même, poto. Pourquoi tu vas pas t'asseoir, boire un verre d'eau ? Pas vrai, Mike ? »

Peu habitué à ce qu'on l'ignore, Ty posa sa main sur le comptoir.

Encore un jeu auquel jouent les hommes. *Mec*, *poto*, *frère* sont des détentes à demi pressées. Les mains sur le comptoir, quand on appuie dessus, deviennent des poings. Les poitrines se bombent comme les voiles d'énormes yachts, les gorges se nouent, les mâchoires se crispent. Et ma voix, dans le cas où j'aurais cru en avoir une, est jetée par-dessus une épaule et évincée par la puissance supérieure de l'Homme. Sauf que je m'ennuyais et bouillais intérieurement et que les mites me picoraient la peau. *Tu aurais dû rentrer chez toi, mais tu ne l'as pas fait. Et voilà qu'il te tombe tout cuit dans la bouche. Ne le laisse pas s'échapper.*

Il me restait un coup à jouer. La reine gagne toujours. Pose ta main sur la cuisse de l'un, l'autre sur la poitrine opposée. Prends une voix ténue, apaisante, un filet doux et quasi inaudible, ainsi on devra l'écouter. Un serpent à sonnette. Que ton corps soit à la fois arme et écu.

« Ty. Tout va bien. Monsieur, merci pour l'invitation. Mais je m'apprêtais à partir. »

Je hais ce jeu. Je hais cette partie du jeu. J'aurais voulu leur hurler, à tous les deux : « Allez-y, foutez-vous sur la gueule puisque vous en crevez d'envie, espèces d'énormes bébés attardés ! » J'aurais voulu fondre sur eux en orage et leur cracher que j'avais déjà tué cinq hommes et que personne ne m'avait encore attrapée… qu'est-ce que deux de plus pouvaient me faire ? Je n'en fis rien. Je gardai une main sur la cuisse de Ty, l'autre pressée contre la poitrine de l'inconnu, mon corps comme un paratonnerre entre les deux, le réceptacle de leur électricité, qu'il attire sur lui leurs foudres. Je devais me faire le centre silencieux de leur attention. Tout ceci était un jeu, rien qu'un jeu, comme lorsque je me retrouvais acculée dans un coin de la cuisine par les commis. Juste un jeu. Mes dents crissèrent sous le poids de ces corps mâles sous mes doigts. *Nous savons quoi faire, laisse-nous faire.* Je me forçai à sourire.

Que Ty se croie spécial. Que cet inconnu s'interroge sur ma caresse. Ravale ta fierté, laisse-la allumer un feu dans ton ventre. Quand ils auront le regard tourné, brûle-les tous.

« Ty, on y va. »

Nous avons jeté des billets sur le comptoir et sommes descendus de nos tabourets. Sa main sur mon dos tandis nous passions la porte, un fer rouge. J'accélérai le pas afin d'échapper aux bouches qui collaient au bout de ses doigts.

« On va chez Billy. Vous venez ? »

Une voix trancha l'obscurité, une cigarette levée sur un visage enténébré. Lueur rougeoyante. Fumée.

« Carrément. » Ty, toujours à mes côtés, ôta enfin sa main de mon dos. « Sophie ? »

Vous vous rappelez leurs noms : Bundy, Dahmer, Ramirez. Et vous vous rappellerez le mien. Vous vous rappellerez mon nom – Sophie Braam – parce que je suis intelligente, parce que j'en ai fait un jeu, de tuer des hommes. Vous vous rappellerez mon nom parce que je suis plus qu'un cauchemar.

Une impossibilité

Un chef avec qui j'ai travaillé il y a des années, dans un autre bar et une autre vie, m'a dit qu'un matin il avait trouvé une empreinte d'animal dans son jardin. L'empreinte, profonde dans la boue rouge près de la balançoire de sa fille, était trop grosse pour appartenir à un coyote et n'avait pas de marques de griffes, comme celles d'un ours. L'empreinte, il en était convaincu, était celle d'un animal dont les gardes forestiers vous diront qu'on n'en rencontre plus en Virginie depuis les années 1970. Les gardes forestiers, comme la police, préfèrent ignorer ce qu'ils ne comprennent pas, par exemple les pumas ou les femmes.

C'est leur silence qui rend les félins si mortels. Ils suivent leur proie sur des kilomètres, louvoient entre les arbres, plus silencieux que le souffle qui s'élève en panache de votre bouche. Puis ils sont patients. Capables de rester tapis des heures durant, ils guettent le moment propice.

Alors que je retournais à ma voiture, il passa devant moi, vacillant comme pendant un tremblement de terre, éparpillant les dernières inquiétudes que je nourrissais. Pendant que mes collègues me saluaient et gueulaient, débattant entre eux si la station-service était encore ouverte et si elle vendait encore de la bière, je me tins aux côtés de ma voiture dans le noir, à regarder l'homme aux sacs de bouffe chinoise s'éloigner en titubant. Je fis signe à la bande devant moi.

« Faut que je me change ! Allez-y, je vous rejoins dans pas longtemps. À tout'. »

Dans le noir.

L'alcool bouillait sous ma peau, il me fut donc aisé de m'en débarrasser dans l'air chaud, dans les ombres qui zébraient le parking défoncé. Je suis petite ; mes pas sont légers. Je suis petite : « Je suis vraiment désolée pour ce qui s'est passé avec mon ami dans le bar. Il était juste bourré, dans ces moments-là il se montre très protecteur avec moi. » Je suis petite : « Attendez, vous êtes super chargé, laissez-moi vous ouvrir la portière. » Je suis petite.

Il était garé tout au bout du parking semé de nids-de-poule, au-delà de l'éclairage des lampadaires, dans l'étreinte épineuse d'un massif de ronces.

Je suis petite.

Me vit-il ramper, lorsque je m'approchai de lui ? Est-ce qu'il vit le félin qui dans un bond me déchira le thorax ? Est-ce qu'il sentit la morsure des dents sous ma peau, lorsque je lui pris le poignet ?

Je suis petite. Croyez-moi. Je suis petite. Ne me regardez pas.

J'ai des griffes.

Il s'effondra sur la banquette arrière avec un hoquet de surprise. Je le laissai là. Il y avait une couverture sur le siège, que je tirai de sous lui pour la jeter sur sa grosse face, avant de m'en aller. Je me sentais un homme. Intrépide et sans attaches. Je m'occuperais de lui plus tard. Demain. Ce soir, j'avais une fête à honorer, la vie à célébrer.

Une ménade

Il y a un je-ne-sais-quoi de trop clinquant dans un groupe de serveurs qui font la fête. C'est difficile à expliquer si on ne l'a pas vu de ses yeux, si on n'a jamais fait partie de cette famille dysfonctionnelle qui passe ses journées dans les tranchées, rémunérée deux dollars de l'heure pour sourire et courber l'échine face à la lie de l'humanité. À l'image d'un poisson des abysses, la lumière qui émane d'un serveur après le boulot et hors des confins de la civilisation tangible est couleur néon, elle crée le malaise. Quelque chose est toujours sûr de foirer. Sur le poisson, ce sera une rangée de dents horriblement longue ou d'étranges yeux laiteux. Mes collègues, en rien aquatiques sauf pour leur consommation d'alcool, trouvaient d'autres moyens de briller. Je m'en aperçus à l'éclat dans leurs yeux, qui étincelèrent sous mes phares lorsque je me garai ; à l'inclinaison bizarre de leurs épaules quand ils marchaient, dansaient ou se penchaient pour charrier des secrets dans des oreilles attentives ; je l'entendis à leurs rires, qui s'étaient aiguisés depuis que je les avais quittés, une heure plus tôt. Dans le noir, dans la nuit, loin des clients, des ordinateurs et des angoisses sans intérêt d'une vie vécue toujours en vitrine mais jamais vraiment vue, ils pouvaient enfin montrer leur vraie nature. Je les regardai, acérés et luisants dans la nuit.

Voilà d'où je suis issue. Des journées si longues que même après des années d'entraînement mes pieds me font l'effet d'être couverts d'ecchymoses et mon dos est tout le temps cassé. Des soirs où, une fois que j'avais filé leur pourboire au commis de salle et à l'hôtesse d'accueil et payé la bouffe au personnel, je me rendais compte que c'était quasiment comme si je payais pour venir bosser. Des mains sur mes poignets, des yeux sur mes cuisses et des bouches qui me mettent en pièces ; tous, nous ne sommes que viande, après tout. Toute cette chair ôtée de nos os, année après année, jusqu'à ce qu'un jour on soit cette chose dangereuse, qui brille dans la nuit.

C'est un miracle que nous ne soyons pas plus nombreux à recourir au meurtre. Si nous n'étions pas aussi occupés à mourir de suicide ou d'alcool ou de suicide par l'alcool, peut-être le ferions-nous.

C'est ainsi que je les vis, en cette nuit de début septembre, lorsque, m'arrêtant dans l'allée gravillonnée, je me garai dans l'herbe devant chez Billy. Les voilà, en pleine bacchanale, à danser et rire, à fumer, boire, tomber devant le feu de camp qu'ils ont allumé.

Et, pour cette nuit semée d'étoiles seulement, je m'autorisai à me dissoudre avec eux. Je jetai mon masque dans l'herbe, et tout ce qui me démangeait, toute la fureur battante et rugissante qui pulsait, s'étira dans le vaste monde et se relâcha. J'étais en sécurité. Sous la lueur papillotante du feu, personne ne me verrait frémir.

Quelqu'un me mit un gobelet entre les mains que je bus d'un trait, avant d'en réclamer un autre. Des bras qu'on passe sous le mien, et je les laissai m'entraîner à la cuisine, où Ty concoctait un breuvage de son cru, soda à la cerise et vodka, peut-être un peu de limonade aussi, ah, quelqu'un peut choper une canette d'eau pétillante dans le frigo ? Tiens, Sophie, on va te requinquer. Il ajouta sa touche finale au cocktail : une poignée de morceaux de fruits divers et variés et un bout de pomme de pin d'un arbre dehors.

« Magnifique. »

Ça avait le goût des mauvaises décisions.

Nous avons bu jusqu'à ce que le ciel déchire son ourlet et se pare graduellement de sa teinte matinale. On alluma les dernières clopes, leurs bouts rouges comme autant d'étoiles qui s'estompent dans l'aube. Dans ce moment de calme, ceux d'entre nous qui étaient encore réveillés sont devenus leur propre constellation, parmi les rainettes et la rosée, dans l'air humide qui stagnait, pesant, sur l'aube grise, attendant de s'écrouler, inertes, sur le sol froid.

Peut-être, si j'avais écouté, aurais-je entendu un avertissement dans cette immobilité. Au lieu de quoi je me retrouvai pleinement vivante, à reprendre en chœur le chant naissant des oiseaux, tant mon pouvoir secret grandissant me mettait en joie, et, mieux encore, tant j'apprenais à le contrôler de manière à pouvoir sacrifier une soirée à ce genre de folie irraisonnée.

Tous, nous brillions, alors. Des rêveurs, qui vibrent à l'unisson de l'aube qui point. Libres et amoureux du monde. Et toujours, à jamais, plus intéressants que vous.

Sauf que j'aurais dû écouter les murmures dans la brume, le léger hérissement des poils sur ma nuque, cette sensation dans mes pieds de tourner trop vite, d'échapper à tout contrôle. Eût-ce été le cas, je l'aurais vu avant que ça arrive. Je me serais arrêtée. Je n'aurais pas embouti cette voiture à ce carrefour.

Sophie

Ils me mirent en cage.

Mais d'abord, ils me déshabillèrent.

Ils commencèrent par mes chaussures, les tongs bon marché que je gardais dans ma voiture pour soulager mes pieds tordus de crampes et bouillants après trop d'heures enfermés dans le cuir de mes sabots de travail. Pas de lacets, rien avec quoi je pourrais me pendre ou me blesser, mais ils les prirent quand même. « On suit le protocole. » « Parce que. » Voilà les réponses que j'obtins à mes « pourquoi ». Ma ceinture aussi, qu'ils me demandèrent de déboucler pour la placer dans le sac en plastique. Montre, collier, bagues, tous ôtés sous leurs regards vigilants, fourrés dans la même gueule béante et mis de côté. La dernière chose qu'ils me prirent fut moi-même. Une femme au visage solennel coiffée d'un chignon trop serré laissa tomber mon sac à main sur mes cuisses.

« Il nous faut votre pièce d'identité. »

Je me suis donnée de bien des manières, mais c'était là une façon inédite de me dérober mon identité.

« Qu'est-ce que vous allez en faire ? »

Elle ne répondit pas. Se contenta de croiser les bras sur sa poitrine et de se tenir là, à me fusiller des yeux. Je soupçonne que des comme moi, elle en a trop vu. Nous sommes sœurs alors, elle et moi, aux prises avec le même public ivre et pénible, nuit après nuit. Mais en cet instant elle me voyait comme Eux, et il n'y avait rien que je pusse faire pour le contester.

Si. Une chose.

« Je veux parler à Nora Martin. Elle est officier ici.

– Non, elle ne l'est pas.

– Elle travaille pour la police de Bellair.

– Ce n'est pas nous. Papiers d'identité, s'il vous plaît. »

Le puits dans mon ventre, cette créature animale dotée de dents et de griffes et qui rugissait pour moi, se changea en pierre. Derrière mes yeux, les mites furent prises d'un frisson ; leurs voix se turent. C'était le moment d'avancer à tâtons, de garder un visage de marbre – une femme et rien de plus. L'animal en moi allait devoir ronronner.

« Bien sûr que si. C'est la prison, ici. Vous n'êtes pas connectés ? » Silence. « Est-ce que je peux l'appeler ? J'ai droit à un coup de fil, non ?

– Non. Vous êtes saoule. »

J'aurais voulu lui dire que c'était faux, que le choc de la dernière heure m'avait gentiment dégrisée. Au lieu de quoi je fouillai dans mon sac, mes doigts cherchant la langue que j'y avais mise quelques heures plus tôt. Elle était encore là. Je sortis ma carte d'identité, la poussai sur la table jusqu'à la femme, qui me regardait à présent d'un air renfrogné.

« Ce serait dommage de gâcher votre seul appel. Et maintenant, éteignez votre téléphone. Lorsque vous aurez dessaoulé, vous le récupérerez. Le sac à main aussi. »

Elle rouvrit le sac en plastique. À cet instant je faillis me trahir, le chœur de ricanements enflant dans ma gorge à l'idée de la langue qu'on introduisait dans cette bouche d'un genre nouveau.

La femme, à n'en pas douter une buveuse de bières « santé » hors des heures de service, et de blanc californien quand elle était d'humeur festive, me regarda de travers.

« Ça vous amuse ?

– Non, m'dame.

– Les mains. »

Elle pressa chaque doigt, un par un, sur le tampon encreur sur son bureau tandis que je restais figée sous le néon aveuglant. L'encre était froide. Elle appuyait fort sur mes doigts, qui mordaient contre le rebord en plastique du tampon. J'en regardai les bouts blanchir à chaque pression, puis rougir après chaque libération. Blanc, rouge, blanc, rouge, encore et encore, jusqu'à ce que tous soient marqués. Ces parties de moi transférées sur un écran pour être ensuite avalées dans un nid de tubes et de fils d'acier reliant les yeux de la machine à une paire d'yeux quelque part loin d'ici...

Allaient-ils trouver une correspondance ?

De frémissants, les ricanements devinrent frénétiques, de gros bouillons sous mes côtes remontaient jusqu'à mon crâne pour cliqueter et gronder dans mes méninges – dure-mère, arachnoïde, pie-mère –, tous ces espaces creux entre mes oreilles. J'avais beau avoir été prudente, n'avais-je pas laissé des bouts de moi quelque part ? Le baiser d'une empreinte digitale sur le cou de Mark, un spectre sur la fermeture Éclair de Trent ? Et si quelqu'un retrouvait un corps dans les bois ? Et si et si *et si*, les questions telles des vagues déferlèrent et soudain j'étais un navire qui tangue sur l'océan. Tous les *et si*, les courts instants, les inquiétudes larvées, lèvres mordillées et nuque hérissée de chair de poule, s'abattirent sur mes épaules et je me noyai dans les mêmes menues paniques que j'avais connues toute ma vie. Et si je portais cette jupe, buvais ce verre, embrassais ce garçon ? Elles tournèrent en rond dans ma tête, semblables à des oiseaux de proie, hurlantes, jusqu'à ce que j'entende ma grand-mère répéter de sa voix rauque : « Sophie. Respire. »

Assise dans cette cage, il n'y avait rien que je pusse faire. Avec une inspiration, je rampai donc dans ma poitrine et refoulai mon âme en un lieu inviolable.

Elle fit signe à un homme, qui alla se tenir à l'écart. Un ordre.

« Là-bas. »

J'étais un témoin que se passent les coéquipiers. Il fit un pas en avant, me guida de sa main tendue.

« Placez-vous sur le X. Bien. Regardez-moi. »

Flash.

« Profil gauche. »

Flash.

Ils me houspillaient et me faisaient tourner d'un côté puis de l'autre, me picoraient tels des vautours, et je les laissai faire parce que je n'avais pas d'autre choix. Tout en moi se rétracta jusqu'à ce que, sous ma peau, je sois un désordre de pieds et de corps grattant, mordant et se démenant, tandis que mon visage au-dessus restait froid. Je savais comment me comporter en cage. Celle-ci était plus laide et plus méchante, la pire que j'aie connue jusqu'à présent, mais elle n'était pas si différente, au fond, de celle que j'avais arpentée toute ma vie.

L'homme au carrefour n'avait rien voulu savoir quand je lui avais dit de simplement remplir un constat amiable et qu'on en reste là. Il se foutait que je sois juste fatiguée, pas ivre, *seulement fatiguée*; que je n'aie pas prévu qu'il s'arrête, car personne ne s'arrêtait jamais à ce foutu feu rouge sur Peach Street jusqu'à au moins sept heures du matin en semaine, huit heures le week-end. Quel genre de psychopathe s'arrête à un feu rouge sur une route déserte ? Alors, franchement, qui était dans son tort, ici ? Nous devrions juste nous estimer heureux que personne n'ait été blessé et passer à autre chose. Pas la peine d'appeler la police.

Il était têtu comme une mule : « Ça va peut-être pour vous, mademoiselle, mais moi je vais avoir de gros ennuis si je ne donne pas à mon employeur l'explication de mon absence ce matin. »

C'est alors que j'avais remarqué le logo de l'hôpital sur son tee-shirt XXL, dont quelques taches de javel souillaient l'ourlet du bas. Il portait des chaussures fermées et confortables, à la semelle en gomme. Un agent d'entretien.

Les ordres se poursuivirent, un grognement staccato. « Prenez un matelas sur la pile… Ouais, celle-là, là-bas… Amenez-le… Voilà votre cellule… Combien de temps vous restez ici ? Jusqu'à ce qu'on décide que vous êtes sobre… Une fois que vous passez cette ligne sur le sol, vous nous appartenez. »

Merde.

La cellule était trop éclairée. Trop froide. Trop propre. Béton et parpaings peints en blanc, lumière si vive qu'elle me plantait ses griffes derrière les paupières ; des corps se déversaient des sinus ouverts juste en dessous jusqu'à me détremper les os, dégouttant du malaise que seuls produisent de tels endroits. Je sentis tout mon souffle se rassembler en une boule compacte au fond de ma gorge, bien cachée et rangée, trop petite pour qu'on la retrouve, trop lourde pour qu'on l'en retire.

À une cinquantaine de mètres, les ogres se laissèrent tomber devant une télé commune et enfournèrent des poignées de chips et de bonbons dans leurs bouches baveuses. J'ai ouï dire que ces gens, les gardiens de prison, végètent au bas de l'échelle hiérarchique de la police. Un esprit plus clément que le mien arguerait que c'est parce qu'ils passent des heures interminables à subir le pire traitement qui soit, jour après jour après jour ; qu'être confiné huit heures par jour dans une boîte fluorescente, qui empeste le renfermé, ruinerait la santé mentale et physique de n'importe qui. Mais je ne suis pas clémente, aussi je les vis pour ce qu'ils me montraient – des petits durs de cour de récré trop paresseux ou stupides pour entrer dans la police, trop aigris car sachant que tout le monde le savait, trop déprimés pour en avoir quelque chose à foutre. À quoi bon ? Ici ils avaient du pouvoir, dans ce monde de béton où les lumières jamais ne s'éteignaient, de sorte qu'il y régnait continuellement un jour artificiel ignoble, où les sons se fracassaient contre les sols durs, où l'état de droit pouvait se comparer au jeu de la brûlure indienne des enfants. Qui d'entre nous tiendrait le plus longtemps – celui qui tournait mes os au point de les briser, ou moi qui serrais les dents contre l'avertissement sonore d'une fracture ?

En face de moi se trouvait un homme qui semblait être déjà venu ici. Il se tenait les bras levés sur le cadre de la porte qu'il serrait de toutes ses forces en aspirant des goulées d'air jusque dans ses orteils, remplissant l'espace de son corps dénudé. Une heure plus tard, ils firent entrer encore un homme, menotté et qui portait le même uniforme.

« Pas la peine de vous mettre des menottes, dit le garde en passant devant moi. Vous êtes du menu fretin. »

Je ne me sentais pas si menue. Le choc de la honte et de la panique qui fleurissait dans ma poitrine enfla soudain jusqu'à emplir l'aveuglante cellule. Toutes ces années où je m'étais sentie prise au piège, j'avais ignoré ce qu'était réellement le piège, qu'il pouvait prendre corps et se doter d'une bouche et se hisser hors de mes cauchemars pour m'avaler toute crue. « Menu fretin », avait-il dit, du ton de la conversation, comme si ces heures où l'on m'avait arrachée à mon identité et enfermée étaient une plaisanterie ; comme un type qui vous siffle dans la rue par une chaude après-midi, comme de se sentir coupable d'avoir accepté un *date* auquel on n'a pas envie d'aller, mais c'est plus facile que de lui faire de la peine. Plus sûr, aussi. Toutes les cages où je m'étais enfermée au cours de mon existence ouvrirent leur gueule en cette affreuse matinée, et je basculai dedans. Il n'y avait rien à quoi se raccrocher, aucun espoir de me sauver. Tout ce que je pouvais faire, c'est me promettre que plus jamais on ne me réenfermerait.

J'aurais dû lui tendre la main, lui expliquer qu'on n'était pas si différents, lui et moi. Nous vivions tous les deux une vie à voguer sur l'océan des caprices d'autrui, à nettoyer la saleté derrière eux, oui, m'dame et non, m'sieur, à les rendre heureux. Si j'avais réfléchi au lieu d'être en traque, c'est ce que j'aurais fait. Si j'avais réfléchi et non frissonné, j'aurais tout effacé d'un sourire. Un sourire sucré. Du miel.

Il s'enferma dans sa voiture. Peut-être avait-il déjà rencontré des femmes comme moi ; il sentit le lion qui tournait en rond derrière mes côtes. Ou peut-être vit-il ma peau onduler et ma mâchoire se crisper lorsque je me demandai si, peut-être, il était un problème que je pourrais résoudre.

Ma voiture.

Sa voiture. Quelqu'un allait le retrouver. Et que trouveraient-ils dans la mienne ? J'avais mis du sang sur ma blouse de travail. Qu'en avais-je fait ? Des dents claquèrent au bout de mes doigts ; quelque chose hurlait derrière mes yeux. J'avais un vague souvenir d'avoir jeté quelque chose dans les bois, mais quoi, ça m'échappait. Les lumières étaient trop vives, mes pensées perdaient pied. Elles tombaient les unes sur les autres, se croisaient sans s'arrêter ; et tout ce temps, en souterrain, les mites désormais boursouflées de panique pressaient leurs langues râpeuses contre mes oreilles.

Baissant les yeux sur mes mains, je me félicitai d'avoir nettoyé le sang sous mes ongles. Il voyageait maintenant depuis le tuyau d'évacuation de la maison de Billy. Menus réconforts.

« Où est ma voiture ? demandai-je lorsqu'un garde s'approcha, poussant un chariot de petit déjeuner devant lui tel un steward abject.

– Petit dèj'.

– Laissez-moi passer mon coup de fil. J'ai décuvé. Qu'est-ce qui est arrivé à ma voiture ? »

Un poing comprima mon ventre. Mon masque glissa, une mite sortit en rampant de mon crâne. Il allait s'en apercevoir ; la lumière était si aveuglante que je ne pouvais pas me cacher.

« Vous voulez manger ou pas ? »

Une belle leçon d'humilité, la rapidité avec laquelle la folie peut s'immiscer. Je ne voyais pas le soleil, mais je pouvais le sentir qui grimpait dans le ciel. Les minutes traînaient la patte. Sortirais-je un jour d'ici ? Et s'ils le retrouvaient avant que je puisse m'échapper ? Savaient-ils déjà ? N'importe qui d'attentif remarquerait que sous la fumée de cigarette et l'alcool j'empestais la mort. Un simple relent, à peine moisi, doucereux jusqu'à la nausée, qui se tenait tapi dans le creux de ma clavicule, le coton doux de mon débardeur. Et s'ils en trouvent dans ma voiture ? Et s'ils regardent dans mon sac et qu'ils y découvrent la langue ? Est-ce qu'en cet instant ils ne montent pas un dossier contre moi ? Là, dans la cellule froide et inerte, je me transformai en mite, à en gratter et parcourir la peau morte bétonnée.

« Je veux mon appel, tout de suite.

– Donc vous avez pas faim. »

Je frappai mon poing contre la vitre de ma cellule lorsqu'il s'éloigna avec son chariot.

« Putain de *connard*. »

S'il m'entendit, il n'en montra rien, continuant de pousser sa carriole d'une cellule à l'autre, à balancer de la nourriture sur des plateaux ou à passer son chemin devant ceux qui, comme moi, osaient se montrer irrespectueux.

Je sentis le jour ramper pas à pas, me passer sous le nez tandis que je restais assise, ou debout, ou à faire les cent pas avant de me rasseoir, m'arrêtant ici et là pour scruter les gardes assis à leur bureau, les yeux fixés sur je ne sais quoi à la télé. Ils échangeaient blagues et parties de cartes, tout en ignorant l'homme dans la cellule voisine qui réclamait à grands cris un médecin.

Enfin, quand ils se lassèrent, à moins qu'ils n'aient eu besoin de ma cellule, ou réalisé qu'ils ne pouvaient plus justifier ma détention, deux d'entre eux s'approchèrent. Ils étaient gros, voûtés à la manière des hommes qui passent leur vie à bosser debout, le visage gris du manque d'air frais.

« Je veux mon appel.

– Soufflez là-dedans d'abord, ensuite on réfléchira à cet appel, dit le plus gros en sortant un éthylotest de sa poche.

– Je suis sobre. Je vous parle normalement, non ?

– Les gens ne sont pas très bons juges de s'ils sont ivres ou non. »

Dans une autre vie, nous aurions pu échanger un signe de tête à ce moment-là, un petit rire ; pourquoi pas un clin d'œil ? Après tout, n'avais-je pas pensé la même chose, derrière mon bar, un vendredi soir ?

L'autre garde intervint :

« Allez, ma belle, faites ça pour nous, et on verra ce qu'on peut faire pour vous. »

Ma belle. Je fermai les yeux pour masquer mes larmes de frustration et de honte et laissai les hommes presser le tube contre mes lèvres.

« Soufflez », dit l'un d'eux.

Ma belle. Poupée. Souffle dans la trompette.

Et c'est ce que je fis. Je me sentis tout aussi exposée et abusée que tant de fois auparavant, dans ma jeunesse, quand je laissais les hommes se servir de moi comme d'un jouet qu'on peut descendre d'une étagère à sa guise. Au fond de ma poitrine, la partie de moi que j'avais mise en lieu sûr s'enroula plus fort sur elle-même. Ma peau se hérissa. Je serrai les poings. S'ils savaient.

« Zéro virgule six. Vous y êtes presque. Buvez encore quelques verres d'eau et on reviendra quand on aura fait sortir ces types.

– C'est en dessous de la limite légale. Je suis sobre. Et puis je ne conduis pas, de toute façon.

– On n'en a pas pour longtemps.

– Je veux mon coup de fil.

– Vous récupérerez votre téléphone quand on vous laissera sortir. »

Voilà donc leur jeu. En chien de fusil sur mon matelas dans un coin sombre de la cellule, j'attendis, bus l'eau tiédasse qui coulait en mince filet du lavabo à côté des WC. Plus tard, l'un d'entre eux scotcha une couverture sur ma vitre. « Pour que vous puissiez uriner, si vous en avez besoin », à l'en croire. Pas malvenu, étant donné que j'étais la seule femme dans une pièce remplie d'hommes, tous à portée de vue. Cependant je soupçonne qu'il le fit davantage pour ne pas avoir à me regarder jusqu'à ce qu'ils soient prêts. Je fixai la vitre d'un œil noir, forçai mes yeux à la percer de trous.

Une pensée, comme un phare. Ma voiture. Ils avaient dû la fouiller sans rien trouver. Cette prise de conscience glisse une main sur ma peau, et me voilà qui rampe. Savoir qu'un inconnu a pénétré mon espace, qu'il en a fait l'inventaire. C'est ce qu'ils font, n'est-ce pas ? « Pour votre bien plus que pour le nôtre », disent-ils. Pour vous éviter un procès, pour vous aider, si quelque chose a été volé à la fourrière…

« Je fais ça pour t'aider », « Crois-moi, ce n'est pas par plaisir » – voilà ce qu'ils disent lorsqu'ils ont besoin d'être réconfortés après qu'ils nous ont brisées. Cet abandon, cette humiliation, cette souffrance que j'ai décidé de t'infliger, c'est « pour ton bien… parce que je t'aime ». À croire qu'ils ont pris exemple sur mon père.

Sauf qu'ils ne peuvent pas avoir trouvé quoi que ce soit,

autrement ils me l'auraient dit. Voilà à quoi je me raccrochais. Qu'ils me désossent, me scrutent, tant qu'ils ne voient pas ce qui est caché. Son corps, ils ne le trouveraient pas chez moi. Le reste… qu'avais-je donc jeté dans les bois ? Où était mon couteau ?

Sauf qu'ils auraient dit quelque chose, n'est-ce pas, s'ils avaient trouvé quoi que ce soit, j'en étais convaincue. J'attendis donc, couvris d'une main les bouches qui mâchonnaient mon cœur.

Ils m'éructèrent à midi trente. Je n'eus jamais droit à mon appel. Plus tard, mes larmes sur la banquette arrière du taxi. Le conducteur qui ne demande rien, et je lui en suis reconnaissante. Je sens quelque chose qui tire sur ma cheville, l'envie irrépressible de courir, de combattre, de m'enfuir. Et là, juste derrière, plus lente mais tout aussi forte : la colère. Une rage brûlante, noire.

Nora

C'était une carcasse, cette chose boursouflée et noircie fourrée sur la banquette arrière d'une berline défoncée. Une carcasse, pas un cadavre. Un cadavre était humain. Un cadavre avait un nom et une famille ; un cadavre avait un sourire. Or cet homme, qui était une carcasse et non un cadavre, n'avait pas été humain aux yeux de son meurtrier.

Rien ne cadrait. Ce n'était pas ainsi que les hommes mouraient. Les hommes n'étaient pas étranglés ou massacrés comme des porcs, laissés nus et humiliés à pourrir dans les ordures. Leurs langues n'étaient pas arrachées de leur crâne comme un trophée. Les hommes mouraient dans des rixes de bar, dans des guerres de territoires à propos de filles, de drogues, d'argent. Ils mouraient d'avoir été tabassés ou sous les balles, le coup de lame qui sectionne un organe vital. Dans le monde de Nora, la mort des hommes était pleine de bruit et de fureur, souvent vaine. La violence qu'ils s'infligeaient les uns aux autres était un feu de paille vite éteint, terminée sitôt qu'elle commençait, sanguinolente. Même dans leur rage, les hommes se traitaient comme des humains.

La mutilation, la mortification, le dégoût, la colère et le déchaînement de violence sur une gorge déchiquetée étaient une rage qu'ils réservaient aux femmes. Les hommes frappaient les femmes comme s'ils frappaient le fardeau titanesque de leur monde pour le mettre à terre, ils les jetaient comme si elles n'étaient rien, ne signifiaient rien. La strangulation, le massacre, l'humiliation et les abus, la violation de leur corps même après la mort, voilà ce que les hommes faisaient aux femmes, afin de se distraire de la notion qu'ils étaient tout sauf complets. Incomplets. Lacunaires. Voilà ce que faisaient les personnes en manque de quelque chose. Ils ruinaient la vie des autres comme un palliatif de leur misère spirituelle.

Mais les hommes n'infligeaient pas ça aux hommes. Non, Nora ne pouvait le concevoir, peu importait ce que disait Murph.

La carcasse, le cadavre, l'homme, s'illumina, miroita, et un millier d'ailes de mouches à viande avalèrent Nora lorsqu'elle se pencha pour examiner son visage, écrasé sur le plancher à un angle contre nature ; son cou, brisé, ployait sous son menton dans une imitation terrifiante d'un boomerang. Quelque chose comme un souffle s'exhala de la grotte difforme de sa bouche, et la puanteur nauséabonde de la décomposition enfonça son bras dans la gorge de Nora. Elle eut un haut-le-cœur. Se détourna pour faire face aux flashs et aux crépitements des appareils photo derrière elle. Ils passaient le parking au peigne fin, fouillaient des yeux le véhicule, leurs questions posées au biais de la vitesse d'obturation. Nora se tourna de nouveau vers le corps.

Flash.

Cet homme, ce cadavre, cette carcasse, avait le dégoût lardé sur tout le corps. La rage, assenée encore et encore en plaies profondes. C'était le langage d'un animal pris au piège, déchaîné et hors de contrôle. Là et là, encore et encore, des dents, des griffes. Dents et griffes.

Mais seulement, à première vue, sur le devant du corps. Cette attaque était une bombe, pas un feu. Elle ne l'avait pas avalé tout entier.

Elle trouva ses mains, serrées contre sa poitrine, et en tira une pour l'examiner de plus près. S'il avait été frappé par-devant, il devait avoir combattu son assaillant ; oui, là, sur les paumes larges et froides, elle découvrit de longues entailles. Et autre chose.

Des cheveux. Longs et noirs, enroulés autour des doigts, pris dans les sillons crantés de la chair mutilée. Des cheveux, songea aussitôt Nora, étrangement analogues à celui qu'ils avaient trouvé dans la main du garçon, des mois plus tôt. Le cœur battant, elle sortit de sa poche un sachet en plastique et une pince à épiler. Elle avait raison, elle le savait. Ces morts ne ressemblaient pas à des morts d'hommes, parce qu'elles ne l'étaient pas. Il n'y avait pas de complice, ici. C'était une rage que seules les femmes pouvaient comprendre. Une sentence qui n'avait que trop tardé. Elle frissonna. À cette pensée, quelque chose s'alluma au plus profond de son cerveau, qui la mit mal à l'aise, une ombre à laquelle elle refusait de se confronter. C'était une colère qu'elle comprenait, qu'elle gardait cachée sous son lit, là où le seul mal qu'elle pouvait faire c'était effleurer ses chevilles pendant la nuit.

« Qu'est-ce qu'on a ici, ma belle ? » demanda Val en se penchant par-dessus son épaule.

Dans son excitation, Nora ne l'avait pas entendue approcher sur le parking gravillonné.

« Des questions… Une idée, je ne sais pas… Je… Regarde ça,

Val, répondit Nora en levant le sachet sous les yeux de la femme. Des cheveux. Longs. »

Val s'accroupit à ses côtés, chassant d'un geste de la main un nuage de mouches qui volaient vers elle, sans doute attirées par le parfum de mort que semblait toujours exhaler cette femme qui passait tant de temps en compagnie de cadavres.

« Tu penses qu'une femme est impliquée ? demanda Val en regardant pensivement les cheveux enroulés dans le sachet.

– Ils sont longs.

– Beaucoup d'hommes ont les cheveux longs… » Val jeta un œil sur la carcasse, passa sa main gantée sur la ligne brisée de la gorge, jusqu'à la bouche béante et déformée. Des mouches à viande s'égaillèrent, bourdonnantes, dans l'habitacle. « Merde, celui qui a fait ça n'y est pas allé de main morte… La vertèbre cervicale est ébréchée. Regarde. » Elle écarta le trou dans sa gorge de manière que Nora puisse voir. « Sûrement le coup fatal.

– Donc tu ne penses pas qu'une femme soit impliquée ? » dit Nora en sentant son cœur se dégonfler.

Lorsque Val leva de nouveau la tête vers elle, elle sentit les mêmes questions tâtonner dans le noir derrière ses pupilles.

« Ce n'est pas ce que j'ai dit. Je dis juste que certains hommes ont également les cheveux longs. Ou peut-être que cet homme agressait une femme et que quelqu'un est intervenu. Tant qu'on n'en saura pas plus, on ne peut pas écarter la piste de la légitime défense.

– Tant qu'on ne saura pas si ces cheveux correspondent à l'autre échantillon, concéda Nora avant de renchérir : D'ailleurs, est-ce qu'il a été analysé, celui qu'on a retrouvé en mars ?

– Je crois qu'il va falloir faire une croix dessus, soupira Val. On l'a encore, mais il semblerait que la chaleur du train ait dégradé les traces d'ADN qu'on aurait pu y prélever. Mais je vais voir ce qu'on peut faire. Peut-être au moins s'en servir pour le comparer à ceux-ci. Si notre ami ici présent les a arrachés dans la bagarre, il se pourrait que la racine y soit encore attachée. Au moins, ça nous donnera le sexe.

– Non mais, *regarde*-le, dit Nora. Regarde cette fureur... Dis-moi que tu ne crois pas qu'une femme en serait capable.

– Oh, si, j'y crois, sourit Val. Mais je dois m'en tenir à la science.

– C'est vrai, soupira Nora. Je comprends. » Val avait raison. Mais cette voix dans sa tête était si forte. « Quoi qu'il en soit, on peut faire analyser ça ? »

C'était l'œuvre d'une femme, elle en était convaincue.

Murph l'attendait sous la petite tente bleue qui les suivait sur chaque scène de crime. Il fit signe à Nora et lui tendit comme en offrande un gobelet de café fumant qu'elle accepta avec un remerciement silencieux. Charlie se tenait à ses côtés, des lunettes de soleil sur les yeux, sa bouche une ligne sombre, son café à moitié bu.

« Ça y est, tu as résolu l'affaire ? Je peux prendre ma retraite ? » demanda Murph, le ventre poussé vers l'avant comme un ballon sous le vent.

L'espace d'un instant, Nora l'imagina s'envoler et flotter à la dérive. À cette pensée, un rire enfla dans ses joues. Elle le ravala. Trop d'émotions à moitié submergées la traversaient pour qu'elle puisse les débrouiller toutes, elle manquait de temps pour les démêler, si bien qu'elle répondit simplement :

« Pas encore... Mais on a trouvé des cheveux.

– Pas les siens, je présume ?
– Ça n'en a pas l'air. »
Murph se balança d'avant en arrière sur les talons, leva le visage vers le ciel sans nuages. Le soleil, qui aurait dû se rafraîchir à présent que les journées étaient plus courtes et les ombres plus longues, était encore trop chaud. Nora regarda la sueur miroiter et luire sur le front de Murph, sentit la sienne couler sur son front à elle. Cela faisait plusieurs années que l'été rampait ainsi doucement vers l'automne, et celle-ci ne ferait pas exception. Mais à cette heure la chaleur, qui quelques semaines plus tôt avait été une amie, était oppressante, une créature sans relief, apathique et alanguie, qui abusait de l'hospitalité qu'on lui offrait.
« Charlie, dit-il, tu veux bien me mettre à jour ? Quand a-t-on reçu le signalement ? À qui as-tu parlé ? »
Charlie but une gorgée de café avant de commencer :
« Aux environs du milieu de matinée, juste avant le déjeuner. Un des cuistots du Bar, Chris Perfater, est sorti fumer une cigarette avant son service... »
Il fit un signe de tête en direction d'un homme assis sur le trottoir à quelques mètres, une cigarette à la bouche. Ses mains tremblaient, ses yeux fixaient le vague, un regard que Nora avait vu dans un millier d'autres visages. Celui d'une personne qui n'est pas habituée à la mort.
« Voilà. Il prétend que la voiture est garée là depuis quelques jours. Personne n'y prêtait vraiment attention. Ça arrive souvent, les gens sont bourrés, ils se font reconduire chez eux. Ils récupèrent leur véhicule quand ils peuvent. Et comme elle était garée tout au fond du parking, ça ne dérangeait personne.
– D'accord, acquiesça Murph.

– Bon, lui a été curieux parce que ça faisait effectivement plusieurs jours qu'elle était là, donc il a pensé qu'il pourrait y jeter un œil, dans le cas où il saurait à qui elle était, ou sinon appeler la fourrière… mais il a remarqué l'odeur. Et les mouches.

– Il a touché quelque chose ? demanda Murph en sortant un paquet de cigarettes de sa poche pour en allumer une, qui s'embrasa un instant sous son visage avant de spiraler en pâle fumée.

– Il dit que non. Il dit qu'il nous a appelés aussitôt.

– Brave gars. Et donc tu es venu. Martin, quand est-ce que tu es arrivée ?

– J'étais déjà au bureau, donc je suis venue en voiture avec Charlie. »

Murph baissa ses lunettes de soleil pour regarder Nora droit dans les yeux.

« Martin, combien de fois je t'ai dit de prendre *vraiment* ta journée de congé ? » Elle rougit, se mordit la langue, mais ne détourna pas le regard. « Bon, poursuivit-il, fais-moi faire un tour de la scène, Madame Insecte. Qu'est-ce que tu as vu ? »

Les mots sortirent aisément : *véhicule abandonné*, *mouches à viande*, *asticots*, *odeur*. Tout était là, simple et parfait, stérilement enrubanné. Sauf que ça ne rendait pas une vision globale de la scène. Ces mots – *véhicule abandonné mouches asticots odeur* – ne disaient pas l'effroi larvé qui avait balayé Nora comme une ombre sitôt qu'elle était entrée sur le parking. Comment décrire le bourdonnement, le vrombissement sous les bruits secs, les tintements du métal qui s'étire dans la chaleur ? Les mouches qui avaient jailli d'interstices cachés pour voleter autour de sa tête ? La manière dont la puanteur, gâtée et épaisse, s'était déversée sur elle telle une vague si bien qu'elle avait dû tourner la tête et s'écarter, se ressaisir avant de poursuivre le travail macabre de déverrouiller la portière et découvrir ce qu'elle savait, sans même regarder, être la mort ? Murph pouvait-il sentir les insectes qui s'étaient cognés dans ses jambes lorsqu'elle avait ouvert le linceul de métal ? Des milliers d'entre eux, soudain libres sous le soleil éclatant après des jours à rôtir dans ce four des enfers, à manger et se reproduire et chier et crever, et voilà que brusquement ils déboulaient à l'air frais et précieux. La couverture qui avait recouvert la carcasse de ce qui jadis fut un homme, à jamais souillée désormais, marron et noire et putride. Dans un coin gisaient des boîtes de nourriture chinoise à emporter, de la sauce orange sucrée jusqu'à la nausée, renversée par terre en flaque, une pouponnière pour des centaines d'asticots blancs qui se tortillaient en tous sens. Et, fourré à l'autre coin, son visage, le sourire grotesque dans la courbe de son cou, là où on lui avait arraché la langue.

« Charlie, pourquoi tu ne retournerais pas voir M. Perfater, prendre ses coordonnées, t'assurer qu'il a quelqu'un à qui parler en cas de besoin… Tu vois, quoi. Les trucs habituels. Nora et moi, on va aller parler à Val, et je veux jeter un œil à ce type avant qu'ils l'embarquent. »

Charlie inclina la tête.

« J'y vais.

– OK. Petiote, on y va ? demanda Murph en faisant signe à Nora de l'accompagner à la voiture bourdonnante.

– Murph, dit-elle en le retenant d'une tape sur le bras. Cheveux longs. Encore.

– Fais-moi voir. »

Elle lui montra.

« Oh, moi qui croyais que vous comptiez juste aller tailler une bavette sous la tente en me laissant seule à m'amuser ! » leur lança Val en les voyant revenir près de la voiture.

Murph regarda Nora et lui fit un clin d'œil.

« On se demande quelle mouche l'a piquée, hein ? lui murmura-t-il.

– Ça va être dur de le savoir, avec toutes celles qui traînent dans le coin, répondit Nora, du tac au tac.

– Martin ! s'esclaffa Murph. Je n'aurais jamais cru ça de toi ! Ça y est, tu es prête à marcher dans mes pas. C'est bien. »

Alors qu'ils arrivaient près de Val, le téléphone de Nora sonna.

« Salut, Barb. Comment ça va ? répondit-elle, s'écartant et faisant signe à Murph de continuer avec l'enquêtrice.

– Salut, Martin. Écoute, est-ce que toi ou Murph pourriez quitter la scène de crime ? On vient de recevoir un appel pour un cambriolage dans le nouveau quartier résidentiel. Boîtes aux lettres cassées, mobilier de jardin volé, parterres de fleurs dégradés. Sûrement des ados qui nous font une blague. Mais tu sais comme sont ces syndicats de copropriété. Ils préfèrent gâcher leur argent pour nous appeler plutôt qu'organiser une réunion avec l'ensemble des copropriétaires…

– Foutue bande de start-upeurs », marmonna Nora en chassant la mouche qui bourdonnait autour de sa tête.

Barb éclata de rire à l'autre bout de la ligne.

« Attention, qu'ils ne t'entendent jamais dire ça, ma fille.

– Dire quoi ?

– Bref… Le sergent demande que l'un d'entre vous y aille. Je sais que vous êtes sur un gros morceau au Bar, et Murph voudra peut-être rester parce qu'il a plus d'expérience… Toi ou lui, ça m'est égal. Il faut juste que je sache.

– J'ai compris, Barb. Je vais lui en parler.

– Super. Rappelle-moi quand vous vous serez décidés.

– Ça marche, Barb. Merci. »

« J'y vais, dit Murph quand elle lui eut rapporté la conversation.

– Vraiment ?

– Bah oui, tu es prête à voler de tes propres ailes. Charlie peut rester ici avec toi. Je te rejoins au bureau quand on aura tous les deux bouclé nos affaires respectives.

– Tu es sûr ? »

Elle voulait lui donner une chance de se dédire, non par manque de respect pour son expérience mais parce qu'elle espérait qu'il y aurait embrouille, qu'elle pourrait défendre son plan de carrière, prouver qu'elle était prête. Et voilà qu'il lui ôtait même cette menue satisfaction. Elle aurait voulu le frapper. Mais aussi le serrer dans ses bras.

Il rit et lui fila un coup de pied taquin.

« Ne me fais pas douter de ma sagesse. Tu es prête. En plus, tu n'es pas motorisée, comment t'y serais allée ? »

Il lui fit un clin d'œil auquel Nora répondit par un doigt d'honneur, sans pouvoir masquer son sourire.

Sophie

Je sentis que je me dévidais : comme un serpent, un cadavre, une chrysalide. Je renaissais dans un espace nouveau subitement trop vaste, qui piquait lorsque je le regardais. Le monde m'avait culbutée sens dessus dessous et éjectée d'une secousse. Je muais. Mes poumons s'ouvrirent et se déchirèrent. Je muais. Le verre dans ma main était parfaitement poli.

Dans le désordre de mon arrestation et les heures englouties qui avaient suivi, j'avais oublié de déplacer la voiture, et maintenant ils venaient de trouver quelque chose.

Ce fut l'hôtesse d'accueil qui le remarqua la première.

« Regarde. »

Elle pointa par la vitre, son doigt à un souffle du verre propre. Sa queue-de-cheval brilla en valsant par-dessus son épaule pour retomber dans son dos. Je me rappelle ce que c'est d'avoir une queue comme celle-là, de luire et scintiller. *Regarde.* Elle était là, à étinceler sous le soleil, pas encore une créature usée et lasse, et mon commis aussi nota l'éclat et se laissa appâter comme un poisson. *Regarde*, lui disait-elle ; les yeux ronds comme la lune, il suivit la ligne élancée de sa jolie main et posa sa propre main contre la vitre tout en se détournant de son visage pour regarder, de l'autre côté de la rue, la clameur qui enflait.

Je n'avais pas besoin de regarder. Je savais ce qu'ils voyaient. Mais quand elle se tourna vers moi, et que je le vis regarder sa poitrine, je ne m'en approchai pas moins d'elle, insérant mon corps entre eux deux. Il recula, ses doigts laissèrent une trace graisseuse sur la vitre.

Je n'avais pas encore déplacé la voiture de l'homme. Je n'en avais pas eu l'occasion, n'avais pas supporté l'idée de m'asseoir dans sa crasse. Qu'il pourrisse, qu'il gonfle, qu'il fonde en lui-même jusqu'à ce qu'il ne reste rien pour m'inquiéter. Ça avait été mon plan. Debout contre la vitrine, à regarder l'équipe de l'autre côté de la rue désosser la voiture, je sentis quelque chose comme la peur goutter le long du fil électrique de ma colonne. Des doigts titillèrent la douleur qui depuis longtemps avait trouvé refuge dans mon épaule.

Encore lointain et petit, un piège se refermait sournoisement sur le parking. Nez, yeux et langues palpeuses, qui festoyaient sur mon erreur. Les femmes ne sont pas prises, parce que nous sommes plus prudentes, or j'avais agi sur une impulsion. Comme un homme. Et voilà où ça m'avait menée.

Dans ma tête mon esprit s'alourdit, paniqué. Des jambes et des bras me surgirent de toutes parts, glissèrent le long de la nappe lisse de mes fascias, mon sang, mes os. Cet esprit, que j'avais appris ces dernières semaines à faire taire, à apaiser, à lâcher seulement quand nous en avions besoin, fut soudain en roue libre.

C'est l'épuisement, me dis-je. La peur que je ressentais n'était rien d'autre que le brouillard d'une nuit trop longue, colère et frustration, un vestige de honte pareil à la rosée qui couvre les murs d'un vieil abri abandonné. Je m'écartai de la vitre, trouvai quelque chose à nettoyer.

Cependant mon esprit, laissé sans entrave en cette journée anormalement tranquille pour la saison, revenait sans cesse en arrière, remontait le cours de mes souvenirs de cette nuit, il y avait trois nuits. Il les repêchait, détrempés, des eaux profondes, en essuyait les ombres d'une main rugueuse et me forçait à scruter cette nuit-là, il y avait trois nuits, lorsque l'homme qui n'était pas un homme mais une menace avait fait irruption dans mon espace et m'avait jeté son défi. Cette nuit-là, il y avait trois nuits, alors que l'ennui me dégouttait de sous la semelle des pieds et que j'avais besoin de n'importe quoi pour rallumer mon feu, il avait entendu mon appel et était venu. Serait-ce ma chute ? J'avais voulu qu'on me voie, et ma prière avait été exaucée.

Je le vis, lui, comme je l'avais vu alors, une grosse langue qui s'agitait entre des lèvres mouillées, un ego boursouflé qui l'entraînait vers l'avant, le tout en équilibre sur deux jambes maigrichonnes. Le voilà dans le bar, à rentrer dans tout le monde, à faire courir sa langue dans leurs oreilles. Je vis leur dos frémir, leur dignité se tasser, tel un cloporte au fond de leur gosier, à mesure qu'il avançait en tanguant, des sacs de nourriture chinoise à emporter souriant depuis la potence de ses doigts replets.

Nous étions dehors. Nous discutions, cette nuit-là, il y avait trois nuits. Ty rayonnait, de cette teinte que prennent les hommes après une action qu'ils jugent courageuse, défoncés à l'adrénaline, la testostérone, un sens erroné de leur propre importance. Je me recroquevillais en moi, le laissais croire qu'il m'avait sauvée. J'avais l'obscurité pour moi.

Puis les choses deviennent floues. Ils ont tous rejoint leurs voitures garées dans les rues adjacentes, nichées dans des coins sombres, la myriade d'endroits depuis lesquels le personnel est obligé de marcher pour garder nos clients saufs et heureux. Moi, j'ai attendu, puis je l'ai suivi. Et puisqu'il n'était pas un membre du personnel, il était garé dans le parking, dans le coin le plus éloigné, seul dans les ténèbres noyées de ronces.

Le voilà, qui s'apprête à ouvrir sa portière, gêné par la masse de son corps, essoufflé. Il s'est tourné à mon approche. Quelle sorte de lionne ai-je été, alors, dans le noir ? Quelle couleur ai-je renvoyée, pleine de ma propre crânerie ? Voilà le problème. Je me suis autorisée à devenir un homme. J'ai oublié la graine dont je suis issue, j'ai été négligente et présomptueuse. J'ai bu, je me suis fait arrêter, j'ai raté une occasion de tout nettoyer, et maintenant ils ont un autre corps, frais celui-là. Quel sera le prix de mon erreur ?

Ensuite, je suis retournée dans le bar.

Où était le sang ? M'étais-je essuyé la main avant de refermer sa portière ? Mon couteau ? Je ne l'avais plus, j'avais dû en emprunter un à la cuisine pour une journée, jusqu'à m'en trouver un autre. Le mien, je l'avais jeté dans les bois, en même temps que ma blouse. Mais quels bois ? Ici, près de sa voiture ? Ou plus loin ?

Le brouillard se referma sur mon visage. Je l'en chassai, et il se dissipa en emportant mes réponses. L'ordinateur éructa une commande, un nuage de drosophiles s'éleva du trou d'évacuation de l'évier, Ty ricana en me voyant.

« Ça va, Soph ? Encore en gueule de bois de l'autre soir, hein ? Deux jours que je me traîne, putain…

– M'en parle pas. »

Il me donna une tape dans le dos et continua d'avancer vers l'hôtesse.

« Qu'est-ce qui se passe ? »

Il restait une dernière chose que je pouvais faire. Je sortis mon sac à main du cageot à lait sous le bar et en dézippai la poche latérale. Elle était sèche et flétrie, un peu verdâtre, mais elle était là, dissimulée, bien au chaud. Une chose au moins que j'avais faite correctement.

Lorsque je fus certaine d'être seule, je sortis la langue de sa cachette et la plaçai dans la saumure.

Clotho à son rouet

J'attendis qu'ils trouvent quelque chose, n'importe quoi, qu'ils posent des questions, qu'ils me regardent et sachent ; ils n'en firent rien. Les jours se déroulèrent en une longue bande enflée qui s'étendait devant et derrière moi, silencieuse et vide hormis le vrombissement quasi incessant de mes mites qui pépiaient, creusaient et dansaient dans les grottes hypogées de mes os, *foramen*, *fosse*, *sinus*. Leur agitation me rendait fébrile ; je me hérissais de piquants et grognais.

Par un après midi doré, Ty se pencha vers mon frigo et demanda :

« Eh, Soph, tu fais quoi avec ce bocal, là, tout au fond ? »

Je refermai la porte d'un claquement.

« Une expérience à moi. »

Les deux mains levées en signe de capitulation, il recula.

« Oh là ! Tout doux, poto. Simple curiosité. *Sorry !* »

Ses yeux quand il me regarda étaient deux questions, son sourire perplexe de travers. J'essayai de le rassurer, de peindre sur mon visage un rayon de soleil, mais découvris que j'en étais incapable ; j'étais persuadée, si j'étirais mes lèvres en un sourire, que mon cœur qui cognait à tout rompre ferait sauter mes dents hors de mon crâne. C'est pourquoi j'occupai mes mains, me forçai à bouger, afin qu'il ne voie pas combien je frissonnais. Qu'il ne voie pas les mites me ramper hors de l'oreille, le long de ma nuque.

« C'est une nouvelle saumure. Extrêmement sensible à la lumière et à l'air. Juste... Je suis la seule à pouvoir y toucher, d'accord ?

– OK, meuf. Comme tu veux. »

Lorsque Nora et Murph entrèrent je crus qu'ils avaient peut-être fini par assembler les pièces du puzzle, mais Murph se laissa lourdement tomber sur le tabouret et partit d'un éclat de rire tonitruant.

« Paraît que t'as rencontré ces têtes de nœud de la prison, Sophie... »

Seigneur.

« On peut dire ça comme ça, oui.

– Ça arrive à plus de gens que tu ne pourrais l'imaginer. Ne te laisse pas intimider par eux. Ça va aller, ma petite. »

Il le dit d'une manière censée me soulager d'avoir été enfermée dans une cage, dépouillée de mon identité et recrachée dans le monde avec peut-être une tache sur mon casier judiciaire qui me suivrait jusqu'à la fin de ma vie. Raté, bien sûr.

À ses côtés, Nora était silencieuse, ses yeux rivés sur mon nouveau couteau posé sur la planche à découper propre. Pensive. Je voyais le tumulte dans sa tête. Des pensées qu'elle essayait d'épingler d'un doigt. Elle sait, c'est sur le bout de sa langue, mais elle préfère se taire car la forme de la réponse lui échappe encore.

« Ça va, Nora ? »

Elle leva la tête, ses yeux noirs comme deux points d'interrogation.

« Ça va, oui. La semaine a été longue, c'est tout. Je suis désolée d'apprendre ce qui t'est arrivé, Sophie. Ça craint. C'était quel jour, déjà ?

– Il y a une semaine pile. Mardi dernier. »

En réalité, on m'avait arrêtée tôt le mercredi matin, mais un instinct d'autoconservation me souffla de mentir, parce qu'une journée n'est pas terminée tant qu'on n'a pas dormi, ce qui avait été mon cas dans la cellule.

« C'est ça. Mardi. Merde. Donc tu passes en jugement bientôt ?

– La semaine prochaine.

– Bienvenue dans le système. »

Elle sourit, les fantômes envolés de son visage, ses yeux à nouveau d'un brun chaud, comme un ruisseau après l'orage.

Je sus alors qu'il me faudrait travailler dur pour lui faire comprendre. Elle était si près du but, mais cet alibi, cet alibi parfait et brillant, lui barrait la route. Tellement pratique que j'en aurais ri ! Il me serait facile de rester cachée. Mais j'étais fatiguée de me taire, d'entendre la ville entière ragoter sur l'homme, l'*homme*, qui avait fait ce que j'avais fait. Typique. Un homme qui s'attribue le mérite de ce qu'une femme a fait. Le temps était venu d'imprimer une marque si profonde et vaste qu'ils ne pourraient l'ignorer, de faire connaître mon dessein, de me mettre au monde sans crainte.

« Eh, Sophie. » La voix de Murph déchira mes pensées. « On pourrait avoir deux de tes margaritas spéciales ? On a passé la journée à cramer sous le soleil, je meurs d'envie d'un truc frais et salé…

– Bien sûr. »

Sourire.

« Une seule, en fait, dit Nora, une grimace sur le visage. Toute la journée j'ai senti la migraine monter. L'alcool n'est peut-être pas une bonne idée. Est-ce que je pourrais avoir de l'eau, plutôt ?

– Ça marche. »

Je dus repousser la nouvelle langue au fond du bocal avant de le sortir du réfrigérateur. Encore gorgée d'eau et enflée, elle flottait plus que les autres et refusait de rester au fond, un peu comme l'homme à qui elle avait appartenu, rentre-dedans et fanfaron.

Pas encore. Pas encore. Ce n'était pas ainsi qu'il fallait s'y prendre. J'allais faire une scène, une histoire, un cauchemar. J'avais ce dont j'avais besoin, qui attendait fébrilement chez moi, enfin réveillée. La dernière pièce se ferait bientôt connaître, et quand elle serait là, je le saurais.

Nora

« Sophie a un nouveau couteau, dit-elle, une fois dehors.

– Tu dis quoi, Martin ?

– Son couteau. Ce n'est pas celui qu'elle utilise d'habitude. Le manche est d'une couleur différente.

– Intéressant. » Il sortit une cigarette à moitié fumée de son paquet. « On devrait bavarder avec elle cette semaine. »

Une femme très lasse

Le bruit la frappa en plein visage sitôt qu'elle passa la porte d'entrée, des femmes adultes qui se hurlent dessus. L'une fut traitée de pute, l'autre cria « Salope ! », et à la scène suivante une femme était assise avec raideur dans un salon parfaitement décoré, à raconter toute la sordide dispute à des producteurs invisibles.

« Dan, on pourrait éteindre la télé ce soir ? » demanda Nora en se dévêtant des épaisseurs qu'elle portait au travail – veste, chaussures, visage grave. Depuis plusieurs heures, la migraine montait dans le creux derrière ses yeux. Sa vision fut traversée de flashs lumineux, un kaléidoscope miroitant et un gribouillis de lignes serpentines de couleur pâle ; la première vague de vertige la submergea et elle s'agrippa à la poignée de la porte pour garder l'équilibre. Si elle ne trouvait pas un peu de tranquillité très vite, elle allait le payer cher. « Dan ? Tu m'as entendue ? »

Elle entra dans le salon, obscurci à l'exception de l'éclat de l'écran de télévision. Les femmes étaient désormais attablées pour dîner. L'une d'elles pleurait. Nora tenta de se ressaisir en fermant les yeux, mais des éclairs crépitaient derrière ses paupières. Où était Dan ? Il n'était que huit heures du soir. Il aurait dû être réveillé.

Jésus, ces idiotes, songea-t-elle. Je n'arrive pas à réfléchir avec tous leurs piaillements…

La télécommande était par terre. Elle se pencha lentement, prenant soin de ne pas perdre l'équilibre, et s'en saisit pour éteindre la télévision.

« Eh, j'étais en train de regarder ! »

Sur le canapé, un tas qu'elle avait pris pour des couvertures dépliées leva son visage vers elle.

« Faux, tu dormais.

– Je me reposais, c'est tout. Rallume, Nor, dit-il en serrant la couverture sur ses épaules.

– Comment tu arrives à dormir avec *ça* ? »

Une gifle s'éleva dans sa gorge. Elle se demanda pourquoi elle était si en colère.

« Avec quoi ? »

Un rai de lumière explosa devant ses yeux, et elle se retint à l'accoudoir du canapé pour se stabiliser. Elle entendait le sang pulser dans ses oreilles, aux côtés de sa respiration rauque. Le sol à ses pieds roula, et son estomac se souleva.

« Avec cette couverture ! Il fait mille degrés, dehors, tu crèves pas de chaud ?! Et cette émission débile… Je ne comprends pas comment tu peux dormir avec leurs cris…

– Tu t'es levée du pied gauche ce matin ou quoi ?

– Tu te fous de moi ? »

Le rai de lumière se divisa en un millier de vers gigotants. Nora pressa sa paume sur son front. Pas maintenant. Elle ne pouvait pas gérer ça maintenant.

« Pardon, je n'aurais pas dû dire ça. Viens ici, dit Dan en se redressant et l'accueillant dans ses bras ouverts entourés de la couverture. Assieds-toi avec moi qu'on puisse regarder l'émission ensemble. C'est quand, la dernière fois qu'on a fait une sortie tous les deux ? J'ai l'impression qu'en ce moment les seules fois où je te vois tu es endormie...

– Dan, pas aujourd'hui. »

Elle avait besoin d'eau et d'une pièce fraîche. Peut-être une douche. Du noir et du silence, jusqu'à ce qu'elle se soit remise d'aplomb. Le sol vacilla sous ses pieds ; si elle ne s'allongeait pas vite, elle allait tomber.

« Dans ce cas, rends-moi la télécommande. »

Il s'enroula de nouveau dans la couverture.

« Tu ne veux pas la laisser éteinte juste pour ce soir ? demanda-t-elle, consciente de la fêlure dans sa voix.

– Bébé. J'en ai besoin. Tu n'imagines pas...

– Je n'imagine pas ?! *Je* n'imagine pas ?! Dis-moi ce qui s'est passé aujourd'hui, Dan, un jeudi matin ? Un bras cassé ? Une crise cardiaque ? Peut-être des crétins d'étudiants complétement bourrés te suppliant pour avoir leur perf' de liquide d'hydratation ?... »

Son visage se chiffonna.

« Attends, Nora, c'est pas juste...

– Juste ?! Tu sais ce qui n'est pas *juste* ? J'ai passé des heures aujourd'hui à prendre des notes sur une baraque de merde, abandonnée par des gens de merde qui se tireront d'être des merdes parce qu'on n'a pas les moyens de les retrouver. Pas d'électricité. Pas d'eau courante. Le jardin rempli d'immondices... du métal rouillé en veux-tu en voilà, des tas de saloperies en plastique, un putain de cauchemar à tétanos !

« On n'est pas encore sûrs, mais on pense qu'ils gardaient les gosses et les chiens dans la même pièce parce qu'elle était jonchée d'excréments, pardon, de *merde*, et de jouets pour enfants. Les voisins ont fini par nous appeler quand ils ont entendu un bruit de verre cassé… De désespoir, un des chiens s'était jeté à travers la putain de fenêtre. Tout le monde dans le quartier jure… » Elle leva les bras au ciel dans une parodie d'innocence. « … qu'ils n'avaient aucune idée de ce qui se passait. Mais c'est impossible que personne n'ait rien remarqué. Impossible ! D'ailleurs, quelqu'un a forcément remarqué parce qu'à notre arrivée ils s'étaient déjà tirés. Quelqu'un a dû les avertir. Enfants, chiens, tous disparus. On n'a aucune idée d'où ils sont allés.

« Pendant ce temps, j'ai six cadavres qui me fixent des yeux dans mes rêves et des mortes qui me suivent à la trace, et jamais de toute ma vie je ne me suis sentie aussi inutile. Sans compter que tout le monde a un avis sur nous…

– "Nous" ? Tu veux dire… toi et moi ? Qui a un avis sur nous ?

– Pas nous, *nous*. Les flics. Soit ils me lèchent les bottes comme un tas de larbins en pensant que ça va m'amadouer, soit ils m'envoient me faire foutre, et franchement j'en peux plus, Dan.

– Ouais, ben, ce métier tu l'as choisi… »

Elle vit à ses yeux écarquillés qu'il avait parlé sans réfléchir, qu'il ne le pensait pas réellement, qu'il était juste fatigué, lui aussi, de mauvaise humeur. Tous les terribles accidents de la route qu'elle voyait, il les retrouvait plus tard aux urgences. Tous les ivrognes tombés, toutes les épouses tabassées. Ils travaillaient du côté pile et face de la même pièce ; c'était injuste pour lui ou pour elle de brandir leur côté comme un gourdin au nez de l'autre. Il n'empêche que ces mots, aussi vrais soient-ils, faisaient mal. Il était censé être son conjoint.

« Je te demande pardon ?… »

La langue de Nora, forcée de rester enfermée et tranquille à longueur de journée, fouetta l'air.

Il se frotta le visage d'une main et soutint son regard.

« Aujourd'hui, c'est pas le moment. Tu veux savoir à quoi a ressemblé ma journée ? Premier patient, une ado enceinte. On soupçonne un abus, mais qu'est-ce que je peux y faire, hein ? Que dalle. Elle refuse de parler. On a appelé tes potes, et aussi les services de protection de l'enfance. Peut-être qu'ils auront plus de chance, mais qui sait. Et après ? Un type débarque avec un pied tout noir. Pas vert, pas jaune. Noir. Le truc est complètement mort. Il est diabétique au dernier degré mais n'a pas pris ses médocs ou bien ne fait pas assez d'exercice physique, et donc maintenant il va perdre sa jambe. Et pour ça il me hait, comme si c'était ma faute s'il est si con. Désolé, je ne devrais pas parler comme ça de mes patients, mais pour l'amour de Dieu, Nora, je suis épuisé.

« Et ça a continué comme ça toute la journée. Des gens qui crient et hurlent et rejettent la faute sur nous. Une des médecins s'est fait cracher en pleine gueule, et très sincèrement j'ignore comment elle a gardé son sang-froid, moi j'aurais défoncé le mec. Donc sois gentille, Nora, pas de leçons de morale. J'ai mes propres emmerdes. »

Elle sentit les mots s'élever, se déverser de sa bouche avant qu'elle puisse les retenir :

« Ah ouais ? Ben comme tu disais si bien, ce métier tu l'as choisi. »

Dan se leva du canapé, la couverture glissant en tas sur le sol. Son visage était de pierre, dur, froid, féroce. Nora sentit un mur tomber entre eux, qui fit des étincelles et s'embrasa, soutenu par leurs deux orgueils têtus et las.

« Je vais rentrer chez moi pour cette nuit.

– Tu es chez toi.

– Chez mes parents. On se reparle demain, dit-il, sa voix tel un silex prêt à s'enflammer si elle le poussait un tout petit peu plus.

– Bonne route, alors. »

Nora savait que la morsure amère dans sa bouche était davantage de la douleur que de la peur, mais elle ne pouvait plus reculer. Ses pieds s'étaient changés en racines, elle n'était pas encore prête à plier. Elle savait que lui non plus.

Il lui lança un dernier regard et sa mâchoire se contracta, ses yeux brillants de colère ou de larmes, elle n'aurait su dire, puis il ramassa ses clés de voiture sur la commode et sortit en claquant la porte d'entrée.

Silence.

Plus tard, après une douche, un verre d'eau et une heure dans l'obscurité fraîche de sa chambre, Nora fondit en larmes. Elle ne se rappelait pas la dernière fois qu'elle s'était disputée avec Dan. Il y avait certes eu des anicroches ici et là, peut-être quelques grosses crises quand ils étaient plus jeunes et sanguins, mais ils ne se disputaient jamais. Ce n'était pas dans leur nature. Il était son support, elle était le sien ; ils étaient partenaires. La vérité, c'était qu'il lui manquait déjà. Cela faisait trop longtemps qu'ils n'avaient pas profité d'une journée rien que tous les deux, sans interférence.

Elle faillit le rappeler à cet instant, entendit le piaillement aigu d'une mondaine new-yorkaise. Dans sa colère, elle avait oublié d'éteindre cette foutue télévision. Le poing dans son cœur se durcit, et elle reposa son téléphone. C'était à lui de s'excuser, de toute façon. C'était sa faute s'ils s'étaient disputés, non ?

Elle éteignit le poste et se mit au lit, plus seule qu'elle ne s'était sentie depuis longtemps.

Cette nuit-là, les lémures ne vinrent pas ; ils n'en avaient pas besoin. D'autres choses hantaient Nora.

Sophie

Ce soir-là, quand vint enfin le moment, était un soir mort. L'air, pesant toute la journée, poisseux et immobile, fut soudain aspiré en arrière comme en prévision de l'ouragan qui s'était abattu loin à l'horizon. Je sentais les dents des éclairs haut dans le ciel ; à l'est, la pluie battait le sol et les rivières enflaient. Tout était vivant et craquait, guettant l'orage. J'avais l'impression de vrombir hors de ma chair.

Et voilà qu'il entra.

« Par hasard, tu n'aurais pas vu Nora, non ? » demanda-t-il en grimpant sur l'un des tabourets du bar.

La salle était vide, les lumières tamisées ; nous étions une heure avant la fermeture, par un soir déserté. Le personnel de cuisine était parti une demi-heure plus tôt. Il n'y avait que moi et le bar, puis lui, seuls dans la nuit électrique.

« Non. Vous aviez rendez-vous ici ?

– Euh, non… Je pensais juste… On s'est engueulés il y a quelques jours et on ne s'est pas reparlé depuis. Je crois que j'espérais qu'elle serait ici. »

Il était nerveux, s'agitait sur son siège.

« Vous ne vous êtes pas parlé ? Vous vivez ensemble…

– Je suis rentré chez moi quelques jours. Chez mes parents.

J'avais compté l'appeler ou être déjà rentré à la maison, mais je sais pas. J'avais besoin de temps pour réfléchir, j'ai pensé qu'elle aussi. Le boulot nous bouffe la vie à tous les deux. Elle m'a envoyé un SMS hier, mais je t'avoue que je suis trop nerveux pour le lire. Tu ne lui as vraiment pas parlé cette semaine ? »

Je me composai un visage reflet du sien. J'ignore à quel moment j'ai commencé à jouer à faire semblant avec Dan. Peu après notre première rencontre, lorsque j'ai compris combien il était désespérément normal, un clone de tous les mecs lambda du coin, avec leurs jeans, casquettes et tee-shirts. Il est Whisky Bon Marché, et Bière Blonde et Football le Dimanche, tandis qu'elle est autrement complexe. Il n'y a rien de mal à mener une petite vie, tant qu'elle est intéressante, sauf qu'il n'y avait rien d'intéressant chez Dan. Pire, il allait faire couler Nora avec lui dans sa médiocrité apathique. Elle méritait mieux.

Alors, dans cette pénombre aux aguets, je sus avoir reçu un présent. Il était un insecte qui gigotait sur mon comptoir, je pouvais enfoncer une épingle dans son dos, le clouer sur ma planche.

« Je ne l'ai pas vue. Mais peut-être que si tu restes un peu, parfois elle vient prendre un verre après le boulot…

– Ouais. » Il jeta un œil dans la salle, comme pour s'assurer que je ne la cachais pas quelque part. « C'est tranquille, ce soir.

– On est dimanche. Et les cours ont repris. On a toujours un creux le premier mois de rentrée des classes.

– Ah bon ? Pourquoi ? »

Je me penchai dans le réfrigérateur.

« Les gens aiment se croire responsables. Pas les jours de

semaine, blabla. Je suis sûre que toi aussi tu rencontres des cycles, selon la période de l'année. »

Tout au fond se trouvait mon sachet, là où je l'avais soigneusement rangé. J'avais dit aux serveurs que c'étaient mes graines de chia, pour me booster l'énergie, et que je tuerais quiconque y touchait. Tout n'était pas un mensonge.

« M'en parle pas... »

Il se mit à pérorer sur son travail, et je le laissai parler.

Dans le shaker : vodka, citron, un trait de ma liqueur de mûre. Glace...

« ... bien sûr, dans mon métier, on est bien content de s'ennuyer ! » Rires. « Mais les vacances seront là avant qu'on ait le temps de dire ouf, et c'est toujours une période stressante ; en plus, on sort à peine de l'été, et les gens font toujours n'importe quoi, l'été. »

Graines. Bien agiter...

« Oui, je suis au courant. »

Givrer la coupe, y verser la boisson. Sortir les fruits du frigo...

« Est-ce que tu nous as déjà envoyé du monde ? Enfin, j'imagine que non, pas dans ce genre d'établissement. Vous êtes trop chics.

– Oh, tu serais surpris... Mon commis de bar s'est pris pour le barman, un soir. Soirée privée, du coup les règles sont plus cool, enfin t'as compris. Quoi qu'il en soit, il a cru bon de servir à un des garçons d'honneur quelque chose comme dix vodka-tonic. On a retrouvé le pauvre type évanoui sur la terrasse. Il a de la chance d'être encore en vie.

– Le commis ou le garçon d'honneur ? »

Sa bouche tordue en anticipation nerveuse, un bol pour repêcher son trait d'humour, avec l'espoir que nous en riions ensemble, tous les deux seuls, ici, en ce dimanche soir. Je suis certaine qu'il pensait que si j'étais de son côté, Nora le serait aussi.

Je le laissai se bercer d'illusions.

« Les deux. »

La dernière chose que mon père a dite, avant de nous abandonner, fut qu'il serait bientôt de retour, qu'ils allaient trouver une solution, qu'ils parleraient plus tard. Toujours plus tard, toujours bientôt. Dans la bouche des hommes, *plus tard* et *bientôt* signifient *jamais*. Ce qu'ils veulent dire, c'est *pas à moins que j'en aie envie*. Ils veulent dire *reste à la maison et fais-toi un sang d'encre. Reste à la maison et bats-toi la coulpe*. C'est exactement ce qu'il avait fait à Nora. Je vis alors que je pouvais la sauver et m'extirper de l'attente terrible où je croupissais. J'allais faire de lui un étendard.

« Tu prépares quoi ? »

Deux mûres, empalées sur un bâtonnet en bambou, posées délicatement en travers du verre…

« Nouvelle recette. » Je fis glisser le cocktail sur le comptoir. « Une de mes créations. Mes goûteurs boivent gratos.

– Génial ! Merci, Sophie. Pas étonnant que Nora t'aime tant.

– Du moins elle aime mes boissons. Tchin. »

Je dissimulai mes mains, afin qu'il ne voie pas combien elles tremblaient.

Une sorcière dans les bois

La première chose qu'il arriva à Dan fut une sorte de descente dans une stupeur attendrie. Il devint doux et mou ; ses pupilles se dilatèrent. Atropine, hyoscyamine, scopolamine. J'enroulai leurs noms tel un rosaire autour de ma langue.

« Putain, Sophie. Y a quoi, là-dedans ? On nous teste encore, au boulot. Je peux rien prendre d'illégal. »

J'imaginai l'effet que procure l'inquiétude, laissai ce mensonge colorer le masque immobile de mon visage.

« J'ai dû me planter dans les doses… C'est pas encore tout à fait au point. Tu te sens bien ?

– Ouais. » Il frotta son front, à présent pâle et transpirant. « C'est juste que je bosse beaucoup, en ce moment. Manque d'effectifs. Et la dispute avec Nora a dû m'affecter plus que je ne le pensais. Je déteste qu'on ne se parle plus, tu comprends ? »

Son sourire, lorsqu'il leva la tête vers moi, était une créature égarée. Ses yeux écarquillés, son front plissé d'une vague inquiétude.

« Je vais te donner de l'eau. »

Je lui tendis un verre, qu'il prit dans ses mains tremblantes et blêmes. On aurait dit des feuilles battues par le vent avant un orage.

« Oh putain. »

Il regarda au fond de son verre, qu'il ne pouvait pas voir, je le savais, pas avec ses yeux ouverts si grand qu'ils n'étaient qu'un puits noir avalant la lumière.

Un souffle de vent entra par la fenêtre arrière du bar. Ça sentait la pluie, le tonnerre grondait non loin.

« Eh, Sophie. Désolé de t'embêter, mais tu crois que tu pourrais envoyer un texto à Nora pour moi ? Je peux pas conduire dans cet état. » Il poussa son téléphone sur le comptoir. « C'est le 87… 92… »

Il était déjà parti, à somnoler sur le rebord du comptoir. Je pris son téléphone, le mis dans ma poche. Mieux valait ne pas attirer l'attention sur lui.

« Dan ?

– Hmm ? grommela-t-il au bois du bar.

– Pourquoi tu ne viendrais pas avec moi ? Je me sens mal. J'ai dû forcer la dose. Je ne vis qu'à une quinzaine de minutes de marche. On pourra attendre Nora chez moi. J'ai du thé et de quoi manger. Peut-être que la marche et l'air frais te feront du bien. »

Il descendit en rampant du tabouret et me laissa lui prendre la main, comme à un enfant. Ses yeux, lorsqu'il les leva, étaient noirs, et il se détourna de la lumière. Je songeai aux femmes des temps anciens, qui se versaient de la belladone dans les pupilles afin qu'à la lueur des bougies elles prennent une apparence différente de la leur, pas tout à fait humaine. Est-ce ainsi qu'il me voyait, à présent ? Son esprit était déjà ailleurs, parti pour un lieu où je ne pouvais le suivre. J'éteignis les lumières et le guidai dehors. Au sud, des éclairs crevaient le ciel ; le vent s'enroula dans nos pas.

Je l'installai sur la balancelle du porche où ma grand-mère s'était assise jadis, il y avait plusieurs vies de cela ; où elle s'était assise, le visage auréolé d'un lacis de fumée tandis qu'elle me parlait du pouvoir secret entre mes mains. Tout autour de nous, mes fleurs de lune brillaient, blêmes, pendues librement au-dessus de la rambarde du porche, à osciller doucement dans la brise, à laquelle des dents avaient poussé au cours de notre marche jusqu'ici.

Dan tendit la main vers l'une d'elles.

« Waah, Sophie.

– Elles sont belles, pas vrai ?

– Nora arrive ? Elle va adorer ça... »

Il s'affaissa sur le sol du porche, à quatre pattes, et rampa jusqu'à elles, enfouissant profondément son visage dans le calice de la fleur. Sa peau sous le clair de lune était vitreuse. Il tremblait.

« Bientôt. Viens. » Je le hissai de nouveau sur la balancelle. Une tâche ardue, comme de soulever un tremblement de terre ; mes pieds fermement plantés dans le bois du plancher. « Regarde l'orage avec moi. »

Ainsi sommes-nous restés, deux âmes chétives perdues dans la formidable bourrasque de vent, de nuages et de lumière papillotante. Tandis que dans son corps un autre orage se déchaînait. Sa bouche s'assécha et pendit, béante, et il fut une chose hébétée adossée à mon épaule. Sa respiration ralentit en même temps que son cœur, dont les battements se firent non plus puissants mais doux parmi le ressac du sang. Sous sa peau transpirante son pouls s'assourdit à mesure que le tonnerre grondait plus fort et que le vent balayait mes cheveux.

Au cours de la nuit il se tourna vers moi, et je vis qu'il avait peur. Dans mon visage il vit l'orage dans tout son éclat, il vit ce qui me hantait ramper hors de moi, ce chaos hurlant et gigoteur et mordeur en moi qui reposait sous des eaux placides. Il me vit, et sut ce que j'étais réellement. Et quand je lui rendis son regard, je me vis réfléchie dans le noir d'encre de ses pupilles, mes yeux aussi écarquillés que les siens, pulsant de toute la puissance électrique de l'orage.

Je lui pris la main et nous tournai de nouveau vers la pluie, le vent et le fracas du tonnerre, et pour un temps sans voix nous sommes restés à contempler les forces brutes et pures qui nous entouraient. Pour la première fois depuis des mois, je me sentais petite.

« Sophie, dit-il lorsque ce fut terminé et que nous fûmes seuls dans l'obscurité vide. Je ne me sens pas bien. Je peux avoir de l'eau ?

– Je vais te préparer un thé, comme ma grand-mère me le faisait. Ça te requinquera. »

Camomille. Miel. Les dernières graines. Remuer…

Nous sommes sortis dans le verger, sa main d'enfant, moite, dans la mienne. Nous avons marché jusqu'à ce que les lumières de chez moi s'étrécissent ; loin dans les bois tortueux nous nous sommes enfoncés. Les relents douceureux de pommes pourries, désormais plus tenaces, accentués par la pluie, emplirent l'air qui nous environnait. Le chant d'un coyote, un trille sauvage, s'éleva de la montagne noire au-delà de mes frontières. Je sentis les poils de mes bras se hérisser. J'étais aussi une créature sauvage ; ils réclamaient mon retour.

Dan trébucha une fois, deux. Je pris sa main, passai mon bras autour de son dos pour le maintenir droit le temps de nous éloigner suffisamment de la maison, qu'aucun passant ne sache qu'il était à moi.

Puis je l'étendis sous les branches noueuses d'un vieil arbre déformé et, ensemble, nous avons regardé les derniers nuages filer à travers la vaste et noire brillance de la nuit. Nous avons souri aux étoiles, lointaines et froides.

Au matin il était bleu.

Une femme seule

Sans Dan, le lit paraissait tout petit. La formidable étendue de ses membres donnait toujours au lit l'effet d'être sans limites, une mer assez vaste pour contenir le réseau de son anatomie. Seule et incapable de trouver le sommeil dans la nuit qui se déchirait, Nora se recroquevilla sur elle-même.

Jamais ils n'étaient restés aussi longtemps sans se parler. Elle détestait qu'ils se soient disputés, de ne pas l'avoir vu depuis pour s'excuser, elle était juste fatiguée et stressée, elle n'aurait pas dû s'en prendre à lui. Elle essaya de se rappeler quand leurs emplois du temps se chevaucheraient, qu'ils puissent passer une journée de congé ensemble, renouer, se réconcilier. Mardi prochain ? Mercredi ?

Dernièrement les journées s'étaient mises à goutter l'une sur l'autre, un sablier qui tournait sans fin sur lui-même des semaines durant jusqu'à ce qu'elle ne fût plus capable de distinguer le haut du bas. Un jour, enfant, elle était tombée dans une piscine au coucher du soleil, au moment où le ciel et l'eau se colorent des mêmes teintes sinistres d'or et de bleu. Son père l'avait sortie de là, il l'avait portée saine et sauve dans ses bras, jusqu'à leurs chaises de plage, et Nora avait sangloté de la joie d'être en vie. Mais il y avait eu un moment, avant qu'il plonge dans le bassin et fracasse ce monde silencieux, où elle s'était sentie dériver dans les ténèbres. Légère et affranchie du poids de la gravité, elle avait perdu la notion de haut et de bas, le ciel et le sol de la piscine en un seul et même espace.

Il lui raconta, plus tard, qu'elle avait nagé vers le fond, ayant confondu le reflet miroitant d'un spot sur le sol de la piscine avec le soleil. Ça arrivait également aux pilotes, au crépuscule, dans le désert. Quelquefois ils faisaient basculer l'avion en demi-tonneau sans s'en apercevoir, un vague sentiment de malaise pour seul indice que quelque chose n'allait pas.

Un éclair zébra le ciel, dehors, et sa chambre explosa en lumière ; Nora détourna les yeux de la fille qui tremblait dans un coin. Elle se mit à compter, ainsi que sa mère le lui avait appris :

« Un… deux… trois… quatre… cinq… six… » Un coup de tonnerre éclata. « Six kilomètres d'ici. »

Elle ferma les yeux sur les ombres qui traquaient les murs, pensa aux six hommes morts. Six. Et au moins trois langues disparues.

Encore des éclairs, un autre roulement de tonnerre. Quatre kilomètres.

Six hommes. Trois langues. Des cheveux longs et noirs. Quoi d'autre ? Un couteau. Vertèbres cervicales ébréchées, entailles profondes dans la chair. Un couteau suffisamment tranchant pour causer des dégâts, suffisamment petit pour être manipulé au sein d'espaces exigus, probablement aussi pour être aisément caché. La décomposition, le dépérissement des tissus rendaient toute observation difficile ; les blessures irrégulières, erratiques, furieuses. Tellement furieuses que, cette fois, la pointe de la lame s'était brisée. Si seulement ils avaient le reste du couteau, auquel la comparer.

Sophie a un nouveau couteau.

Sauf qu'ils lui avaient parlé. Ils avaient interrogé tous les employés du Blue Bell. Sophie avait un alibi. Une fête. Une nuit en cellule de dégrisement. Et puis c'était *Sophie*. Ça ne pouvait pas être elle. Le radar de Nora ne pouvait être à ce point défectueux, si ? Mais alors, les hommes se liaient tout le temps d'amitié avec des camarades violents. Sauf qu'elle n'était pas un homme. Non, impossible que ce soit Sophie.

Encore un flash et une détonation, cette fois si puissants qu'ils secouèrent l'ossature de la maison, peignirent sa chambre d'ombres crénelées. La foudre frappa quelque part, tout près. L'orage se trouvait juste au-dessus de sa tête.

Nora releva les couvertures sous son menton, à l'écoute du vent qui battait contre les fenêtres vieillissantes. Un fantôme, lui avait dit sa mère quand elle était enfant, Black Annie. Ce n'était pas le vent qui mugissait, mais cette femme monstrueuse qui rôdait à l'extérieur, en quête d'enfants à voler. Encore un de ses contes, Nora le savait, mais utile, celui-là. Grâce à ça elle évitait les fenêtres lors des orages, restait à l'abri dans les bras de sa maison.

Or quelque chose rampait sur le cadre de la fenêtre. Des doigts longs et pâles, plus fins qu'un souffle hivernal. Un visage. Un avertissement. Nora ferma les yeux. Mais les doigts continuèrent de la tirailler même lorsqu'elle se tourna sur le côté pour se rendormir. Elle n'arrivait pas à se débarrasser de la sensation d'une chose rauque et sèche lui chuchotant à l'oreille. Une urgence, un frisson sournois et rampant qui lui coula le long de la nuque, jusqu'à la base de sa colonne, s'enroula dans son ventre, et soudain Nora eut l'impression que son esprit allait lui jaillir en frissons hors de la peau si elle ne bougeait pas, si elle ne faisait pas quelque chose, n'importe quoi.

Elle roula de l'autre côté, les paupières closes, en remontant la couverture sur son visage. Tant pis pour la chaleur et l'humidité, la brise qui entrait par la fenêtre la rafraîchirait suffisamment, et puis elle voulait la paix, se réfugier dans le noir, loin des ombres qui frémissaient encore dans le coin.

Elle rouvrit les yeux lorsque les lèvres bleues de l'enfant pressèrent les siennes, des lèvres aussi froides que ce qu'elles avaient été le jour où elle l'avait sortie du placard exigu. Nora se couvrit la bouche d'une main, afin de retenir le cri qui montait dans sa gorge. Le tonnerre griffa le toit de la maison ; encore un éclair.

« Un… » Elle se força à respirer, roulant lentement sur le dos pour regarder plutôt la moulure ancienne au plafond. « Deux… » Elle avait besoin d'être poncée, et d'une nouvelle couche de peinture. Dan avait promis qu'il s'en occuperait. « Trois… »

Deux pieds se laissèrent tomber d'en haut. Nora hurla. Elle hurlait encore quand elle sauta hors du lit, ses draps emmêlés autour de sa taille, et faillit marcher sur Personne inconnue, étendue face contre terre.

« Qu'est-ce que vous voulez ? »

Impossible d'arrêter ses larmes maintenant, sa voix à vif et rauque. Tremblant de tout son corps, Nora s'accroupit sur le plancher, alla se terrer dans un coin de la chambre. Elles étaient partout, à couler des murs, affalées au sol, pendues au plafond. Elle dit leurs noms – un rosaire. Lauren

Morris, Patricia Ng, Samantha Wyatt, Rachel Barber, Personne inconnue, Arya Ward. Une roue de cirque grotesque se déversant de sa bouche tandis que de nouveaux visages, de nouveaux noms apparaissaient à chaque coin de la chambre, des visages encore inconnus, des vies brisées que, le moment venu, elle connaîtrait. Car ce moment venait toujours.

La pluie martelait le toit, et dans son fracas elle entendit une réponse.

Écoute !

Dans le noir, dans la nuit, Nora écouta. Son cœur se brisa d'écouter tandis qu'autour d'elle la tempête faisait rage. Elle vit le couteau, petit, léger, idéal pour une main de femme, apparaître dans un flash sous ses yeux. Des cheveux, longs et noirs, auxquels Nora n'avait jamais vraiment prêté attention car ils étaient toujours coiffés en natte ou relevés en chignon pour le travail, s'agitèrent en coup de vent et dégagèrent un visage.

Parfois j'aimerais juste qu'ils la ferment, vous voyez ?

Leurs langues. Elle les avait fait taire. Elle avait été si détachée, mais c'était parce qu'elle avait l'habitude, après des années de pratique.

Impossible.

« Sophie », chuchota Nora.

Bien sûr.

Ce fut comme si quelqu'un avait ouvert un rideau ; Nora, qui un instant plus tôt avait vibré de tout son corps, regarda, parfaitement immobile, le monde s'éclaircir devant ses yeux. Mais il lui fallait une preuve. Certaines pièces du puzzle ne rentraient pas encore tout à fait. Sophie était petite – aurait-elle été capable de soulever un homme comme Mark ?

Trent ? Elle semblait toujours avoir un alibi, quoique cet alibi la mette toujours à proximité d'hommes. Il y avait également la question des preuves. Seulement quatre corps, six hommes, et trois de ces corps si endommagés qu'il n'y avait quasiment rien à en tirer.

Soudain elle était debout puis dans le salon, son sac renversé et ses notes éparpillées partout autour d'elle. Le puzzle qui depuis des mois la hantait était là, au bout de ses doigts ; il fallait juste qu'elle en assemble les pièces. Quelque chose qu'elle pourrait montrer à Murph, un chemin qu'ils pourraient emprunter ensemble, un coup à jouer. Les réponses étaient devant elle, il fallait seulement qu'elle les trouve.

Quelque chose tira le lobe de son oreille. Un sifflement, un doigt qui lui étreignit le cœur. Elle vérifia de nouveau son téléphone ; rien. Je devrais peut-être l'appeler, pensa-t-elle. Elle ramassa une nouvelle fois son téléphone. Le reposa. L'orage allait perturber l'appel. Il lui faudrait attendre jusqu'au matin ; elle pouvait attendre jusqu'au matin.

Le matin se signala avec une vengeance.

« Martin ! »

Le cri la tira de ses pensées. Lorsqu'elle se tourna, Nora vit Barb se précipiter dans le couloir, vers elle.

« Un autre cadavre. Dans le ruisseau, derrière le garage Mechum's Auto. Charlie et Babson sont déjà sur place, ils ont bouclé le périmètre et interrogent les pauvres gens qui ont retrouvé le corps de l'homme. »

L'homme.

« Murph est là ? Il faut absolument que je lui parle.

– Il sera là plus tard, chaton. Le sergent te veut là-bas maintenant.

– Mais je dois parler à Murph…

– Pas le temps, ma belle. Tu le verras à ton retour au bureau. Ou alors passe-lui un coup de fil. »

C'est ainsi que Nora se retrouva subitement éjectée en pleine mer, et le monde bascula de nouveau.

Nora Martin

Le squelette, puisque c'était tout ce qu'il restait de l'homme, s'était emmêlé dans les bras rampants d'une vigne vierge de Virginie. Par une journée normale, la vigne aurait trempé ses doigts verts dans le ruisseau tapissé de galets, or ce matin elle se trouvait à demi submergée, noyée dans les eaux boueuses qui avaient enflé avec l'orage nocturne. L'homme qui jadis avait été un corps mais n'était plus qu'un tas d'ossements ondulait avec elle, comme s'il avait aperçu Nora depuis un rivage lointain et tentait de la saluer. Elle supposa que c'était peut-être le cas.

Charlie, en cuissardes de pêche dans le ruisseau, remontait le courant en pataugeant, il sondait la berge à l'aide d'une perche, à la recherche d'indices, de trous, de cachettes. Les plantes restaient silencieuses, ignorant le dérangement, ne révélant rien. Nora le laissa à ses occupations et alla rejoindre Babson, qui se tenait à quelque distance de là avec les propriétaires de la boutique. Le couple était pâle et secoué, les yeux comme des soucoupes, la main sur la bouche. Comment leur en vouloir ? Personne ne pouvait s'attendre à tomber nez à nez avec un squelette en sortant pour sa pause cigarette.

Elle prit une voix douce, mais ferme, ainsi que Murph lui avait appris.

« Eh, Martin », dit Charlie, plus tard, alors que Nora le rejoignait sur la berge glissante après avoir laissé le couple aux mains de Babson pour discuter du protocole à suivre.

Des ronces lui égratignaient le pantalon. Quelques mûres, dures et rouges, s'accrochaient encore aux fines branches, et elle sut sans les goûter que leur jus était amer.

« Eh, Charlie », répondit-elle en percevant le soupir dans sa voix.

Elle était soulagée qu'il soit présent alors qu'elle se sentait si peu elle-même. Au fond de son esprit s'agitaient des pensées concernant Dan. Où était Murph ? Elle jeta un œil alentour, dans l'espoir de voir sa grosse bedaine rebondir le long de la route, mais il n'y avait personne. Une bouche se colla à son oreille, qu'elle écarta. Il fallait qu'elle reste ici, au bord du ruisseau, sous le soleil et dans le présent, avec un squelette qui avait été un corps.

« Murph t'a laissée voler de tes propres ailes aujourd'hui, jeune fille ?

– Il n'est pas encore arrivé, mais oui, je suppose qu'il y a de ça. Du moins c'est ce que veut le sergent. »

Elle chassa une boucle de cheveux qui s'était égarée sur son front. La journée virait au chaud et moite ; ce mois de septembre était décidément un long été devenu fétide.

« Tu l'as mérité, sourit-il. En tout cas, moi je suis heureux de t'avoir à mes côtés.

– Je crains que tu ne sois le seul. »

Il leva les yeux sur elle, mais ne dit rien. Elle lut dans son silence la compréhension. Comme Murph, Charlie voyait plus qu'il ne le laissait paraître. Et, comme Murph, il gardait profil bas et faisait son boulot, respectant ceux qui agissaient de même et ignorant le reste. Ses collègues, qui s'étaient peu à peu radoucis avec elle, gommant leurs contours les plus rugueux, allaient mal vivre sa soudaine promotion. Elle savait qu'elle en paierait les conséquences, à terme. C'était donc un soulagement d'avoir un ami sur cette île où on l'avait jetée.

« Tu n'as pas encore eu de ses nouvelles, aujourd'hui ? Je dois impérativement lui parler.

– Pas encore, répondit Charlie. Tout va bien ?

– Oui… enfin. Je ne sais pas. » Elle se tut, le regard perdu sur le ruisseau qui ondulait et les plantes qui dansaient dans l'eau nappée de soleil. Un beau paysage, si l'on faisait fi du squelette souriant planté au beau milieu. Son silence se fit solide ; elle le brisa : « Tu as quelque chose pour moi ? »

Des doigts lui chatouillaient l'arrière du crâne, des bouches qui se pressaient contre ses oreilles, à chuchoter. Elle s'efforça de les chasser. Sophie n'irait nulle part. Elle parlerait à Murph dès son arrivée.

« Je crois… Tu as des cuissardes ? Viens jeter un coup d'œil. »

Nora enfila les longues peaux en caoutchouc et entra dans le ruisseau, prenant la main que lui offrait Charlie au contact de l'eau vive pour se stabiliser dans le courant. Des visages bouillonnèrent sous la surface, urgents. Elle détourna les yeux, reporta son attention sur l'homme qui l'attendait. Ils avancèrent.

Le squelette continuait de leur faire coucou.

« Jovial, hein ? »

Nora se baissa pour scruter le crâne défait. De la vigne s'était prise dans sa mâchoire, qui pendait, brisée et lâche, comme figée dans un hurlement, comme si quelqu'un la lui avait ouverte de force pour en extraire la langue.

Elle s'approcha, éclairant l'intérieur à l'aide de sa lampe de poche. Voilà, ce à quoi elle s'était attendue : des entailles profondes, probablement dues à un couteau petit et fin. Comme celui dont on s'était servi pour poignarder l'homme qu'ils avaient retrouvé tout juste une semaine plus tôt. Pas plus de dix centimètres, lisse, pas un couteau de chasse comme ils l'avaient d'abord cru. Le genre dont tout le monde se servait pour couper des fruits. Un murmure se faufila derrière sa tête ; dans une éclaboussure du courant, elle crut voir un cri. Dan n'était encore jamais parti aussi longtemps sans lui parler. Des doigts coururent sur ses bras, mais le temps qu'elle essaie de les en balayer ils avaient déjà disparu.

« Val arrive bientôt ? demanda Charlie lorsque Nora se fut redressée.

– Oui. Elle était coincée dans un embouteillage, à Richmond. Accident. Tu sais comment les gens conduisent, sur la I-64…

– J'ai des potes qui patrouillent dessus, fit-il avec un hochement de tête. Bon, laisse-moi te montrer autre chose que j'ai trouvé. Par ici. »

Ils remontèrent le cours d'eau. Plus d'une fois, Nora attrapa le coude de Charlie, pour éviter de tomber. Ses pieds, perdus dans l'eau boueuse, glissaient sur les galets en stéatite et le quartz ; des mains mouillées lui saisissaient les chevilles, des visages bouillonnaient dans le courant.

« Tu es sûre que ça va, Martin ?

– Ça va, oui. Merci, Charlie. »

Elle les chassa tous d'une bouffée d'air.

Il la conduisit à un coude du ruisseau, à une centaine de mètres en amont de l'endroit d'où les os les saluaient gaiement, depuis leur nasse feuillue. Un saule reposait seul dans les hautes herbes, ses longues branches ballantes sur l'eau. Elle ne le reconnut pas pour commencer, troublée par la marche depuis le versant sud du cours d'eau. En outre il avait l'air différent en automne, engrossé par l'été. Mais c'était bien le même arbre qu'elle avait regardé depuis un banc ce jour de janvier lorsque Mark avait été enterré. L'église, à sa droite, gisait, silencieuse, ses briques rouges chauffées par le soleil matinal.

« Regarde. »

Charlie écarta un écheveau de fines branches.

Quoique ayant été inondé pendant la nuit, le trou était bien là, une gueule béante assez large pour qu'un enfant, ou un homme plié en deux, puisse confortablement s'y tenir, et assez profonde pour qu'on ne les retrouve jamais.

« Je suis venu jusqu'ici parce les saules sont des monstres. Leurs racines sont capables de transpercer n'importe quoi. J'ai pensé que ce serait un bon endroit où cacher quelqu'un.

– Bien pensé, répondit Nora. Tu sais à qui appartient cette portion du ruisseau ? Il va probablement nous falloir un mandat. »

Elle regarda derrière le saule, en direction de la rangée bien entretenue de pommiers tortueux, sentit un poing comprimer son estomac. Un banc sous le froid mordant, Sophie, ses yeux brillants et vifs. *Il faut que je pense à l'entreprise familiale*. Les cris. Ils les nourrissaient de cris pendant l'hiver. Et, à l'évidence, les arbres malingres avaient splendidement fleuri. Les pommes, vertes et dures à peine quelques semaines auparavant, s'étaient mises à enfler et rougir. Encore quelques semaines, et elles seraient prêtes à être cueillies.

« Ben, ça dépend de quelle rive on parle… » commença Charlie, avant d'être interrompu par le téléphone de Nora.

Celle-ci baissa les yeux. Val.

« Salut, miss ! » Nora leva un doigt en guise d'excuse et s'éloigna dans le ruisseau, ses yeux balayant le champ, à la recherche de n'importe quoi pour calmer les battements furieux de son cœur. « Tu arrives bientôt ?

– Dix minutes, ma poule. Mais avant, je viens de recevoir un coup de fil du labo. Ils ont enfin réussi à analyser la racine du cheveu que tu as trouvé…

– Et ? »

Nora connaissait la réponse, la connaissait depuis des mois, mais elle avait besoin d'entendre Val la prononcer.

« Une femme. Ça concorde avec les échantillons de salive et de peau qu'on a retrouvés sur son corps.

– Je le savais.

– Autre chose… On a prélevé une empreinte partielle sur la portière de la voiture… Là aussi on a une correspondance. Sophie Braam, ça te dit quelque chose ?

– Merde. Merde ! »

Charlie se tourna vers elle.

« Nora ?

– Sophie Braam. La barmaid du Blue Bell. C'est elle, Charlie. Et… Dan… oh mon Dieu. »

La prise de conscience lui fit l'effet d'un coup de poing. Il n'était encore jamais parti aussi longtemps. Il ne l'avait jamais ignorée ainsi, même lorsqu'il était fou de colère, même quand il avait eu besoin de faire une pause. Mais elle lui avait envoyé un SMS la nuit précédente, s'était effondrée en larmes au beau milieu de la tempête et lui avait envoyé un texto. Il aurait dû être levé, à cette heure. Elle vérifia son téléphone. Rien.

« Martin. Calme-toi, dit Charlie en lui empoignant le bras. Parle-moi.

– On n'a pas le temps, Charlie, on doit aller à la voiture et partir, *maintenant*. Je le *savais*. C'est elle. Putain ! »

Avant qu'il puisse l'arrêter, elle était remontée sur la berge glissante et courait vers sa voiture. Il pouvait l'accompagner ou non, elle s'en foutait. Elle savait où elle allait et personne ne l'en empêcherait.

Après

(La fin)

Nous voilà donc à la fin. Au commencement.

Je sus avant de voir la poussière que j'avais été démasquée. Je le sentis dans mes os, mes muscles, dans chaque partie de moi, minuscule et frémissante. Nous dansons, le savez-vous ? Ces infimes parties de vous, de moi, dansent à un rythme qui se diffuse partout sur la terre, un entrelacs de vie et de mort. Un mouvement qui pulse, qui bat. Même moi, renfermée en une créature qui se meut selon sa volonté, je le sens. Peut-être que je le sens davantage, depuis que j'ai quitté la raide ossature de mon moi.

Dommage qu'il faille abandonner le pique-nique. Cette confiture est celle que je préfère. Mûre sauvage. *Braam*.

Dans mon dos se dresse la forêt, sombre et fraîche. Le jour n'a pas encore expiré dans le taillis ; les arbres sont vivants et frissonnent sous la blanche rosée. Un sentier traverse le sumac vénéneux, je le connais bien, moi qui vis depuis si longtemps parmi tout ce qui rampe et grimpe. Je sais courir silencieuse comme le renard. Il leur faudra des jours pour me retrouver, mais je n'ai pas envie de courir. Pas encore. D'abord, observer. Écouter.

Le train émet son sifflement, l'entendez-vous ? Là-bas, non loin d'ici, il hurle *J'arrive ! J'arrive ! Cours.*

La voiture se rapproche, elle recrache haut dans l'air humide la fumée du gravier. Les abeilles continuent de voleter autour de moi, inconscientes ou indifférentes. Quelques-unes se sont posées sur Dan ; leurs longues langues noires goûtent, tâtent, sondent. Elles laissent des traces de pollen sur sa peau bleuie. J'en rirais. C'étaient les couleurs de mon lycée. Bleu et or. Et voilà Dan, qui les porte.

Mais ce n'est pas lui qu'elles veulent, et une à une elles décollent leurs corps pataud, roulent-boulent dans les calices affaissés des fleurs environnantes. D'autres s'envolent dans le ciel vaste et clair, et je me demande si elles l'emmènent avec elles. Dans les contes, ce sont les abeilles qui transportent nos âmes ; minuscule bout par minuscule bout, nous allons vers notre destin.

Des papillons se joignent à elles ; leurs ailes, petites et blanches, battent dans un zigzag effréné. Ma mouche à viande a rameuté ses copines. Les voilà massées dans ses cavités : ses yeux, son nez, sa bouche. Bientôt, je sais, se rallieront les scarabées qui creusent le sol. Il est en train de disparaître dans la terre. Jamais encore il n'a été si plein de vie.

Le chien des voisins s'est mis à aboyer. Deux portières s'ouvrent et claquent de concert. Je suis cachée ici, dans la verdure, dans les racines et la boue et la pourriture des pommes. Ils ne peuvent pas me retrouver ; d'abord, ils iront dans la maison. À deux cents mètres, ils ne peuvent pas encore me voir. J'ai le temps. Si je m'en vais, pourrai-je inventer une histoire ? Leur dire, dans un jour, ou une semaine, ou une heure, lorsqu'ils m'auront trouvée, que nous avons été tous les deux attaqués ? Mon cœur cogne follement, comme la première fois que j'ai pris une vie, comme la nuit où je me suis retrouvée en cage derrière une vitre en Plexiglas. Je ne les laisserai pas m'enfermer de nouveau. Je ne les laisserai pas me tripoter et me sonder, essayer de comprendre ce qui est hors de leur portée. Je sais ce qu'ils diront de moi.

Ils frappent à ma porte. Mon nom fait éruption dans la chaleur. Un cri bref, sec, un coup, une accusation. C'est Nora. Elle sait. Elle saura aussi où me trouver, à la fin.

Derrière moi les arbres murmurent. Les montagnes m'appellent. Comme il me serait facile de fuir.

Le train hurle encore. Je ne les entends plus frapper ; cognements que le barattage mécanique de dizaines de roues a noyés. Les abeilles flottent dans les airs, elles bourdonnent et cherchent. Le soleil tombe des feuilles en cascade. Pour un dernier instant, le monde se tient coi. Respire. *Respire.*

Une fois, petite fille, je me suis retrouvée coincée sur une poutre, sur une main, les jambes en l'air. En pleine roue, j'ai perdu mon élan et me suis figée. J'ai senti à cet instant que j'aurais pu rester là pour toujours, développer des racines qui se seraient enroulées à la poutre et me transformer en arbre. Ou que j'allais tomber et me briser en morceaux. Il fallait que je prenne une décision.

Durant ce temps de réflexion, dans cet équilibre parfait, immobile, alors que je ressentais l'architecture de mon corps du bout des doigts aux orteils, je m'étais dégagée.

J'arrive ! Le train gémit. Les arbres sont frais et noirs.

Ils arrivent. Regarde ! Les vois-tu, qui descendent le porche en courant ? Mes pauvres fleurs vont mourir.

Ils arrivent.

Le sumac s'emmêle dans mes chevilles. Dans ma hâte, j'ai oublié de chercher le sentier. Peu importe, je m'en occuperai plus tard.

Qui tiendra la main de ma grand-mère lorsque je serai partie ?

Je n'ai plus le temps. Ils arrivent. Ils arrivent.

Cours.

Dans la même collection

EQUINOX

Racket, Dominique Manotti, mars 2018
Un feu dans la plaine, Thomas Sands, mars 2018
Ceci est mon corps, Patrick Michael Finn, avril 2018
Mamie Luger, Benoît Philippon, mai 2018
Requiem pour Miranda, Sylvain Kermici, septembre 2018
Présumée disparue, Susie Steiner, octobre 2018
L'éternité n'est pas pour nous, Patrick Delperdange, octobre 2018
Les Féroces, Jedidiah Ayres, novembre 2018
L'Étoile du Nord, D.B. John, janvier 2019
Mauvais œil, Marie Van Moere, janvier 2019
La Vague, Ingrid Astier, février 2019
Paradigma, Pia Petersen, février 2019
Cherry, Nico Walker, avril 2019
Ma douleur est sauvagerie, Pierric Guittaut, avril 2019
Le Triomphant, Clément Milian, mai 2019
Glory Hole, Frédéric Jaccaud, mai 2019
L'Icône, Thierry Marignac, septembre 2019
Personne inconnue, Susie Steiner, septembre 2019
La Meute, Thomas Bronnec, octobre 2019
Le Second Disciple, Kenan Görgün, novembre 2019
City of Windows, Robert Pobi, janvier 2020
C'est pour ton bien, Patrick Delperdange, février 2020
Donbass, Benoît Vitkine, février 2020
Joueuse, Benoît Philippon, mars 2020
Marseille 73, Dominique Manotti, juin 2020
The Cry, Helen Fitzgerald, juin 2020
L'Un des tiens, Thomas Sands, octobre 2020
Tu me manqueras demain, Heine Bakkeid, octobre 2020
Lëd, Caryl Férey, janvier 2021
Tous complices !, Benoit Marchisio, février 2021
Un dernier ballon pour la route, Benjamin Dierstein, mars 2021
Serial Bomber, Robert Pobi, avril 2021
L'Heure du loup, Pierric Guittaut, avril 2021
Rendez-vous au paradis, Heine Bakkeid, mai 2021
Pandémonium, Sylvain Kermici, août 2021
Green Man, David Klass, septembre 2021
Garde le silence, Susie Steiner, octobre 2021
Milliame Vendetta, Bernard Muñoz, octobre 2021
La Cour des mirages, Benjamin Dierstein, janvier 2022
(coéd. Nouveau Monde éditions)

Jolies Choses, Janelle Brown, janvier 2022
Les Loups, Benoît Vitkine, février 2022
La Fille du ninja, Tori Eldridge, février 2022
Le chat qui ne pouvait pas tourner, Anne Dhoquois, mars 2022
Mycélium, Fabrice Jambois, avril 2022
Petiote, Benoît Philippon, mai 2022
Plein Sud, Benoit Marchisio, mai 2022
Quartiers Sud, Bérengère de Montalier, juin 2022
Je suis le fils de ma peine, Thomas Sands, août 2022
La Vengeance des perroquets, Pia Petersen, août 2022
La Lune de l'âpre neige, Waubgeshig Rice, septembre 2022
Cette terre que je croyais mienne, Alain Choquart, octobre 2022
Nous n'allons pas nous réveiller, Heine Bakkeid, novembre 2022
Six Versions 1. Les Orphelins du mont Scarlaw, Matt Wesolowski, janvier 2023
Sangs mêlés, John Vercher, février 2023
Florida, Jon Sealy, février 2023
Six Versions 2. La Tuerie MacLeod, Matt Wesolowski, mars 2023
Alias Emma, Ava Glass, mars 2023
Les 4 de Manchester, Matthieu Deprieck, avril 2023
Dette de sang, Michael Bennett, avril 2023
Le mâle est fait, Anne Dhoquois, mai 2023
L'Infiltrée, Tori Eldridge, mai 2023
Au milieu des serpents, Patrick Michael Finn, septembre 2023
Toxic Berlin, Calla Henkel, septembre 2023
Je serai toi, Janelle Brown, octobre 2023
Six Versions 3. Le Disparu du Wentshire, Matt Wesolowski, octobre 2023
Les Affreux, Jedidiah Ayres, octobre 2023
Six Versions 4. Le Vampire d'Ergarth, Matt Wesolowski, février 2024

L'exemplaire que vous tenez entre les mains
a été rendu possible grâce au travail
de toute une équipe.

Édition : Aurélien Masson
Couverture et conception graphique : Éric Pillault
Illustration de couverture : Jessy Deshais
Logo EquinoX : Killoffer
Révision : François des Accords, Emmanuel Dazin
et Isabelle Paccalet avec Julie Mandart
Mise en page : Soft Office
Photogravure : Point 11
Fabrication : Louise Clément
Commercial et marketing : Pierre Bottura
Coordination : Jean-Baptiste Noailhat
Marketing et communication digitale : Clémentine Malgras
Relations libraires : Salomé Bernard
Presse et communication : Hind Boutaljante
Les Arènes du savoir : Pierre Bottura avec Marc Blactot,
Flore-Anne d'Arcimoles, Adèle Hybre
et Clémentine Malgras
Rue Jacob diffusion : Élise Lacaze (direction),
Katia Berry (grand Sud-Est), François-Marie Bironneau (Nord et Est),
Charlotte Jeunesse (Paris et région parisienne), Christelle Guilleminot
(grand Sud-Ouest), Laure Sagot (grand Ouest), Diane Maretheu (coordination),
Charlotte Knibiehly (ventes directes) et Camille Saunier (librairies spécialisées)

Distribution : Interforum

Droits France et juridique : Geoffroy Fauchier-Magnan et Marion Rowe
Droits étrangers : Ella Bartlett
Droits audiovisuel, théâtre, podcast : Alba Beccaria
et Geoffroy Fauchier-Magnan
Accueil et librairie : Laurence Zarra et Lucie Martino
Envois aux journalistes et libraires : Vidal Ruiz Martinez
Comptabilité et droits d'auteur : Christelle Lemonnier,
Camille Breynaert et Christine Blaise
Services généraux : Isadora Monteiro Dos Reis

Titre original : *You know her*

Les Arènes,
17-19, rue Visconti, 75006 Paris
Tél. : 01 42 17 47 80
arenes@arenes.fr
www.arenes.fr

IMPRIM'VERT®

PEFC
10-31-2541
Promouvoir la gestion durable de la forêt
www.pefc-france.org

L'ensemble de cet ouvrage a été réalisé
dans le respect des règles environnementales en vigueur.
Il a été imprimé par un imprimeur certifié Imprim'vert,
sur du Classic book PEFC pour l'intérieur
et une carte Metsäboard PEFC pour la couverture.

Achevé d'imprimer sur les presses de l'imprimerie
Normandie Roto s.a.s. à Lonrai (Orne) en février 2024.

ISSN : 2609-7966
ISBN : 979-10-375-1097-6
Numéro d'impression : 2400600
Dépôt légal : Mars 2024

Imprimé en France

En France, un livre a le même prix partout. C'est le « prix unique du livre » instauré par la loi de 1981 pour protéger le livre et la lecture. L'éditeur fixe librement ce prix et l'imprime sur le livre. Tous les commerçants sont obligés de le respecter. Que vous achetiez votre livre en librairie, dans une grande surface ou en ligne, vous le payez donc au même prix. Avec une carte de fidélité, vous pouvez bénéficier d'une réduction allant jusqu'à 5 % applicable uniquement en magasin (les commandes en ligne expédiées à domicile en sont exclues). Si vous payez moins cher, c'est que le livre est d'occasion.